Badetage

Die Deutsche Nationalbibliothek – CIP-Einheitsaufnahme.
Die Deutsche Nationalbibliothek verzeichnet dieses Buch
in der Deutschen Nationalbibliografie;
detaillierte bibliografische Daten sind im Internet über
http://dnb.d-nb.de abrufbar.

Erste Auflage 2017

www.groessenwahn-verlag.de

ISBN: 978-3-95771-134-2
eISBN: 978-3-95771-135-9

Nicolas Cenway

Badetage

Der Tod, der nach dem Sterben kommt

Thriller

IMPRESSUM

Badetage

Autor

Nicolas Cenway

Seitengestaltung

Größenwahn Verlag Frankfurt am Main

Schrift

Constantia

Covergestaltung

Marti O´Sigma

Coverbild

Marti O'Sigma

Lektorat

Marie Sophie Rosche, Yolanda Hellmanns Carvajal, Vanessa Weiskopf

Druck und Bindung

Print Group Sp. z. o. o. Szczecin (Stettin)

Größenwahn Verlag Frankfurt am Main

April 2017

ISBN: 978-3-95771-134-2

eISBN: 978-3-95771-135-9

Für die Reinigung des Körpers bedienen sich die Menschen der Kraft des Wassers. Für die Reinigung der Seele bedienen sich die Menschen ihres Glaubens, den Glauben an ein überirdisches Wesen, den Glauben an eine schützende Gottheit, den Glauben an die eigene Zukunft, den Glauben, die Hoffnung nie zu verlieren.

Diese, auf Tatsachen beruhende, Geschichte taucht tief hinab in das Schicksal und die Seelen jener Menschen, die mit ihrem Glauben auch ihre Hoffnung verloren haben. Sie nutzen das Element Wasser nicht zum Reinigen, sondern ertränken darin die beschmutzten Körper ihrer Opfer und die verunreinigte Seele ihres verlorenen Ichs.

1

Tom Wolfert betrachtet sich im Spiegel. Das dezente und etwas süffisante Lächeln, das ihm dort begegnet, erweckt den Eindruck, mit sich und der Welt zufrieden zu sein. Sunnyboygesicht, markantes Kinn, energische Züge, Typ Selfmademan, präsent und passend zu seinem Beruf: Deutschlands jüngster und erfolgreichster Staranwalt. Aufgrund seiner Abstammung vom Starnberger See nennen ihn viele den »Seewolf«. Ein Wolf auch im Gerichtssaal, vor dem die Robben und die Roben zittern. Ein vom Segeln in der Sonne und peitschender Seestürme gegerbtes Gesicht nickt stolz zurück. Die Mischung aus dunkel- und mittelblonden Haaren, links gescheitelt, rechts zu einer Mähne über die Stirn geschwungen, bedeckt seine von Sonne und Wetter gebräunte Haut, duftend nach frischem Wind, der im Tiefflug den Atem der Wellen aufnimmt und an die Haut der Anwohner weitergibt. Vitalität und Lebenskraft verleiten ihn dazu, sich anerkennend auf die eigene Schulter zu klopfen. Tom verlässt zielstrebig das Badezimmer, das dem Spiegelsaal eines Schlosses aus der Renaissance in nichts nachsteht. Die Deckenstrahler werfen ihr warmes, kristallenes Licht auf seine sportliche, drahtige Figur. Durchtrainiert, kraftvoll, topfit – geistig und körperlich. Kein Typ, der einen Anzug und eine Krawatte braucht, um seinem Auftreten Autorität und Respekt zu verleihen.

Seine Karriere als Strafverteidiger tauschte er gegen eine erfolgreichere ein. Als spezialisierter Wirtschaftsanwalt berät er die Größten der Großen, zimmert für sie internationale Verträge und unterstützt die Vorstände der von Skandalen gepeinigten DAX-Unternehmen in kniffligen juristischen Angelegenheiten. Betriebswirtschaft, Jura, internationales Steuerrecht. All diese Fächer hatte er in der Hälfte der Normzeit absolviert und war bei der renommierten Kanzlei Sollfrank in Starnberg als Juniorpartner eingestiegen. Sollfrank und Wolfert – binnen kurzer Zeit die Nobeladresse unter den Anwaltskanzleien der Münchener Schickeria und der deutschen Hochfinanz. Sollfrank übernahm die Schickeria, Tom, die Hochfinanz. Nicht immer war das auseinanderzuhalten.

Ein kurzer Blick auf seine Rolex verrät, dass er sich nicht mehr allzu viel Zeit erlauben darf. Vielleicht zehn Minuten. Addiert er die notorische Unpünktlichkeit seiner Freundin Sarah dazu, verbleibt ihm eine knappe halbe Stunde. Genug Zeit, einen Blick in die Zeitung zu werfen. Sarah würde sicherlich den Rest des Abends beschlagnahmen. Und die Nacht? Außerdem würde sie ihn erneut darauf ansprechen, vom Angebot ihres Vaters Gebrauch zu machen: Vorstandsmitglied in der Seewald AG zu werden, mit einem siebenstelligen Jahresbudget. Plus Boni. Toms Konflikt: Sollte er wirklich seinen Partner im Stich lassen und ein großer Wirtschaftsboss werden? Einer mit unmoralischem Einkommen und dem dazu passenden Führungsstil? Moral Hazard Goodbye! Aber durfte er die Chance seines Lebens einfach von der Tischkante der High Society fegen?

Morgen wäre die Zeitung veraltet. Konflikt verdrängen – und sich von der Presse die Banalitäten des Lebens vor Augen führen lassen. Das muss ablenken. Tom wählt dafür die Terrasse. Von hier aus liegt ihm das Panorama, das er so liebt, zu Füßen. Der Blick auf den Starnberger See. Der See, der ihm seinen Spitznamen in der Branche eingebracht hat: Thomas Wolfert – Seewolf.

Tom atmet tief durch. Seearoma. Malerische Landschaft, die Wohlstand und das »Ich-habe-es-geschafft«-Gefühl vermittelt. *I'm simply the best, better than all the rest!* Die Schlagzeilen der unhandlichen Tageszeitung buhlen um seine Aufmerksamkeit. Aber nichts interessiert ihn wirklich.

Plötzlich springt ihm ein Name ins Auge: »Jennifer W.«

Die ihm eigene Art, das Zeilenfressen zu überspringen, lässt ihn am Schluss des Artikels beginnen. Doch diesmal liest Tom die Zeilen ein zweites Mal. Er versucht, seinen Verdacht abzuschütteln. Jennifer W.? Nein, sicher nicht die W., an die er denkt. Warum liest er das überhaupt? Sein nachdenklicher Blick ruht auf dem See. Die Wellen schwappen aufgeregt gegen das Grundstücksufer. Sie trommeln in seinem Unterbewusstsein.

Es klingelt. Sarah? Überpünktlich? Tom springt aus dem Korbsessel und verdrängt den Artikel, der sein Leben aus der Bahn werfen wird.

2
1 Jahr zuvor – Badetag

Mike und Ann Foster genossen die Frühjahrssonne auf Galveston Island, achtzig Kilometer südöstlich von Houston, Texas. Die weiße Villa der Fosters, wegen der Überflutungsgefahr in Strandnähe auf Stelzen gebaut, dennoch unverkennbar dem Weißen Haus in Washington nachgebildet, thront direkt am Golf von Mexiko, unterhalb der Stadt Galveston, am Ende von Jamaica Beach. Wie ein übermächtiges Stück Treibholz erstreckt sich die Insel vor der Küste unterhalb von Santa Fe. Allerdings ist dieses Treibholz aus einer Sandbank entstanden.

Die Stadt Galveston wurde am 8. September 1900 von einem Hurrikan heimgesucht. Über achttausend Menschenleben, ein Fünftel der Bevölkerung, waren zu beklagen. Die Stadt wurde erhöht wieder aufgebaut und mit einer Schutzmauer umgeben, verlor allerdings ihre herausragende Bedeutung im Seeverkehr. Am 13. September 2008 um 2:10 Uhr Ortszeit spülte Hurrikan Ike fünf Meter hohe Wellen über die Dämme und zerstörte die größte Attraktion der Stadt, die neunundsiebzig Jahre alte Tanz- und Spielhalle Balinese Ballroom, in der schon Frank Sinatra aufgetreten war.

Die Fosters hatten ihr Domizil auf der Insel, die als Naherholungsgebiet den Einwohnern der Region Houston dient, vor anderthalb Jahren, kurz nach dem Hurrikan, bezogen und fuhren nur gelegentlich nach Houston, um dort ihren geschäftlichen Pflichten nachzugehen. Von dem mittlerweile bedeutenden Tourismus der Insel – Moody Gardens und das Vergnügungszentrum Schlitterbahn Water Park – profitierte Mike Foster nur indirekt.

Oft kamen Kunden in das weiße Haus am Golf, die sich als Touristen tarnten und damit einen ebenso unscheinbaren Eindruck hinterließen wie Mike und Ann selbst. Houston ist mit über zwei Millionen Menschen, die größte Stadt in Texas, weltberühmt für ihre Flugtechnikindustrie und ihr weltmarktführendes Zentrum für Zubehör und Förderung von Öl, sechstgrößter Hafen der Welt, in den USA die Nummer eins in der Frachtabwicklung ausländischer Waren.

Die Fosters fanden als Einwanderer in Houston eine neue Heimat. Zehn Jahre lebten sie nunmehr in den Staaten, im Land der unbegrenzten Möglichkeiten. In jenem Land, das auch für sie keine Grenzen aufzeigte. Trotz ihres Reichtums verhielten sie sich so unauffällig wie möglich und scheuten das Licht der Öffentlichkeit. Davon zeugte auch die hohe Mauer, die das weiße Haus und den angrenzenden Gartenbungalow vor Einblicken schützte.

Der vorletzte Tag im Mai, ein Sonntag, erlaubte es, einen Badetag im Golf zu planen. Vierzig Tage zuvor, am 20. April, war es zu einer Explosion auf der Ölplattform Deepwater Horizon gekommen. Galveston Island war davon bis zu diesem Tag nicht betroffen und die Behörden rechneten nicht damit, dass der Ölteppich die Strände in diesem Teil der USA erreichen könnte. Fast 30 Grad Außentemperatur und der 24 Grad warme Golfstrom luden zum Baden ein. Mike und Ann streiften ihre Kleidung ab und legten die wenigen Meter zum hauseigenen Badestrand zurück. Dort sonnte sich bereits Jenny, die Studentin aus Deutschland, die im Rahmen ihres Medizinstudiums ein Auslandspraktikum in Houston absolvierte. Houston, der Sitz des weltweit bekannten Texas Medical Center, das die größte Konzentration von Institutionen für Forschung und Gesundheitsfürsorge beinhaltet, sollte für das nächste halbe Jahr Jennys Heimat werden. Zuvor boten ihr die Fosters die Gelegenheit, sich auf der Insel drei Wochen Auszeit zu nehmen. Studienurlaub.

Allerdings bestanden Mike und Ann jetzt darauf, dass Jenny sich ebenfalls ihrer Kleidung entledigen sollte. Mike untermauerte diese Forderung, indem er überhastet an ihrem Bikinioberteil herumnestelte. Jenny war bestimmt nicht prüde, dennoch beschlich sie ein mulmiges Gefühl, als sie schließlich das Bikinihöschen über ihre sinnlichen Schenkel streifte und das bereits aufgeknöpfte Oberteil ablegte. Ihre festen, mittelgroßen Brüste waren nahtlos braun, da sie sich an einigen Nachmittagen getraut hatte, ein Oben-ohne Sonnenbad zu nehmen. Allerdings nur dann, wenn sie sich unbeobachtet fühlte.

Mike musterte das Mädchen mit den schulterlangen dunkelbraunen Haaren und den straffen glatten Gesichtszügen ungehemmt. Dabei interessierte er sich wenig für ihre dunklen Augen. Knackige Figur, etwas Babyspeck auf den Hüften – genau das Richtige für einen Mittfünfziger. Jenny wich seinem Blick aus und überging den Klaps, den er ihr auf den nackten Hintern gab. »Komm, schwimmen!«

Mike und Ann rannten ausgelassen im flachen Wasser hin und her und winkten Jenny zu, ihnen zu folgen. Jenny wollte den Schutz des Wassers nutzen, ihre Blöße bedecken. Dazu musste sie weit hinaus ins Meer, denn der Golf von Mexiko verläuft bei Galveston sehr flach. Sie musste weit in den Ozean hinauslaufen, bevor die Wellen ihren Hals umspülten. Nein, sie schämte sich nicht wegen ihrer Nacktheit, es war wohl mehr ein Instinkt, der sie warnte.

3

Sarah überpünktlich – Tom erwägt einen Eintrag in seinem imaginären Guinness Buch der Rekorde. Wie immer sprudeln ihr die Worte aus dem Mund.

»Hallo, Wolfertinger!«

Er hasst es, dieses Wolfertinger. Tom schweigt, lächelt und lässt den Kuss über sich ergehen. Die weißblonde Mähne duftet nach Lavendel und Puder, sie verströmt Luxus. Puderschnalli! So hat er sie insgeheim bezeichnet, als sie sich vor einem halben Jahr kennenlernten.

Sie quasselt, was der schmale Schnatterschnabel hergibt. Erzählt von irrsinnigen Problemen, die eine junge Frau erfindet, wenn sie ansonsten keine Sorgen hat.

»Lauter Spastis unterwegs, ich habe in München eine halbe Stunde rumkutschen müssen, bis ich einen Parkplatz gefunden habe.«

Ihre Worte bezeugen, welch unlösbare Konflikte das Leben einer Dreißigjährigen erschweren.

Nachdem Tom erfährt, welche Boutiquen sie durchwühlt und wie viele armselige Verkäuferinnen sie gefoltert hat, wendet sie sich seiner Schlabberhose zu.

»Wie läufst du eigentlich rum, Thomas Wolfert?«

Tom verzichtet auf eine Rechtfertigung und lässt alles über sich ergehen. Zuerst zieht sie ihn aus, dann streift sie die Designerklamotten ab und zerrt ihn ins Schlafzimmer. Sie beteuert stets, er sei ein guter Liebhaber. Heute ist das anders. Tom erfüllt die Pflicht, auf die Kür muss sie vergebens warten. Schließlich liegt sie schmollend neben ihm.

»Was ist los, Tom?«

»Nichts. Was soll sein?«

»Na, du hast doch was. Bist anders als sonst.«

»War ein schwerer Tag. Außerdem habe ich vorhin einen Artikel gelesen, der mir zu denken gibt, obwohl ich weiß, dass er mich sicher nicht betrifft.«

Sarah hört wie immer nicht zu, wechselt einfach das Thema.

»Hast du schon mit Fritz gesprochen?«

Toms Blut schießt unter die Schädeldecke, flutet sein Gehirn. Er braucht eine triftige Ausrede, findet aber keine bessere als die, dass sein Partner, Fritz Sollfrank, sich derzeit wegen eines Mandanten in Hamburg aufhalte. Daher hatte sich noch keine Gelegenheit für das geforderte Gespräch ergeben.

»Mein Vater wird dich demnächst einladen und alles mit dir besprechen. Wie schnell kannst du überhaupt aus der Kanzlei raus?«

Wie schnell? Tom kann diese Frage nicht beantworten. Da ist es wieder, dieses Zermartern: Ich tu's, ich tu's nicht! Vorstand der Seewald AG, eine riesige Chance. Einmalig. Kann man das ausschlagen?

Andererseits Fritz Sollfrank, Partner und Freund, Mäzen und Mentor während seines Studiums. Siebenundfünfzig Jahre alt und bereit, ihm eines Tages die Kanzlei zu überlassen. Würde Fritz das verstehen? Fritz hatte immer Verständnis für ihn gezeigt. Doch, er muss es nachvollziehen können, schließlich darf die Karriere mit sechsunddreißig nicht beendet sein. Und ein Verbleib in der Kanzlei – das wäre ein Endpunkt, ein Punkt, der keinen Freiraum für weitere Ziele, für neue Träume, zuließe. Tom verspürt den Drang, eine spontane Entscheidung zu treffen.

»Sag deinem Vater, ich werde sein Angebot annehmen.«

Sarahs schmale Nasenflügel scheinen leicht zu zittern. Das hat er schon mehrfach beobachtet, wenn sie aufgeregt war. Sie hat vergessen, dass der Sex an diesem Freitag nur eine Pflicht war, vergessen, dass er von einem Zeitungsartikel gesprochen hatte. Sarah wirkt happy. Tom dagegen grübelt und kann nicht aufhören, über den Artikel und den Namen Jennifer W. nachzudenken.

4
1 Jahr zuvor – Badetag

Nach dem Bad suchte Ann den Halbschatten hinter einem der Strandkörbe auf und schlief dort ein. Das Schwimmen hatte sie ermüdet. Sie lag auf dem Rücken, eine Isomatte schützte sie vor dem heißen Sand. Ihre mollige Figur hob sich wie eine Sandburg ab. Trotz vieler Sonnentage war ihre Haut bleich und matt geblieben, die Schwimmreife um ihre Hüften und die üppigen Schenkel waren gezeichnet von Löchern und Kratern, die nicht als Folge von Hagelschlag zu deuten waren. Abstoßend.

Jenny fühlte sich unwohl, schlüpfte rasch – gefolgt von Mikes Blicken – in ihren Bikini, der die Nässe ihrer Haut aufsog. Sie wirkte damit noch reizvoller. Das jedenfalls stand in Mikes Augen geschrieben.

»Ich muss noch ein bisschen für die Uni arbeiten«, entschuldigte sie sich und lief hinüber zu dem kleinen Bungalow, der ihr die letzten beiden Wochen Schutz vor Mikes Nachstellungen bot.

Mike stand wenig später – nackt, wie bereits zuvor – vor ihr. Geballte hundertzehn Kilo, 1,92 m groß – eine Figur wie ein fetter Schimpanse. Fehlte nur, dass er sich mit beiden Fäusten auf die Brust trommelte.

Seinen unverhohlen dreinblickenden Augen konnte sie entnehmen, dass es kein Entrinnen gab. Seine stählernen Muskeln spannten sich an, der riesige Bizeps ließ keinen Zweifel daran, wer hier der Stärkere sein würde.

»Du willst es doch auch, Jenny Mädchen.« Diese Wörter schossen wie scharfe Splitter aus den wulstigen Lippen und schnitten Wunden in ihre junge Seele. Nach diesen Worten deutete er nach unten auf sein monströses Geschlecht.

Jenny schüttelte verängstigt den Kopf. Ihre Knie zitterten, sie konnte kaum ihre Stimme finden.

»Nein, Mr Foster, ich will das nicht.«

»Nenn mich nicht immer Mr Foster«, zischte er sie an. Mike Fosters graue Stoppelhaare auf dem schmalen Kopf sahen aus wie einem Igel nachgebildet, einem Kurzstacheligel. Auf seinem breiten Nacken und in Verbindung mit seinem Schimpansenkörper sah er bizarr aus.

Mike trat zwei Schritte auf sie zu. Jenny stand vor der Glasschiebetür und konnte nicht rechtzeitig ausweichen. Seine wulstige Hand fuhr in ihr Höschen und sie spürte zwei seiner fleischigen Finger, die lüstern die Pforte ihrer Tabuzone teilten, um sich dann in ihr zu vergraben, während seine aufgeblasenen Lippen die Luftzufuhr über Jennys Mund unterbrachen. Gleichzeitig umklammerte er ihren Körper mit einem seiner muskulösen Fangarme. Ein Korsett, das sie einschnürte und jede Bewegung nutzlos machte.

Nachdem Mike sein Sperma in ihrer Scheide und auf dem hellen Veloursteppich verströmt hatte, riss er sie hoch, schleppte sie in das angrenzende Schlafzimmer und nahm sie dort erneut, ohne ihr eine Chance auf Widerstand zu geben.

Als er von ihr ließ, blieb Jenny liegen, zog die Decke als Schutzwall über sich und presste die Augenlider zusammen. Sie vermochte sich nicht mehr zu bewegen, wagte keinen Laut von sich zu geben. Sie brauchte eine Stunde, bis sie sich dazu entschloss, Lory anzurufen. Lory war aus Houston und hatte Jahre zuvor als Au-pair-Mädchen die deutsche Sprache in ihrem Elternhaus erlernt. Die beiden gleichaltrigen Mädchen waren damals Freundinnen geworden. Lorys Vater gehörte zu den gefragten Forschern im Texas Medical Center, Jennys Vater, Inhaber und Chefarzt der renommiertesten deutschen Privatklinik am Starnberger See. Das verband die beiden Teenager. Ohne diese Verbindung hätte Jenny niemals ein Praktikum in Houston bekommen.

Lory war nicht erreichbar. Als es dunkel wurde, probierte es Jenny erneut. Lorys helle Stimme meldete sich: »Hi, Jenny.«

Jennifer Wolfert schluckte, versuchte, den Kloß in ihrer Kehle weg zu husten. Dann erzählte sie Lory unter Tränen, was passiert war. Dieser Anruf war Jennys erster Fehler und einer der folgenschwersten, den sie begehen konnte.

Der Abend war längst hereingebrochen. Mike und Ann betraten zusammen den Wellnesstempel im Nordflügel der Villa. Der Whirlpool sprudelte, Verwirbelungen und Schaumkronen luden zum Prickelbad ein. Das Philadelphia Harmonie Orchester intonierte monumental Haydns Sinfonie Nr. 94 in G-Dur, die Sinfonie mit dem Paukenschlag. Die Beleuchtung markierte dazu – im Takt der Musik – bizarre Schattierungen auf den nackten Körpern, die sich in der überdimensionalen Poolwanne räkelten. Mike war noch nicht satt an diesem Tag. Ann gab sich ihm zweimal hin und je mehr sie in wilder Ektase schrie, desto wilder wurde ihr unersättlicher Gatte. Erst zwanzig Minuten später saß Mike erschöpft auf dem Rand des Whirlpools. Sein Penis lag schlaff auf seinem Schenkel, wie ein Seehund auf einem trockenen Felsen. Er ließ sich zurück in die Wanne gleiten, drängte seinen ausgelaugten Körper an den seiner Frau und schloss die Augen. Wohldosierte Fontänen aus den verschiedenen Düsen massierten seine und ihre ausgelaugten Muskeln, die Musik führte sie hinab in die Tiefen der Entspannung. Ann dachte für einen Augenblick an das Datum: 30. Mai 2010. Eine bedeutsame Zahl, nicht für Ann und nicht für Mike. Bedeutsam allerdings für die Mörder, die sich im Schatten der Sauna verborgen hielten und abwarteten, bis das Ehepaar Foster dem Glauben verfiel, relaxt ein Leben in Luxus und Reichtum auf ewige Zeit genießen zu können.

Die Sinfonie mit dem Paukenschlag übertönte alle Geräusche, die von den beiden Gestalten auf dem Weg zum Pool verursacht wurden. Dennoch – menschlicher Instinkt! Mike und Ann schlugen fast gleichzeitig die Augen auf, setzten zu einem gemeinsamen Schrei des Todes an, vermischt mit Haydns Paukenschlag und verwirbelt vom Spiel des Wassers, das sich im selben Augenblick rot einfärbte. Mike und Ann erkannten, wer sich da über sie beugte und blickten ein letztes Mal in Augen voller Wut, die ihnen so vertraut waren. Doch in diesem Augenblick begleiteten diese Augen im Einklang mit dem Andante der Sinfonie den unausweichlichen Tod zweier Menschen, deren Badetag in einem Blutbad endete.

5

Die Schreie der Fosters durchdrangen die Mauern des weißen Hauses, und bevor sie das offene Meer erreichten, rissen sie Jenny aus ihrer Lethargie. Sie lag immer noch regungslos auf ihrem Bett, hatte sich noch nicht dazu durchringen können zu duschen oder sich wenigstens zu waschen. Sie vergaß für einige Sekunden die Schmerzen zwischen ihren Beinen und rannte los. Über die offene Terrassentür drang sie in das Haus ein, hastete durch die Räume, bis sie das Bad erreichte. Fast wäre sie auf das Skalpell getreten, das funkelnd und blank poliert vor dem Whirlpool lag. Sie bückte sich, hob das kalte blutverschmierte Metall auf und erstarrte beim Anblick, der sich ihr bot. Sie ließ die Mordwaffe fallen und stürmte zurück in den lichtdurchfluteten Wohnraum. Sie fand eines der Mobiltelefone, vergaß, dass sie nicht wusste, welche Nummer sie wählen sollte und stürmte zurück in ihr eigenes Schlafzimmer. Dort lag ihr Handy. Im Speicher fand sie die Nummer des Rettungsdienstes, die sie nach ihrer Ankunft bei den Fosters abgespeichert hatte: 911.

Ihr Englisch war gut, aber sie stotterte zunächst einige deutsche Worte, musste sich von dem Teilnehmer in der Zentrale beruhigen lassen, bevor sie in der Lage war, ihre Entdeckung und die Adresse durchzugeben.

Als die Polizei und der Notarzt mit der Ambulanz im Schlepptau endlich eintrafen, wagte es Jenny nicht, ihr Bett zu verlassen. Sie weinte und in diesem Zustand fand sie ein stämmiger Polizist, der seine Kollegen verständigte.

Es dauerte über zwei Stunden, dann verhörten sie zwei weibliche Beamte. Dankbar erzählte sie, was sich an diesem Tag ereignet hatte. Die ältere Beamtin nahm sie mit und mit ihr alle Beweisstücke, die gegen Jenny sprachen: Das Skalpell mit ihren Fingerabdrücken, ihr Handy, mit dem sie Lory Bowman, ihre Freundin, angerufen und der sie von der Vergewaltigung erzählt hatte. Jennifer Wolfert hatte ein glasklares Motiv, ihre Fingerabdrücke waren die einzigen auf der Tatwaffe, die gynäkologische Untersuchung und der DNA Abgleich des Spermas ihres Peinigers bewiesen, dass sie von ihm vergewaltigt wurde, untermauert durch die Verletzungen ihrer Genitalien.

Lory Bowman wurde bereits einen Tag später in das Galveston County Justice Center beordert und von der Staatsanwaltschaft verhört. Sie gab zu Protokoll: »Jenny hat gesagt, sie wird das Schwein abstechen.«

Staatsanwalt Phillip Decker stellte Lory die entscheidende Frage: »Können Sie das vor Gericht beschwören?«

Lory ließ sich für ihre Antwort auf diese Frage Zeit. Freundin gegen Rechtsempfinden. Bauch gegen Gewissen. Gefühl gegen Verstand. Dilemma gegen Klarheit. Schließlich nickte sie und ihre Lippen gaben ein verhaltenes »Ja« frei.

Der Staatsanwalt sah ein schnelles Urteil in greifbarer Nähe. Alle weiteren Recherchen zur Entlastung legte er nach dieser Aussage ad acta. Eine vermeintliche lückenlose Schuldannahme, keine Löcher, die zu einer Unschuldsvermutung hätten führen müssen. Ungereimtheiten, die die Ermittler erkannten, wurde von Decker ignoriert.

Die kriminaltechnische Untersuchung, die Spurensicherung, die Verhöre, die Aussage Lorys, die Tatsache, dass die mutmaßliche Täterin an Atropin herankommen konnte und zudem damit umzugehen wusste, all diese Fakten ergaben rasch, dass nur eine Person als Mörder in Frage kam: Jennifer Wolfert.

6

Sarah ist noch in der Nacht gefahren und Tom beschließt, den Samstag nicht in seinem Büro zu verbringen. Zu schön ist das Wetter. Der See bereitet sich auf den Sommer vor, auch wenn der Kalender erst den 21. Mai anzeigt.

Tom nimmt die Zeitung mit dem Artikel, der ihm nicht aus dem Kopf geht, in die Hand. Oben rechts steht das Datum – die Zeitung ist eine Woche alt. Er nippt an dem starken Kaffee, den er sich – besser gesagt, seine Maschine – gebraut hat, und will die alte Zeitung schon wegwerfen, als das Telefon klingelt.

Es ist die Mailbox. Papa Ronald Wolfert bittet um Rückruf. Wolfert! Der Artikel! Jennifer W.! Tom beschließt, diese Passage nochmals zu suchen, zerknittert die Seiten beim Durchblättern, bis er die gewünschten Zeilen entdeckt. Er liest sie nochmals aufmerksam durch.

Der Journalist berichtet, wie mit der Todesstrafe in den USA und in den einzelnen Bundesstaaten verfahren wird. Das zuletzt beschriebene Bundesland ist Texas.

Seit 1976 führt Texas mit vierhundert Hinrichtungen die Liste vollstreckter Todesurteile an. Das seien, so schrieb der Verfasser, mehr Todesurteile als in den nächsten sechs vollstreckenden Bundesstaaten zusammen. Ursache sei nicht nur die Zahl der verhängten Urteile, sondern auch die Tatsache, dass die beiden für Texas zuständigen Berufungsgerichte die Todesurteile nur in drei Prozent der von ihnen behandelten Fälle aufhoben. Die Chance, dass Todesurteile von einem Staats- oder Bundesgericht aufgehoben würden, gab der Journalist mit 68 Prozent an.

Im Verlauf des Artikels erfährt Tom, dass Texas seit dem Beginn des Jahres 2007 zwei Drittel aller Exekutionen in den USA vornahm.

Das Ende des Artikels beschreibt das jüngste texanische Todesurteil. Auf Galveston Island wurde ein Ehepaar ermordet und anschließend verstümmelt. Die Art dieser Verstümmelung ließ auf fundierte Anatomiekenntnisse schließen. Angeklagt war in diesem Zusammenhang die Medizinstudentin Jennifer W. aus Deutschland. Einen Tag vor ihrem sechsundzwanzigsten Geburtstag wurde das Urteil gesprochen. Die Geschworenen befanden sie für schuldig.

Das Urteil erging im Namen des amerikanischen und des texanischen Volkes: Verbüßung einer zwölfjährigen Strafe und anschließend die Vollstreckung des Todesurteils durch die berüchtigte Injektionsspritze. Der Tod von Mike und Ann Foster, so lautet die Begründung, sei aus niederen Beweggründen heimtückisch und äußerst bestialisch durchgeführt worden. Die Opfer wurden zunächst mit einem Elektroschocker außer Gefecht gesetzt. Anschließend habe Jennifer W. den Opfern eine Überdosis Atropin, an das sie als Medizinstudentin herankommen konnte, gespritzt. Die Dosis führte mit weit über hundert Milligramm zur Atemlähmung der Opfer. Danach schnitt sie die Kehlen des Ehepaars mit einem Skalpell durch. Dem Mann wurde der Penis abgetrennt und seiner Ehefrau in den Mund gesteckt, nachdem sie ihr die Zunge abgeschnitten hatte. Mike Foster lag auf dem Bauch im Whirlpool, dessen Wasser zuvor abgelaufen war. Ann Foster wurden die großen Schamlippen abgetrennt und in den Mund ihres Gatten gestopft. Zudem habe die Mörderin Mike Foster alle Finger der rechten Hand entfernt. Der abgetrennte Mittelfinger wurde in den Anus der auf der Seite liegenden Ehefrau eingeführt. Die Zunge von Ann Foster bedeckte den Schließmuskel des Ehemanns. All diese Verstümmelungen wurden fachgerecht ausgeführt und ließen auf anatomisches Grundwissen schließen.

Eine versierte Medizinstudentin, in deren Akten »Chirurgie« als Fachrichtung vermerkt stand, war ohne Zweifel in der Lage, die beschriebene Tat in dieser Art und Weise durchzuführen.

Jennifer W. habe somit keine Aussicht auf eine erfolgreiche Berufung des Urteils, könne nun aber zwölf Jahre lang darüber nachdenken, ob dieser skrupellose Mord im Verhältnis zu dem stehe, was ihr Mike Foster angetan hatte. Damit schloss das Gericht den Indizienprozess am 15. April und Jennifer W. verließ den Gerichtssaal als unschuldige junge Frau, die zum Tode verurteilt war.

7

Sein Engagement als erfolgreicher Anwalt hatte dazu geführt, dass Tom seine Eltern ein Jahr lang nicht gesehen hatte. In diesem Jahr entwickelte sich seine Karriere als gefragter Wirtschaftsanwalt, der die meiste Zeit in Dubai verbrachte. Er verhandelte dort die Verträge führender deutscher und holländischer Baukonsortien, die neben der Palmeninsel Jumeirah weitere Großprojekte erstellen sollten. Tom erfuhr nur nebenbei, dass seine Schwester Jenny nach Houston gegangen war, um dort ein Praktikum zu absolvieren. Anfangs erhielt er noch Ansichtskarten von ihr, doch nach und nach brach der Kontakt ab. Das Jahr in Dubai verging wie im Flug und Tom merkte nicht, wie schnell seine Familie dabei auf der Strecke blieb. Als er nach Deutschland zurückkehrte und seine Eltern aufsuchen wollte, hieß es, sie seien verreist und man wisse nicht genau, wann sie zurückkehren würden.

Sie alle waren beschäftigt. Doktor Wolfert, ein begnadeter Chirurg und Leiter der Ronald Wolfert Privatklinik Gmbh, Maria Wolfert, die ihren Mann nach Kräften in der Klinik unterstützte und das Anwesen am Starnberger See liebevoll pflegte, Jenny mit ihrem Studium und Tom mit seinen Aufgaben in den Emiraten, die ihn voll in Anspruch nahmen.

Tom wählt die Nummer der Klinik, will sich mit Doktor Wolfert verbinden lassen.

»Tut mir leid, Herr Wolfert, Doktor Wolfert ist nicht im Haus. Wir erwarten ihn und seine Frau aber heute aus den USA zurück. Sie wissen sicher ...«

Tom weiß nichts. Wusste nichts. Jetzt weiß er es. Jennifer W. – seine geliebte Jenny, zum Tode verurteilt. Warum um alles in der Welt hatte ihn niemand verständigt? Wie konnte es sein, dass seine Schwester zum Tode verurteilt wurde, während er hier den Global Player für die High Society spielte, sich mit einer Puderschnalli einließ, die er beim Shoppen in Dubai kennengelernt hatte und jetzt sogar Vorstand der Seewald AG werden sollte, während Jennifer des Mordes angeklagt war?

Am späten Abend kauern Ronald und Maria Wolfert wie zwei Häufchen Elend auf ihrem mondänen Ledersofa und berichten abwechselnd von der schwersten Zeit ihres Lebens. Ein gebrochener Mittfünfziger, eine vormals hochattraktive Fünfzigjährige, die um zwanzig Jahre gealtert wirkt.

Tom lässt sie reden, hört sich alles an, was es zu sagen gibt und schweigt eine lange Zeit mit ihnen, nachdem sie ihren Bericht abgeschlossen haben.

Erst dann traut er sich zu, die entscheidende Frage zu stellen. »Warum habt ihr mich nicht …?«

Mama Maria sieht ihrem Sohn traurig in die Augen.

»Ach, Tom«, flüstert sie. »Glaubst du, dass Jenny schuldig ist?«

Seine Antwort kommt prompt. Überlegen? Nein, überlegen muss er nicht.

»Niemals!« Er schreit dieses Wort in den Raum und bemerkt erst dann, dass er am Rand seines Sessels sitzt. Er versucht sich zu fangen und wiederholt es, gedämpft aber nicht weniger sicher. »Nein, niemals.«

»Wir haben das auch gedacht: Niemals. Wir dachten, dieser Prozess ist eine Farce und wird schnell zu Ende sein. Sie haben uns überhaupt erst sehr spät informiert.« Maria presst ihr Taschentuch unter die Nase und schnieft tief in den weichen Stoff. »Wir wollten deine Karriere nicht gefährden. Du wärst ja sofort in die USA geflogen und dann wäre es nichts geworden mit deiner Sozietät bei Sollfrank. Hätten wir dir gesagt, was mit Jenny passiert ist, hättest du diese Chance ausgeschlagen, dessen waren wir uns beide sicher.« Marias Tränen unterbrechen ihre Ausführungen. Es dauert eine Weile, bis ihr Schluchzen in ein stummes Wimmern übergeht. Schließlich kann sie fortfahren. »Außerdem, wir haben damals keine Sekunde daran geglaubt, dass Jenny schuldig gesprochen wird. Wir wollten deinen Einstieg bei Sollfrank nicht gefährden, dich nicht von Dubai zurückholen, dich nicht belasten.«

Tom presst die Lippen zusammen. »Ich habe euch im letzten Jahr ein paar Mal angerufen.« Er gibt sich Mühe, seine Stimme nicht vorwurfsvoll klingen zu lassen. »Jedes Mal habt ihr mir vermittelt, gerade im Urlaub zu sein, eine längere Auszeit zu nehmen. Ich dachte, dies sei euch nach all den Jahren der Plackerei zu gönnen. Hätte ich gewusst ...« Seine Stimme bricht ab.

Maria nickt. »Ja, wir haben dich angelogen. Jetzt wissen wir, dass es wohl ein schwerer Fehler war.«

Ron schaltet sich ein. Seine Stimme klingt abgeschlafft, müde. »Wir dachten zuerst nicht, dass die Grand Jury überhaupt ein Verfahren gegen Jenny zulässt. Als der Prozess begann, stand für uns fest, dass unser texanischer Anwalt, dem wir vertrauten, Jenny freibekommt. Fast neun Monate lang sind wir zwischen dem Starnberger See und Houston hin und her gependelt. Natürlich haben wir uns in dieser Zeit verleugnen lassen. Die Wahrheit haben wir auch unseren Mitarbeitern zunächst nicht mitgeteilt.«

Maria senkt den Kopf. »Mach uns bitte keinen Vorwurf, es war ein Fehler. Es war mein Fehler«, gesteht sie. »Ich habe Ron daran gehindert, dich zu informieren. Ich wollte, dass du dich auf dein Leben konzentrierst. Und ich wollte all diese Aufregung auf keinen Fall an dich herankommen lassen. Ich wollte deine positive Energie nicht zerstören. Was hätte es für Jenny geändert, dir die

Wahrheit zu sagen und dein Leben gleichermaßen in Aufruhr zu versetzen.«

»Schon gut, Mama. Was meine Karriere angeht – das Leben meiner Schwester hat Priorität.«

Zum ersten Mal in seinem Leben sieht Tom, dass Ronald Wolfert seinen Tränen freien Lauf lässt. Ohne zu überlegen, verlässt Tom seinen Sessel, kniet vor seinem Vater nieder und ergreift die begnadeten, jetzt eiskalten, Chirurgenhände.

»Papa, ich verspreche dir, ich hole Jenny da raus. Ich werde mit Sollfrank sprechen, ich werde Seewald absagen – dann mache ich mich an die Arbeit.«

Ron Wolfert nickt. Die Verzweiflung, die Hoffnungslosigkeit – Tom gibt ihm den Funken Hoffnung zurück, den er jetzt braucht. Maria scheint noch klar denken zu können.

»Seewald?«, stellt sie als Frage in den Raum.

Tom berichtet so knapp wie möglich, was er damit meinte.

Anstatt zu schlafen, denkt Tom darüber nach, wie er es ermöglichen kann, seine Karriere zu unterbrechen. Fritz Sollfrank würde ihn sicher freigeben. Die Zeit spricht für ihn, erst am Freitag hatte er die Area Dubai erfolgreich zu Ende gebracht und sein Vorhaben, nach diesem Abschluss drei Wochen Urlaub zu genießen und keinen neuen Fall anzunehmen, kommt ihm jetzt zugute. Tom kann an diesem Samstag nicht ahnen, dass seine Karriere vor dem sicheren Aus steht.

8

Die Possenhofener Straße trennt Starnberg vom See. Tom muss sie fast bis zum Ende fahren, bis er den Oberen Seeweg erreicht. Dort liegt das Anwesen der Seewalds, eingebettet und geschützt in einem Park, uneinsehbar von außen. Martin und Evelyn Seewald, Sarahs Eltern, besitzen noch ein großes Haus in München Grünwald. An diesem herrlichen Maisonntag bevorzugen sie ihr Domizil direkt am See.

Tom parkt den schweren Audi A8 nahe dem Eingangsportal neben den blütenweißen Marmorstufen, steigt aus, streckt sich und atmet den Duft des Frühjahrs ein. Das Klackern von Sarahs High Heels mit gefühlten zwanzig Zentimetern hohen Absätzen lässt sich nicht überhören. Sie steckt in einem pinkfarbenen Gucci-Pullover und einer Dolce & Gabbana Jeans, sicher teuer genug, um damit ein Dorf in Somalia für ein Vierteljahr zu finanzieren. So riecht Luxus.

»Hallo, Thomas, hier geht's lang.« Heute kein ›Wolfertinger‹ – immerhin ein Fortschritt.

Sarah breitet theatralisch die Arme aus. Tom schreitet dennoch würdig die wenigen Meter bis zum Aufgang der herrschaftlichen Jugendstilvilla und lässt sich schließlich von ihrem dick aufgetragenen Labello, hinter dem ihre Lippen Schutz suchen, küssen. Ihre dunkelblauen Augen strahlen, das Dia Women von Amouage, ein Edelparfüm der Klasse »Nicht unter zweihundertdreißig Euro« verströmt den Duft von Reichtum und aufgespritzter Schönheit, zumal die Body Cream des Herstellers ihren Körper in makellose Reinheit taucht, aber nicht bis zur Seele durchdringen kann. »Meine Eltern sind da.« Vier Worte, die Tom erschrecken. Sie hatte ihm versichert, sie würden diesen Sonntag allein verbringen. Reingelegt. Nobelduft auf rabenschwarzem Grund. Strahlende Augen der Freude. Oh, wie hübsch sie ist. Ach, wie Exzentrik Schönheit zerstören kann. Tom findet sie in diesem Moment abstoßend. Nicht heute, nicht morgen will er sich von ihrem Vater anwerben lassen. Nicht diesem Druck ausgesetzt sein, jetzt, da es um das Leben seiner Schwester geht.

»Ach, wirklich!«, antwortet Tom, bemüht, seine Enttäuschung und den daraus erwachenden Ärger zu verbergen.

»Hast du was, Wolfertinger?«

Da war es wieder – das von oben herab gemeinte ›Wolfertinger‹. Warum nennt sie ihn nicht einfach Wolfi?

»He, Thomas! Hast du dir was eingeschmissen oder träumst du?« Sie greift nach seiner Hand und führt ihn in das Innere der Villa. Eine großzügige Empfangshalle mit Bildern von alten Meistern empfängt ihn. Kalt und unpersönlich. Alt. Sehr alt. Er fühlt sich sofort noch unwohler. Sarah, die Seewalds, dieser Raum, der einer Museumshalle gleicht. Sein Schicksal.

»Ah, da ist ja der berühmte Thomas Wolfert«, hallt eine sonore Bassstimme durch das Museum. Ein stattlich gebauter Mann, Mitte fünfzig, grau melierte, straff nach hinten gekämmte Haare, markante Wangenknochen und dunkle Augen, schreitet mit präsidialem Gang, aufrecht und diplomatisch, auf Tom zu. Eine mit dünnen Härchen beflaumte Hand streckt sich ihm entgegen, die Tom ergreift, um den schwammig weichen Händedruck zu erwidern. »Willkommen in unserem Haus und in unserer Familie. Freut mich, dass wir uns endlich kennenlernen.« Der Mann lächelt, aber dieses spiegelt sich nicht in seine Augen wider.

»Danke, Herr Seewald, die Freude ist ganz auf meiner Seite«, lügt Tom. Diese Herzlichkeit ist gespielt, meldet sich sein inneres Ich. Sei auf der Hut. Tom wird dieses Mal darauf hören.

Martin Seewald deutet mit einer Handbewegung an, in welche Richtung es geht. Er lädt Tom zu einem Rundgang ein, der auf der ausladenden Seeterrasse hinter dem mondänen Haus endet. Dort empfängt ihn Evelyn Seewald, Sarahs Mutter. Tom sieht eine zweite Sarah vor sich, lediglich einundzwanzig Jahre älter. Ein zweiter Unterschied zu ihrer Tochter spiegelt sich in ihrer Ausstrahlung wider. Keine Puderschnalli, denkt sich Tom und stimmt seinem hellwachen inneren Ich erneut zu. Wo es recht hat, hat es eben recht. Evelyn Seewald ist ihm auf Anhieb sympathisch.

»Schön, Sie endlich persönlich kennenzulernen, Tom. Ich darf doch Tom sagen?« Tom nickt artig und Sarahs Mutter beweist ihre Feinfühligkeit mit den Worten: »Bestimmt hat Sie meine Tochter überfallen. Ich hoffe, unsere Anwesenheit ist kein allzu großer Schrecken für Sie.«

Evelyn bietet ihm einen der bequemen Rattansessel an und Tom nimmt Platz. Martin Seewald sitzt ihm direkt gegenüber, seine listigen Augen mustern den Tochterfreund unauffällig.

Der Small Talk verläuft so, wie Small Talks eben verlaufen. Das schöne Wetter dient als Einstieg und die Temperaturen erleichtern das Warm Up, nicht nur im Gespräch, das dem gegenseitigen Beschnuppern dient. Die Eurokrise soll anscheinend Toms politische Meinung thematisieren, man will schließlich wissen, woran man ist, bevor Martin Seewald nach Kaffee, Kuchen und Portwein auf den Punkt kommt.

»Meine Tochter hat sicherlich meine Überlegung an Sie herangetragen, Ihnen eine Position im Vorstand der Seewald AG anzubieten.«

»Ja, Herr Seewald, darüber haben wir schon gesprochen.«

»Haben Sie sich bereits eine Meinung gebildet?« Der Privatmann Seewald mutiert in diesem Moment zum Geschäftsmann, die klare Bassstimme lässt auf Verhandlungsgeschick schließen.

»Ich bin Anwalt«, beginnt Tom. »Wir Anwälte neigen dazu, unsere Meinungsbildung aufgrund von Fakten zu manifestieren.«

Martin Seewald nickt und in seinen Augen flackert ein Funken Anerkennung auf. Sarah hingegen funkelt Tom mit einem bösen

Seitenblick an. Soll wohl heißen, dass man ihrem Papa zu folgen hat, ohne Fakten. Evelyn Seewald schmunzelt, drückt offen ihre Sympathie aus.

»Das lässt sich einrichten, Herr Anwalt.«

Seewald will was von dir, nicht du von ihm, sagt sich Tom.

»Verstehen Sie mich bitte richtig, Herr Seewald. Ich frage mich, wie Sie auf mich kommen. Ich bin Jurist, kein Executive Manager.«

Seewalds Gesichtsausdruck verrät, dass es ihm ernst ist. »Ich verstehe, dass Sie glauben, diesen Posten dem Umstand zu verdanken, dass Sie mit meiner Tochter befreundet sind. Ich versichere Ihnen, dass die Anregung, einen Juristen in den Vorstand zu berufen, von unserem Vorstandsmitglied, Bernhard Stannitzer, stammt. Stannitzer ist unser Chefproducer, er implementiert neue Produkte und die rechtlichen Voraussetzungen nehmen an Bedeutung zu. Das muss ich einem Wirtschaftsanwalt sicher nicht weiter erklären. Die juristischen Belange der Seewald AG nehmen einen immer breiteren Raum ein, ein Stellenwert mit Wachstumspotenzial.«

In der Folge beschreibt Sarahs Vater das Spektrum der Seewald AG. Ursprünglich von Seewald Senior gegründet als Verlagshaus, übernahm Martin Seewald Ende der Neunziger das Ruder, restrukturierte unprofitable Bereiche und verlagerte den Schwerpunkt der Seewald AG auf das Internet. Die Printmedien, Bücher und Magazine erhielten eine neue Plattform. Die Seewald AG war zehn Jahre später breit aufgestellt: Provider in den Bereichen Internet, Telefonie, Anbieter der Verkaufsplattform »newworld21«, die sich nach den Anfängen im Jahr 2000 anschickte, Amazon & Co den Rang abzulaufen und eine reichhaltige Palette an Büchern, Filmen, Musik und einen schier unüberschaubaren Warenkorb feilbot. Bereits 2001 erwarb Seewald marode Partnervermittlungsbörsen und baute seinen Bekanntheitsgrad aus. Ein eigenes soziales Netzwerk in Konkurrenz zu Facebook rundete das Spektrum neben der Beteiligung an unzähligen Verlagshäusern ab. Lizenzverträge mit Unternehmen in aller Welt, eine eigene Shoppingkette – all das stellte Martin Seewald zur Disposition – insgesamt ein breites Aufgabenfeld für den juristischen Vorstand, den Tom künftig besetzen sollte.

»Sie können sich vorstellen, welche Angriffe es abzuwehren gilt, wie viel Verträge formuliert und geprüft werden müssen, welche Strategien der Zukunft ausgetüftelt werden sollten. Dass der Vorstand dieses Ressorts über eine entsprechende Mannschaft und ein äquivalentes Budget verfügt, versteht sich von selbst. Ein Heer von Juristen, die Abwägung rechtlicher Grundlagen bei neu zu implementierenden Produkten – all das ergibt ein spannendes Aufgabenpotenzial.« Mit diesen Worten schließt Seewald seinen Bericht über das Unternehmen ab.

Lass die Finger davon – sofort! Tom ignoriert seine innere Stimme. »Danke für diesen Überblick, Herr Seewald. Es versteht sich von selbst, dass diese Aufgabe interessant und reizvoll ist. Natürlich fühle ich mich sehr geehrt über dieses einmalige Angebot.«

Zufrieden resümiert Martin Seewald: »Dann sollten wir baldmöglichst einen Termin in der Konzernzentrale vereinbaren.«

»Ja, das sollten wir«, stimmt Tom zu.

»Wie lange seid ihr jetzt zusammen?« Evelyn Seewald versucht das Thema zu wechseln, um sich und ihre Tochter wieder in die Unterhaltung einzubeziehen.

Nach dem Verhör, dem sich Tom jetzt unterziehen muss, endet die Familienidylle am Starnberger See. Über Jenny und das damit verbundene Drama seiner eigenen Familie hat Tom kein Wort verloren, auch Sarah erfährt nicht, was ihn den ganzen Nachmittag über bewegt und seine Gedanken immer wieder ablenkt. Tom verabschiedet sich mit dem Versprechen, sich bei Martin Seewald zu melden, nach seiner USA-Reise, deren Zweck er nicht erklärt. Sarah bringt Tom zum Wagen.

»Sehen wir uns morgen?«

»Ja, morgen.«

»Wann fliegst du in die USA?«

»Voraussichtlich übermorgen.«

Ein Kuss. Absatzklackern. Ein beiderseitiges »Tschüss!«. Tom fühlt sich wieder frei. Auf der Rückfahrt nach Berg weiß Tom, dass er etwas übersehen hat. Er grübelt, kommt aber einfach nicht darauf.

9

Tom neigt selten dazu, Hektik zu verbreiten. An diesem Montag spürt er die innerliche Unruhe. Als Erstes fährt er in die Kanzlei. Die Unterredung mit seinem Partner, Fritz Sollfrank, nimmt zwei Stunden in Anspruch. Fritz zeigt Verständnis für seine Lage.

Sie hatten sich von Anfang an gut verstanden, Fritz und Tom. Aber eine wirkliche Freundschaft war erst daraus geworden, als Fritz Sollfrank Tom vor zehn Jahren das Leben beim Segeln gerettet hatte. Ein Sturm legte den Flying Dutchman um, Tom wurde im Trapez vom Mast getroffen und trieb bewusstlos neben dem gekenterten Boot, das sich zum Glück in Ufernähe befand. Sollfrank zog ihn aus dem Wasser, reanimierte Tom und brachte ihn somit zurück ins Leben. Seither waren sie nicht nur beruflich verbunden, sondern pflegten ihre Freundschaft. Einer konnte sich auf den anderen verlassen.

Natürlich kann Tom sich einige Zeit freischaufeln, der Seniorpartner wird seinen nächsten Fall übernehmen.

»Viel Glück«, wünscht Dr. Sollfrank, und aus seinen Augen lässt sich leichte Sorge lesen. »Wenn du Hilfe brauchst, ich stehe dir nicht nur als Anwalt, sondern auch als Freund zur Verfügung.« Ein Unterton in seiner Stimme verrät, dass er es ernst meint. Tom schluckt, denkt an die Seewalds und an den gestrigen Sonntag. Er bedankt sich. »Ich weiß das zu schätzen, Fritz.«

Nach dem Gespräch ordnet er den Aktenstapel in seinem Büro, während Monika Schenk, Anwaltsgehilfin und Toms rechte Hand seinen Flug nach Houston organisiert.

»Ich bete, dass alles gut geht«, versichert Monika, die sich erschüttert zeigt, nachdem Tom auch ihr von Jennys Drama erzählt hat.

»Vielen Dank, Moni. Ich hoffe, beten hilft.«

Am frühen Nachmittag telefoniert Tom mit einem Kollegen, der in den USA studiert und gearbeitet hat. Mit Strafprozessen in den Staaten kennt er sich allerdings nicht aus. Aber er kann Tom die Adresse einer versierten Privatdetektei vermitteln.

Noch einmal genießt Tom die Ruhe seiner kleinen Villa in Berg, prüft die Unterlagen, die er von seinen Eltern zu Jennys Prozess erhalten hat, und denkt über die weiteren Schritte nach. Sein Instinkt verrät nichts Gutes, als er bei einem Spaziergang im Schlosspark von Berg über die Bedrohung nachdenkt.

Die Ankunft in den USA beginnt mit einer Enttäuschung. Eine attraktive, rothaarige Frau in den besten Jahren empfängt ihn in der Anwaltskanzlei Morris & Garathy.

»Laurie Sheldon«, stellt sie sich vor. »Ich war die Assistentin von Mr Garathy.«

Laurence Garathy, Jennys Anwalt. Toms Herz pocht. Nicht die bordeauxroten Haare machen seinen roten Blutkörperchen Beine, sondern die Tatsache, dass er gleich mit dem Anwalt sprechen wird, der Jennys Todesurteil als Quittung seiner fruchtlosen Arbeit hatte hinnehmen müssen.

Ms Sheldon bittet Tom, Platz zu nehmen. Erst jetzt bemerkt er die Bedeutung ihrer Worte. War die Assistentin?

Laurie Sheldon scheint den Ausdruck in seinem Gesicht richtig zu deuten. »Ja, ich sagte ›war‹, Mr Wolfert.« Sie sagt Wulfart. »Mr Garathy ist aus der Kanzlei ausgeschieden, unmittelbar nach dem Prozess. Ich bin jetzt Junior Partnerin von Mr Morris.«

Die junge Dame mit dem hübschen Gesicht – eine Ähnlichkeit mit Julia Roberts ist unverkennbar – scheint sich darüber zu freuen. Tom kann diese Freude nicht teilen. Sein lapidares »Hmmm« klingt nicht hoffnungsvoll.

»Aber Sie können von mir alles erfahren, was Sie wissen möchten«, beeilt sie sich zu versichern.

Tom beschließt nachzuhaken. »Mr Garathy ist, so ich weiß, Mitte vierzig. Ist das in den USA nicht etwas ungewöhnlich, so früh in Rente zu gehen? Oder hat Mr Garathy die Kanzlei gewechselt? Er ist doch Partner von Mr Morris?«

»Nein, Mr Wolfert. Mr Garathy hat sich ins Privatleben zurückgezogen. Ich kann Ihnen aber, wenn Sie es ausdrücklich wünschen, gerne die Adresse geben. Wie gesagt, er wird Ihnen nicht mehr sagen können als ich.«

Tom weiß, dass er jeder Kleinigkeit nachgehen wird. Nachdem Laurie Sheldon ihn über den Prozessverlauf und die erdrückenden Indizien aufgeklärt hat, bittet er Ms Sheldon, ihm doch die Adresse von Garathy zu geben. »Ich möchte gerne von ihm wissen, wie er den Prozess sieht und vor allem, darum geht es mir in erster Linie, wie er Jennys Befinden vor und nach dem Prozess beurteilt.«

»Kann ich verstehen, Mr Wolfert.«

»Tom. Wäre nett, wenn Sie mich Tom nennen.« Amerikanische Gepflogenheit – Tom muss um die Gunst des rothaarigen Feuerzaubers buhlen, denn er wird ihre Unterstützung brauchen.

»Laurie«, revanchiert sie sich umgehend.

»Okay, gerne, Laurie. Als Nächstes möchte ich Sie bitten, mir zu helfen, meine Schwester im Gefängnis zu besuchen.«

Sie nickt verständnisvoll. »Natürlich, das kriegen wir hin, Tom.«

Seine nächste Frage bringt sie in Schwierigkeiten. »Kann ich den Tatort besichtigen? Kommen wir in das Anwesen der Fosters hinein?«

Laurie überlegt. »Nein, also nicht mit meiner Hilfe, nicht über einen juristischen Weg. Der Fall ist abgeschlossen und das Anwesen verkauft. Aber klingele einfach. Der neue Besitzer hat vielleicht nichts dagegen.«

»Werde ich tun. Ich glaube, das war's für Erste. Ich melde mich, oder du bei mir, sobald wir Jenny besuchen können.«

Tom verabschiedet sich und beschließt, ins Sheraton Hotel in der Uptown zu fahren. Er trinkt an der Bar einen Scotch, um dann Schlaf in seiner Suite zu finden. Den Schattenmann, der ihn seit einiger Zeit beobachtet, bemerkt er nicht. Er kann auch nicht wissen, dass dieser öffentlichkeitsscheue Begleiter ihm bereits seit dem Flug gefolgt war.

10

Der kleine Bungalow, in dem Laurence Garathy wohnt, scheint verlassen zu sein. Auf dem Nachbaranwesen mäht eine beleibte Frau den Rasen. Tom winkt ihr zu und deutet an, mit ihr sprechen zu wollen. Sie scheint sich über jede Unterbrechung zu freuen, wischt sich die Hände an ihrer speckigen Schürze ab und lädt Tom sofort zu einem Kaffee ein.

Nachdem Tom sich vorgestellt und ihr versichert hat, wie bedeutsam und legitim sein Interesse sei, Mr Garathy zu sprechen, gibt die Nachbarin bereitwillig Auskunft.

»Mr Garathy ist letzte Woche ausgezogen.«

»Er allein? Und seine Familie?«

»Familie?« Die alte Dame schaut ihn verwundert an. »Laurence lebte allein, seine Frau hat ihn vor einem, nein, vor anderthalb Jahren verlassen. Kinder haben sie nicht. Zu viel Arbeit, der arme Mann. Seine Frau hat ein schickes Leben gehabt und er ist in seinen Prozessen und seiner Arbeit ertrunken.«

Tom kratzt sich nachdenklich am Kopf. »Hm ...« Mehr fällt ihm dazu nicht ein.

Die mollige Frau erzählt bereitwillig weiter. Sie scheint froh zu sein, dass ihr jemand zuhört. »Sie haben am Schluss nur noch gestritten. Sie ist ausgezogen. Danach hat sie ihn ausgezogen.«

»Wie meinen Sie das?«

»Na ja, er hat seine ganze Barschaft abdrücken müssen, um das Haus zu halten. Laurence war nach der Scheidung ziemlich pleite.«

Tom wird hellhörig. Weiß die Nachbarin tatsächlich über Garathys Vermögensverhältnisse Bescheid? »Und da kann er es sich leisten, einfach auszuziehen und das Haus leer stehen zu lassen?«

Molly, wie Tom die dicke Frau benannt hat, sieht überrascht an. »Jetzt, wo Sie es sagen. Ja, stimmt eigentlich.«

»Was heißt eigentlich ausgezogen? Einfach mal so für ein paar Wochen oder umgezogen?«

»Das Haus ist leer. Möbel, seine Sachen, alles weg.« Ihre wegwerfende Handbewegung untermalt ihre Aussage.

»Okay, und wohin ist er gegangen?«

»Ja, das habe ich ihn auch gefragt. Er sagte, er wolle nach dem letzten Prozess erst mal verreisen und sich irgendwo auf der Welt ein ruhiges Plätzchen suchen.«

»Das hat er gesagt?«

Sie nickt heftig. »Ja, genau so. Aber mehr konnte ich auch nicht von Laurence erfahren.«

»Es gibt sicher so etwas wie einen Nachsendeauftrag für die Post«, sinniert Tom laut.

»Nein, das glaube ich nicht. Bei mir haben zwei Leute angerufen, die ihre Post zurückerhalten haben. Unbekannt verzogen, mein armer Nachbar.« Sie runzelt die Stirn.

Tom ist sich nicht sicher, was er davon halten soll.

Auf der Fahrt zum Golf von Mexiko zermartert er sich das Gehirn über das Verschwinden des Anwalts. In seinem Kopf rotieren die Gedanken mit derselben Sinnlosigkeit, mit der ein Hund versucht, seinen Schwanz zu fangen. Er dreht sich im Kreis und konstatiert schließlich, dass all diese Fakten keinen Sinn ergeben.

Tom steht am frühen Nachmittag vor dem weißen Haus auf Jamaica Beach. An der Eingangspforte prangt groß die Hausnummer, kein Namensschild – das fehlt in den USA. Der amerikanische Postbote richtet sich nur nach der Adresse, ein Abgleich, ob der Name auf dem Kuvert zu dem Postkasten passt, bleibt aus. Ein Messingknopf neben der Hausnummer starrt den Besucher wie das Knopfauge eines Teddybären an. Tom presst seinen Zeigefinger auf den Augapfel und wartet geduldig. Es knackt und eine borstige Stimme meldet sich mit einem lieblosen »Sie wünschen?«

»Mein Name ist Thomas Wolfert. Sind Sie die Hausherrin?«

»Nein, ich bin das Dienstmädchen. Wenn Sie Mrs Royce sprechen wollen, kommen Sie in einer Stunde wieder.«

Knack – aufgelegt. Kurz und bündig. Tom sieht auf die Uhr. Eine Stunde – okay.

»Wissen Sie, dass Galveston neben New York der bedeutendste Einwanderungshafen in den USA war? Galvestons Bevölkerung bestand bis Ende des 19. Jahrhunderts bis ungefähr zur Hälfte aus deutschen Einwandererfamilien. Sie sind doch Deutscher, oder?« Die gesprächige Bedienung mit dem langen brünetten Haar in dem Café meint es gut mit Tom. Artig nickt er. »Ja, ich komme aus Deutschland«, gibt er freimütig zu.

»Das erste Mal hier?«

»Ja, das erste Mal. Wirklich eine schöne Insel.«

Brüni, so nennt Tom sie insgeheim, nimmt auf dem Stuhl neben ihm Platz. Geschwätzig klärt sie ihn weiter auf. »Ja, eine Insel für die Schönen und Reichen. Geld war hier schon immer zu Hause. Das sieht man an einigen pompösen Bauten, wie zum Beispiel dem Bishop's Palace. Die wurden von reichen Leuten an den Hauptstraßen wie dem Broadway, The Stand, Seawall Boulevard errichtet. Müssen Sie sich unbedingt ansehen, Mister.«

»Gern. Mit so einer hübschen Fremdenführerin wirken die Prachtbauten sicher noch reizender.«

Die Brünette lächelt. Ob sie bereits die Dreißig überschritten hat? Ihr Gesicht wirkt eingebettet, umrankt von dichten, glatt anliegenden Haaren. Sie sieht einer Eule ähnlich – einer brünetten Schnee-Eule.

»Was gibt es sonst noch für Sehenswürdigkeiten? Ich habe etwas Zeit.«

»Eine Grand Opera haben wir hier. Und natürlich die Holzskulpturen, die müssen Sie unbedingt sehen.«

»Was sind das für Skulpturen?«

»Örtliche Künstler haben sie aus den Überresten von Bäumen geschnitzt.«

»Überreste von Bäumen?«

»Ja, Bäume, die durch den Hurrikan zerstört wurden. Die sind über die ganze Stadt verteilt. Galveston hat immer noch ziemlich viele Häuser, die durch die Behörde versiegelt wurden.«

»Wieso versiegelt?«

»Sind nach Ike nicht repariert worden. Die Eigentümer dürfen darin nicht wohnen. Fenster und Türen sind mit Balken vernagelt. Aber das älteste, historische Hotel Galvez am Seawall Boulevard, das ist die Straße, die am Strand entlang verläuft, wurde kürzlich renoviert und ist der Stolz der Leute von Galveston. Letztes Jahr war da noch bis zum Sommer das Hotel Flag Ship zu sehen, das auf einer Pier gebaut war. Ike hat das Gebäude aber so gebeutelt, dass man sich entschlossen hat, es abzureißen, was ich schade fand, da es doch so eine Art Wahrzeichen von Galveston war.«

»Sie kennen sich wirklich gut aus hier.«

Brüni nickt. »Bin hier geboren.«

Ihre Ortskenntnisse kommen Tom entgegen. »Ich will später ins weiße Haus. Kennen Sie es? Dort haben die Fosters gewohnt.«

Darauf ändert sich ihr Blick schlagartig. Sie springt auf. Aus ihren hellbraunen Augen sprüht plötzlich Abscheu und Entsetzen. »Ich muss dann mal wieder, der Chef schimpft sonst.«

Sie stürmt davon. Tom erkennt ihre Silhouette hinter der Glasscheibe, die das Café in zwei Teile spaltet. Dort tuschelt sie mit einem Mann und deutet dabei auf den ihn.

Der Tuschelmann kommt schließlich eilenden Schrittes zu Tom und präsentiert die Rechnung. Offensichtlich fordert er Tom damit zu einem schnellen Gehen auf. Etwas verdattert verlässt

Tom das Lokal. Er hat zwar einiges über Galveston erfahren, aber nichts über das Geheimnis der Fosters.

Eine Stunde später.

Über die Sprechanlage meldet sich eine weibliche Stimme. Tom versucht es mit der Wahrheit, sagt, wer er ist und was er will. Nach einem Augenblick des Schweigens vernimmt er ein schüchternes »Okay«, und der Summer bedeutet ihm einzutreten.

Eine Frau um die fünfzig erwartet ihn und stellt sich als Amily Royce vor. Sie empfängt Tom mit einem freundlichen Gesichtsausdruck. Ihr braun gebranntes Gesicht zeugt davon, dass sie gerne in der Sonne verweilt und ihre Zeit in vollen Zügen genießt. Sie entpuppt sich als gastfreundlich und verständnisvoll. Tom darf den Tatort besichtigen, betritt die Räume des kleinen Bungalows, in dem Jenny gelebt hat. Dann zeigt Mrs Royce ihm den Zugang zum Strand und die gepflegten Außenanlagen. Schließlich bietet sie ihm ein Soda auf der Terrasse an und Tom darf seine Fragen stellen.

»Wie sind Sie zu diesem herrlichen Anwesen gekommen?«

Amily Royce stellt ihren Eistee auf ein Beistelltischchen, bevor sie antwortet: »Über einen Vermittler – war allerdings etwas undurchsichtig.«

»Inwiefern?«

»Weiß nicht, irgendwie war es seltsam. Hier ist das so: Die Prospekte oder die Websites der Immobilienmakler zeigen Fotos, welche die Häuser nur von der bestmöglichen Seite darstellen. Die negativen Dinge werden eher nicht veröffentlicht. Amerikaner möbeln ihr Haus auf, bevor sie es auf den Markt bringen. Ich weiß, das ist in Deutschland anders. Dieses Haus war nicht aufgemöbelt und es wurde nicht über einen Makler verkauft.«

»Haben Sie das Haus samt Mobiliar erworben?« Toms Interesse ist geweckt.

»Ja. Das meiste, was Sie gesehen haben, stammt von den Fosters.«

»Ich gehe davon aus, dass Sie wissen, was in diesem Haus passiert ist. Kennen Sie auch die Einzelheiten des Tathergangs?«

»Nennen Sie mich doch Amy, Mr Wolfert.« Ihre Stimme klingt warm und hat fast etwas Mütterliches. Sie führt ihren Eistee wieder zum Mund und lächelt.

»Oh, sehr nett. Dann sagen Sie bitte Tom.«

»Gerne, Tom. Ja, wir wussten von Anfang an, welche schrecklichen Ereignisse auf diesem Haus lasten.«

»War das für Sie nicht ein mulmiges Gefühl, hier einzuziehen?«

»Nein, ganz und gar nicht. Die Spuren der Morde waren ja beseitigt. Außerdem, jedes Haus, das älter ist, hat sicherlich schon einmal Tote beherbergt. Dieses Anwesen war natürlich aufgrund der Vorkommnisse preiswert zu haben.«

»Verstehe.«

»Mein Mann und ich fühlten uns von Anfang an wohl und wir haben genügend Platz für unsere Kinder, die fast jedes Wochenende hier verbringen.«

Tom überlegt. Bis jetzt hat Amy problemlos seine Fragen beantwortet. Kann er einen Schritt weitergehen? Er entschließt sich, seine Fragen fortzuführen.

»Wie war das mit den persönlichen Sachen der Fosters. Kleidung, Briefe, Fotos?«

Amy Royce presst die Lippen zusammen. »Ja, das war allerdings seltsam. Die Schränke waren ausgeräumt, alles Mobiliar ist hiergeblieben, aber die Inhalte fehlten.«

»Die Fosters hatten keine Kinder, keine Angehörigen, soviel ich aus den Akten entnommen habe.«

»Richtig, Tom. Aber all ihre persönlichen Sachen waren weg. Ist uns am Anfang gar nicht seltsam vorgekommen. Als wir die

Innenaufnahmen von dem Haus angesehen haben, war das jedoch anders.«

»Wie meinen Sie das?«

»Na ja. Das Haus wurde von außen und innen fotografiert und in einem Dossier konnte man jeden Raum mit Beschreibung sehen. In den Innenräumen lagen überall persönliche Sachen, der begehbare Kleiderschrank war voll mit den Kleidern der Fosters. Teilweise sah das auch unordentlich aus, da die Polizei und das FBI die Sachen durchwühlt hatten. Der Mann, der das Haus im Auftrag einer Gesellschaft anbot, sagte damals, all diese Sachen müssten wir selbst entsorgen. Als wir dann die Immobilie besichtigten, war alles weggeräumt.«

»Wissen Sie sonst noch irgendwas von der Familie Foster?«

»Nein, Tom. Aber – Moment.« Sie hielt inne, als wäre ihr gerade etwas in den Sinn gekommen. »Wir haben in einem Sideboard etwas gefunden, was wohl zwischen die Schublade und die Rückwand gerutscht ist. Wollen Sie das sehen?«

»Gerne.«

Amy erhebt sich. Zwei Minuten später ist sie zurück und hält ein Foto und eine Postkarte in der Hand. Das Foto zeigt eine Anzahl nackter Menschen – offensichtlich ein FKK-Strand. Menschen, so wie Gott sie geschaffen hat. Kein Datum, kein Hinweis auf der Rückseite. Die Ansichtskarte ist etwas abgegriffen. Sie zeigt eine idyllische Landschaft. Ein Dorf, eine Anhöhe mit einem Einsiedlerhof, im Hintergrund ragt ein Kirchturm vor einem bewaldeten Bergrücken heraus. Tom dreht die Karte um und liest die klein gedruckte Inschrift:

Hammerharlesberg – St. Felix
Grasserhof Harlesberg
92637 Theisseil
Ferienwohnungen – Bauernhof Café
Telefon +499619 9 …

Die letzten Zahlen sind verwischt, unlesbar.

»Das ist in Deutschland«, stellt Tom fest. »Der Postleitzahl nach in Bayern, wahrscheinlich Oberpfalz.«

Amy kann ihm dazu nichts sagen. Tom erklärt ihr, dass er Jenny für unschuldig hält und dass es für ihn ein langer und aufreibender Weg werden würde, ihre Unschuld zu beweisen. Amy stimmt ihm zu.

»Ich habe den Prozess teilweise verfolgt. Ich kann mir auch nicht vorstellen, dass dieses verängstigte Mädchen, noch dazu allein, zu so einer Tat fähig ist.«

Ihre Worte tun gut, auch wenn sie es vielleicht nur gesagt hat, damit er sich besser fühlt. Amy ist unbeteiligt, kann sich eine neutrale Meinung erlauben. Und sie erlaubt ihm, das FKK-Bild und die Karte mitzunehmen.

Tom fährt am frühen Abend nach Houston zurück. Er resümiert, dass er nicht viel herausgefunden hat. Ein verschwundener Anwalt, eine Postkarte. Grasserhof. Eine Urlaubserinnerung der Fosters? Kann es sein, dass ein Ehepaar, das auf einer Insel am Golf von Mexiko wohnt und scheinbar FKK bevorzugt, einen Urlaub in der Oberpfalz im Osten Bayerns verbringt? Unwahrscheinlich.

Grasserhof – eine Postkarte, auf der nichts geschrieben steht, die nicht per Post in das Haus der Fosters gelangte. Aber wie kam sie dann dorthin? Durch Jenny?

Tom verwirft den Gedanken. Sicherlich hat diese Ansichtskarte keinerlei Bedeutung.

Er sollte sich täuschen.

11

Der Schattenmann nutzt die Zeit, die Tom im Restaurant beim Abendessen verbringt, um die Suite zu durchsuchen. Er achtet streng darauf, keine Spuren zu hinterlassen. Allerdings begeht er den Fehler, das FKK-Bild und die Postkarte aus einer schwarzen Mappe an sich zu nehmen.

Tom bemüht nach dem Essen in seiner Suite seinen Laptop. Er googelt: »Grasserhof Theisseil«. Welch Glück, der Grasserhof unterhält eine Website. Das Anwesen ist deutlich zu erkennen, daneben beschreiben die Betreiber die üblichen Angebote für Übernachtungsgäste. Landwirtschaft, Rehe, Rinder der Klasse Dexter, Ferienwohnungen, kinderfreundlich - all das bietet der Einsiedlerhof. Josef und Anna Grasser sind unter »Kontakt« als Inhaber verzeichnet. Bilder der Landschaft und der Ferienwohnungen laden zum Entspannen ein, das Bauernhof Café verweist auf heimische Schmankerl. All das macht einen ländlichen Eindruck, zeigt aber nichts Außergewöhnliches auf. Ein landwirtschaftliches Anwesen in der Oberpfalz östlich von Weiden, im Grenzland zu Tschechien, mit Feriencharakter - nicht mehr, nicht weniger. Ein Zusammenhang zu den Fosters ist nicht erkennbar.

Toms Handy unterbricht seine Betrachtungen. Sarah meldet sich. Small Talk über den Atlantik, kurz, unbedeutsam, gespielte Anteilnahme und die Aufforderung, bald zurückzukehren. Tom ist nicht enttäuscht, eher erleichtert, den Anruf beenden zu können.

Als er seine Mappe sichtet, sucht er vergebens nach dem FKK-Bild und der Ansichtskarte. Er durchforstet die Suite. War jemand hier? Oder handelt es sich bloß um einen Ausbruch an Paranoia? Das Bild und die Karte könnten aus der Mappe gerutscht sein. Tom geht alle Wege ab, die er mit der Mappe in der Hand zurückgelegt hatte. Er durchsucht seinen Mietwagen – und findet nichts. Schließlich kehrt er in die Suite zurück, nachdem er an der Rezeption gefragt hat, ob ein Bild und eine Karte abgegeben wurden.

Als er endlich im King Size Bett zur Ruhe kommen will, weiß er, dass er lange keinen Schlaf finden wird. Wer könnte ein Interesse haben, ein Bild und eine Ansichtskarte aus der Oberpfalz verschwinden zu lassen? Oder ist es tatsächlich möglich, die einzigen Fundstücke des Tages einfach so zu verlieren? Seine innere Stimme meldet sich. Du bist Anwalt, Tom. Ein verdammt guter Anwalt. Verdammt gute Anwälte verlieren keine Beweisstücke.

Tom weiß das. Er ahnt, dass in den Vereinigten Staaten von Amerika einiges oberfaul ist.

12

Mein 1. Brief – per DHL Einschreiben

An den lieben Gott
Himmelsthron
(Postleitzahl unbekannt) Himmel

Lieber Gott,
dieses Schreiben ist kein Tagebuch. Verzeih mir, wenn ich für all das, was ich dir sagen möchte, mein Gedächtnis strapazieren muss. Gut, ich darf ja nicht lügen. Ich habe schon ein Tagebuch und manches habe ich darin nachgelesen. Nicht böse sein. Du hattest bisher ja nie Zeit für mich. Klar doch, bei den vielen Milliarden Menschen und Billionen Toten im Himmel kommst du kaum noch rum. Deshalb schreibe ich dir meine Geschichte. Kannst sie lesen, wenn du Zeit hast. Vielleicht an einem Sonntag, da ruhst du ja, weil es der siebente Tag der Woche ist.
In einer Woche ist wieder Samstag. Badetag. Mein Geburtstag. Warum hast du mich an einem Badetag auf die Welt geschickt? Du siehst doch alles. Weißt also, was der Badetag bedeutet. Also, in einer Woche kommt der große Tag. Badetag und mein Geburtstag. Das ist doch der richtige Tag, meinst du nicht auch? Ich meine der richtige Tag für meinen Tod. Ich habe ihn extra auf dieses Datum gelegt. Gestorben bin ich ja schon. Wenn ich dir diese Zeilen in einer

Woche zu Ende geschrieben habe, warte ich auf den Tod. Also, den Tod, der nach dem Sterben kommt.
Ich bin mir eben gar nicht sicher, ob der Tod wirklich die Erlösung ist. Aber weil dein Sohn auch gestorben ist und alle Menschen sagen, er sei der Erlöser, gilt das sicher auch für mich. Ich erlöse ja nur mich, nicht die anderen. Ich rechne fest damit, dass ich dann einmal persönlich mit dir sprechen kann. Da ich mir aber, ganz ehrlich gesagt, überhaupt nicht sicher bin, will ich mir alles von der Seele schreiben. Und wenn ich dann tot bin, dann nimmt meine Seele den Brief an dich mit und du erfährst, warum ich den Tod gewählt habe. Vielleicht kannst du mir dann verzeihen. Ich weiß ja, dass man nicht selbst den Tod wählen darf, aber vielleicht ist es dir möglich, eine Ausnahme zu machen. Darum schreibe ich dir all das auf.
Ich erinnere mich noch an unseren ersten Badetag. Aliena und ich lagen im Bett. Aliena hat nicht geweint. Ich schon. Ich habe das Blut gesehen. Ihr Blut, bei mir war es nicht so viel Blut, bei ihr schon. Ich habe geahnt, dass sich der Badetag wiederholen wird. Hat er sich auch, jede Woche. Aliena hat es geschafft, glaube ich jedenfalls. Ich bin zu schwach. Verzeih mir, lieber Gott. Ich schwöre dir, ich habe es versucht. Aber du weißt ja, all die Messer und Papas Rasierklingen, die meine Haut aufgeritzt haben, konnten mir nicht helfen. Ich habe die Nahrung, die sie mir gegeben haben, ausgekotzt – Entschuldigung – meine natürlich, habe mich übergeben. Ich habe mir den Kopf an der Türkante angeschlagen. Sie haben die Platzwunde wieder zugenäht und ich war einigermaßen hässlich. Hat nichts geholfen. Doch ich

will dich wirklich nicht anschwindeln. Der nächste Badetag ist ausgefallen. Für mich. Für Aliena nicht. Aliena ist so hübsch. Vielleicht, weil sie so traurige Augen hat. Ich bin nie so hübsch gewesen wie sie. Glaube ich jedenfalls nicht, aber das kannst du sicherlich besser beurteilen.

Darf ich dir eine Frage stellen, lieber Gott? Du liebst doch alle Menschen. Alle. Warum liebst du mich nicht? Ich frage dich, weil ich morgen weiter an dich schreiben werde. Du weißt ja, wegen des Badetags. Heute in sieben Tagen. Also, wenn du mich doch liebst, dann melde dich. Weil, wenn das so ist, dann reden wir über den nächsten Samstag und dann überlege ich mir das mit dem Tod noch mal. Bin ja auch unschlüssig, weil ich nicht weiß, ob ich noch mal auf die Welt kommen müsste, wenn ich den Tod freiwillig wähle. Und noch mal auf diese Welt kommen möchte ich nicht, es sei denn als Tier, am besten eines das im Wald lebt. Also für heute mache ich mal eine Pause. Falls du dich meldest. Wenn nicht, schreib ich morgen weiter.

Schlaf gut, lieber Gott. Und für morgen wünsch ich dir einen schönen Sonntag. Wir ruhen uns dann beide aus. Ist das okay für dich? Also, mach's gut.

Bis morgen,

S.

13

Am Morgen des dritten Tages trifft Tom Laurie Sheldon in ihrem Büro. Tom will wissen, wo Jennys Gefängnis liegt.

Die Anwältin holt eine Karte hervor und zeigt auf einen Punkt. »Hier, Gatesville, etwa – nach europäischer Rechnung – hundertfünfundzwanzig Kilometer nördlich von Austin, fünfundvierzig Fahrtminuten von Waco entfernt. Die Stadt Gatesville hat fünf Gefängnisse und das staatliche Gefängnis für Frauen, betrieben vom Texas Department of Criminal Justice. Eine dieser Einrichtungen, die Mountain View Unit, beinhaltet die Todeszelle für Frauen. Das ist etwas vier Meilen nördlich von Gatesville entfernt.«

Tom kann sich vage an einen Eintrag bei Wikipedia erinnern. *Mountain View Unit is a Texas Department of Criminal Justice prison housing female offenders in Gatesville, Texas.* Ein Schauer durchfährt ihn. *Female Offender* – weiblicher Täter. Seine Jenny!

»Wie weit ist es dorthin, von hier aus?«

»Etwas über zweihundert Meilen. Drei bis vier Stunden Fahrtzeit. Wenn es dir passt, Tom, könnten wir morgen hinfahren.«

»Du würdest mich begleiten?«

»Ja, ich bin Jennys Anwältin in Nachfolge von Mr Garathy. Dann kommen Sie schneller zu ihr als ohne mich.«

»Das ist mir schon klar.«

»Okay, ich werde alles arrangieren. Unsere Handynummern haben wir ja bereits ausgetauscht – falls etwas dazwischen kommt. Ansonsten hole ich dich morgen früh gegen sieben Uhr ab. Okay?«

Tom nickt. Er überlegt, ob er Laurie über seine Recherchen informieren soll. Schließlich hält er es für besser, seine Entdeckungen für sich zu behalten.

Nachdem er der Anwältin einige formale Fragen gestellt hat, verlässt er die Kanzlei und seine Uhr verrät ihm, dass genügend Zeit verbleibt, sich etwas von Houston anzusehen. Tom nimmt sich den Rest des Tages frei, um sich von seinen trüben Gedanken abzulenken. Er entscheidet sich zunächst für das Museum of Fine Arts, das größte texanische Kunstmuseum, besichtigt anschließend die restaurierte Downtown mit dem Schauspielhaus Alley Theatre und das Wortham Center, Heimstätte der Houston Grand Opera. Doch seine Absicht, sich mit diesen Aktionen wenigstens für ein paar Stunden freizumachen von den trüben Gedanken, scheitert an dem Kopfkino, das nicht weichen wird: seine Schwester in der Düsternis einer schmuddeligen Todeszelle.

Am frühen Abend nimmt er schließlich seinen letzten und einzigen Termin für diesen Tag wahr. In der Lobby des Sheraton erwartet ihn Lory Bowman, Jennys Hauptbelastungszeugin und ehemalige Freundin. Tom erkennt die 26-Jährige sofort wieder. Aus dem Au-pair Mädchen von damals ist eine junge Frau geworden. Sie begrüßen sich. Lory scheint etwas mulmig zumute zu sein. Ihre Begrüßung fällt verhalten aus. Tom sucht einen abgelegenen Platz aus, an dem sie ungestört reden können.

»Danke, dass du gekommen bist, Lory.«

»Schon gut.« Lory wirkt verlegen.

Tom muss sich zu dem nächsten Satz überwinden. Der Anwalt in ihm muss das Kalkül eingehen, ihr Vertrauen zu gewinnen und so zwingt er sich zu den Worten, die ihm schwerfallen. »Ich möchte eines vorwegschicken, Lory. Ich gebe dir keinerlei Schuld. Du musstest die Wahrheit sagen.«

Dankbar nickt sie Tom zu.

»Ja, das musste ich.«

»Darf ich dir dennoch die Frage stellen, ob du Jenny für schuldig hältst?«

Lory senkt die langen Puppenwimpern über ihren verlorenen Blick. »Darf ich ehrlich sein, Tom?«

»Ich bitte darum. Du musst keine Angst haben, Lory, ich werde dir wirklich keinerlei Vorwürfe machen.«

»Okay. Also, Jenny ist von Mike vergewaltigt worden. Das habe ich ihr sofort geglaubt. Der Staatsanwalt hat das im Kreuzverhör allerdings – zumindest für die Geschworenen – widerlegt. Jenny war seiner Kanonade an unanständigen Fangfragen hilflos ausgeliefert. Obwohl sie Verletzungen hatte, obwohl diese Verletzungen dem Gericht dokumentiert wurden – für die Anklage war es wilder, aber einvernehmlicher Sex. Jedenfalls hat ihr Staatsanwalt Decker einen Strick gedreht – heimtückischer Mord aus niederen Beweggründen.«

Tom schluckt. Der Kellner beschert beiden eine kleine Pause. »Darf ich Ihnen was bringen?« Lory sucht sich einen alkoholfreien Caribbean Cocktail aus – Maracuja und Ananassaft mit Kokoscreme und Mangosirup.

»Für mich auch«, sagt Tom und wartet, bis der Kellner außer Hörweite ist. Dann fährt er fort: »Das ist furchtbar, aber du hast meine Frage nicht beantwortet. Glaubst du, Jenny ist schuldig?«

»Für mich steht fest, dass Mike sie vergewaltigt hat. Die Folgen einer solchen Vergewaltigung kann ich mir allerdings nicht vorstellen, Tom. Was kommt danach? Dreht man durch? Wut, Demütigung – wer weiß, wie man da reagiert. Demnach könnte ich verstehen, dass Jenny diesen Mann umbringt. Aber ich glaube das nicht. Es spricht zu viel dagegen.«

»Und was spricht deiner Meinung nach dagegen?«

»Dass sie Mike umbringt, okay – würde ich verstehen. Aber seine Frau?«

Lory putzt sich die Nase. Sie ist jetzt sichtlich bewegt, aufgeregt. Sie muss sich fassen. »Weißt du, Tom, ich kannte Mike und seine Frau Ann. Schließlich habe ich sie Jenny vermittelt. Meine Eltern und die Fosters waren, na ja, sagen wir, befreundet. Keine tiefe Freundschaft, aber sie haben, Verzeihung, hatten gleiche Interessen. FKK und so.«

»Verstehe.«

»Also, jedenfalls, Mike Foster war einhundert Kilo Mann. Jenny gehört nicht gerade zur Olympiamannschaft der Gewichtheberinnen. Also, wie hätte sie es allein geschafft, diesen 1,90 m großen, kräftigen Mistkerl herumzudrehen? Wie hätte sie es schaffen können, ihn und seine Frau zu töten? Ann war auch nicht gerade die Schwächste. Ich glaube, aber natürlich hat das niemanden interessiert, dass Jenny zu dieser Tat nie in der Lage gewesen wäre.«

Tom kann ihr nur aufmerksam zuhören und gönnt ihr eine Verschnaufpause, in deren Verlauf der Kellner die Caribbeans serviert.

»Jenny ist unschuldig. Sie hat aber am Telefon gesagt, sie wird das Schwein umbringen. Das musste ich vor der Jury aussagen. Der Staatsanwalt führte in seinem Plädoyer aus, das Jenny ein starkes Motiv hatte, egal ob sie wirklich vergewaltigt wurde oder nicht. Das lag an der Aussage der Nachbarn. Die haben sich darüber ausgelassen, dass Jenny eine junge Deutsche gewesen sei, die sich an Mike herangemacht habe, um ihn abzuzocken. Nach deren Beobachtung hätten sie gesehen, das Mike auf Jenny lag – am Strand. Und das, als Ann nicht zu Hause war. Staatsanwalt Decker hat daraus abgeleitet, dass Mike seine Ehe nicht riskieren wollte und somit war für ihn ein starkes Motiv, wie Hass oder Eifersucht, nicht auszuschließen. Wäre es hingegen eine Vergewaltigung, sei das Motiv ebenso stark, nur – in diesem Fall ...« Lory lässt den Schluss offen. Tom ergänzt ihn für sie.

»In diesem Fall wäre es fraglich gewesen, Jenny zum Tode zu verurteilen.«

Tom denkt lange über Lorys Ausführungen nach. »Das alles hört sich mehr als fragwürdig an.«

»Ja, der ausschlaggebende Punkt war, dass man in Jennys Schlafzimmer zwanzigtausend Dollar gefunden hat. Und zwar versteckt. Das Geld wurde erst Tage nach dem Mord von der Spurensicherung gefunden. Staatsanwalt Decker hat nachgewiesen, dass dieses Geld von den Fosters stammte. Die hatten genau diese Summe am Freitag von ihrer Bank abgehoben.«

Tom muss jetzt einige Synapsen in seinem Gehirn verbinden. Wieso steht das nicht in den Akten, die er erhalten hat? Seine Eltern hatten ihm doch alle Unterlagen ausgehändigt. Sie selbst waren nicht an jedem Prozesstag präsent und von diesen Tagen hatte ihnen der abgetauchte Garathy ein Protokoll über die wichtigsten Verhandlungspunkte und den Prozessverlauf überlassen. Von einer Geldsumme, die bei Jenny gefunden wurde, war nirgends die Rede. Das Plädoyer der Staatsanwaltschaft war Toms Akten nur in Auszügen beigelegt. Die Wolferts hatten die Schlussplädoyers nicht persönlich verfolgt – Ron hätte das nicht verkraftet.

Tom blättert den Ordner durch, in dem er alles abgelegt hat. Er findet den Zeitungsartikel, den er zu Hause gelesen hatte, sucht den Absatz über das Urteil und findet die Passage, in der es heißt: »Jennifer W. habe somit keine Aussicht auf eine erfolgreiche Berufung des Urteils, könne nun aber zwölf Jahre lang darüber nachdenken, ob dieser skrupellose Mord in Tateinheit mit Raub im Verhältnis zu dem stehe, was ihr Mike Foster angeblich angetan hatte.«

»In Tateinheit mit Raub«, murmelt er vor sich hin. »Als ich das las – ich wusste zu dem Zeitpunkt nicht, dass es um meine Jenny ging, habe ich das überlesen oder ignoriert.«

Lory liest den Artikel. »Haben eure Eltern nicht erzählt, welche Anklagepunkte der Prozess enthielt?«

»Papa und Mama sind ziemlich von der Rolle. Alles, was ich weiß, habe ich den Unterlagen entnommen, die Laurence Garathy ihnen gegeben hat. Sie waren die meiste Zeit während des Prozesses in Houston, aber selten im Gericht.«

»Oder sie wollten alles ignorieren, was Schlechtes über ihre Tochter verhandelt wurde«, mutmaßt Lory.

»Ja, dessen bin ich mir sogar sicher.« Seine Gedanken durchforsten die Unterlagen, die er gelesen hat. Seltsam, dass der Anwalt in den Protokollen wichtige Fakten unterschlagen hat.

Tom wird klar, warum Jenny zum Tode verurteilt wurde: Mord aus Habgier, dazu Raub und zwei Zeugen: Lory und die Nachbarn. Und niemand war darauf gekommen, dass Jenny aus reichem Haus stammte und es wohl kaum nötig gehabt hätte, zwanzigtausend Dollar zu entwenden.

»Sag mal, Lory, wenn du glaubst, Jenny kann diese Tat nicht begangen haben, dann müsste das ihr Anwalt auch vertreten haben. Wie hat der sich eigentlich verhalten? Hast du den ganzen Prozess verfolgt?«

»Ja, habe ich. Natürlich. Dieser Mr Garathy ist ein in Houston bekannter Strafverteidiger, hat schon einige Mandanten rausgepaukt. Bei diesem Fall erschien er mir manchmal teilnahmslos und müde. Zerstreut, hin und wieder einfach sehr lax. Ich habe ihn daraufhin angesprochen, weil ich ja merkte, dass der Prozess schiefläuft – für Jenny.«

»Und was hat er geantwortet?«

»Er faselte etwas von einem Deal mit der Staatsanwaltschaft. Der Staatsanwalt wollte den Prozess nutzen, um seine eigenen politischen Ziele durchzusetzen. Seinen Bekanntheitsgrad erhöhen.«

»Verstehe.«

»Ja, und dafür haben sie einen Deal geschlossen. Mehr könne er mir aber nicht sagen.«

»Hast du ihm das geglaubt?«

»Nicht wirklich. Aber ich habe und hatte keinerlei Erfahrung mit einem derartigen Verfahren, mit Mord und dem, was danach folgt. Ich war einfach auch von der Rolle ...«

»Lory, schon gut. Als Außenstehende konntest du die Dimension sicherlich nicht erkennen.«

»Nach dem Urteil wollte ich Garathy ansprechen, habe meinen Vater sogar gebeten, sich einzuschalten. Als ich eine Woche später in die Kanzlei ging, war Garathy nicht da, ließ sich wohl verleugnen. Das nächste Mal hieß es, er sei verreist, nehme sich eine längere Auszeit.«

Tom nippt an dem Cocktail. »Ja, Auszeit ist gut. Dieser Anwalt hat seinen Job nach dem Prozess an den Nagel gehängt und ist verschwunden.«

»Echt?«

»Ja, echt.«

»Hört sich nicht gut an«, räumt Lory ein.

»Ja, ist auch nicht gut. Scheinbar hat er wirklich einen Deal mit diesem Staatsanwalt Decker gehabt. Allerdings nicht in unserem Sinne. Er hat Jenny verkauft.«

»Meinst du?«

»Ja, Lory, es sieht danach aus.«

»Aber warum? Und warum dann gleich die Todesstrafe?«

Tom versucht, diese Frage mit seinem Wissen zu beantworten. »Warum sie Jenny verkauft haben – das will ich gerade herausfinden. Was die Todesstrafe anbelangt, so ist das in jedem Bundesstaat anders geregelt. Im Allgemeinen gilt, dass Vorsätzlichkeit, die Gefahr für die Öffentlichkeit und eine übermäßige Reaktion auf die Provokation des Opfers gegeben sein müssen. Werden diese drei Fakten durch Beweise belegt und von der Jury einstimmig angenommen, muss der Richter die Todesstrafe verhängen. In Texas wird ein Todesurteil allerdings ausschließlich von der Frage nach der Gefahr für die Öffentlichkeit bestimmt. Fakt eins und zwei, also Vorsätzlichkeit und übermäßige Reaktion sind schon damit beantwortet, dass eine Verurteilung wegen Mordes ersten Grades vorliegt. Kompliziert, aber so läuft das.«

»Dann bleibt nur die Berufung«, stellt Lory, fast verzweifelt, fest. Tom spürt, wie sie ihre vermeintlich eigene Schuld dezimieren will.

»Mein Kenntnisstand besagt, dass in allen Staaten eine automatische Berufung beim höchsten Gericht des Staates vorgesehen ist. Allerdings limitiert diese automatische Anrufung des höchsten Gerichts untere Berufungsebenen. Berufungsgründe sind entweder verfahrens- oder verfassungsrechtliche Verstöße. In manchen Staaten wird das Urteil mit ähnlich gelagerten Fällen verglichen. Hält der Oberste Gerichtshof des Einzelstaates das Todesurteil aufrecht, bleiben dem Verurteilten Berufungsmöglichkeiten auf Staats- und Bundesebene. Diese Möglichkeiten variieren von Staat zu Staat und man versucht, sie immer mehr einzuschränken. Als letzte Instanz kann sich der Verurteilte an den Obersten Gerichtshof der USA wenden. Dazu ist Voraussetzung, dass die Berufung wenigstens einen verfassungsrechtlichen Aspekt erhält.«

Lory rauft sich die Haare. »Oh Gott, das alles ist schwerer zu kapieren als die Bibel. Aber hat Jenny dann doch eine Chance?« In Lorys Worten flackert Hoffnung, die Tom jedoch sofort wieder relativiert.

»Chance? Die neun höchsten Richter entscheiden nach eigenem Ermessen, Lory. Fast jeder Verurteilte stellt einen solchen Antrag.«

»Dann werden wir ihn für Jenny durchpauken.«

»Ja, da gibt es nur ein kleines Problem.«

»Welches?«

Toms Mund wird trocken. »Die Anträge beim Obersten Gerichtshof wurden bisher fast alle abgelehnt.«

14

Lory sieht Tom schockiert an. Der Schock seiner letzten Bemerkung sitzt tief und das Glas Wasser, das er für sie organisiert hat, kann die Blässe aus ihrem Gesicht nicht vertreiben.

»Welche Möglichkeiten siehst du, Jenny freizukriegen?«

Tom weicht Lorys Blick nicht aus. »Begnadigung durch den Gouverneur.«

Lory schätzt das ebenso ein wie Tom. »Da wird's eng.«

»Richtig. Also bleibt nur ein Weg.«

»Und der wäre?«

»Jennys Unschuld beweisen, indem ich den wahren Mörder finde.«

»Und wer soll ihn finden?« Lorys Frage klingt eher nach einem Hilferuf.

»Das werde wohl ich tun müssen.« Tom lächelt müde. »Vielleicht kannst du mir dabei etwas helfen. Mich interessiert jetzt vordergründig, mit welchem Umfeld ich es eigentlich zu tun habe. Wer waren die Fosters?«

»Damit kann ich dir helfen, ja. Sie waren Bekannte meiner Eltern. Mike war Amerikaner, lernte Ann als Soldat in Deutschland kennen. Hat sie geheiratet und ist in Deutschland geblieben. Muss so Mitte der Siebziger gewesen sein. Ich weiß ansonsten nur, dass sie im Jahr 2000 in die Staaten, also nach Houston gekommen sind. Ich habe Ann gemocht, bin einige Male in Galveston gewesen, als sie ihre weiße Villa dort bezogen haben. War immer schön dort. Sonne, Baden. Meine Eltern waren auch einige Male da.«

»FKK praktizieren.«

»Ja.«

»Hat er dich auch angemacht?«

»Mike? Mich? Nein, angemacht – so würde ich es nicht nennen. Jeder Mann schaut auf die Brüste von jungen Mädchen. Finde ich jetzt nicht so tragisch.«

»Okay, aber sonst hat er nicht versucht, dich mal anzugrapschen oder dergleichen?«

»Nein, nie.«

»Weißt du, was die Fosters beruflich gemacht haben?«

»Sie waren selbstständig.«

»Und in welcher Branche?«

»Ich glaube, Handel mit gebrauchten Krimskrams für die Ölindustrie, wie viele hier in Houston. Aber genau weiß ich das nicht. Wir, ich meine ich und meine Eltern, haben nie mit ihnen darüber gesprochen. Ich weiß das nur vom Hörensagen.«

Tom grinst. Hörensagen. Sie hat durch den Prozess ein paar juristische Grundbegriffe aufgeschnappt. Ein liebes Mädel, diese Lory.

»Wie hat sich Jenny während des Prozesses verhalten?«

Lory überlegt. »Sehr zurückhaltend, eingeschüchtert, verstört. Versetz dich mal in die Lage einer Studentin, die in einem fremden Land vergewaltigt wird und zum Dank dafür eine Anklage wegen Mord an der Backe hat. Ihr hat es die Sprache verschlagen, vor allem nach dem grässlichen Verhör von Staatsanwalt Dexter.« Lory legt eine Pause ein, bevor sie fortfährt: »Ja, sie war sehr still, in sich versunken. Trotzdem irgendwie tapfer.«

»Wie hat sie das Urteil aufgenommen?«

»Sie hat lange auf die Jury gestarrt, hat nicht geweint. Ich hatte den Eindruck, sie war fassungslos. Ihr Blick war ein Kopfschütteln der Verzweiflung und der Hilflosigkeit. Als sie abgeführt wurde, ist sie an mir vorbeigekommen. Hat mich kurz angesehen. Ich weiß nicht, was da in ihr vorging.«

Tom und Lory schweigen für einige Minuten. Tom tut sich sichtlich schwer, weiter zu sprechen. »Fällt dir noch irgendetwas ein, was mir weiterhelfen könnte?«

Lory überlegt lange. »Im Moment nicht. Ich habe ja deine Handynummer. Ich werde nachdenken und anrufen, wenn ich auf irgendeinen Hinweis stoße. Werde mal sehen, was ich von meinen Eltern über die Fosters erfahre. Brauchst du überhaupt Informationen über die?«

»Natürlich, bei einem Fall, den man aufklären will, ist alles wichtig. Umfeld, Herkunft, Bekannte, Beruf, Freunde, Neider – eben alles, was in Verbindung zum Leben steht.«

»Oder zum Tod«, bemerkt Lory, und ihre Stimme klingt bitter.

Sie bleiben noch eine Weile, dann muss Lory los. Sie drückt Tom zum Abschied und die Tränen in ihren Augen versichern ihm, dass ihre Anteilnahme nicht gespielt ist.

»Viel Glück, Tom.«

»Danke. Pass gut auf dich auf, Lory Bowman!«

Tom fühlt sich müde. Morgen muss er früh raus. Er zieht sich in seine Suite zurück, blättert lustlos in seinen Unterlagen und stößt auf einen Ausdruck, den er sich mitgenommen hat. Dort heißt es:

»Der Oberste Gerichtshof hat von texanischen Gerichten verhängte Todesurteile mehrfach als verfassungswidrig aufgehoben, zuletzt im November 2004 im Fall eines offenbar vermindert zurechnungsfähigen Täters. Hauptgrund für die Entscheidungen des Obersten Gerichts ist regelmäßig der Umstand, dass die für Texas zuständigen Berufungsgerichte die für die Verfassungsmäßigkeit der Todesstrafe geforderte Berücksichtigung mildernder Umstände vernachlässigen. Ein weiterer Grund ist die von den Staatsanwälten bei der Auswahl der Jury geübte Rassendiskriminierung durch Ablehnung von Afroamerikanern als Geschworene in Verfahren gegen schwarze Angeklagte.«

Tom schüttelt den Kopf. Aufgehobenes Urteil, zuletzt 2004. Haben sie Jenny gleichgesetzt mit einer farbigen Angeklagten? Nein, ganz sicher nicht. Aber wer um alles in der Welt hatte Interesse daran, eine Unschuldige in den Tod zu schicken? Natürlich der wahre Mörder. Aber Tom erscheint das nicht sehr plausibel. Sein Bauch und das darin verwirbelte Gespür sagen etwas Anderes. Hinter dieser Geschichte steckt mehr, als er im Moment erfassen kann. Nur was war das, dieses mehr? Was steckt hinter all diesen irrsinnigen Ungereimtheiten?

15

Eine zum Tode Verurteilte kommt in ein Gefängnis, das über eine sogenannte »death row« verfügt. Hier wartet die Verurteilte auf den Strafvollzug, auf die Exekution. Da ein »appeal« eingereicht werden kann, was einem Antrag auf Berufung gleichkommt, kann sich die Vollstreckung der Todesstrafe unter Umständen Jahre hinziehen. Das Warten auf den Tod mündet in den Zwiespalt der Hoffnung und der Hoffnungslosigkeit. Das Wissen um die Unschuld und der Ausweglosigkeit einer Berufung, die Gewissheit, vom eigenen Anwalt verraten worden zu sein, verquirlt zu einem grausamen Infernal der Unmenschlichkeit und der Heuchelei einer Gesellschaft, die in ihren Grundzügen die Freiheit des Menschen als ein erstrebenswertes Gut überall auf der Welt propagiert, ohne sich selbst daran zu halten.

Jennys endliche Wartezeit hat begonnen: Warten auf das Ende ihres Lebens – und auf Tom.

Die Fahrt mit Laurie Sheldon nach Gatesville dauert fast vier Stunden. Gelegenheit, um die Sinnlosigkeit eines Berufungsverfahrens zu diskutieren. Laurie klärt Tom über die Eigenarten des amerikanischen Rechtssystems auf. Für Laien nur schwer nachvollziehbar, für Tom die Erkenntnis, dass keinerlei Hoffnung besteht.

»Halten Sie Jenny für schuldig?«

»Wir Anwälte sind der Unschuldsvermutung verpflichtet«, weicht Laurie aus. »Ein Indizienprozess ist wie ein Hurrikan, die Anklage knallt uns die Fakten entgegen wie das durch den Sturm abgedeckte Dach eines Hauses. Der Schutz für die Angeklagten wird aufgewirbelt, das Innenleben aus dem Innersten herausgeschleudert. Die Verteidigung versucht, alles wieder an seinen Platz zu rücken und das Dach darauf neu einzudecken. Bei Jenny war es uns nicht möglich, die zerstörte Hülle wieder um sie herum zu kitten. Die Beweislast war erdrückend, das Gutachten über ihre Persönlichkeit ein Fiasko.«

»Gutachten?«, hakt Tom nach. Wieder ein Punkt, von dem nichts in den Akten stand.

Laurie führt aus, wie der Gutachter Jenny eingeschätzt hatte. Eine Menge Blabla, psychologisches Gutdünken, im Auftrag der Staatsanwaltschaft.

»Und das Gegengutachten?«

Laurie schweigt, schüttelt nur unmerklich den Kopf. Toms Miene verfinstert sich. Also, kein Gegengutachten, kein Gegenargument der Verteidigung. »Darf ich Ihnen, Laurie, eine offene und durchaus ernst gemeinte Frage stellen?« Seine Stimme kann den Zorn nicht verbergen.

Sie nickt, beißt sich auf die Lippen, weiß genau, was jetzt kommt. »Laurence Garathy hat meine Schwester ihrem Schicksal überlassen. Er hat sie geopfert, hat sie verkauft. Hat sie nicht nach allen Regeln seiner Kunst und Erfahrung verteidigt. Liege ich da falsch?«

Laurie muss sich über diese Frage aufregen. Sie kann den Makel nicht auf der angesehenen Kanzlei Morris und Garathy sitzen lassen. Ihre Argumente dagegen hören sich schwach an. Tom bemüht sich, die Beherrschung nicht zu verlieren.

Laurie Sheldon schweigt. Sie weiß, dass sie sich diese Frage selbst gestellt hat, und ihrem Chef, Laurence Garathy. Er ließ sie unbeantwortet und bot ihr stattdessen die Junior Partnerschaft bei Morris und Garathy an. Lauries schlechtes Gewissen ist der Preis dafür. Karriere gegen Gerechtigkeit.

Der Raum, in dem Laurie und Tom auf Jenny warten, ist karg. Ein Plastiktisch, vier Stühle, ein vergittertes Fenster, eine Rufanlage neben der Stahltür. Kalkweiße Wände, nüchtern, eine Neonröhre an der Decke. Der Spiegel an der Wand, ein Einwegspiegel zum Nachbarraum. Dort sitzen die Schlüsselträger, die Wächter des Todes.

Jenny wird nach einer Viertelstunde, – die Zeit des Wartens scheint stehen zu bleiben – hereingeführt.

Toms Stimme klingt gedämpft und rau.

»Hey Jenny!«

»Tom!« Sie blickt ihn an. Was ist aus ihrem offenen, fröhlichen Blick geworden? Was berichten diese traurigen Augen über die Martyrien einer zum Tode Verurteilten? Ms Sheldon ignoriert sie.

Tom nimmt sie in den Arm. Sie riecht muffig nach Staub. Gefängnisstaub. Der Geruch von Einsamkeit, der Duft der Verlassenheit. Ihr einst aufgeweckter Blick und die neugierigen Augen – eingetauscht gegen stumpfe Trostlosigkeit, die ihm entgegenblickt. Verflogener Glanz einer jungen, hübschen Frau. Ihr Gesicht ist eingefallen, so weiß wie der Kalk an den Wänden. Sie hat brüchige Fingernägel und eine Körperhaltung, die in sich zusammengesunken ist. Nichts von ihrer Ausstrahlung war übrig geblieben.

»Du siehst gut aus«, lügt Tom.

»Du auch, selbst dann, wenn du lügst«, entgegnet ihm Jenny und das Lächeln um ihre schmalen Lippen wirkt gequält. Sie löst sich aus der Umarmung und nimmt Platz. Tom wählt den Plastikstuhl gegenüber. Wie sauber dieser Raum ist und wie schmutzig die Inhalte, die ihn erkalten lassen: einfache Tische, ein glatter, gefliester Boden, kahle Wände, eine lieblose Neonröhre an der Decke. Alles steril. Kein Bild, kein Stoff. Dafür blitzblank. Übertrieben sauber und dafür herzlos. Ein Raum, der die Seele stehlen wird, wenn man ihn nicht schleunigst verlässt. Eiskalt läuft es Tom über den Rücken.

»Ich weiß nicht, ob man in dieser Situation die Frage stellen sollte, aber ich tu's trotzdem: Wie geht es dir, Jenny?«

»Frag ruhig. Du weißt nicht, wie du die Hemmschwelle überwinden kannst und ich weiß nicht, wie es mir geht. Vielleicht kann Ms Sheldon das beantworten.«

Tom erkennt sofort, was Jenny meint und wendet sich an Laurie. »Kann ich allein mit ihr sprechen?«

Lauries Blick zeigt Verständnis, wenigstens das. Sie betätigt die Rufanlage, spricht mit einem der Schließer. Dann ist Tom mit Jenny allein.

»Sie ist nicht verkehrt«, sagt Jenny und meint damit Laurie.

»Meinst du?«

»Ja, Tom. Nicht die Jury, nicht der ehrenwerte Herr Richter, nicht der Staatsanwalt haben mich zum Tode verurteilt. Das war allein Laurence Garathy.«

»Das ist mir auch klar geworden«, bestätigt Tom. »Ich werde herausfinden, warum, das verspreche ich dir, Jenny.«

»Hast elf Jahre Zeit dazu«, bemerkt Jenny zynisch. Dann kehrt ihre Betrübnis zurück. »Es stellt sich nur die Frage, ob sie es zulassen.«

»Wen meinst du mit sie?«

»Die Bande, die Mafia, die da dahinter steckt.«

»Die Mafia?«

»Ja, ich nenn sie so. Diese Fosters waren nicht ganz sauber.«

»Ahnst du etwa, was hinter dem ganzen Fall wirklich steckt?«

»Nein. Ich verbringe jeden Tag damit, darüber nachzugrübeln, aber ich komm nicht drauf. Wie auch. Hier bin ich abgehängt von Gott, abgehängt von der Welt.«

»Du darfst es nicht so schwarz sehen.«

Jenny probiert es noch einmal mir ihrem eingeübten Lächeln, schnieft durch ihre Nase. Sie scheint leicht erkältet zu sein.

»Jenny, du musst mir alles aus deiner Sicht erzählen. Alles, jedes Detail.«

Jenny erzählt. Erst stockend, dann immer flüssiger. Die Vergewaltigung erwähnt sie nur in einem Nebensatz. Sie berichtet, dass sie durch Lory nach Houston gekommen sei, dass deren Vater seine Hände im Spiel hatte und Beziehungen spielen ließ. So kam sie zu den Fosters, die ihre Stadtwohnung anboten und eben ein paar Urlaubstage im weißen Haus von Jamaica Beach. Zu den Fosters kann sie nicht viel sagen. Über ihren Beruf hat sie mit ihnen nicht gesprochen. In der Zeit, die sie auf Galveston Island verbrachte, war auch Mike Foster meist anwesend. Er telefonierte viel, sprach auch ab und zu Deutsch am Telefon.

»Er hat sicherlich weitreichende Kontakte. Neben Deutsch und Englisch sprach er manchmal auch Spanisch. Mit wem und über was er da redete, habe ich nicht mitbekommen. Manchmal ein paar Wortfetzen, aber nichts, was ich zusammensetzen könnte.«

»Und seine Frau?«

»Die war unauffälliger als Mike. Hat sich gesonnt, manikürt, eingekauft, Shopping und so. Kam immer mit vielen Tüten zurück, manchmal zeigte sie mir Klamotten, die sie gekauft hatte. Mit ihr habe ich mich gut verstanden.«

»Und mit ihm?«

»Er war mir suspekt, aufdringlich, von Anfang an. Ein widerlicher Mensch, in meinen Augen jedenfalls.«

»Hast du das auch beim Verhör so gesagt?«

»Ja, klar.«

»Hm, okay. Die Nachbarn sagten aus, Mike Foster habe einmal am Strand auf dir gelegen. Sie deuteten das so, als sei das von dir aus freiwillig gewesen.«

Jenny lacht, heiser und hysterisch. »Die Nachbarn. Spanner waren das. Ann und Mike waren ja absolute Nudisten. Ja, es stimmt. Ich schlief, besser gesagt, döste auf der Isomatte, als Mike plötzlich über mir war. Erst machte er einen Liegestütz, bis er meine Brüste berührte, dann ließ er sich wie unabsichtlich fallen. Ich hatte Mühe, ihn von mir runter zu stoßen. ›Stell dich nicht so an, Jenny‹, hat er gesagt. Es sei nur Spaß.«

»Schöner Spaß.«

»Er war ein Dreckschwein. Schleimig, widerlich. Die Nachbarn waren aber auf seiner Seite. Ich glaube, er hatte was mit der Nachbarin. Sicher bin ich mir aber nicht. Habe sie nur einmal gesehen, da kam sie rüber. Die Art, wie sie Mike angesehen hat, wie sie mich von oben herab betrachtet hat, das lässt schon Rückschlüsse zu.«

Tom fällt noch etwas ein, wonach er seine Schwester fragen wollte.

»Was war mit dem Geld?«

»Die Zwanzigtausend? Na ja, wollte mir mal ein Eis kaufen.«

»Waren da deine Fingerabdrücke drauf?«

Jenny hebt die Arme, ihr Kopf verkriecht sich zwischen die Schulterblätter. »Klar waren die drauf. Mike hatte das Geld am Freitag in der Küche liegen lassen.«

»Und du hattest Küchendienst?«

»Ja. Da nimmt man das Dollarbündel und legt es weg. Aber ganz sicher nicht in mein Schlafzimmer.«

»Ganz sicher nicht. Aber irgendjemand hat es dorthin gebracht.«

Tom berichtet nun seinerseits, was er bisher entdeckt hat. Ein verschwundener Anwalt, eine Ansichtskarte. »Grasserhof, sagt dir das irgendetwas?«

Jenny sieht ihn an. Die trüben Pupillen weiten sich. »Grasserhof?«, wiederholt sie fragend. »Moment, Grasserhof. Doch, am Freitag hat Mike telefoniert. Ja, ganz sicher, es war der Freitag. Da hat er wohl mit einem Amerikaner gesprochen, also Englisch. Ich habe das Wort Grasserhof rausgehört, als ich in der Küche ein Mineralwasser geholt habe. Im Slang der Amerikaner sagte er

›Grascherhof‹ oder so ähnlich. Und ›Germany‹, das habe ich noch verstanden. Anschließend ist er auf die Bank gefahren und hat die Zwanzigtausend geholt. Seltsam, oder?«

»Sehr seltsam«, stimmt Tom zu. »Jetzt wäre nur interessant zu wissen, für was er die zwanzigtausend Dollar benötigte.«

»Mehr weiß ich darüber nicht.«

»Denk nach, Jenny. Stell dir das Telefonat vor. Hast du noch irgendetwas aufgeschnappt? Und wenn es nur ein Wortfetzen ist.«

Jenny grübelt. Dann schlägt sie sich mit der flachen Hand auf die Stirn. »Mensch, Tom. Das könnte eine Spur sein.«

Tom spürt die Erregung. »Komm, spuck es aus. Was meinst du?«

»Mike Foster telefoniert. Es geht um Deutschland und diesen Grasserhof. Dann holt er zwanzigtausend Dollar.«

»Ja, okay, das wissen wir. Und jetzt?«

»Jetzt bekomme ich ein Gespräch zwischen Ann und Mike mit. Daraufhin bezieht Ann die Betten in zwei Gästezimmern.«

»In der Villa?«

»Ja, im Haupthaus. Irgendwann erwähnt Mike auf die Frage, wann die beiden Männer eintreffen, dass er sie Montagmorgen erwarte und dass er am Dienstag nach Houston müsse. Einer der Männer bleibe auf der Insel und der andere begleite ihn.«

»Das hast du mitbekommen?«

»Ja. Ich habe mir nichts dabei gedacht. Ich wusste, dass die Fosters öfter Gäste in ihrem Haus beherbergen.«

»Klar, nichts Außergewöhnliches. Nur in Verbindung mit zwanzigtausend Dollar ergibt das vielleicht einen anderen Sinn.«

»Genau, das waren möglicherweise keine Bekannten, keine Gäste, jedenfalls keine, die FKK machen wollten.« Jenny wirkt aufgeregt. »Das waren sicher Geschäftspartner.«

Tom schüttelt den Kopf. »Nein, ich vermute was Anderes.«

»Was?«

»Das könnten auch angeheuerte Bodyguards sein. Einer bleibt, einer begleitet.«

Jenny starrt Tom an. Tom presst die Lippen zusammen, sinniert eine Weile vor sich hin. »Mensch, Jenny. Vielleicht hat Mike Foster zwei kräftige Gorillas angeheuert, die ihn und seine Frau schützen sollten. Vielleicht wusste er, welche Gefahr da auf ihn und Ann zukam. Eine Gefahr, die ganz sicher nicht von dir ausging.«

16

Deshalb musste er mich noch an diesem Tag vergewaltigen. »Ab Montag wäre das schwieriger geworden.« Jennys Stimme klingt wieder bitter. Und Tom kann ihr nicht widersprechen.

»Wenn das eine Spur ist, haben wir vielleicht das Ende eines langen Fadens aufgenommen. Den werde ich versuchen aufzuspulen, bis ich den Anfang finde.«

Jenny ergreift Toms Hand, drückt sie fest. »Tom, meinst du, dieser Schrecken, dieser Albtraum hat irgendwann ein gutes Ende?«

»Daran müssen wir glauben. Jeden verdammten, langen Tag müssen wir daran glauben. Verliere nie die Hoffnung. Ich werde alles tun, um diesen Glauben mit Wissen zu ersetzen. Ich finde den Mörder, das verspreche ich dir bei allem, was mir heilig ist.«

Tom steht auf, rückt einen der Stühle neben den Platz, auf dem sie kauert, und schließt sie in seine Arme. Sie haben für diesen Augenblick genug gesprochen, sie brauchen beiderseits einen Moment heilender Stille und die Zeit für eine demütige und doch so berechtigte Trauer. Trauer über die Gewissheit, dass Gerechtigkeit die Krümel eines Kuchens ist, der nie zu Festigkeit gebacken werden kann.

Jenny weint, Tom streichelt das dichte Haar. Das Weinen wird ihr gut tun. Das jedenfalls denkt Tom und überlässt sich und sie der Stille des kalten Raumes. Sein Glaube und die Hoffnung, ihre Tränen seien das Elixier der Befreiung, täuschen zu diesem Zeitpunkt darüber hinweg, dass es bald die Tränen der Verdammnis werden könnten.

17

Am Freitag frühmorgens wacht Tom schweißgebadet auf. Albträume, Gefängniswände, dick wie Kirchenmauern, haben ihn zerquetscht und das Rasseln unzähliger Schlüssel hat sich als Tinnitus in seinen Ohren manifestiert. Die Rückfahrt von Gatesville kam ihm kürzer vor, obgleich er und Laurie die meiste Zeit schwiegen.

Sein letzter Termin auf dieser Reise steht bevor. Farrow Security, die Privatdetektei, die ihm empfohlen wurde und mit der er bereits telefonisch Kontakt hatte. Zuvor gönnt sich Tom eine abwechselnd heiße und kalte Dusche. Er frühstückt, lässt sich Speck, Eier und frischgebackene Croissants mit Schinken auf die Suite bringen. Für den Abend hat er seinen Rückflug gebucht. Genug Zeit.

Die Detektei liegt weit außerhalb des Zentrums, in einer unscheinbaren, aber durchaus vertrauenserweckenden Gegend. Wo er genau ist, weiß nur sein Navigationssystem. Tom betritt das mehrstöckige Geschäftshaus und begibt sich in den zweiten Stock. Seine Erwartungen werden enttäuscht. Anstatt von Mahagonischreibtisch, gewichtigem Detektiv mit Hornbrille und verstaubten Akten begegnen ihm helle Räume, überall Hightech und Laptops und ein geschmackvoll aber praktisch eingerichtetes Ambiente. Die Empfangsdame zeigt ihm alles bereitwillig, dann bittet sie ihn in ein Besprechungszimmer.

Der Detektiv mit dicker Brille und speckigem Anzug, mitgenommen von den aufregenden Verfolgungsjagden, wie sie amerikanische Filme lieben, entpuppt sich in diesem Fall als ein adrettes, hellwaches Wesen namens Tracy Farrow. Die Chefin von

Farrow Security. Anfang dreißig, schlank, durchaus hübsch, wenn auch mit etwas herben Gesichtszügen. Halblange, pechschwarze Haare. Eine durchtrainierte, rassige Amerikanerin mit indigenen Wurzeln, die sicherlich täglich eine Stunde im Fitnessstudio verbringt, und vor allem, ohne Hornbrille. Tom zeigt sich angenehm überrascht, zumal sie Dynamik gepaart mit innerer Ruhe ausstrahlt. Nach der Begrüßung steigt sie sofort in den Fall ein. Sie scheint gut informiert, weiß über den Prozess Bescheid und schafft es, Toms Vertrauen im Handumdrehen zu gewinnen.

Sie hört aufmerksam zu, was Tom in dieser Woche zusammengetragen hat, macht sich nur hin und wieder Notizen und unterbricht ihn selten durch Nachfragen.

Als Tom fertig ist, blickt sie auf die Uhr.

»Wenn Sie erlauben, lade ich Sie zum Mittagessen ein. Dann können wir in Ruhe Kriegsrat halten.«

»Gerne.«

»Ist chinesisch für Sie in Ordnung?«

»Kein Problem.«

Das kleine Chinarestaurant liegt um die Ecke, Ms Farrow und Tom erreichen es zu Fuß. An einem riesigen Buffet gibt es reichlich Auswahl. Tom wählt gebratene Ente und lächelt, als er den Salatteller bewundert, den sich Ms Farrow ausgesucht hat.

Nach Ente und gebackenen Wan Tan sind sie – American style – beim Vornamen angelangt und Tom stellt fest, dass sie ihm immer sympathischer wird.

»Wie viele Leute arbeiten für Sie, Tracy? Ich habe mindestens zwanzig gezählt.«

»Im Innendienst sind es fünfundzwanzig.«

»So viele?«

»Ja, im Außenbereich sind derzeit weitere zehn.«

»Also mit Ihnen sechsunddreißig. Und Sie sind die Chefin?«

»Chefin und Inhaberin. Ja.«

So, wie sie ihn ansieht, denkt er das jedenfalls.

»Ich dachte immer, Privatdetektive sind alle auf der Straße und observieren die Welt.«

»Machen wir auch hin und wieder. Aber unsere Hauptarbeit findet am Computer statt. Die meisten meiner Mitarbeiter sind Hacker – verdammt gute Hacker. Die Welt hat sich geändert, heutzutage finden wir das meiste im Netz. Die Schurken der Gesellschaft verraten uns dort, wohin sie gingen und wohin sie möchten, wie viel Geld sie ausgegeben haben und vieles mehr.«

„Klingt nach einem harten Job«, bemerkt Tom, immer noch schwer beeindruckt. Tracy scheint die Art Frau zu sein, die alles erreicht, was sie sich vornimmt.

»Gut erkannt. Aber reden wir von Jenny und dem, was wir haben. Eine Ansichtskarte, die irgendjemand verschwinden lässt. Diesem Grasserhof werden Sie sicher in Deutschland nachgehen, das wäre von uns aus sonst viel zu teuer für Sie. Dann das FKK-Bild – dazu will ich am Schluss mehr sagen. Sie werden offensichtlich verfolgt und beobachtet. Leider fliegen Sie heute, sonst hätten wir versucht herauszufinden, wer so großes Interesse an Ihnen hat und wer sie deshalb verfolgt. Aber nun gut, wir können nicht alles auf einmal in den Griff bekommen. Gehen wir davon aus, dass die Fosters ihre zwanzigtausend Dollar in etwas investiert haben, von dem wir glauben, dass es ungewöhnlich sein muss. Im Zeitalter des Internets wird gerade unter Geschäftsleuten bargeldlos bezahlt. Also hat das Geld keinen geschäftlichen Hintergrund. Dazu Bodyguards – das ergäbe einen Sinn. Vor allem dann, wenn man bedenkt, dass Mike und Ann Foster vor dem Eintreffen mutmaßlicher Bewacher hingerichtet wurden. Dieser Spur gehen wir nach. Kann aber etwas dauern.«

»Meinen Sie, das finden Ihre Leute heraus?«

»Möglich. Wir haben gute Kontakte. Außerdem gibt es ein Telefon.«

»Verstehe, die Hacker.«

»Genau, die Hacker. Sie werden in den nächsten Tagen herausfinden, mit wem Foster telefoniert hat. Sollten die abgehört worden sein, decken wir den Inhalt der Telefonate auf. Das ist nicht immer möglich, machen Sie sich wenig Hoffnung. Aber wir versuchen es.«

»Gut. Was schlagen Sie noch vor?«

»Die Fosters. Ich habe unsere Leute im Vorfeld unseres Gespräches gebeten, etwas über die Fosters selbst in Erfahrung zu bringen.«

»Da bin ich gespannt.«

»Die Fosters müssen an einem international agierenden Ring beteiligt sein. Sie haben Kontakte in alle Welt.«

»Um Zubehörschrott für das Ölgeschäft zu verkaufen?«

»Nein, eben nicht. Die verkauften in den letzten Jahren so wenig, dass es ihnen vom Erlös ihres Unternehmens schwergefallen wäre, die Unterhaltskosten für ihre Anwesen zu bezahlen.«

Tom kann nicht verhindern, einen leisen Pfiff durch die Lippen zu zwängen.

»Also, was haben die Fosters in Wirklichkeit getrieben? Kontakte in alle Welt, ein feudales Leben – da muss mehr dahinterstecken.«

»Mafia?«

»Nein, Mafia, das wüssten meine Leute im Handumdrehen. Keine Verbindungen, weder Mafia noch Cosa Nostra. Wir wissen es noch nicht, aber wir glauben, der Schlüssel liegt in Deutschland. Hier in den USA kommen wir, zumindest im Moment, nicht weiter.«

Tom muss erst mal die Menge an Informationen verdauen. Er hatte nicht damit gerechnet, dass in so wenig Zeit bereits so viel herausgefunden werden konnte. Aber jetzt weiß er: Auf Tracy Farrow kann er sich verlassen.

Sie spricht erneut. Ihre Miene ist zwar ernst, aber ihre Stimme wird weicher. Jedenfalls glaubt Tom das. »Ich weiß, diese ganzen

Mysterien zu knacken wird extrem schwierig, aber sicher auch nicht unmöglich.«

»Das höre ich gerne.«

»Kann ich mir denken, Tom. Sie haben ein persönliches Interesse an diesem Fall und Sie sind Anwalt. Eine gute Kombination.«

»Hoffentlich! Okay, also die Fosters sind scheinbar ein Mysterium für sich.«

»Ja, so sehe ich das auch. Wir werden unsere Arbeit in den USA machen und Sie müssen in Deutschland forschen. Das sollten wir koordinieren. Ich fasse kurz zusammen, welchen Spuren wir nachgehen. Erster Auftrag: Die zwanzigtausend Dollar – für wen waren sie bestimmt? Bodyguards? Dann hätte Mike Foster ahnen müssen, dass er bedroht wird. Zweiter Auftrag: Wer hat das Haus der Fosters verkauft? Den Makler oder Vermittler finden wir schnell, dann müssten wir wissen, wer der Erbe, der Verkäufer war. Drittens wäre natürlich interessant, wer die persönlichen Sachen abgeholt hat. Zum Vierten: Wo steckt Garathy? Punkt fünf: Es ist hilfreich zu wissen, wer Sie eventuell beschattet und wer die Karte aus Ihrer Suite entfernt hat. Achten Sie also auch in Deutschland darauf, ob Sie observiert werden. Ich glaube, das wären die ersten Fakten, die es herauszufinden gilt. Und zuletzt – vielleicht einer der wichtigsten Punkte – wer waren die Fosters wirklich und welche Verflechtungen könnten eine Rolle spielen. Wir suchen also nach dem wahren Motiv.«

»Ist schon eine ganze Menge.«

»Vielleicht können wir nicht alle Punkte klären. Aber ein Teil davon kann schon Aufschluss geben, in welche Richtung wir weitermarschieren müssen. Ich werde mich selbst dahinterklemmen.«

»Tracy, darf ich Sie etwas fragen?«

»Dürfen? Sie müssen alles fragen, was Ihnen auf dem Herzen liegt.«

»Warum nehmen Sie sich dieses Falls persönlich an?«

»Weil er so extrem schwierig ist. Die meiste Arbeit delegiere ich aber.« Tracy gönnt Tom eine kleine Verschnaufpause. Dann lehnt sie sich entspannt zurück. »Reden wir über Geld. Unser Budget hatte ich Ihnen per E-Mail geschickt.«

»Ja, habe ich erhalten. Dass eine gute Dienstleistung auch einer guten Bezahlung bedarf, sehe ich nicht als Problem.«

Sie lächelt. »Okay, dann brauche ich von Ihnen jetzt noch einige Angaben, einen schriftlichen Auftrag, ein paar Vollmachten und wir legen los.«

Am Nachmittag trifft Tom sie noch einmal in der Detektei, um sich zu verabschieden.

»Eines wollte ich Ihnen noch sagen, Tom. Von den Fosters gibt es seltsamerweise keine Bilder.«

Tom sieht sie fragend an.

»Keine in irgendwelchen Akten, bis auf die Aufnahmen der Leichen. Aber sonst nirgends. Das Internet spuckt kein einziges Bild aus.«

»Sie werden vielleicht Bilder im Netz haben, aber keine Namen dazu.«

»Namen brauchen wir nicht, um im Netz Bilder zu finden.«

»Nicht? Wie geht das?«

»Über Scanner. Wir haben die Gesichter der Leichen eingescannt und im Netz gesucht. Ohne Ergebnis.«

»Sie sind an die Bilder der Leichen herangekommen?«

Tracy lächelt milde. »Selbstverständlich.«

»Es wird doch irgendwelche Familienaufnahmen geben?«

»Scheinbar nicht. Aber wir werden danach suchen.«

Tom wirft einen Blick in den großen Computerraum der Detektei. Die Tür steht halb offen. Jetzt versteht er, mit welchen Mitteln High-Tech Detekteien arbeiten.

»Die Welt ist gläsern. Da drinnen«, er deutet auf die Technik, »haben Sie scheinbar ein ebenso funktionierendes Kontrollzentrum wie Houston. Wenn ich also demnächst anrufe und sage: ›Houston, wir haben ein Problem‹, dann werden Ihre Leute da drin es lösen.«

Tracy streckt ihm lächelnd die Hand entgegen. »I'll do my best«, versichert sie und verschwindet in den Weiten des Technikraumes.

Vor seinem Abflug trifft Tom den Staatsanwalt Phillip Decker. Das Ergebnis dieser Unterredung ist nicht nur niederschmetternd, sondern vermittelt Tom auch das Gefühl, Don Quijote hätte im Vergleich gegen die Windmühlen eine recht gute Chance gehabt. Die Windmühle, Staatsanwalt Decker, macht ihm die Aussichtslosigkeit eines Kampfes vor dem Berufungsgericht oder gar dem Obersten Gerichtshof klar.

»Was wollen Sie, Mr Wolfert? Die Indizien sind unerschütterlich. Nehmen Sie den Elektroschocker, ein Gerät, dass von Frauen gerne verwendet wird, um sich zu schützen. Typisch, oder nicht?«

»Haben Sie das Gerät, dass Jennifer Wolfert mutmaßlich verwendet haben soll, bei ihr gefunden?«

»Nein. Sie hat es sicherlich im Golf von Mexiko entsorgt.«

»Die Fosters wurden mit Atropin getötet. Haben Sie eine Spritze gefunden oder liegt die auch im Meer?« Toms Stimme kann einen zynischen Unterton nicht verhehlen.

Decker ignoriert seine letzte Bemerkung. »Mr Wolfert, eine Medizinstudentin, die am Texas Medical Center ein Praktikum absolviert. Gibt es eine bessere Voraussetzung, um an Atropin heranzukommen?«

»Sie hatte ihr Praktikum noch nicht begonnen.«

»Aber sie war vorher dort. Der Vater ihrer Freundin Lory, Mr Bowman, ein hoch angesehener Arzt und Forscher des Medical Centers, hat ihr das Institut gezeigt, hat sie dort herumgeführt. Er hat ausgesagt, dass er sie ein paar Mal allein lassen musste. Jennifer Wolfert hatte sehr wohl die Möglichkeit, die Spritzen zu besorgen.«

»Kannte sie zu diesem Zeitpunkt bereits die Fosters?«

»Natürlich, Mike Foster hat ihr ja seine Stadtwohnung zur Verfügung gestellt, und bevor sie nach Galveston kam, verbrachte sie die ersten zwei Nächte in Houston.«

»Seltsam, Mr Decker, und da wusste sie schon, dass sie Mike Foster und seine Frau töten würde, dass er sie vergewaltigen wird?« Toms Stimme wird schneidend. »Glauben Sie selbst an solche Absurditäten? Und wie bitte dreht eine junge Frau, allein auf sich gestellt, einen Leichnam in jede gewünschte Stellung? Einen hundertzehn Kilo Mann!«

Decker scheint sich kurz ertappt zu fühlen, fängt sich aber schnell wieder. »Die Ausbildung von Krankenschwestern, Sanitätern und sicher auch Ärzten lehrt die Anwendung von Hebelwirkungen. Somit ist es kein Problem, Menschen zu lagern, umzudrehen und dergleichen.«

»Darf ich noch mal auf einen fraglichen Punkt zurückkommen, Mr Decker? Das Mädchen kommt in Houston an, begrüßt ihre Freundin Lory. Die vermittelt ihr eine Wohnung und eine Familie, bei der sie kostenlos wohnen darf. Mr Bowman, dem sie das alles und ihr Praktikum am Medical Center zu verdanken hat, zeigt ihr den künftigen Arbeitsplatz. Und Jennifer hat nichts Besseres zu tun, als sich Atropin zu besorgen, treibt einen Elektroschocker auf – im Flugzeug wird sie ihn ja kaum mitgeschmuggelt haben – und plant zu diesem Zeitpunkt schon den Mord. Motiv: Raub an den Menschen, die sie unterstützen und eine hellseherische Vergewaltigung. Geht's noch trivialer oder stimmen Sie mir zu, dass hier jeder zweitklassige Dorfpolizist seine Zweifel haben müsste? Wollen Sie unter allen Umständen den wahren Mörder davonkommen lassen?«

»Mr Wolfert, mit Verlaub, Sie stehlen mir die Zeit. Ich verstehe die Verzweiflung von Angehörigen, deren Verwandte in einem fremden Land ins Gefängnis gesteckt werden. Aber ich vertrete die Gesetze dieses Landes und verteidige das Recht der Vereinigten Staaten von Amerika. Meine Aufgabe ist es, mein Land vor Mördern, die eine Gefahr für die Öffentlichkeit bedeuten, zu schützen und diese Mörder und die Gefahr, die von ihnen ausgeht, dingfest zu machen. In diesem Sinne erlaube ich mir, unser Gespräch zu beenden, denn diese Aufgabe fordert von mir, meine Zeit nicht damit zu vergeuden, das Urteil eines ehrenwerten Gerichtes anzuzweifeln. Ich wünsche Ihnen einen guten Tag.«

Deckers ausladende Handbewegung in Richtung Tür zeigt Tom unmissverständlich, dass dieses Gespräch keine Fortsetzung finden wird.

Tom erhebt seine Stimme und die Worte purzeln wie spitze Stecknadeln aus ihm heraus: »Das Recht der Vereinigten Staaten, Mr Decker, stammt ursprünglich von der Common Law Englands ab, wie Sie sicherlich wissen. Aber egal, nach welchen Kriterien die Rechtsprechung handelt, ob nach dem Common Law oder Civil Law der kontinentaleuropäischen Länder, egal, ob nach der Verfassung der USA oder in den Texanischen Verfahrensentscheidungen – eines wird auf dieser Welt immer gleich bleiben: Das Recht wird dort mit Füßen getreten, wo nicht nach Fakten, sondern nach Interessenslage gehandelt wird. Es wird manipuliert, verschleiert und schließlich entschieden. Und eines kann ich Ihnen versprechen: Ich werde herausfinden, welche Interessenslage zu diesem Urteil geführt hat und ich werde mit allen mir zur Verfügung stehenden Mitteln beweisen, dass hier nicht das Recht der USA vertreten wurde, sondern das Unrecht. Es ist in Ihrem Land Mittel zum Zweck, die Reichen und die Mächtigen zu schützen und die Unschuldigen aus dem Weg zu räumen. Das praktiziert diese USA, die sich gerne als Weltpolizei aufspielt. Deshalb wünsche ich Ihnen keinen guten Tag, Mr Decker, sondern eine schlaflose Nacht, in der Sie darüber nachdenken mögen, auf welcher Seite Sie stehen.«

Bevor sich Tom der Tür zuwendet, registriert er die Blässe und die Furchen des Zorns in dem zuvor aalglatten Gesicht des Staatsanwaltes. Eilig verlässt Tom den Ort dieses Unrechts.

Der Staatsanwalt hat es nicht geschafft, den Mut und die Energie, die Tracy Farrow ihm zurückgegeben hat, zu dezimieren. Mit gestärktem Selbstvertrauen und der Gewissheit, Jenny freizubekommen, verlässt Tom die USA.

Auf dem Rückflug notiert er sich all die Fakten, die es zu bezweifeln gilt. Erst dann lehnt er sich zurück und versucht zu entspannen, was ihm nicht sofort gelingt. Bevor er dennoch in einen Schlaf der Erschöpfung fällt, verfolgt ihn der Gedanke an die Fosters, von denen es laut Tracy Farrow kein Bild geben soll. Kein Bild ihres Lebens, nur ein Bild ihres Todes.

18

Mein 2. Brief – per DHL Einschreiben
An den lieben Gott
Himmelsthron
(Postleitzahl unbekannt) Himmel

Lieber Gott im Himmel, oder wo du gerade bist – ich bin immer noch hier.
Damals hab ich mich gefragt, wie der Tag heißt. Aber ich war noch zu klein, um mir seinen Namen zu merken. Deshalb habe ich ihn Badetag genannt. Heute weiß ich, es war ein Samstag.
Jetzt ist es schon Sonntag, du weißt ja, noch sechs Tage. Die letzten Tage meines Lebens. Du hast dich ja nicht gemeldet. Also, wahrscheinlich bist du sehr beschäftigt, mit den Flugplänen für die Engel, Wettermachen und solchen Sachen. Verstehe, du hast keine Zeit für mich.
Heute will ich dir eigentlich nur von den Nebelmenschen erzählen. Sie waren alle da, am Badetag. Aliena und ich und die Nebelmenschen. Nebelmenschen haben keine Augen. Oder doch? Ich erinnere mich, sie haben Augen, aber nicht die von Menschen. Vielleicht Raubtieraugen? Ich habe mich nicht getraut, den Nebelmenschen in die Augen zu sehen. Wenn man das macht, dann spucken sie Feuer aus und verbrennen ihre Betrachter. Das haben sie gesagt und Aliena hat sich daran gehalten. Ich nicht immer, aber, wenn ich es gewagt habe, in die Pupillen der Nebler zu blicken, dann habe ich das büßen müssen. Sie haben mir beigebracht, meine Augen zu

schließen und darum kann ich nicht sagen, was ich alles nicht gesehen habe. Ich habe nur Alienas Schreie gehört und die Laute der Nebelmenschen. Waren das Urlaute? Ich habe mir vorgenommen, dich zu fragen, ob du die Nebelmenschen erschaffen hast. Ich glaube, eher nicht. Sicher hast du Helfer, und die machen ja auch mal was auf eigene Faust. Die Nebelmenschen haben sie vielleicht in ihrer Freizeit erschaffen, also außerhalb der Himmelszeit. Damit du es nicht merkst. Man kann ja nicht alle Mitarbeiter im Griff haben, obgleich ich dachte, Gott … – lassen wir das, ich will dich nicht verärgern oder mich in deine Angelegenheiten einmischen.
Alle meine Hobbys habe ich den Nebelmenschen zu verdanken. Der Versuch, mir selbst in die Augen zu stechen, war ja weniger erfolgreich. Blutunterlaufen – das war alles. Kopf auf die Bettkante schlagen war da schon besser – einmal musste ich genäht werden. Der Versuch, meine Schamlippen abzuschneiden, endete blutig. Aber ich habe sie heute noch, wenn auch leicht verstümmelt. Meine Finger sind etwas verkrüppelt. Wie man Pulsschlagadern richtig zerschnippelt, habe ich erst hinterher erfahren. Aliena meinte damals, es gäbe bessere Todesarten, die auch nicht so weh tut. Sie hat nie verstanden, warum ich mir immer wieder wehtun musste. Aliena war anders. Im Gegensatz zu mir hat sie die Sprache nur selten benutzt. Sie ist schweigsam gewesen. Tapfer. Sehr tapfer, meine kleine Schwester. Sie ist die Jüngere, ich bin vor ihr geschlüpft. Aliena ist das Küken. Obwohl wir eineiige Zwillinge sind und gleich aussehen, haben wir verschiedene Charaktere. Unseren Eltern haben wir nicht viel Freude bereitet. Papa und Mama

hatten sicher die Schnauze voll, weil ich dauernd blutverschmiert alle Sachen versaut habe. Aliena hat nichts gegessen, sie wurde immer dünner und hat kaum noch gesprochen. Vor allem hat sie nie geantwortet, wenn sie etwas gefragt wurde. In der Schule fanden sie das nicht lustig. Auch die vornehme Dame und der knittrige Herr vom Jugendamt haben von ihr keine Antwort bekommen. Ich habe mich Aliena angeschlossen und auch nichts gesagt. Deshalb sind wir beide in eine Pflegefamilie gekommen. Das war schön, aber viel zu kurz. Es gab da einen Richter, der einen Gutachter beauftragt hat. Sollte wohl testen, ob wir schon gescheiter geworden sind. Dieser Gutachter hat gesagt, dass wir rückständig seien. Das haben wir natürlich erst später von den Nebelmenschen erfahren. Der Richter wollte sich selbst ein Bild von uns machen. Hat uns aber nicht selbst besucht. Richter haben – so wie Du, lieber Gott – wenig Zeit. Der Richter hat festgestellt, dass wir stammeln. Ich kann mich schwach daran erinnern. Er hat mit uns telefoniert. Klar, dass wir gestammelt haben. Telefonieren hat uns zuvor niemand beigebracht. Dieser Richter hat bestimmt, dass wir wieder mehr Kontakt zu Mama und Papa haben sollten. Ist schief gegangen, wie Du sicher weißt. Mamas und Papas mögen auch keine stammelnden, zurückgebliebenen Kinder. Schließlich sind wir getrennt worden. Zwillinge, egal ob eineiig oder nicht, sollten nicht getrennt werden. Ich finde, Geschwister überhaupt sollten nicht getrennt werden. Aber zwei von unserer Sorte wollte niemand. Warum ist das so? Ich weiß es nicht. Das wirst Du mir sicher erzählen, wenn ich in den Himmel komme. Die Nebelmenschen haben gesagt, wenn

wir schweigen, kommen wir in den Himmel, wenn wir reden, kommen wir in die Hölle. Aliena hat immer geschwiegen, ich nicht. Ich habe einmal von den Nebelmenschen erzählt. Darum schreibe ich Dir ja, lieber Gott. Ich will nicht in die Hölle, ich will zu Dir. Ich meine, es war ein Fehler, das gebe ich zu. Ich hätte nicht sprechen dürfen. Nicht über die Nebler. Du kannst mir doch sicher verzeihen? Wenn Du sie nicht erschaffen hast, dann könntest du mal ein Auge zudrücken. Weiß ja nicht, was Du anstelle von Auge zudrücken für Möglichkeiten hast.
Am nächsten Badetag werde ich sterben. Dann komme ich nicht mehr in Versuchung, über die Nebelmenschen zu sprechen und dann könnten wir doch drüber reden, ob ich doch noch in den Himmel darf.
Jetzt muss ich Schluss machen. Meine Wunde brennt höllisch. Habe mit dem Küchenmesser etwas zu tief meine Oberschenkel aufgeschlitzt, glaube, ich muss mir doch einen Verband anlegen. Das Blut versaut das Bettlaken. Eigentlich nicht schlimm; brauche es ja nur noch sechs Tage.
Morgen schreib ich dir noch ein bisschen was. Freu mich schon. Es ist schön, Dir zu schreiben. Ach, übrigens, da ich keine Postadresse von Dir habe, kannst Du einen der Engel beauftragen, mir – vielleicht im Traum – Deine E-Mail-Adresse zu sagen? Will ja, dass Dich meine Zeilen erreichen.
Auch wenn Du Dich nicht rührst, hab Dich trotzdem lieb.
Also dann tschüss, bis morgen.

Deine S.

19

»Du bist schon zurück?«, Sarahs Stimme klingt erbost, was durch das Handy verzerrt und skurril klingt. »Warum meldest du dich dann nicht?«

»Jetlag – bin ziemlich down.« Tom hält seine Antwort knapp. Natürlich fehlte ihm selbst die Energie, sich nach der emotional anstrengenden Reise bei Sarah zu melden.

Einen Moment herrscht Funkstille. »Waren deine Geschäfte wenigstens erfolgreich?«

Geschäfte? Tom hätte fast gelacht. Wenn sie wüsste. »Ja, waren sie.«

»Na gut, wann sehen wir uns?«

»Ich ruf dich an.«

Sarah murmelt Unverständliches und legt auf.

Tom will den Rest des Sonntages nutzen, um sich von der Seeluft des Starnberger Sees inspirieren zu lassen. Er liebt diesen vertrauten Duft und dessen Mixtur aus Fisch und modrigem Seetang. Er wird begleitet vom Flüstern der anschlagenden Wellen und verlockt dazu, dem Seeweg nach Percha zu folgen. Der Blick über das Wasser, der von Starnberg gegenüber begrenzt wird und die Brise des Windes, die frische Luft in die Lunge pumpt, reinigen die Seele und verjagen die trüben Gedanken aus dem Kopf. Diese werden frei. Tom denkt an Sarah, unterdrückt es aber sofort wieder. Er denkt an Jenny, versucht seine Ideen zu sortieren. Er denkt an Tracy und muss dabei lächeln. Und Tom läuft immer weiter, bis die Sonne über dem Westufer untergeht und er Starnberg erreicht hat. Es ist Sonntag, der 29. Mai, und die hereinbrechende Dunkelheit mahnt zur Umkehr.

20

30. Mai

Die Frühjahrssonne wärmt und sticht durch das Blattwerk der Buchen und Eichen. Der alte Bauernhof liegt dicht an der tschechischen Grenze, die früher über die Tillyschanz zu Fuß oder nur mit dem heimischen Kennzeichen »NEW« passiert werden konnte. Aufgrund des Schengener Abkommens kann man jetzt ohne Kontrolle die Staatsgrenze zwischen Deutschland und Tschechien passieren, um günstig Sprit oder Zigaretten zu ergattern. Die Tillyschanz und der Grenzübergang Waidhaus locken seit dem Wegfall der Grenzen und dem Eintritt Tschechiens in die EU vor allem die grenznahen Einheimischen aus den Landkreisen Neustadt Waldnaab und Weiden zum Einkaufen an. Duty Free Shop, Tankstellen, Apotheken, Spielkasinos, Rotlichtetablissements und zahlreiche Verkaufsbuden, die nicht selten auch Rauschgifte und Opiate anbieten, werden an den meisten Tagen von Schnäppchenjägern aus nah und fern belagert.

Der Marlhof liegt versteckt im Wald. Horst und Hildegard Costner haben den Hof nach der Jahrtausendwende gekauft und saniert. Aus dem alten Bauernhaus mit seinen dicken Mauern wurde ein Schmuckstück und mit ihm der gesamte Hof, samt seinem künstlich angelegten Badesee. Die Costners leben hier zurückgezogen und nur, wer das Innere ihres Anwesens betritt, kann ihren Reichtum ermessen. Sie horten ihre Schätze in der Einsamkeit des Waldes hinter dicken Mauern, geschützt vor den Blicken der Außenwelt durch eine hohe Ligusterhecke, die auch im Winter ihr Laub behält, bis sich im Frühjahr neue Blätter bilden.

Am Nachmittag telefoniert Hildegard Costner mit ihrer Freundin Elli in Klagenfurt.

»Hallo, Waldfee,« gurrt es aus dem Telefon. »Wie geht es euch in der dunklen Oberpfalz?«

Hilde wirft einen kurzen Blick auf den Bachlauf, der zum See führt. Die Sonne färbt Steine und Wasser mit einem glitzernden Schimmer. »Von wegen dunkle Oberpfalz, alte Seejungfer. Hier strahlt der Stern.« Ihre rauchige Stimme klingt teils belustigt, teils empört.

»Oh, wirklich? Habt ihr mittlerweile Flutlicht in eurem Wald installiert?«

Hilde lacht. »Elli, aus deinen Worten sprudelt der pure Neid.«

»Mach keine Witze, Hildchen. Wir lieben Kärnten und den Wörther See, ihr die Finsternis. Jedem das seine. Wie geht es euch sonst so?«

»Uns? Uns geht es schlecht. Wir haben keinen Grund zum Jammern.«

»Aha, deswegen geht es euch schlecht.«

»Allerdings. Können ja nirgends mitreden. Ihr doch auch nicht.«

»Doch, wir können bei den Jammermenschen schon mithalten. Schließlich leben wir in Österreich und da gehört Lamentieren dazu.«

»Ihr seid gute Schauspieler.«

»Na, ihr doch auch.«

»Stimmt.«

»Was macht deine Malerei, Hildchen? Ist dein neues Atelier schon fertig? Horst wollte dir doch den alten Kuhstall umbauen?«

»Ja, das Atelier ist fertig. Den Stall erkennst du nicht wieder. Wir haben eine Mauer abgerissen, einen Stahlträger eingezogen und dort kommt jetzt Tageslicht rein. Dass da mal Kühe gestanden haben, vermutet niemand mehr. Ist toll geworden.«

»Freut mich für dich. Aber wenn jetzt die Zeiten so schlecht werden, könnt ihr eure Kuh doch nicht zwischen deine Bilder stellen.«

»Meinst du, sie gibt dann keine Milch mehr?«

»Quatsch, Hildchen. So schlecht ist deine Malerei nun auch wieder nicht.«

»Oh, vielen Dank. Das beruhigt mich.«

»Was treibt denn Horst, wenn er nichts mehr zum Mauern und Rumreißen hat?«

»Horst findet immer was auf dem Hof.«

»Na, wenigstens kommt dein Mann nicht auf dumme Gedanken. Mein Siggi hat es nicht so mit dem Handwerklichen. Er surft lieber den ganzen Tag auf dem See rum und will den Badenixen imponieren.«

»Könnt ihr schon baden?«

»Hardliner schon, ich weniger. Springst du schon in euren Waldteich?«

»Nein, ich will ja nicht, dass meine Brüste schrumpfen.«

»Also, das könntest du dir leisten, im Gegensatz zu mir. Aber jetzt sag mal, warum du anrufst. Ich muss nämlich in die Stadt.«

»Tut mir leid, Elli. Ich will dich nicht aufhalten.«

»Quatsch – so eilig hab ich's nun auch wieder nicht. Also rück raus. Was hast du auf dem Herzen?«

Hilde seufzt. Sie überlegt kurz, ob sie Elli die gute Laune verderben soll.

21

Sarah duftet nach Puder und Bodylotion. Ihre Stimme klingt nach Übertreibung. »Mein allerliebster Wolfertinger, mein schnuckeliges Seewölfchen! Ich wünsche Dir alles, alles, alles und noch mehr Gute zum Geburtstag. Siebenunddreißig, welch ein zartes Alter für einen Wolf und ehrlich gesagt – du hast dich wacker gehalten.«

Tom beherrscht sich. Kein Gesicht verziehen, kein Wort des Unmuts, stattdessen ein gekonnt gespieltes Lächeln und ein unverdächtiges »Danke, mein Schatz«. Seine Augen sehen an ihr vorbei, sehen Tracy Farrows schwarzes Haar und nur dieser Fata Morgana verdankt er die Ruhe, mit der es ihm gelingt, sie mein Schatz zu nennen.

»Nun mach schon dein Geschenk auf«, fordert sie ihn auf und Tom entfernt artig das kitschige Papier von dem kleinen Paket, das sie ihm entgegenstreckt.

Zuerst kommt die edle Verpackung mit dem Schriftzug ›Prada‹ zum Vorschein. Sarah klimpert wie ein kleines Kind mit den Armbändern, die ihren Unterarm verzieren sollen. »Na, guck schon rein.«

Tom öffnet die Schachtel und starrt entgeistert auf das edle Schwarz eines Handys. Hatte er sich nicht erst ein neues Handy zugelegt?

»Ein Prada Phone«, beeilt sich Sarah mit ihrer Erklärung. »Mit einer eigenen Mobilfunknummer. Dieses Handy soll deine Hotline zu mir sein. Es hat im Telefonbuch nur meine Nummer gespeichert und dafür ist es auch gedacht. Ein Handy, dass nur uns beide miteinander verbinden soll.«

Tom zwingt sich zu einem Lächeln, das allerdings wenig mit erneuerbarer Energie zu tun hat und das flache »Ist aber lieb von dir, danke, Schatz«, wirkt entsprechend kraftlos ohne Power. Sarah scheint nichts zu bemerken und anstelle von Tom freut sie sich über das sinnlose Geschenk. Die Flasche Champagner, die sie ebenfalls mitgebracht hat, sticht Tom als Retter einer peinlichen Situation ins Auge und er beeilt sich, den Korken knallen zu lassen. Sarah nippt an ihrem Glas, während Tom einen kräftigen Schluck dazu missbraucht, seine verloren geglaubte Stimmung zurückzuholen. Ihr erwartungsvolles »Freust du dich?«, inspiriert ihn umgehend zu einem zweiten Glas und der Dom Perignon ersetzt das Prickeln, das ihm bei ihrem Anblick abhandengekommen scheint und auch nicht zurückkehren will, als Sarah sich die Kleider vom Leib reist.

Den Abend des 30. Mai verbringt Tom im Bett mit Sarah. Der Champagner hat ihm geholfen, locker zu bleiben und er verstärkt das Bild, das er vor Augen hat, als sie ihn verführt. Tom sieht Tracy aus Houston vor sich und fast hätte er Sarah ihren Namen ins Ohr gehaucht.

»Bist du glücklich?« Sarah liegt schweißgebadet neben ihm und Tom hält die Augen geschlossen. »Ja, Sarah, ich bin sehr glücklich mit dir.«

Tom fühlt sich entspannt, müde und bereit, seinen Geburtstag zu verschlafen. Sarah gibt ihm fünf Minuten, dann rüttelt sie ihn wieder wach und foltert ihn mit der Realität des Daseins: »Wollten wir nicht essen gehen?«

Tom will nicht, aber Sarah gewinnt. Das Prada Phone zeigt die Zeit an: halb neun – mitteleuropäische Sommerzeit. Wie spät ist es jetzt, an diesem 30. Mai, in Houston? Wie spät ist es bei Jenny?

22

Zwanzig Uhr. Die Türmchen mit der Holzverkleidung stehen mystisch und von der Sonne beleuchtet zwischen den hochgewachsenen Zypressen hervor. Über dem Eingang klappert das Holzschild mit der Aufschrift Haus Elli. Der Wind streichelt über die alten Bäume und fängt sich am alten Gemäuer zwischen den Spitztürmchen. Wie ein kleines Schlösschen ziert Haus Elli das Ufer am Wörther See, weit außerhalb der Stadt Klagenfurt. Die Straße, an die das Anwesen grenzt, verbindet die Klagenfurter Vorstadt und Maria Wörth. Der Naturpark, der dieses Schmuckkästchen weiträumig umfasst, gehört sich selbst – kein Nachbar, keine Pension mit lärmenden Kindern, keine Ortschaft, die Trubel und Verkehrsinfarkte anlocken könnte. Der Zugang zum See bleibt verwehrt, die Zufahrt zu dem alten Villenschlösschen kann nur von Eingeweihten auf Anhieb entdeckt werden, Touristen fahren in der Regel achtlos vorbei. Neben den Zypressen verdecken stämmige Buchen und hochgewachsene Eichen die Sicht, goldgelbes Laub bedeckt wie ein dicker Teppich den Waldboden, alles wird genährt von der Frische der nahen Berge und der reinen Luft, die von den Alpen spendiert wird.

Idylle pur, Reichtum, Abgeschiedenheit. Ein neu erbautes Bootshaus bietet Platz für zwei Motorboote und eine Sunsail 44i, die mit vier Kabinen Platz für zehn Personen bietet. Siegfried und Elisabeth Schaffer haben sie erst im letzten Jahr erstanden und mussten ein neues Bootshaus errichten, um die nahezu vierzehn Meter lange Segeljacht darin winterfest unterzubringen. Außerdem wollen sie nicht, dass ihre Schätze von der Seeseite her Neugierige anlocken und das entspricht ihrem immerwährenden Drang, zurückgezogen am Wörther See zu leben.

An diesem 30. Mai haben sie keinen Segeltörn unternommen. Elli wollte ihre Hausarbeit erledigen und nach Klagenfurt fahren. Nur der Anruf von Hildegard hat sie aufgehalten und auch verunsichert. Aber das hat sie längst weggesteckt und nun schickt sich an, mit ihrem Mann, Siggi, einen gemütlichen Abend zu verbringen.

Sie hat den Whirlpool eingelassen und mit Maiglöckchenduft angereichert, wählt aus der reichhaltigen Bar einen Campari und mixt Orangensaft dazu. »Ich bin fertig, Siggi. Kommst du?«

»Sofort«, hallt es aus dem Wintergartenanbau. Nackt tappt Elli zurück in den Badetempel, steigt in die Wanne und postiert die Getränke auf einer der Marmorplatten, die den Pool einfassen. Siegfried Schaffer, dreiundfünfzig Jahre alt, ganzjährig braun gebrannt und mit einem Schwabbelbauch, den er als Feinkosttempel bezeichnet, folgt ihr zwei Minuten später. Seine drei Jahre jüngere Rubensfrau, die mit dreiundneunzig Kilo drei mehr auf die Waage bringt als ihr Mann, reicht ihm eines der Gläser und sie prosten sich zu.

»Willst du ficken?«, fragt sie.

Siggi will. Für einige Minuten vermischt sich das wilde Plätschern der über die Poolwand schlagenden Wellen mit Ellis Lustschreien und verwandeln den in gedämpftes Licht getauchten Raum zu einem Zentrum chaotischer und exzessiver Lust. Trotz der Schwerfälligkeit der beleibten Körper entsteht ein Knäuel aus leidenschaftlicher Artistik und tabuloser Exzentrik, untermalt von einer ordinären und vulgären Verbalerotik, die zu immer höherer Ekstase führt, bis endlich beide Leiber, geschüttelt von den Wonnen ihrer Höhepunkte, matt und zufrieden hinabtauchen in die prickelnde Wohltat der Wasserfontänen und der durch Luft angereicherten Ströme.

Sie schaffen es noch, mit einem lechzenden Schluck ihre Gläser zu lehren, dann versinken sie mit geschlossenen Augen in ihren Träumen der Entspannung.

Diese Entspannung ist ihnen nur für eine gute Minute vergönnt und wird abgelöst von siebenhundertfünfzig-tausend Volt. Sechs Sekunden dauert der Angriff des Elektroschockers und führt dazu, dass die Opfer zu keinen kontrollierten Bewegungen mehr fähig sind. Orientierungs- und Gleichgewichtsstörungen erlauben keinerlei Gegenwehr. Siegfried und Elisabeth Schaffer haben keine Chance mehr, ihrem Tod durch eine Überdosis Atropin zu entgehen.

Die Uhr zeigt halb neun mitteleuropäischer Sommerzeit an. Der Whirlpool verwirbelt das Wasser des Todes gleichermaßen wie der blutrote Sonnenuntergang, der das Westufer des Wörthersees einfärbt, als wolle der Himmel ein Zeichen setzen und ein Mahnmal des Untergangs beleuchten.

Die Spurensicherung wird später in den Akten vermerken: *Die Verstümmelungen ihrer Körper bekamen sie nicht mehr mit. Die Kehlen wurden mit einem Skalpell durchgeschnitten. Siegfried Schaffers Penis wurde abgetrennt und Elisabeth Schaffer in den Mund gesteckt, nachdem ihr die Zunge herausgeschnitten wurde. Siegfried Schaffer lag auf dem Bauch im Whirlpool, dessen Wasser abgelaufen ist. Elisabeth Schaffer wurden die großen Schamlippen abgetrennt und in den Mund ihres Gatten gestopft. Schaffers rechter Hand wurden alle Finger entfernt. Der abgetrennte Mittelfinger wurde gewaltsam in den Anus der auf der Seite liegenden Ehefrau eingeführt. Zwei Schnitte am Schließmuskel ermöglichten das. Die Zunge von Elisabeth Schaffer bedeckt den Schließmuskel des Ehemanns. All diese Verstümmelungen sind fachgerecht ausgeführt, mutmaßlich verfügt der Mörder über medizinische und anatomische Kenntnisse.*

Der Fotograf der Kriminalpolizei hält das Blutbad am Wörther See fest. Die Durchsuchung des Hauses Elli führt zum gleichen Resultat wie die Durchsuchung des Internets, der Laptops und der PCs im Hause: Bilder ihres Lebens werden nicht gefunden.

23

Tom erwacht schweißgebadet und versucht, den eben durchlittenen Albtraum abzuschütteln. Als die Türglocke klingelt, registriert er nicht sofort, dass er wieder in der Realität angekommen ist.

Maria findet ihren Sohn in einem leicht demolierten Zustand vor. »Bist du krank?«

»Nein, entschuldige, ich habe wohl total verschlafen.«

»Zu lange gefeiert gestern? Apropos, alles Liebe zu Deinem Geburtstag. Nachträglich!«

»Danke, Mama.«

»Wie hast du den Tag gestern verbracht? Ich konnte dich nicht erreichen.«

»Mit Sarah. Essen gehen, Champagner trinken. Das ganze Programm eben.«

»Scheint dir nicht viel Spaß gemacht zu haben« Sie schaut ihren Sohn besorgt an.

»Geht so«, brummt Tom und massiert sein stoppelbärtiges Kinn.

»Was sagt Sarah eigentlich zu Jenny?«

»Sie weiß es nicht.«

»Du hast es ihr nicht gesagt? Und den Seewalds auch nicht?«

»Nein.«

»Und sie hat dich nicht gefragt, warum du in die USA geflogen bist?«

»Nein.«

Maria runzelt die Stirn. »Seltsam.«

Tom sieht sie nachdenklich an. »Ja, jetzt, wo du es sagst, wirklich seltsam. Sie dachte sicher, es wäre geschäftlich. Ich bin Wirtschaftsanwalt, da sind Auslandsreisen nicht außergewöhnlich.«

»Sag mal, Tom, was ist das für eine Beziehung, die ihr da habt? Liebst du sie?«

»Anfangs glaubte ich das.«

»Aha. Und dann?«

»Dann musste ich mir eingestehen, dass wir nicht zusammenpassen. Mea culpa – das habe ich mir zu spät eingestanden. Ich habe zu spät erkannt, dass Sarah in einer anderen Welt zu Hause ist, in der ich mich nicht heimisch fühlen könnte.«

»Irre ich mich, oder hast du heute nicht einen Termin in der Seewald AG?«

»Nein, du irrst dich nicht.«

»Und so, wie dein erster Besuch bei den Seewalds verlaufen ist, denkt Sarah, dass du dort einsteigen wirst. Und ihre Eltern denken das sicher auch. Hast du Sarah nicht gesagt, du wirst ernsthaft erwägen, den Vorstandsposten anzunehmen?«

»Ich übernehme stets die Verantwortung für alles, was ich sage, aber niemals für das, was andere verstehen. Erwägen heißt ja noch nicht, dass ich in jedem Fall zusagen werde. Natürlich wäre es reizvoll, diesen Job anzunehmen. Andererseits wird Sollfrank sich vor den Kopf gestoßen fühlen. Und im Moment steht Jenny auf meiner Liste ganz oben. Mein Partner unterstützt das. Ob die Seewalds das hinnehmen – da wäre ich mir nicht so sicher. Deshalb steht das alles noch in den Sternen. Ich werde heute das Meeting mit Martin Seewald und seinem Stellvertreter, Herrn Stannitzer, wahrnehmen. Dann sehen wir weiter. Nur eines steht fest, sollte ich für die Seewald AG arbeiten, dann müsste das unabhängig von meiner Beziehung zu Sarah sein.«

»Dann musst du das aber ihrem Vater sofort sagen.«

»Das werde ich auch.«

»Lass dich nicht unter Druck setzen. Nicht von Jennys Fall und nicht von den Seewalds. Tu das, was dein Bauch und dein Herz dir raten und verkaufe dich nicht. Versprochen?«

»Keine Angst Mama, ich verkaufe mich nicht. Versprochen. Aber jetzt erzähl mir lieber, wie es Papa geht.«

»Ron vergräbt sich in der Klinik. Seine Arbeit hilft ihm, Jennys Schicksal zu verkraften. Was bleibt uns allen auch anderes übrig?«

Tom nimmt sie in den Arm. »Und du, wie geht es dir?«

»Ich komm jetzt besser klar. Nach allem, was du uns erzählt hast, wächst die Hoffnung, dass es einen Ausweg gibt.«

»Wir stehen das zusammen durch.«

»Ja, Tom, das tun wir. Und jetzt braue ich uns eine starke Kanne Kaffee. Du kannst in der Zwischenzeit duschen. Du müffelst.«

Am frühen Nachmittag rauscht Sarah in einem knallroten Kleid durch Toms Anwesen. »Wie gefällt es dir?«

»Schön«, bemerkt Tom knapp.

»Männer!«, schmollt sie. »Keine Idee, wie man wahrheitsgetreue Komplimente macht.«

»Apropos Wahrheit«, nutzt Tom die Gunst der Stunde. »Bevor wir zu deinem Vater fahren, muss ich dir was sagen.«

Sarah sieht ihn zweifelnd an. Ihr Blick verrät, dass sie keine Probleme in ihrem Leben gebrauchen kann. Eine Wenn's-sein-muss-Mimik lässt ihn daran zweifeln, die Wahrheit auszuspucken. Tom entschließt sich, es dennoch zu tun und erzählt ihr von seiner USA-Reise sowie vom Schicksal seiner Familie und seiner Schwester.

Sarah hört ihm zwar geduldig zu, scheint aber ansonsten weder sonderlich betroffen noch überrascht zu sein. Als Tom seinen Bericht abschließt, schweigt sie für einige Minuten. »Dumme Situation. Wird sich aber alles klären«, meint sie lakonisch. Tom hat nicht viel mehr von ihr erwartet, aber er kann nicht vermeiden, über ihre mangelnde Empathie enttäuscht zu sein.

»Aber jetzt müssen wir los«, drängt sie und springt auf. »Das mit Jenny tut mir leid, aber das Leben geht weiter.«

Tom betrachtet sie nachdenklich. So einfach ist das also für sie?

»Ich werde diese Geschichte auch deinem Vater erzählen müssen.«

»Ja, sicher, das machst du.«

Tom versucht, ihre Gleichgültigkeit zu deuten, kann sich aber keinen Reim darauf machen. Er hat das Gefühl, dass Sarah schon vor seinem Bericht Bescheid wusste.

Der Mittlere Ring ist an diesem Nachmittag nicht allzu stark befahren, weswegen Tom den Audi zehn Minuten zu früh in die Tiefgarage der Seewald AG lenkt, deren Glasbau in der Nähe des Olympiastadions von der Sonne in ein metallisches Blau getaucht wird.

Majestätisch ragt das Gebäude wie eine übermächtige Rakete in den Himmel. Die Spitze verjüngt sich zu einem Rundturm. Dort oben residiert Martin Seewald. Von hier aus liegt ihm die Stadt zu Füßen und der Rundblick über das Olympiagelände und München samt Umland vermittelt den Eindruck: in dieser Etage herrschen Macht und Erhabenheit. Während tief unten das Fußvolk den Staub der Straße schluckt, besticht das Chefbüro der Seewald AG durch Luxus und vornehmster Gediegenheit, durch Sterilität von Reichtum und Erfolg. Eine aufgedonnerte, teilweise in Lack gekleidete Vorzimmerlöwin mit grellrotem Lippenstift, der ihren Mund wie ein Warnsignal erscheinen lässt, empfängt Tom und Sarah und leitet sie in das Heiligtum der Konzernspitze. Tom darf auf einen der schweren Ledersessel Platz nehmen, nachdem ihn Martin Seewald überschwänglich begrüßt hat. Seine

Tochter bestellt unterdessen Kaffee und Gebäck bei der zweiten Vorzimmerdame.

Martin Seewald führt, nachdem die Frau ihren Dienst verrichtet hat, noch einmal die Grundlagen und Standbeine der Seewald AG aus. Fünftausend Mitarbeiter arbeiten am Standort München. Fünfhundert davon betreiben das Logistikzentrum in Garching. Insgesamt zählt der Konzern über dreißigtausend Mitarbeiter weltweit.

Während Martin Seewald die Größenordnung seines Imperiums erklärt, stößt Bernhard Stannitzer, stellvertretender Vorstandsvorsitzender und Produktionschef des Konzerns, zu ihnen. Stannitzer entspricht vom Typus her überhaupt nicht dem Klischee eines Vorstandes. Leger gekleidet in Jeans und einem verknitterten, karierten Hemd, dazu ein speckig wirkendes Sakko. Die ovale Schädelform mit Vollglatze und einem Bart, der Kinn und Oberlippe umkreist, verleiht seinem Äußeren das Bild einer Kokosnuss. Seine Augen scheinen auf die dunkle Färbung der buschigen Augenbrauen abgestimmt zu sein. Das Gesicht wirkt länglich, auf der linken Seite etwas asymmetrisch und voller als die eingefallenen Wangen auf der rechten Seite. Toms Nackenhaare sträuben sich.

Welch ein seltsames Triumvirat. Martin Seewald, der erhabene, über den Dingen thronende Geschäftsmann. Sarah, die den Beruf Tochter verkörpert und ein Vorstandsmitglied, das ölige und schleimige Schauspielattitüden darbietet. Tom kommt sich schon jetzt ziemlich deplatziert vor, muss sich allerdings dem Diktat des Chefs beugen, der ihn in die Hände dieser Stanislaus übergibt. Heißt er nicht so? Nein, Stannitzer.

»Ich bin Bernd«, biedert sich Stannitzer an. Irgendwie scheint der ganze Kopf etwas in Schieflage geraten zu sein und die Mimik seiner Mundpartie erinnert trotz der Barthaare an eine Meeresschildkröte. Er präsentiert das Unternehmen aus seiner Sicht. Drei Stunden dauert der Rundgang und trotz dieser langen Zeit gelingt es Stannitzer nicht, Toms Sympathiewerte für ihn zu verbessern.

Sein leicht österreichischer Akzent klingt met-süß, eine säuselnde Softstimme und die überschwängliche Theatralik verleiten Tom zu der Ansicht, diesem Menschen von Anfang an misstrauen zu müssen. Kurzum, Bernhard Stannitzer wirkt abstoßend und seine Freundlichkeit aufgesetzt, irgendetwas warnt Tom: In diesem Unternehmen stimmt etwas ganz und gar nicht. Aber was?

Nach dem Rundgang muss Tom weitere Ausführungen in Bernds Büro über sich ergehen lassen. Beteiligungen, Kooperationen, Tochtergesellschaften, Verflechtungen. Tom erfährt so viele Details, dass er am Schluss die Hälfte wieder vergessen hat. Als der Exkurs endlich beendet werden kann, klingelt das Telefon auf Stannitzers Schreibtisch. Er hebt ab, hört zu. Sein Gesicht verfinstert sich plötzlich, er scheint blass zu werden. »Ich ruf später zurück«, murmelt er und legt nachdenklich auf.

»Schlechte Nachrichten?« Tom beißt sich auf die Lippen. So viel Anteilnahme wollte er nun auch wieder nicht zeigen.

»Nein, nein«, beeilt sich die Stannitzer zu versichern. Tom spürt, dass der Mann nicht darüber reden will, und lässt es dabei bewenden. Bernhard Stannitzer hat es plötzlich eilig, ihn loszuwerden.

24

Bella Vita heißt das kleine italienische Lokal in der Lindwurmstraße, nahe der Theresienwiese. Das Bella Vita ist bekannt für seine exzellente Küche. Martin Seewald hat es vorgeschlagen und jetzt sitzen sie hier bei Pesto, Fisch und einer Karaffe Rotwein. Stannitzer hat sich entschuldigt und ist nicht mitgekommen.

Martin Seewald ergreift die Initiative. »So Tom, jetzt sagen Sie mir, wie gefällt Ihnen unser Unternehmen?«

Tom beteuert, dass er beeindruckt sei.

»Na also, dann spricht ja nichts gegen eine Zusammenarbeit. Lassen Sie uns umgehend über die Konditionen reden.«

»Ich möchte Sie um etwas Bedenkzeit bitten, Herr Seewald. Außerdem muss ich noch einen familiären Fall lösen.«

Sarah mischt sich ein und erzählt ihrem Vater von Jenny. Martin Seewald bekundet sein Verständnis. »Natürlich bedarf es einiger Zeit, diesen Fall zu lösen«, stimmt er seiner Tochter zu. »So wie ich Sie einschätze, Tom, werden sie dazu nicht allzu lange brauchen. Ich wäre bereit, die Geduld aufzubringen, auf Sie zu warten. Können wir uns darauf verständigen, dass Sie uns Ihre Entscheidung so bald wie möglich mitteilen werden?«

»Gewiss, Herr Seewald, das können wir.«

»Na dann, auf unserer aller Zukunft.« Martin Seewald erhebt sein Glas. Sarah und Tom folgen artig.

Auf der Rückfahrt zum Starnberger See verhält sich Sarah schweigsam. Die Luft in dem Audi A8 ist zum Zerreißen gespannt. Sarah ist sauer.

Erst, als sie in Toms Wohnzimmer auf der Couch liegt, lässt Sarah Dampf ab. »Warum verhältst du dich so idiotisch gegenüber meinem Vater?«

Tom ist ehrlich verwirrt. »Wie meinst du das?«

»Er bietet dir eine einmalige Chance an und du brauchst Bedenkzeit?«

»Ist das so schlimm?«

»Schlimm? Es ist abartig. Meinst du, solche Jobs liegen auf der Straße? Willst du ihn unbedingt sauer machen?«

»Lass mal gut sein, junge Dame, ich glaube, so viel Freiheit sollte ich schon haben, das allein entscheiden zu können.«

Sarah dehnt ihre Worte: »Junge Dame? He, ich bin kein Schulkind, das man an den Ohren zieht.«

»Aber du bist kindisch. Dein Vater hat es doch akzeptiert. Was willst du also?«

Sarah springt entrüstet auf, stampft theatralisch mit dem Fuß auf den Parkettboden und faucht: »Du kennst meinen Vater nicht. Er ist es nicht gewohnt, hingehalten zu werden. Aber von mir aus, mach doch, was du willst, Blödmann.«

Damit stakst sie betont übertrieben davon, knallt die Haustür kräftig ins Schloss und Tom hört den Motor ihres Coupés aufheulen, bevor sie mit durchdrehenden Rädern das Grundstück verlässt.

Tom nutzt Sarahs Abgang, um früh zu Bett zu gehen. Er denkt über den Verlauf des Tages nach. Die Feststellung, dass er noch keine Entscheidung für die Zukunft treffen will, weder in Bezug auf Sarah noch auf das Angebot von Martin Seewald, entspannt ihn. Befreit schläft er ein.

Am nächsten Morgen ist es kühl. Die Wolken lassen keine Sonne durch und das Thermometer zeigt zehn Grad. Der erste Tag im Juni verweigert sommerliche Temperaturen und Tom hüllt sich in einen warmen Frotteemantel, frühstückt und wirft einen Blick in die Zeitung. Sein Handy klingelt und das Display droht Sarah an. Tom nimmt den Anruf widerwillig an, hört sich ihre halbherzig formulierte Entschuldigung an und versichert, dass er ihr nicht mehr böse ist.

Bevor er eine Dusche nimmt und das Haus verlässt, beschließt er, seine E-Mails zu sichten. Die wichtigste kommt aus Houston und stammt von Tracy Farrow.

Hallo, Tom. Wir haben herausgefunden, von wem das Haus der Fosters verkauft wurde. Das weiße Haus gehörte nicht den Fosters, sondern der Copeland Real Estate Consulting mit Hauptsitz in London. Copeland ist ein Immobilienfinanzier und besitzt eigene Luxus- und Gewerbeimmobilien in aller Welt, hat auch mehrere Niederlassungen, unter anderem in Dallas, München, Wien und Rom. Wir konnten allerdings keinerlei Mietzahlungen der Fosters ausfindig machen. Das ist auf jeden Fall seltsam. Copeland hat auf unsere Anfrage bis dato nicht reagiert. Wir warten ab, ob sie es tun werden.

Für die Recherchen in Deutschland empfehle ich die Privatdetektei von Benjamin Drambach. Wir haben schon öfter mit Big Ben, so nennen wir ihn, zusammengearbeitet. Drambach hat gute Leute, einige davon sind begnadete IT Spezialisten, also Hacker mit Format. Er residiert zudem in München, hat aber auch ein Büro in Berlin. Die Jungs sind ausgebucht, aber ich habe ihn davon überzeugt, noch ein Mandat anzunehmen.

Das war's für heute. Ich melde mich, sobald wir mehr Ergebnisse haben.

Tom druckt die Mail aus, sichtet dann die übrigen Nachrichten, löscht die zahlreichen Spams und will den PC herunterfahren, als ihm eine Schlagzeile ins Auge sticht: »Grausamer Mord: Ehepaar am Wörther See hingerichtet.«

Tom klickt weiter und liest den Bericht über den Mord an dem Ehepaar S. in der Nähe von Klagenfurt. Als er fertig ist, wählt er die Nummer seiner Eltern.

»Guten Morgen, Tom. So früh schon auf den Beinen?«

»Im Moment nicht auf den Beinen. Sitzt du?«

»Nein, ähm, was soll das?«

»Dann setz dich bitte.«

Kurze Pause »Okay, ich sitze. Also, was gibt's?«

»Jenny kann es nicht gewesen sein.«

Maria schluckt. »Tom, was soll das? Das wissen wir doch schon!«

»Bei Klagenfurt wurde ein Ehepaar ermordet. Derselbe Tathergang, dieselben Verstümmelungen. Der Bericht klingt so identisch, dass man meinen könnte, der Journalist hat den Mord der Fosters beschrieben und nur den Tatort gewechselt.«

»Du meinst, der Mord ist deckungsgleich mit dem, was in Galveston passiert ist?«

»Genau das meine ich.«

»Das würde bedeuten ...« Maria Wolfert bricht ab, kann nicht aussprechen, was sie meint.

Tom beendet ihre Erkenntnis: »Das bedeutet, dass wir es mit demselben Mörder zu tun haben. Wenn Jenny nicht ausgebrochen und nicht verrückt geworden ist, dann bedeutet das, dass der Mörder der Fosters seine Gräueltaten in Österreich fortgesetzt hat. Aber eines sticht dabei besonders ins Auge.«

»Was meinst du, Tom?«

»Der Mord der Fosters fand am 30. Mai statt. Vor einem Jahr. Genau an diesem 30. Mai mordet der Täter wieder. Die Frage ist – was hat dieses Datum für eine Bedeutung?«

Maria überlegt nicht lange: »Es ist dein Geburtstag.«

»Ja, mein Geburtstag. Und der Todestag der Fosters und jetzt der Familie mit der Bezeichnung S.«

Maria räuspert sich. »Kann es sein, dass es sich hier um einen Serientäter handelt?«

»Sieht ganz so aus«, stimmt Tom ihr zu. »Wenn dem so ist, haben wir scheinbar ein Jahr Zeit, um den nächsten Doppelmord zu verhindern. Sollte da was dran sein, dann finden wir den Mörder. Mein Gott, Mama, dann kommt Jenny frei.«

»Und wenn nicht. Was, wenn das alles ganz anders ist?«

»Dann wird es schwierig. Aber ich spüre es.«

Maria rennt erregt auf und ab. Vor Aufregung lässt sie den Hörer fallen, hebt ihn hastig wieder auf. »Bist du noch dran? – Was? Was spürst du, Tom?«

Hastig purzeln die Worte aus Toms Mund: »Ich spüre, dass dieser Mord in Kärnten eine Hinrichtung war, so wie bei den Fosters. Und ich ahne, dass es nicht die Letzte sein wird.«

Maria läuft es eiskalt über den Rücken. Ihre Intuition versichert ihr, dass Tom Recht behalten wird. Und sie erkennt, dass der Tod dieser Menschen in Österreich der Schlüssel für das Leben ihrer Tochter sein kann.

25

Die Privatdetektei Drambach unterhält ihre Büros in München Riem, nahe der Messe. Benjamin Drambach, ein schlanker, drahtiger Mann, 1,95 m groß, verdient die Bezeichnung ›Big Ben‹ zurecht. Tom findet in ihm einen aufmerksamen Zuhörer und einen Mann, der nicht lange um den heißen Brei herumredet.

»Ich schlage vor, Sie fahren nach Österreich. Ich gebe Ihnen eine Kollegin an die Seite. Sie heißt Stefanie Brandner, ist eine unserer versiertesten Abhör- und Hackerspezialistinnen, beherrscht einschlägige Techniken zum Knacken von Passwörtern und ist ein Ass was Recherchen anbelangt. Außerdem stammt unsere Steffi aus Villach, also eine waschechte Österreicherin mit Charme, und die können sie brauchen, wenn sie da unten was rausbringen wollen. Allerdings ist das nicht ganz billig.«

Tom erschrickt nicht, als er den Tagessatz von Stefanie Brandner erfährt, allerdings steigert sich seine Bereitschaft, diesen zu akzeptieren, als sie vor ihm steht. Ein hübsches Mädchen, Ende zwanzig mit einer Löwenmähne schwarzer Haare mit metallisch glitzernden Strähnen. Sie erinnert Tom sofort an Tracy, allerdings um einen Tick hübscher, etwas zierlicher und einem Gesicht mit weicheren Linien und einer zarten Stupsnase.

Big Ben erklärt seiner Mitarbeiterin, worum es geht und sie freut sich offensichtlich über diesen Auftrag. »Bin gerne mal wieder in meiner Heimat«, versichert sie und die nächste Frage deutet darauf hin, dass sie das auch ernst meint. »Wann starten wir?«

Tom wirft einen Blick auf seine Armbanduhr. Kurz vor zwölf. »Von mir aus nehme ich Sie gleich mit, wir holen Ihre und meine Sachen, dann geht's los.«

Stefanie Brandner sieht ihren Chef fragend an. Big Ben nickt. Steffi strahlt. »Gut, ich hole meinen Laptop und ein wenig Technikkram. Mehr brauche ich nicht. Nur ein paar Klamotten aus meiner Wohnung.«

Benjamin Drambach lächelt und blinzelt Tom zu: »Unsere Stefanie ist hundertprozentig kompetent. Ein Naturkind aus den Kärntner Alpen. Ich wünsch Ihnen viel Erfolg. Mit ihr haben Sie die beste Unterstützung, die Sie sich wünschen können.«

Tom mag ihre frische, freche Art. Sie vertreibt seine trüben Gedanken.

»Wunderschön hier, wie kommt man zu so einem Anwesen, ohne Multimillionär zu sein? Sind Sie Multimillionär?«

»Nein, bestimmt nicht. Die Villa und das Grundstück gehören meinen Eltern. Freue mich, dass es Ihnen gefällt, Frau Brandner.«

»Nennen Sie mich ruhig Steffi. Tun alle.«

»Dann nennen Sie mich Tom, okay?«

»Aye, aye, Major Tom.«

Tom packt seine Sachen und ein paar Getränkeflaschen für unterwegs zusammen und startet wenige Minuten später mit seiner hübschen Begleiterin in Richtung Autobahn.

Über dreihundertsechzig Kilometer liegen vor ihnen, genug Zeit, um Steffi alles zu erzählen, was Tom in Houston erlebt hat. Die A8 staut sich vor Rosenheim, anschließend ist die Autobahn frei.

26

Tom beschließt, die A2 bei Pörtschach zu verlassen. Das letzte Stück nach Klagenfurt wollen sie auf der Landstraße, die am See über Krumpendorf entlangführt, zurücklegen. Zuvor gönnen sie sich auf der Blumenpromenade von Pörtschach einen Kaffee und strecken ihre Köpfe in die wärmende Junisonne.

Eine halbe Stunde später versucht Tom, einen Parkplatz in der Nähe des Stadttheaters Klagenfurt zu finden. Heuplatz 3 lautet die Adresse der Staatsanwaltschaft, die gegenüber der City Arkaden residiert.

Vierzig Minuten später werden Tom und Steffi von Staatsanwalt Luber empfangen. Luber stellt sich kurz vor, spricht mit einem Wiener Dialekt, sieht sehr gepflegt aus und trägt einen maßgeschneiderten Nadelstreifenanzug. Ein schmaler Oberlippenbart bildet eine schnurgerade Linie unter den breiten Nasenflügeln. Seine braunen, teils lichten Haare sind rechts gescheitelt und pomadig. »Was kann ich für Sie tun? Sie sagten, Sie wollen mich wegen des Doppelmordes sprechen?«

»Ja, Herr Staatsanwalt. Mein Name ist Thomas Wolfert, ich bin Rechtsanwalt, das ist meine Mitarbeiterin, Frau Brandner. Ich habe meine Kanzlei in Starnberg. Aber ich bin nicht in meiner Funktion als Anwalt nach Klagenfurt gekommen.«

»Aha. Na, dann nehmen Sie Platz. Ich trinke einen Einspänner, möchten Sie auch? Oder lieber eine Mélange?«

Steffi sieht Tom an. Sie grinst, weiß, dass er kein Wort versteht. »Nein nein, Einspänner ist gut«, sagt sie und Tom zuckt die Schulter, was Staatsanwalt Luber bemerkt.

»Entschuldigen Sie, Herr Wolfert, Sie san' sicherlich nicht mit unserer österreichischen Sprache vertraut. Die Bezeichnung Einspänner stammt aus der Zeit, als Kutschen das Stadtbild von Wien prägten. Die Kutscher hielten mit einer Hand das Glas Kaffee und mit der anderen die Zügel. Der Einspänner wird auch als Kaffee Wiener Art bezeichnet, besteht aus einem Mokka, der in einem Glas mit Henkel serviert wird, und ist mit einer großen Haube Schlagobers bedeckt und mit Puderzucker bestreut. Kenner rühren die Kaffeespezialität nicht um und trinken ihn durch die Sahnehaube.«

Jetzt will es Tom genau wissen. »Was ist dann im Gegensatz dazu die Mélange?«

Staatsanwalt Luber scheint ein echter Kaffeefreak zu sein. Begeistert erklärt er: »Die Mélange ist keine Wiener, sondern eine Schweizer Spezialität: schwarzer Kaffee, der mit à part, also mit separat gereichter Sahne serviert wird. Also bleibt's beim Einspänner?«

»Ja«, bestätigt Tom. »Und danke für diese Erklärung, Herr Staatsanwalt.«

Steffi zwinkert Tom anerkennend zu. Sie hat durchschaut, dass Tom mit seinem gespielten Interesse die Gunst des Beamten für sich gewonnen hat.

Luber öffnet die knarzende Tür seines Büros und gibt der Vorzimmersekretärin Anweisung, drei Einspänner zu brauen. »Unsere Gäste kennen das nicht. Geben Sie sich Mühe, auf dass Sie mal wiederkommen und Ferien am Wörther See machen.«

Luber nimmt auf dem verschnörkelten Holzstuhl aus dem vorletzten Jahrhundert Platz. »Kärnten braucht dringend Tourismus. Der Rückgang seit dem Jugoslawienkrieg beträgt gut dreißig Prozent und eine Besserung ist nicht in Sicht. Aber kommen wir zur Sache.«

Tom erklärt dem Staatsanwalt, was Jenny in Galveston widerfahren ist. Zwischendurch kommen die Einspänner. Der Mokka belebt ihn.

»Der Mord auf Galveston Island erscheint mir nahezu deckungsgleich zu dem in Ihrer Stadt, Herr Staatsanwalt. Wir sollten feststellen, ob das so ist.«

»Diese Fosters, Herr Wolfert, was waren das für Menschen?«

»Sie müssen sehr reich gewesen sein, lebten in einer feudalen Anlage, die dem Weißen Haus nachgebildet war. Ihre Behausung trug auch den Namen weißes Haus. Aber sie lebten zurückgezogen. Wir wissen nur, dass sie Kontakte in alle Welt unterhielten. Was wir nicht wissen, ist, worauf ihr Reichtum beruht hat.«

Lubers Stirn legt sich in Falten. »Ich schlage vor, wir fahren raus. Ich zeige Ihnen mal den Tatort.«

»Das wäre sehr freundlich«, wagt Steffi, sich einzumischen. »Vielleicht gibt es noch mehr Parallelen, als wir glauben.«

Luber stellt seinen Dienstwagen zur Verfügung. Eine Polizeistreife begleitet sie. Auf dem Weg Richtung Maria Wörth erfährt Luber, dass Steffi eine Landsmännin ist, gebürtig in Villach. Steffi nutzt den Sympathiebonus und fragt nach den Namen der Ermordeten.

»Siegfried und Elisabeth Schaffer. Dreiundfünfzig und fünfzig Jahre alt, keine Kinder, lebten zurückgezogen und unauffällig, genau wie die Fosters in den USA. Auch sie sind scheinbar sehr reich, haben eine kleine Firma in Klagenfurt. Eine Möbeltischlerei und Antiquitätenhandel.«

Der Park, das Bootshaus, die Boote und die neue Segeljacht, das Haus mit den Türmchen. Franz Luber zeigt Tom und Steffi das gesamte Anwesen bis auf den riesigen Park, den Tom auf drei Hektar schätzt. Nach den Nebengebäuden und dem Bootshaus betreten sie das Schlösschen, das mit seinen von Efeu ummantelten Türmchen und duftenden Zypressen von Dornröschen erzählt.

Der Tatort, das riesige Badezimmer, erinnert Tom an den Wellnesstempel im weißen Haus von Galveston. »Scheinbar haben die Ermordeten auch gleiche Interessen. Alle baden gerne. Die Ausstattung und vor allem die Dimension des Whirlpools, die Duschen mit den vielen Düsen, Schaltern und Lämpchen, die Beleuchtung, die eingebauten Lautsprecher. All das ist ähnlich wie in den USA. Wie sind sie verstümmelt worden? Im Internet haben sie sicher nicht alle Details beschrieben.«

Staatsanwalt Luber zählt auf, in welchem Zustand die Leichen vorgefunden wurden. Steffi verzieht angewidert das Gesicht.

»Genau deckungsgleich, wie bei den Fosters«, stellt Tom fest. »Wir haben also einige Parallelen. Gleiche Alterskategorie der Opfer, abgelegener Wohnort, See – beziehungsweise Meerlage, selbstständig. Reichtum und Einkommensstatus passen nicht zu offiziell ausgeübten Geschäften. Mal sehen, was sonst noch übereinstimmt. Gibt es irgendwelche Hinweise auf den Täter?«

Luber schüttelt den Kopf. »Die ermittelnden Beamten stehen natürlich noch am Anfang. Aber bis dato haben wir keinerlei verwertbare Spuren. Der Täter hat an alles gedacht. Weder ein Fußabdruck noch irgendwelche Reifenspuren des Fluchtautos, Fingerabdrücke schon gar nicht, auch keine DNA Spuren – kurzum: nichts.«

Sie sehen sich weiter im Haus um. Steffi entdeckt im Schlafzimmer der Schaffers eine Blende unter dem Kleiderschrank, die scheinbar etwas aus der Verankerung gerutscht ist.

»Ist die Spurensicherung schon abgeschlossen?«

Luber verzieht das Gesicht. »Ja. Warum?«

»Darf ich?« Steffi deutet auf die Blende.

»Ja, bitte.«

Minuten später liegt Steffi flach auf dem Boden, hat sich Glacehandschuhe übergestreift und das Brett entfernt. Sie zaubert ein Notebook unter dem Schrank hervor. Sie schaltet das

Gerät an. »Wir brauchen unsere Spezialisten«, sagt Luber. »Das Passwort können wir hier nicht knacken.«

»Wenn Sie nichts dagegen haben, Herr Staatsanwalt, dann hole ich schnell meinen Laptop. Mit der Hydra knacke ich das Passwort.«

»Wer oder was ist Hydra?«, hakt Luber misstrauisch nach.

»Eine Software, mit der man den Zugang zu Rechnern knackt.«

Luber pfeift durch die Zähne und sieht Steffi respektvoll an. »Na gut, versuchen Sie es. Ich sage derweil den Polizisten Bescheid, das muss hier alles seine Ordnung haben. Und ich muss dringend erfahren, wer hier so geschlampt hat. Beweisstücke zu übersehen, vor allem wenn Sie so einfach zu finden sind!«

Steffi holt ihre flache Aktentasche aus dem Wagen und baut ihren Laptop auf. Sie braucht weniger als fünf Minuten, dann hat Hydra das Passwort geknackt und das Notebook erlaubt einen Spaziergang durch seine Datenwelt.

Es befinden sich nur wenige Dateien auf dem Notebook. Einige Word Dokumente beinhalten Abkürzungen und seltsame Zahlen. »Scheint eine Verschlüsselung zu sein«, meint Steffi und forscht weiter. Eine Exceltabelle enthält ebenfalls Abkürzungen, Daten und Zahlen.

Staatsanwalt Luber mutmaßt, dass es sich um Einnahmen handelt. Die Spalte mit dem Tagesdatum endet eine Woche vor dem Mord. Addiert ergeben die Zahlen eine siebenstellige Summe. »Wenn das Einkommen ist, dann kann ich nur neidisch werden«, bemerkt Steffi.

Schließlich entdeckt sie noch eine Bildgalerie, die nur zehn Fotos umfasst. Das erinnert Tom an die Frage, die er dem Staatsanwalt schon die ganze Zeit stellen will. »Gibt es Bilder von den Schaffers? Fotoalben oder dergleichen?«

»Nein, eigenartigerweise nichts dergleichen.«

»Wieder eine Parallele«, murmelt Tom.

Steffi klickt die zehn Bilder durch. Motorboot, Segeljacht, Bootshaus alt, Bootshaus neu, Segeljacht von innen, Wörther See mit Sonnenuntergang, Bootshaus im Bau, Bootshaus ohne Boote, ein FKK-Strand mit einigen nackten Menschen. »Noch eine Parallele. Die Fosters hatten ein Bild eines FKK-Strandes, aber sie waren darauf nicht abgebildet.«

»Hier erkenne ich auch niemand von den Schaffers«, klärt Staatsanwalt Luber auf.

Dann das letzte Bild. Als Steffi es anklickt, beugt Tom sich vor, stutzt und ruft dann aufgeregt: »Habe ich Halluzinationen? Ich glaub es einfach nicht.«

27

»Was hast du ihm alles gezeigt?«

»Das Übliche. Computerraum, IT Abteilung, die Service- und Reklamationsabteilung, die kaufmännische Administration und was halt so dazugehört. Dann habe ich ihm die vielfältigen Arten unterschiedlicher Verträge, die wir abschließen, erörtert.« Bernhard Stannitzer zupft an seinem Kinnbart.

»Hast du den Eindruck, Wolfert wird zusagen?«

»Schwer zu sagen, Martin. Ich glaube nicht, dass er es allzu lange mit deiner Tochter aushält. Wolfert ist ein anderes Kaliber.«

Als rede er den Teufel herbei, meldet das Vorzimmer Sarah an. Stannitzer beeilt sich, Seewalds Büro zu verlassen.

»Hallo, Papa.«

Martin Seewald blickt kurz auf. »Sarah, was gibt's? Warum bist du nicht bei deinem Tom?«

»Er ist in Österreich. Wegen des Mordes an einem Ehepaar. Er hat nur gesagt, dieser Doppelmord sei nach dem gleichen Muster geschehen wie der in den USA. Tom bildet sich wohl ein, selbst auf Mörderjagd gehen zu müssen.«

»Du klingst verbittert.«

»Ja, bin ich auch. Er sollte sich lieber um den Job kümmern, den du ihm angeboten hast.«

»Und um dich!« Vater Seewald grinst seine Tochter an, wohl wissend, wie ungeduldig sie werden kann.

»Um mich kümmert er sich in letzter Zeit überhaupt nicht mehr«, schmollt sie.

»Das kommt schon noch. Männer brauchen ihren Job, das weißt du doch von mir.«

»Ist ja alles gut und schön. Man kann es aber auch übertreiben.«

»Sag mal, Sarah, wie ist dein persönlicher Eindruck von Tom? Wird er für uns arbeiten? Wird er mein Angebot annehmen?«

»Von sich aus – ich glaube, eher nicht. Aber ich bekomme ihn schon so weit. Ich werde ihm die Pistole auf die Brust setzen. Entweder Vorstand bei der Seewald AG oder keine Sarah.«

»Findest du das gut?«

»Gut nicht, aber wirksam.« Sarah lächelt ihrem Vater kokett zu. »Kennst mich doch, was ich haben will, kriege ich auch.«

Martin Seewald seufzt. »Ja, mein Schatz, das wissen deine Mutter und ich sehr gut. Also dann, sieh zu, dass du Tom auf unsere Seite bringst. Ich werde ihm einen geeigneten Auslandsstandort geben, damit er international agieren kann.«

»Sehr gut, Papa. Du weißt ja, ich liebe New York.«

»New York ist genau das Richtige für ihn.«

»Für uns, Papa.«

»Natürlich, für euch.«

Sarah winkt ihrem Vater zu und das Klackern ihrer Pfennigabsätze begleitet sie hinaus. Ihr böses Grinsen stört niemanden in der obersten Etage.

28

»Das gibt's doch nicht.« Tom kann sich kaum beruhigen. Staatsanwalt Luber wirft Stefanie einen fragenden Blick zu. Sie schüttelt unmerklich den Kopf, beugt sich dann nach vorne und betrachtet das Bild.

»Tom, was ist los? Da ist doch nur ein Bauernhof mit Landschaft drum herum. Wahrscheinlich ein Urlaubsfoto.«

»Das ist der Grasserhof in Harlesberg. Urlaub? Die haben ein Anwesen am Wörther See – und eine Jacht. Warum sollten die sich in die Oberpfalz verkrümeln?«

Steffi liest den Dateinamen. »Tatsächlich, Grasserhof. Okay, und weiter? Was bedeutet das – woher kennst du das Bild?«

»Bei den Fosters wurde eine versteckte Ansichtskarte gefunden, die scheinbar so wichtig war, dass jemand in mein Hotelzimmer in Houston eingedrungen ist und diese Karte entwendet hat. Jetzt finden wir hier ein Bild von genau diesem Hof. Sieh doch mal nach, ob auf dem Notebook irgendwas zu finden ist.«

Steffi tippt »Grasserhof« in den Suchassistenten des Notebooks ein. Nach einigen Sekunden wird eine Datei angezeigt, die sie öffnet. In dieser lesen sie den kurzen Text:

A.F.
Grasserhof, Harlesberg 3
92637 Theisseil
Nähe Weiden – St. Felix,
Hammerharlesberg

»Was bedeutet ›A.F.‹?«, will Luber wissen.

»Weiß nicht«, muss Tom zugeben. »Stell doch mal fest, was die Datei und das Bild für ein Datum haben?«

»Das Bild wurde eingescannt am 28. Mai 2010, die Datei mit der Adresse trägt das gleiche Datum.«

»Zwei Tage vor dem Tod der Fosters.«

»Moment, wir checken mal den Mail Account.« Steffi muss erneut ein Passwort knacken und sichtet einige Protokolldateien.

»Und findest du was?«

»Ja. Die Schaffers haben eine E-Mail-Adresse, die wohl geheim gehalten wurde und kaum Bewegungen enthält. Aber am 28. Mai 2010 erhielten sie eine E-Mail mit dem eingescannten Bild des Grasserhofes und einem Anhang mit der dazugehörigen Adresse. Kein Text, kein Betreff in der Mail – nur die beiden Anhänge.«

»A.F., das könnte Ann Foster sein. Ann Foster. Kannst du mit der Absenderadresse was anfangen?«

»Nein. Ist genauso eine Pseudoadresse wie die der Schaffers. Natürlich können wir über ein paar Schritte rausfinden, wem wir diese Adresse zuordnen können.«

Staatsanwalt Luber verzieht das Gesicht. »Ich höre lieber weg.«

Tom lässt sich nicht beirren. »Dieses A.F. in der Datei, wenn das auch für Ann Foster steht, dann kann ich mir nur schwer einen Reim darauf machen.«

»Was sonst könnte A.F. bedeuten?« Steffi kratzt nachdenklich an ihrer Schläfe. »Ist wirklich alles ein wenig verworren. Ich check mal den Rechner, vielleicht gibt es irgendwo noch versteckte Dateien.«

»Was werden Sie jetzt unternehmen?«, will Tom von Staatsanwalt Luber wissen.

»Ich werde mich mit Houston in Verbindung setzen. Mal sehen, wie kooperativ die sind. Sie sollten morgen mit unseren Kriminalbeamten sprechen, ich werde sie dort avisieren. Haben Sie schon ein Hotel?«

»Nein. Wir schauen mal, ob in Maria Wörth was frei ist.«

»Ja, da kriegen sie bestimmt zwei Zimmer. Rufen Sie bitte später mein Büro an, damit ich weiß, wo ich Sie erreichen kann.«

»Kein Problem. Unsere Handynummern können wir gleich austauschen.«

Gemeinsam verlassen sie diesen wunderschönen Ort der Grausamkeit und fahren zurück nach Klagenfurt.

Steffi kennt eine gemütliche Frühstückspension in der Nähe von Maria Wörth. Dort nehmen sie zwei Zimmer mit Balkon und Blick auf den See.

Steffi rüstet den Tisch in ihrem Zimmer zum Büro um und hackt das Wlan-Passwort in ihren Laptop. Während Tom sich ein Nickerchen gönnt, ruft sie die Website der Seewald AG auf. Sie studiert das Angebot des Medienkonzerns und startet einige Versuche, das System zu knacken, bis sie schließlich entnervt aufgeben muss.

Als Tom sich etwas erholt hat, steckt er seinen Kopf durch die Tür. »Ich besorg uns mal was zum Beißen.«

Ohne darauf einzugehen, deutet Steffi auf ihren Laptop und sagt: »Ich habe den Seewald Konzern in Verdacht, dass er nicht ganz sauber ist.«

»Und worauf stützt sich dieser Verdacht?«

»Man kann sich dort nicht einhacken.«

»Na, das ist doch gut. Spricht für das Sicherheitsbedürfnis des Unternehmens.«

Steffi sieht ihn lange an und ihre Worte werden ernst. »Nein, spricht eher dafür, dass sie viel Geld ausgeben, um etwas zu verbergen.«

Als Tom mit deftigen Kärntner Spezialitäten samt einem frischgebackenen Topfen zurückkehrt, strahlt sie ihn an.

»Ich habe die Absenderadresse der E-Mail mit dem Grasserhof identifiziert.«

»Und? Spann mich nicht auf die Folter!«

»Okay. Die Adresse gehört einem Herrn namens Agron Fahric.«

»Klingt ausländisch.«

»Albaner, Kosovare, Serbe – irgendwas in der Richtung.«

»Ob der Name echt ist?«

»Schwer zu sagen.«

»Damit wäre dann auch klar, was ›A.F.‹ in der Datei bedeutet: Agron Fahric. Also nicht Ann Foster. Demnach müsste der Name echt sein.«

»Ja, davon könnten wir ausgehen.«

»Und wo treiben wir diesen Fahric auf?«

Steffi wägt ab. »Die Adresse von Fahric? Dazu brauche ich nicht nur Zeit, sondern auch Glück. Im Internet kann jeder einen Namen ohne Adresse anlegen. Grenzt schon an ein Wunder, dass wir den Namen haben.«

Tom öffnet eine Flasche Wein und sie begießen ihren ersten Fortschritt auf der Suche nach dem wahren Mörder der Fosters und der Schaffers. Welche Gemeinsamkeiten hatten die beiden Ehepaare, die Tausende Kilometer entfernt voneinander lebten?

29

Tom parkt den Audi am Viktringer Ring. Klagenfurt zeigt sich von seiner besten Seite, die Sonne bereitet die Menschen auf sommerliche Temperaturen vor und beleuchtet die Häuser und die Parkanlagen der Stadt.

Das Landeskriminalamt stinktnach Desinfektionsmittel und Bohnerwachs. Die Kripo hatte bereits morgens angerufen und die beiden ins Landeskriminalamt bestellt.

»Wir haben einen Schatten«, bemerkt Steffi, nachdem sie das Gebäude betreten haben.

»Wirklich?«

»Ja. Ein Wagen ist uns gefolgt, steht jetzt da draußen. Ein dunkler Toyota Lexus. Nein, bleib hier. Mal sehen, ob er noch da ist, wenn wir rauskommen. Vielleicht kann ich das Handy des Fahrers orten.«

In einem auf Hochglanz polierten Besprechungszimmer werden Tom und Steffi von einem Beamten des LKA empfangen, der vom Typus her an einen infrarot-gebrutzelten Skilehrer erinnert.

Der Beamte, der sich als Herr Strasser vorstellt, hat eine Menge Fragen zu dem Mord in den USA. Tom gibt bereitwillig Auskunft. Nachdem er alle Fragen beantwortet hat, möchte er von dem Beamten wissen, wie weit die Ermittlungen im Fall Schaffer fortgeschritten sind.

»Wir haben wenig Anhaltspunkte, Herr Wolfert. Es liegt kein Raubmord vor, das unterscheidet sich schon mal zu dem Mord in den USA.«

Tom protestiert. »Meine Schwester hat keinen Raubmord begangen. Ihr wurden zwanzigtausend Dollar untergeschoben, das habe ich Ihnen doch erklärt.«

»Keine Panik, Herr Wolfert. Wir müssen die Dinge erst mal so annehmen, wie sie durch Fakten belegt werden. Unser Auskunftsersuchen an die Behörden in den Staaten wurde sehr schnell beantwortet. Geht ja heutzutage alles ganz geschwind über das Netz. Sie bestätigen auch, was uns auf dem Dienstweg noch gestern mitgeteilt wurde. Jennifer Wolfert, Ihre Schwester, wurde anhand dieser Indizien überführt und verurteilt. Wir gehen davon aus, dass ein anderer Mörder in Galveston ausgeschlossen werden kann. Denn hätte er in Ruhe so eine Tat, zu der man ausreichend Zeit braucht, verübt, während Ihre Schwester in dem Anwesen der Fosters präsent war? Eher unwahrscheinlich.«

»Herr Strasser, ich bin in den USA nicht nur verfolgt, sondern auch in meiner Suite beraubt worden. Und zwar hat man mir die Ansichtskarte vom Grasserhof und ein Foto entwendet.« Tom versucht, seiner Stimme die Schärfe und den Tonfall zu geben, die seiner Überzeugung entspricht. »Jetzt taucht dasselbe Bild von dem Einsiedlerhof in der Oberpfalz bei den Schaffers auf, der Mordhergang ist derselbe, die Verstümmelungen der Leichen auch.« Aufgebracht wird er laut: »Fragen Sie doch mal nach, ob meine Schwester noch im Gefängnis sitzt. Wenn ja, dann muss sie sich wohl aus dem Hochsicherheitstrakt nach Klagenfurt gebeamt haben, um rechtzeitig zum Wecken zurück zu sein. Glauben Sie an diese Art der Fortbewegungsmöglichkeit?«

Strasser sieht ihn entgeistert an. »Ich gebe zu, auf den ersten Blick sieht es tatsächlich so aus, als handle es sich um ein und denselben Mörder. Wir werden das auch nicht ganz ausschließen. Es kann aber auch Nachahmer geben.«

»Ein Jahr später – auf den Tag genau? Und mit den gleichen anatomischen und medizinischen Kenntnissen wie bei dem Mord in den Staaten! Das glauben Sie doch selbst nicht.«

Strasser lässt sich nicht von seiner Linie abbringen. »Im Moment haben wir nicht viel mehr in der Hand. Die Tatzeit wissen wir. Die Mordwerkzeuge, eine Spritze sowie ein Skalpell, haben wir noch nicht gefunden. Das Motiv ist uns unbekannt. Wieder ein Unterschied zu dem Mord an dieser Familie Foster. Dort gab es ein Motiv. Die Befragung entfernter Nachbarn der Schaffers hat auch keinerlei Hinweise ergeben. Ich schlage vor, Herr Wolfert, wir warten die nächsten Tage ab. Wir haben eine Sonderkommission gebildet, Sie haben eine Detektei in den USA beauftragt. Wir sollten uns gegenseitig mitteilen, wenn wir neue Erkenntnisse haben.«

»Ja«, stimmt Tom zu, obgleich er ahnt, dass die österreichische Behörde sicher keine Erkenntnisse an ihn weitergeben würde.

Frustriert verabschiedet sich Tom. Steffi spricht das aus, was auch er denkt: »Strasser ist dankbar, uns wieder los zu haben. So wie der aussieht, stürzt er sich gleich wieder ins Solarium, um seinen Teint zu rösten«.

Auf dem Parkplatz suchen sie nach dem dunklen Lexus. »Ich sehe ihn«, sagt Steffi. »Aber schau nicht hin, wir wollen ihn in Sicherheit wiegen.«

Tom wählt in seinem Navigationssystem den Zielpunkt, den er gestern abgespeichert hat – das Anwesen der Schaffers. Zwanzig Minuten später erreicht er das Ziel, sucht nach Nachbaranwesen. Bis zum späten Abend befragen sie die wenigen Menschen, die in der Nähe der Schaffers wohnen. Alle haben von dem Mord gehört. Niemand hat eine Erklärung dafür.

Am Abend sinniert Tom über das, was sie erfahren haben. Steffi und er haben es sich auf dem Balkon gemütlich gemacht, und genießen den Wellenschlag des Wörther Sees.

»Niemand hat die Schaffers wirklich gekannt, obgleich sie seit etwa zehn Jahren hier leben. Die hatten hier keine Freunde und keine Feinde. Macht das Sinn für dich?«

»Nicht wirklich« Steffi wirkt nachdenklich. »Eine Nachbarin meinte, die Schaffers wären freundlich, nicht arrogant, aber unnahbar. Und Elisabeth Schaffer hatte wohl eine Aversion gegen jede Art von Tratsch.« Sie schmunzelt.

Tom denkt angestrengt nach und lehnt sich nach vorne. »Zehn Jahre an einem Ort und kein Nachbar kennt sie. Normal ist das nicht.«

»Nun ja, der Postbote, den wir getroffen haben, sagte doch, dass sie kaum Post bekommen haben. Nur so das Übliche. Vielleicht wollten sie wirklich nur zurückgezogen leben.«

Kaum sind die Worte über ihre Lippen gekommen, sieht sie die Verbindung. Sie schauen sich an.

»Auch die Fosters wollten das«, stellt Tom fest.

»Wir müssen unbedingt herausfinden, wie die Fosters und die Schaffers wirklich ihr Geld verdient haben.« Steffi klingt ernst und entschlossen.

Später kommt Steffi auf die Idee, Tom nach seinen Flugdaten in die USA zu fragen.

»Für was brauchst du das?«

»Warte es ab. Ich brauche alle Daten, Hin- und Rückflug.«

Tom knurrt etwas widerwillig, sucht dann die gewünschten Informationen in seinem Laptop und gibt sie ihr. Steffi braucht geschlagene zwei Stunden. Tom sieht ihr dabei über die Schulter. Es geht auf Mitternacht zu.

»Nach was suchst du eigentlich?«

»Nach der Person, die dich auf dem Hin- und auf dem Rückflug begleitet hat.«

»Und du meinst, das kannst du herausfinden?«

»Da du dummerweise bei zwei unterschiedlichen Fluggesellschaften gebucht hast, dauert das eben länger.«

Tom sucht nach einem kühlen Getränk in der Minibar. Er entscheidet sich für einen Martini, mixt ihn mit Orangensaft und gibt zwei Eiswürfel aus dem Kühlfach dazu. Er will es sich gerade auf dem Balkon bequem machen und die milde Nachtluft genießen, als Steffi einen Jubelschrei von sich gibt.

»Was gefunden?«

»Ja, mein ehrenwerter Tom.« Sie macht einen Knicks und grinst dabei unentwegt. »Volltreffer.«

»Sag schon, was hast du entdeckt?«

»Du hattest einen Begleiter, der dich auf all diesen Flügen beschattet hat.«

»Und kenn ich ihn?«

»Na, kennen wäre zuviel gesagt. Aber das ist auf jeden Fall der Mann, der die Karte vom Grasserhof aus deiner Suite geklaut hat.«

»Aha, und woher weißt du das?«

»Schau dir die Passagierliste an, dann weißt du es.«

»Steffi, bitte, lass das Rätselraten. Wie kommst du darauf und wie heißt dieser Schatten?«

»Halt dich fest, Tom, du kennst seinen Namen.«

»Verdammt spann mich nicht so auf die Folter. Wie heißt der Kerl?«

Steffi lächelt, nimmt Tom das Glas mit dem Martini aus der Hand, nippt kurz daran und sagt feierlich, als handle es sich um die Oscarverleihung: »The Oscar goes to - Agron Fahric.«

30

Sie sind spät zu Bett gegangen. Steffi war es gelungen, den Bankzugang der Schaffers zu knacken. Die Daten dazu befanden sich auf dem Notebook und der Rest war für die versierte Hackerin ein Kinderspiel.

»Also, nach den Geldbeständen der Schaffers konnten die sich eigentlich keine großen Sprünge erlauben. Die Eingänge reichten gerade, die laufenden Unkosten zu decken. Ist mir schleierhaft, von was die gelebt haben. Ich finde nirgends Abbuchungen für Tankrechnungen, so kann man auch nicht sagen, wo und ob sie unterwegs waren. Aber vier Autos in der Garage.«

Tom versteht es nicht, was er der späten Stunde zuschulden macht und die Nachforschungen für diesen Tag für beendet erklärt.

Tom, immer noch müde von den langen Nachforschungen in der Nacht, folgt Steffis Enthusiasmus am nächsten Morgen widerwillig. Sie brechen früh auf und fahren nach Maria Wörth. Die Pensionswirtin hat ihnen Poldi und deren Motorboot empfohlen. Poldi, eine attraktive Frau Mitte vierzig, bringt sie von der Seeseite her auf das Grundstück der Schaffers. »Hoffentlich kriegen wir keine Schwierigkeiten«, bemerkt sie. Offenbar misstraut sie Toms Geschichte von der unschuldigen Schwester, die in den USA verurteilt wurde wegen eines ähnlichen Mordes, der jetzt auch die Klagenfurter beschäftigt.

»Heute ist Samstag«, beruhigt sie Steffi. »Polizei und Staatsanwaltschaft werden kaum jemand herschicken. Die Schaffers haben zurückgezogen gelebt. Wer sollte hier sonst schon auftauchen?«

»Wer sagt denn, dass die Schaffers so zurückgezogen gelebt haben?«, will Poldi wissen.

»Der Postbote hat uns das erzählt«, antwortet Steffi.

»Soso, unser Luis. Na, der waas eh nit oll's, red' nur dummes Zeug.« Poldi macht eine Bewegung, die andeuten soll, dass der vermeintlich unwissende Postbedienstete gerne zur Flasche greift.

Tom wird hellhörig. »Heißt das, die Schaffers haben gar nicht so zurückgezogen gelebt?«

»Ich will dazu nix sagen.«

Tom wechselt einen Blick mit Steffi. Sie nickt kaum merklich und zückt einen Hunderteuroschein aus seinem Jackett. Das Gesicht der Motorbootbesitzerin hellt sich für einen kurzen Augenblick auf, sie greift nach dem Schein und lässt ihn blitzschnell in der Gesäßtasche ihrer Jeans verschwinden.

»Mit den Einheimischen hatten sie wenig Kontakt«, erzählt sie. »Aber ich habe bei den Rundfahrten gesehen, dass häufig die teuersten Nobelkarossen auf dem Parkplatz standen.«

»Konnten Sie etwas erkennen, woraus sich die Herkunft dieser Fahrzeuge oder gar ihrer Besitzer ableiten lässt?«

»Ich habe einige Fahrzeuge ausländischer Herkunft in Erinnerung, einige auch aus Deutschland. Manche hatten die alten Länderkennzeichen wie ›DE‹ oder ›H‹. Mehr ist mir aber nicht aufgefallen.«

»Waren das immer mehrere Fahrzeuge oder nur immer eines?«

»Ab und zu standen zwei Autos auf dem Platz, meistens aber nur eins.«

»Und wie oft haben Sie dort Luxusschlitten gesehen?«

»Na ja, schon ziemlich oft. Natürlich bin ich nicht täglich an dem Anwesen vorbeigekommen. Und wenn, dann waren auch nicht immer Besucher auszumachen. Schließlich habe ich mir auch nichts dabei gedacht.«

»Klar, wer so ein Haus bewohnt, hat ja in der Regel auch Gäste. Haben Sie mitbekommen, ob diese Gäste auch nachts blieben?«

»Ja, manchmal schon. Aber das kann ich nicht so genau sagen, schließlich bin ich nicht immer abends und am nächsten Morgen vorbeigekommen.«

»Ist Ihnen sonst irgendetwas aufgefallen, auch wenn es unwichtig erscheint?«

Poldi überlegt. »Im Moment fällt mir nichts ein. Doch – eines vielleicht noch. Immer, wenn diese Nobelkutschen auf dem Kiesparkplatz standen, stand auch ein dunkler Lieferwagen am Haus. Der hatte hinten keine Scheiben.«

»Könnte es ein Partyservice gewesen sein? Eine Catering Firma vielleicht?«

»Also eine Aufschrift war nie zu sehen. Ich habe dieses Fahrzeug schon mal von der Straße aus gesehen, als es in die Zufahrtsstraße, die in das Grundstück führt, einbog. Es hatte ein slowenisches Kennzeichen. Ein Fahrzeug aus Ljubljana, wenn ich mich richtig erinnere.«

»Wie weit ist es von Klagenfurt aus nach Ljubljana?«

»Etwa achtzig Kilometer.«

Steffi kritzelt ein paar Zeilen in ihr speckiges Notizbuch. »Danke, Poldi, Sie haben uns da einiges erzählt, was vielleicht von Bedeutung ist. Wir möchten uns jetzt ein bisschen auf dem Grundstück umsehen. Keine Angst, wir tun nichts, was unrechtmäßig wäre. Herr Wolfert ist Anwalt, der riskiert weder seinen Ruf noch seine Zulassung. Können wir Sie anrufen, wenn wir hier fertig sind und Sie holen uns dann wieder ab?«

Poldi zuckt mit den Schultern und kehrt wortlos zu ihrem Boot zurück.

»Schon interessant, was sie uns erzählt hat. Weißt du, was ich vermute, Tom?«

»Spuck's aus.«

»Drogen, illegaler Waffenhandel, irgendwelche Schiebereien – alles ist möglich.«

»Ja, kann alles sein. Lass uns hier umschauen und dann zusehen, dass wir wieder wegkommen.«

Der Park der Schaffers ist größer als es von außen den Anschein hat. Teilweise stehen die Bäume so dicht, dass kein Sonnenstrahl durchdringen kann. Eine üppige Fauna wild wachsender Schlingpflanzen und dorniger Hecken findet sich im südlichen Teil des Anwesens. Tom entdeckt einen engen Pfad, der zwischen einer Heckenrose und einer Anordnung wuchernder Schlehen hindurch auf eine kleine Lichtung führt.

»Komm mal her, Tom. Da ist was hohl.« Steffi stampft mit dem rechten Fuß auf den Rasen. »Das ist kein Gras, das ist ein täuschend echt wirkender Rasenteppich.«

Tom hilft ihr, den Teppich zu beseitigen. Darunter kommt eine Blechtür zum Vorschein, die auf einem Holzrahmen ruht, eingelassen im Boden. Die Tür wird durch ein Zahlenschloss versperrt.

»Das müssen wir aufflexen«, bemerkt Tom.

»Warte mal, das ist ein einfaches Schloss.« Steffi legt sich flach auf den Boden, presst das Ohr so nah wie möglich an das Schloss und bewegt vorsichtig, als handle es sich um einen Zeitzünder, die einzelnen Zahlenreihen. Als das Schloss aufspringt, ist Tom begeistert: »Du bist genial.«

Steffi grinst und hilft ihm, die Tür aufzuklappen. Stufen führen hinab in einen Erdkeller. Und dort erwartet sie eine handfeste Überraschung.

31

Es riecht muffig. Nach Erde und nassem Holz. Der unterirdische Keller umfasst etwa zehn Quadratmeter. Wuchtige Holzregale säumen zwei Seiten.

Tom hat alle Stahlkästen aus den Holzregalen geholt und auf den wackligen Tisch gestellt. Als sie sie öffnen, sind sie geschockt. Die Kästen sind alle vollgefüllt mit Geld. Sie zählen zu zweit.

Nach einer halben Stunde addieren sie das Ergebnis.

»Ich habe dreißigtausend gezählt«, sagt Steffi.

»Und ich vierunddreißigtausend sowie dieses Bündel mit eintausend.«

Steffi rechnet zusammen: »Das macht 30.000 mal 100 plus 34.000 mal 100 plus 1000 mal 500.« Sie schweigt, konzentriert sich, in ihrem Kopf rattert es. Dann setzt sie ihr Lächeln wieder auf und verkündet das Ergebnis: »6,9 Millionen.«

Tom schüttelt ungläubig den Kopf. »Fast sieben Millionen Euro in einem Erdkeller. Verrückt, oder?«

»Das ist mehr als verrückt. Tom, wir sind reich. Lass uns einpacken und verschwinden.« Steffi lacht und Tom weiß, dass sie es nicht ernst meint.

Poldi kommt eine halbe Stunde, nachdem Steffi sie angerufen hat. Tom stellt ihr die Frage, die ihn nach diesem Fund am meisten interessiert: »Die Schaffers haben doch in Klagenfurt ein Geschäft. Möbel und Antiquitäten. Da wollen wir später hin. Wissen Sie, wo es liegt?«

»Ja, aber den Weg können Sie sich sparen. Dieses Geschäft ist ziemlich alt und runtergekommen. Da ist kaum etwas gelaufen.

Ich war einmal dort. Nur jeden zweiten Samstag im Monat geöffnet steht an der Tür. Die hatten's nicht nötig.«

Ein Alibigeschäft denkt Tom und sieht den Erdkeller vor sich, der sein millionenschweres Geheimnis preisgegeben hatte.

Eine Stunde später stehen sie vor dem Geschäft der Schaffers. »Poldi hat sich nicht getäuscht«, meint Steffi. »Nur jeden zweiten Samstag im Monat geöffnet. Heute ist der erste Samstag, und die Schaffers sind tot.«

Tom klingelt in der Nachbarschaft. Ein Rentner, der hier wohnt, bestätigt, dass dieses Geschäft kaum floriert.

»Ich habe hier nur sehr selten Kunden gesehen, die das alte Gerümpel abgeholt haben. Auch kam wenig hinein.«

»Kannten Sie die Familie Schaffer?«

»Nein, ein paar Mal hab ich sie gegrüßt. Und sie mich. Aber wir haben uns nie unterhalten. Man merkte ihnen ja sofort an, dass die nicht reden wollten. Ich hatte immer den Eindruck, die schämten sich.«

»Für was sollten sie sich schämen?«

»Na ja, der Laden enthielt nicht gerade edle Stücke, kaum Kunden. Ich weiß nicht, wie die das gemacht haben. Wahrscheinlich haben's wo anders noch ein Geschäft, das besser läuft.«

»Glaub ich auch«, kommentiert Steffi und verkneift sich ein Grinsen. Wenn der alte Herr wüsste.

Als ahne er ihre Gedanken, verkehrt der alte Mann sie ins Gegenteil. »Ja, waren wahrscheinlich arme Leute. Aber, wenn Sie was kaufen wollen, wenden Sie sich an die Polizei.«

»Wissen Sie was über den Mord?«

»Ich hab's nur gehört. Sollen ja in einem alten Haus gelebt haben. Ich interessier mich nicht für das G'red der Leut'. Ich bin ausgelastet mit meiner Frau, die muss ich pflegen.«

Geduldig hören sich Tom und Steffi an, welche Leiden die Frau des alten Herrn ertragen muss. Schließlich verabschieden sie sich und wünschen ihm und der Gattin alles Gute. Mehr können sie hier nicht über die Multimillionäre mit dem maroden Laden erfahren.

Als sie zurückfahren, entdeckt Steffi den dunklen Toyota Lexus. Bei der Ankunft in der Pension ist das Fahrzeug allerdings verschwunden.

»Ob der mitgekriegt hat, was wir heute entdeckt haben?«

Tom schüttelt den Kopf. »Nein. Ich habe nicht gesehen, dass uns heute Morgen ein Boot gefolgt wäre. Ich halte das für unmöglich.«

Am Montagmorgen informiert Tom Staatsanwalt Luber über ihren Fund. Zunächst scheint Luber etwas ungehalten zu sein.

»Sie waren auf dem Grundstück? Na ja, Herr Wolfert, ich glaube, da muss ich nicht viel zu sagen. Aber da Sie offensichtlich die Arbeit unserer KTU ergänzt haben, wollen wir mal nicht alles so eng sehen. Ich würde sagen, wir treffen uns in einer Stunde auf dem Anwesen.«

Tom informiert seine Partnerin.

Steffi und Tom bedienen sich am Frühstücksbüfett der Pension und erwecken ihre Lebensgeister mit heißem Kaffee – Wiener Melange nach Rezept aus der Schweiz – und fahren dann zu ihrem Rendezvous mit dem Staatsanwalt.

Luber wird von vier Beamten der Spurensicherung begleitet. Zusammen erreichen sie den Platz, den die beiden Piefkes entdeckt haben. Sie hatten alles wieder in den Urzustand versetzt. Einer der Beamten fotografiert zuerst den Kunstrasen, dann, nach dessen Entfernung, die Blechtür. Steffi hat sich die Kombination, die sie wieder zurückgestellt hat, gemerkt und öffnet das Schloss. Wieder ein Foto. Dann steigen sie ein. Staatsanwalt Luber meistert als Erster die steilen Stufen in den Keller, der Beamte mit dem Fotoapparat folgt ihm.

»Wo sollen hier Blechkästen sein, Herr Wolfert?«

Tom steigt die engen Stufen hinab. Das Licht im Erdkeller leuchtet zwar nur schwach, dennoch kann man jeden Winkel in den Holzregalen sehen. Toms Blick streift langsam und ungläubig über die einzelnen Fächer.

Sie sind leer.

32

Am Dienstagmorgen, kurz vor acht, beendet das Prada Phone mit einem blechern klingenden Let it be Toms Träume.

»Hallo Sarah«, meldet sich Tom verschlafen.

»He, Wolfertinger! Wo steckst du gerade?«

»Immer noch in Klagenfurt.«

»Den Mörder noch nicht gefangen?«

»Nein, dauert noch ein paar Stündchen«, sagt Tom ironisch.

»Na dann. Hab ja in deiner Mail gelesen, dass du jetzt ein reicher Mann bist.«

»Ja, vorübergehend, aber dann wäre ich jetzt ein Dieb. Außerdem waren andere schneller und ganz bestimmt skrupelloser als ich.«

Genervt fragt sie: »Was soll das heißen?«

»Das Geld ist weg. Aber das erzähl ich dir persönlich, wenn ich wieder in München bin. Nicht am Telefon.«

»Schon verstanden. Wann kommst du zurück?«

»Kann ich noch nicht genau sagen. Schätze mal, Ende der Woche.«

Sarah murmelt noch ein paar Banalitäten, bevor sie auflegt.

Tom versucht, bevor er sich auf den Weg zu Steffis Zimmer macht, Staatsanwalt Luber zu erreichen. Sie hat eine Idee, um weiter zu ermitteln: nach Verwandten der Schaffers suchen. Auf den Rückruf von Luber muss er eine Stunde warten.

»Guten Morgen, Herr Staatsanwalt. Wir versuchen, Verwandte der Schaffers ausfindig zu machen. Können Sie uns einen Anhaltspunkt geben?«

Luber, noch etwas verärgert über die eigenmächtige Aktion der beiden, hält sich zurück. »Sie wissen, ich darf keine Information rausgeben.«

»Bitte, Herr Luber. Wir wollen doch beide dasselbe. Welche Verbindung gibt es zwischen den Fosters und den Schaffers? Wir wissen nur, dass sie keine Kinder haben, Eltern, nun ja, die können längst tot sein.«

»Die Schaffers stammen aus Deutschland, mehr kann ich nicht sagen.«

»Herr Staatsanwalt, lassen Sie uns das Kriegsbeil begraben.«

»Schon gut«, knurrt der schlecht gelaunte Jurist.

Dennoch traut sich Tom, die nächste Frage zu stellen: »Wer erbt denn eigentlich das Anwesen und das Vermögen der Schaffers?«

»Herr Wolfert, es reicht, jetzt fordern Sie zu viel von mir.«

Tom ignoriert seinen Einwand. »Sehen Sie, die Fosters hatten scheinbar keine Erben. Ihr Anwesen gehört der Copeland Real Estate Consulting, einem Unternehmen. Seltsam, oder? Ich möchte nur –»

»Schon gut.« Lubers Stimme klingt leicht erregt. »Wiederholen Sie noch einmal.«

»Was wiederholen?«

»Die Firma, die Sie im Zusammenhang mit den Fosters genannt haben.«

»Copeland, eine Gesellschaft, die Immobilien besitzt, verwaltet und was weiß ich noch.«

Luber schweigt für ein paar Sekunden. »Das ist in der Tat seltsam. Okay, bei der Motivsuche war für uns natürlich interessant, wer Nutznießer des Schaffer'schen Erbes wird.«

Luber wägt noch einmal kurz ab, atmet tief durch. »Es ist die Copeland Real Estate Wien. Sie erben alles, was den Schaffers gehört.«

33

Steffi fasst triumphierend zusammen: »Siegfried Schaffers Eltern stammen aus dem Raum Nürnberg. Siegfried und Elisabeth Schaffer sind seit über zehn Jahren hier am Wörthersee. Aber ich habe eine frühere Wohnadresse in Deutschland. Stettenberger Weg in Heroldsbürg bei Nürnberg. Ein Mehrfamilienhaus am Waldrand.«

»Woher weißt du, dass es am Waldrand liegt und ein Mehrfamilienhaus ist?«

»Ach Tom, stell dich nicht so an. Schon mal was von Google Maps und Google Earth gehört?«

»Entschuldige, war eine dumme Frage. Wann haben sie dort gewohnt?«

»Anfang der neunziger Jahre.«

»Na ja, immerhin besser als nichts. Wie bist du darauf gekommen?«

»Siegfried Schaffer war Vereinsmeister im Tischtennis.«

»Oh, dann existiert sicher ein Bild von ihm.«

»Ja, da sieht er sehr jung aus und das Bild ist ziemlich verzerrt. Dafür steht die Adresse im Vereinsregister des TUSPO Heroldsbürg – das steht für Turn- und Sportverein.«

»Ja, schon klar. Halt das mal fest. Hast du was über die Eltern rausgefunden?«

»Ja, die stammen auch aus Heroldsbürg. Sind dort gebürtig und begraben.«

»Seine Eltern.«

»Keine weiteren Kinder?«

»Nein.«

»Gut, dann werden wir diesem Heroldsbürg mal einen Besuch abstatten. Aber nicht heute.«

Tom öffnet seine E-Mails. Tracy Farrow hat sich gemeldet.

Hallo, Tom. Wie kommt ihr voran? Wir wissen jetzt, wo Garathy abgetaucht ist. Er hat ein Ferienhaus in Italien am Lago Maggiore. Der Ort heißt Arona und liegt am Südwest-Ufer. Das Ferienhaus – genaue Adresse steht unten – gehört ihm auch und macht einen feudalen Eindruck.

Wollt ihr jemanden dorthin schicken?

Grüße aus Houston. Tracy Farrow.

Tom liest Steffi die Mail vor und antwortet dann:

Hey, Tracy. Danke für diese Info.

Wir werden das prüfen.

Melden uns wieder.

Tom.

Steffi nimmt ihr Handy und telefoniert mit dem Büro in München. Sie gibt Garathys Adresse durch.

»Sie prüfen, ob er wirklich da wohnt, und geben uns Bescheid. Doppelt hält besser. Kann aber ein, zwei Tage dauern. Wir können hier also nichts weiter tun. Fahren wir nach München zurück? Und wenn sich rausstellt, dass Garathy in Italien untergetaucht ist, dann statten wir ihm einen Besuch ab.«

»Na gut. Ich schlage vor, wir bleiben noch eine Nacht, machen uns den Kopf etwas frei, tanken ein paar Liter Bergluft und Sauerstoff am Wörther See und fahren morgen, nachdem wir ausgeschlafen haben, zurück nach München.«

»Guter Vorschlag, Tom. Von hier aus auf Verdacht nach Italien zu fahren, könnte vertane Zeit sein.«

Tom stimmt, wenn auch etwas widerwillig, zu. Er wäre lieber gleich nach Italien gefahren. Er kann nicht wissen, dass es dafür am nächsten Tag zu spät sein würde.

34

Agron Fahric stellt den Lexus in Velden ab und bestellt sich trotz der fortgeschrittenen Zeit – es ist früher Nachmittag – ein Frühstück im Café Sternad. Bacon und Eier, Croissants, Fruchtjoghurt, Orangensaft und Cappuccino. Dazu lässt er sich die Kronen Zeitung bringen und liest in aller Ruhe über die mangelnden Fortschritte des Landeskriminalamtes im Fall Schaffer. Vom verschwundenen Geld steht nichts im Beitrag.

Fahric verputzt das üppige Frühstück, raucht noch eine Zigarette und bestellt einen weiteren Kaffee. Nachdem er sich überzeugt hat, dass keine Zuhörer in der Nähe sind, greift er nach seinem Handy, tippt eine Nummer aus dem Telefonbuch ein und wartet geduldig, bis sich der Teilnehmer meldet.

»Agron, alles okay bei dir?«, will die Stimme am anderen Ende wissen.

»Ja. Habe alles erledigt. Unsere Kunden können keinen weiteren Schaden anrichten.«

»Doch, können sie, ich habe deshalb einen neuen Auftrag. Du musst sofort los.«

»Um was geht es?«

»Du weißt, wo der G-Punkt zu finden ist?«

»Ja. Er ist untergetaucht.«

»Untergetaucht ist uns jetzt zu wenig.«

»Verstehe.«

»Gut, dann sorge dafür, dass er nicht mehr auftaucht. Sofort, verstehst du?«

»Verstehe. Ich fahre heute noch.«

35

Mein 3. Brief – per DHL Einschreiben
An den lieben Gott
Himmelsthron
(Postleitzahl unbekannt) Himmel

Lieber Gott,
Wie grüßt ihr euch eigentlich im Himmel? Ich meine, Du bist doch Gott, was sagen die Leute, wenn sie Dich treffen? Na, ja, wenn Du mich in den Himmel lässt, werde ich das schon rauskriegen.
Habt ihr eine Supernanny im Himmel oder gibt's die nur bei RTL? Ich hatte keine Supernanny, deshalb bin ich so böse geworden. Sagen jedenfalls die Nebelmenschen. Sie haben gesagt, es sei eine Ehre, von ihnen verprügelt zu werden. Und dass es gar keine Prügel sind. Sie haben Bänder mit Stacheln verwendet und ich musste ihnen meinen Popo hinstrecken. Ich sage dir das nur, lieber Gott, weil Du doch daraus lesen kannst, dass ich schon für meine Sünden gebüßt habe. Die Nebelmenschen haben gesagt, ich sollte mich belohnt fühlen, weil ich für meine Sünden büßen darf. Seit die Nebelmenschen nicht mehr dafür sorgen, dass ich büßen darf, versuche ich es selbst. Also, das mit dem Rumschnipseln an verschiedenen Körperteilen habe ich doch immer ganz gut hingekriegt, findest Du nicht auch? Und wenn ich mir den Schä-

del an die Türpfosten haue, dann ist das doch auch ein Anklopfen an die Himmelstür, oder nicht?
Lässt Du mich in den Himmel? Ich weiß, das mit den Nebelmenschen und, dass ich nicht geschwiegen habe, war nicht so toll. Aber findest Du das wirklich so schlimm? Warum rührst Du Dich nicht? Ich muss sterben.
Heute ist Montag. Aliena hat mal gesagt, wenn man die Tage bis zu einem Ereignis zählt, dann dauern sie länger. Also die Tage, an denen man zählt. Ich habe jetzt noch Dienstag, Mittwoch, Donnerstag, Freitag und dann ist Samstag. Ich will heute nicht mehr schreiben, ich kann nicht mehr, meine Schnittwunden tun so weh, ich kann die Hand nicht mehr halten. Wollte mich deshalb ja auch nur ganz kurz melden. Doch, ich wollte dir viel mehr beichten, aber jetzt geht es nicht, nicht jetzt, vielleicht das nächste Mal.
Ach, bevor ich es vergesse. Heißt nicht eines der Gebote: ›Du sollst nicht töten?‹ Lieber Gott, wenn das ernst ist, nennt man es dann töten, wenn Du mich einfach so sterben lässt, am Samstag, meine ich?
Aliena hat gesagt, ich bin schon gestorben. Dann also, lieber Gott, folgt am Samstag der richtige Tod. Ja, vielleicht bin ich gestorben, ich fühle kein Leben mehr in mir. Ist man gestorben, wenn man kein Leben mehr in sich fühlt? Warum braucht es dann noch den Tod? Für was braucht der Mensch den Tod, den Tod, der nach dem Sterben kommt?
Ich verstehe das nicht. Bis morgen.

Deine S.

36

Tom ist müde nach der langen Fahrt und dem noch längeren Stau auf der Tauernautobahn. Trotzdem fahren sie in München Riem ab und stehen Minuten später in der Detektei Drambach. Big Ben empfängt sie ohne formelle Begrüßung mit einem aufgeregten »Kinder, ich habe was für euch.«

»Schieß los, Ben. Was gibt es in Arona außer diesem Mr Garathy an Sehenswürdigkeiten? Lohnt es sich, dorthin zu fahren?«

Benjamin Drambach breitet die Arme aus. »Garathy hat ein mondänes Ferienhaus, ein Castello, gebaut wie eine Festung. Liegt am Ende der Via Monte Grappa in Arona. Marmorstufen, goldene Klingel, auf der nur ein G-Punkt eingraviert ist.«

»G-Punkt klingt interessant«, grinst Tom und übersieht Steffis abweisende Geste. »Kann Jennys Prozess ihm so viel Kohle eingebracht haben?«

Ben schüttelt den Kopf. »Das sicher nicht, aber ...«

»Aber was?«

»Garathy ist Millionär.«

»Sicher?« Tom ballt die Faust. Millionär? Jennifers Anwalt reich durch das Unrecht, das ihr widerfahren ist? Welch ein unerträglicher Gedanke.

»So sicher wie das Amen in der Kirche.« Bens Stimme klingt, als käme sie von weit her. »Ja, dieser Mann ist plötzlich sehr reich geworden – nach dem Prozess!«

»Okay, dann suchen wir ihn auf.«

»Sinnlos, Tom. Das Haus ist versiegelt.«

»Hat er seine Steuern nicht bezahlt? Jetzt wissen wir, warum die Ratingagenturen Italien herabstufen.« Toms schwarzer Humor soll seine wütenden Gedanken an diesen Anwalt mildern, aber das gelingt ihm nicht.

»Das Siegel trägt aber nicht die Aufschrift fiscale, oder wie das in Italien heißen müsste, sondern polizia.«

»Oh«, bemerkt Tom spitz. »Haben sie ihn schon verhaftet?«

Big Ben schüttelt bedächtig den Kopf. »Nein, Tom. Sie haben ihn aus dem Castello herausgetragen. Wir sind zu spät. Laurence Garathy ist tot, er wurde gestern Abend erschossen.«

37

»Musstest du ihn erschießen? Wäre besser gewesen, es hätte nach Selbstmord ausgesehen.«

»Garathy hat sofort gewusst, dass etwas nicht stimmt. Nachdem er mich reingelassen hat, ging er in sein Arbeitszimmer. Glaub mir, Kroko, er sah mich sehr eigenartig an, er ahnte, was wir vorhatten. Als er in die Schreibtischschublade griff, war ich mir sehr sicher, dass er eine Waffe rausholen würde. Da musste ich handeln.«

»Verdammt, wir hätten das einem Profikiller übergeben sollen.«

»Den hätten wir kaum so schnell rekrutieren können.«

»Ja, da hast du wieder recht. Okay, ist eh gelaufen. Hast du die Waffe entsorgt?«

»Ja, die Laguna ist groß. Sie werden keine Waffe finden.«

»Was ist mit Wolfert und Brandner?«

»Sind nicht auf der Bildfläche erschienen. Jedenfalls nicht, solange ich da war. Musste dann aber die Kurve kratzen.«

»Schon gut. Dann tauch jetzt für eine Weile ab. Wo ist der Lexus?«

Agron Fahric klappt die Hände wie ein Krokodilmaul zusammen. »Schrottpresse.«

»Gut so.«

»Kroko, du musst mir etwas Kohle geben, wenn ich abtauchen soll.«

»Hast du wieder alles verhurt?«

»Ein bisschen. Die Mädels in Klagenfurt sind teuer.«

»Was du nicht sagst.«

Kroko öffnet einen kleinen Wandsafe und schmeißt Agron ein Bündel Euroscheine zu, das dieser geschickt auffängt.

»Danke.«

»Verfick's nicht gleich wieder.«

»Nein, bestimmt nicht. Weißt du schon, wann du mich wieder brauchst? Wann sind die Seewalds dran?«

»Ich melde mich. Erst mal abwarten.«

»Dann verkrümle ich mich jetzt für ein paar Tage.«

»Mach das. Am besten, du verschwindest für eine Woche aus Deutschland. Sicher ist sicher.«

»Reicht das dann?« Agron deutet auf das Geldbündel, das er zärtlich wie ein Baby in der Hand wiegt.

Sein Auftraggeber grinst, greift noch einmal in den Safe und wirft ihm ein weiteres Bündel Geldnoten zu. »Verpiss dich.«

Agron stopft das Geld unter sein Polohemd. »Dobro, dobro. Bin schon weg. Und – danke, Kroko. Dober dan.«

Der Mann, den sie Kroko nennen, ignoriert den Gruß des Slowenen, der kein echter Slowene ist. Er klappt den Safe zu und verschließt den Kellerraum. Er wartet ab, bis Agron Fahric das Haus verlassen hat, dann begibt er sich in sein Arbeitszimmer und wählt die Handynummer von Martin Seewald.

38

Am Montagmittag wollen sie im Ristorante Del Barcaiolo Abschied von Arona nehmen. Den Samstag zuvor haben sie mit Verhören verbracht und mussten sich deshalb im Atlantic Hotel Arona einquartieren. Der Commissario Luigi Lecelli wollte genau wissen, was Tom und Steffi mit dem US-Amerikaner Garathy zu tun hatten. Tom erklärte geduldig, warum sie nach Arona gekommen waren und sich für den Mord an dem Amerikaner interessierten.

»Wie weit sind Sie mit Ihren Ermittlungen in diesem Fall?«, will Tom wissen, nachdem er nochmals darauf hingewiesen hat, dass er als avvocato in dieser Sache unterwegs sei, der ebenso wie Luigi Lecelli nach einem Mörder suche.

»Nach dem, was Sie mir erzählt haben, Signor Wolfert, halten Sie es für möglich, dass der Mörder dieser Familie in Österreich und der von Laurence Garathy ein und derselbe sind?«

»Ich fürchte, das können wir nicht ausschließen, Commissario.«

»Zu Ihrer Frage, wie weit unsere Ermittlungen sind, kann ich nicht viel berichten. Garathy wurde mit einer Walther PPK, Kaliber neun Millimeter, in seinem Arbeitszimmer erschossen. Kopfschuss – war wohl sofort tot. Keine Einbruchspuren, keine zielführenden Fingerabdrücke, nichts dergleichen.«

»Also hat Garathy seinen Mörder gekannt?«

»Mit aller Wahrscheinlichkeit, ja.«

»Schon seltsam. Es gab weder bei den Fosters in den USA noch bei den Schaffers Einbruchspuren. Allerdings haben die

Ermittlungen ergeben, dass die immer eine Tür offen stehen hatten. Haus am See, verstehen Sie, Commissario?«

»Si, das verstehe ich. Garathy hatte aber kein Haus mit Zugang zum See, eher ein Haus mit Zugang zum Park. Aber dieses Haus war gesichert: Fenster, Türen, Überwachungskameras, Alarmanlage mit entsprechenden Sensoren und Anschluss zur Polizei. Ansonsten, ein frei stehendes Haus, etwas abseits, kein unmittelbarer Nachbar.«

»Was sagen überhaupt die Nachbarn? Haben die nichts mitbekommen?«

»Nein. Die waren auch gar nicht zu Hause, der nächste Nachbar in der Straße, ein alter Mann, hat ausgesagt, er habe keinen fremden Wagen gesehen, keine fremde Person, nichts dergleichen.«

»Der Täter kann über den Park gekommen sein.«

»Ja, das glauben wir auch.«

»Irgendeine Spur muss es doch geben?«

»Bisher – leider nicht, Signor.«

»Haben Sie über Garathy irgendetwas herausbekommen? Wie hat er hier gelebt, wann kam er nach Arona und dergleichen?«

»Er kam letztes Jahr, Ende Juli. Das Haus hat er gekauft, hat sich in Italien eine neue Heimat aufgebaut. Allerdings lebte er sehr zurückgezogen. Ab und zu hat er das Ristorante Del Barcaiolo an der Piazza del Popolo aufgesucht, das war wohl sein Stammlokal. Ansonsten wissen wir nichts über ihn. Er sprach sehr gut Italienisch, hielt sich aber zurück. Keine dolce vita.«

»Keine Feinde, keine Freunde«, bemerkt Tom.

»Aber tot«, ergänzt Steffi.

Massimo, Wirt und Inhaber des Ristorante Del Barcaiolo, kann sich gut an Laurence Garathy erinnern. Er ist Toms letzte Chance, etwas über den Anwalt aus den Staaten zu erfahren, nachdem die Nachbarn in der Via Monte Grappa beteuert hatten, dass sie diesen Mann nur vom Sehen her kannten und kaum ein Wort mit ihm gewechselt hatten.

»Signor Americano haben wir ihn genannt«, berichtet der beleibte Massimo. »Er war ein einsamer Mann, hatte keinen Kontakt. Er war introvertiert, aß gerne Fisch, hat ein Glas Rotwein dazu bestellt und saß oft versonnen und allein an einem der Tische, dort unter dem Gewölbe.«

»Hat er irgendetwas von seinem Leben in den USA erzählt?«

»Nein, ich weiß nur, dass er aus Houston kam, mehr nicht. Eines Abends habe ich ihm ein paar Grapas ausgegeben – er war schließlich Stammkunde. Da wurde er auf einmal seltsam und fing an, über Schuld und Gerechtigkeit zu faseln.« Massimo zuckt mit den Schultern. »Vielleicht hatte er einfach zu viel getrunken.«

»Und für was?« Steffi stellt diese Frage und sie weiß, dass es darauf keine Antwort geben wird.

Gegen drei Uhr fahren sie los. In Vaduz finden sie eine Übernachtungsmöglichkeit und am Dienstag passiert der Audi A8 die Stadtgrenze von München.

»Heroldsbürg, Grasserhof – sind das die nächsten Ziele?«, fragt Steffi, die es anscheinend gepackt hat hinter all die Geheimnisse zu kommen, die sich gemeinsam entdeckt hatten.

»Ja, du könntest Heroldsbürg übernehmen, ich den Grasserhof.«

»Okay, so machen wir es. Setzt du mich zu Hause ab?«

Tom nickt.

Drei Staus später biegt Tom in die Preßburger Straße ein, fährt entlang des Westparks bis zur Banatstraße. Ein junger Mann, Tom schätzt ihn auf Mitte zwanzig, winkt ihnen zu.

»Wer ist denn das?« Tom passiert den Kreisel und parkt den Audi an der Parkseite.

»Das ist Jens, mein Freund.« Steffi öffnet die Tür, springt Jens in die Arme und lässt sich leidenschaftlich von ihm küssen.

Tom steigt aus, vermeidet, das turtelnde Pärchen anzusehen und zerrt Steffis Gepäck aus dem Kofferraum. Er stellt den Trolli und die Reisetasche vor dem Eingang des Wohnhauses ab, steigt wieder ein und winkt Steffi zu.

Sie beeilt sich, springt wie ein junges Reh um das Fahrzeug herum und beugt sich zu ihm herunter, gibt ihm ein Zeichen, das Wagenfenster zu öffnen.

»Ich melde mich, wenn ich Heroldsbürg unter die Lupe genommen habe. Okay?«

»Alles okay«, sagt Tom und bemüht sich vergebens, seiner Stimme einen unauffälligen Farbklecks zu verleihen. Es misslingt. Die Stimme sprüht rote Feuerfunken in die Sphären der Bitternis. Er kann sich nicht erklären, warum er so überrascht ist. Er hat sie nie gefragt, ob sie vergeben ist. Selbst schuld.

39

»Lena, so'n Käffken kriegste nirgends. Mach mir noch mal so'n Pott.«

Der freundliche Herr Ronka aus der Appartement Ferienwohnung gehört zu den Stammgästen des Grasserhofes. Lena und ein duftendes, frisch gebrautes Käffken liebt er ganz besonders. Er hat sie noch nie vorlaut erlebt, kennt keine junge Frau in diesem Alter – Vater Josef Grasser verriet ihm, dass sie bereits einunddreißig ist –, die so fleißig arbeitet und dennoch eine überaus bescheidene und zufriedene Ausstrahlung vermittelt. In Köln kennt Heinrich Ronka viele Frauen im gleichen Alter – aufgepeppte Stöckelschuhgiraffen mit grell gebrandmarkten Lippenstiftmäulern, die wie Karpfen nach reichen und potenten Männern schnappen. So ein Mädel vom Land, so ein Mädel aus der Oberpfalz, aus Harlesberg, eine Tochter der Grassers, ein echtes Grasserhofdirndl, das war schon ein anderes Kaliber.

»Den Kaffee hat meine Mutter heute gebraut«, weist Lena das Lob des Herrn aus Köln zurück.

»Bescheiden, sag ich doch«, raunt Ronka seiner Frau zu. »Die Leute hier sind noch grundehrlich. Die sollten wir mal nach Griechenland und Italien, danach nach Spanien und Portugal schicken. Da wäre die Eurokrise sofort beendet.«

»Wie soll das denn gehen?«, bezweifelt Waltraud, Ronkas Frau, die These ihres Mannes.

»Na, weil die Anleger zu diesen Menschen Vertrauen hätten. Nimm den Grasserhof. Fleißige, biedere Menschen arbeiten hier, erwirtschaften Lebensmittel, bewirten Stadtgefieder, also einen alten Gockel wie mich und eine zerrupfte Henne wie dich, und zahlen dafür fleißig Steuern.« Waltraud verzieht das Gesicht ob der zerrupften Henne, doch der Gockel neben ihr krächzt unbeirrt weiter: »Die Griechen liegen am Strand, murren, wenn ein Tourist einen Ouzo bestellen will, und achten darauf, dass die Rente ihrer toten Oma pünktlich eintrifft. Die Grassers lassen ihre Oma, die eine kaum nennenswerte Rente kassiert, bis zu ihrem Tode mitarbeiten. Ihre Kinder, alle müssen ran, haben eine Siebentagewoche, werden nie in Rente gehen und zahlen neben Steuern Beiträge in alle möglichen Kassen ein. Treu und brav. Zur Belohnung dürfen sie ihre griechischen Inselparasiten mitfinanzieren.«

Lena hat Herrn Ronka interessiert zugehört, während sie den Pott mit dem Käffken füllt.

»Solange sie nicht den Grasserhof kaufen und dir das Wasser der Naab als griechischen Wein verticken«, bemerkt Waltraud Ronka zynisch.

»Ach, was verstehen die Weiber schon von Politik. Lena, interessierst du dich für Politik?«

Lena schüttelt den Kopf. »Muss arbeiten, Herr Ronka, da bleibt wenig Zeit.«

Heinrich Ronka klopft sich mit der flachen Hand auf die Schenkel. »Der war gut, Mädchen. Hast aber Recht, die Zombies im Bundestag sind ja wohl alle zwischen fünfzig und scheintot. Und unsere Gesellschaft merkt es nicht, weil sie mittlerweile verblödet ist.«

»Henry!«, mahnt Waltraud. »Beherrsch dich.«

»Warum sollte ich. Wir haben Urlaub. Kennen Sie die Sendung, ›Bauer sucht Frau‹?« Die Frage hat er an Lena gerichtet.

»Hab davon gehört. Kenn's aber net.«

»Großer Wurf bei RTL«, erklärt Heinrich Ronka. »Hat sich dein Bruder da noch nicht beworben? Oder habt ihr schon eine für ihn gefunden?«

Waltraud schüttelt energisch den Kopf, als Lena sich dem Telefon zuwendet, das in diesem Moment durch ein Gockelkrähen einen Anruf ankündigt.

»Lass doch das Mädchen in Ruhe«, fordert Waltraud, die ein echtes Kölner Urgestein geheiratet hat und nur hin und wieder ihre Weidener Heimat zusammen mit Ehemann Heinrich besucht. »Lenas Bruder, der Walther, ist noch nicht mal Mitte dreißig, der hat schon noch bisserl Zeit. Außerdem misch dich nicht immer in die Familienangelegenheiten der Grassers ein.«

»Warum nicht? Ihre Dexter Rinder haben sie auch aufgrund meiner Empfehlung angeschafft und das war nicht ihr Nachteil.«

»Ich weiß, mein lieber Fleischermeister. Aber nur, weil du eine Großmetzgerei betreibst und über viele Fleischboutiquen verfügst, musst du nicht im Privatleben der Oberpfälzer Landbevölkerung herumschnüffeln.«

Heinrich Ronka winkt ab und schlürft an dem Pott, den sie hier Haferl nennen. Daraus riecht es nach frisch gerösteten Kaffeebohnen.

»Grasserhof, Lena Grasser am Apparat«, hört Heinrich Lenas sanfte, immer eine Spur zu traurig klingende Stimme. »Wann möchten Sie kommen?«

Waltraud Ronka steht auf, stellt das Geschirr zusammen und trägt einen Teil davon in die Küche. Sie fühlt sich hier heimisch und deshalb hilft sie gerne, den Tisch abzuräumen.

»Ja, das geht. Wissen Sie, wie lange Sie bleiben wollen?«

Heinrich gönnt sich noch eines der frischen Brötchen und belegt es mit der von Josef Grasser selbst gemachten Rindersalami.

»Ja, geht in Ordnung. Ich reserviere unsere Landsuite für Sie.«

Waltraud muss grinsen, als sie das Wort Landsuite hört. Passt irgendwie nicht in den Sprachgebrauch der Oberpfälzer Gastronomie, zumal Waltraud alle Zimmer des Grasserhofes kennt. Jedes für sich heimatlich, urgemütlich, ländlich herb aber mit Liebe und Herzlichkeit eingerichtet. Suite? Nein, eine Suite gibt es im Hotel, hier ist die Bezeichnung eine Beleidigung für all die Mühe, die Lena sich gibt, die Fremdenzimmer urig herzurichten.

»Gut, dann sagen Sie mir bitte noch Ihren Namen. Ihre Telefonnummer habe ich.«

Lena sieht aus den Augenwinkeln heraus, dass Waltraud ihrem Mann einen Kuss auf den Mund drückt. Sie hat gelernt, dass die Kölner dies als ›Bützchen‹ bezeichnen. Lena lächelt insgeheim. Sie kennt viele Burschen aus der Umgebung, die sie gerne ›bützen‹ würden, aber sie will niemanden an sich heranlassen.

Sie bedankt sich bei dem Anrufer, kramt das Reservierungsbuch hervor und schlägt den Donnerstag auf. Mit ihrer malerischen Handschrift trägt sie den Gast unter der Rubrik Suite ein: »Thomas Wolfert, Berg, Starnberger See«.

40

Hildegard Costner, die Waldfee, kann ihren Mann nicht verstehen.

»Horst, wir müssen hier weg. Ich habe Angst.«

»Du musst keine Angst haben.«

»Sie sind tot. Ich habe Elli an diesem Tag noch gewarnt. Sie hat es abgetan, wollte nicht auf mich hören. Jetzt sind sie tot.«

»Ich will hier nicht weg.«

»Wir werden die Nächsten sein.«

Horst sieht seine Frau lange an. »Ich gehe hier nicht weg. Wie lange leben wir schon an der Tillyschanz? Was haben wir uns hier aufgebaut? Was war das für ein maroder Hof und was haben wir daraus gemacht, Hilde? Den heutigen Marlhof! Willst du das einfach alles stehen lassen? Ich habe mittlerweile die Alarmanlage komplett installiert. Sobald ein Wesen, das größer als eine Amsel ist, unser Grundstück betritt, löst der Alarm aus. Also, wovor sollten wir uns fürchten?«

Hilde sieht ihren Mann lange und durchdringend an. Er kann nicht definieren, ob ihr Blick Zorn oder hysterische Verzweiflung widerspiegelt. Langsam öffnet sie den Mund und sie flüstert die Worte, die ihn nicht mehr loslassen werden: »Angst vor dem Tod muss man nicht unbedingt haben. Angst vor dem Sterben, das hat jeder Mensch. Aber noch mehr Angst habe ich vor einem Leben, in dem uns unsere Schuld verfolgt und niemals mehr loslassen wird. Ich habe Angst vor der Schuld, Horst. Mehr, als vor dem Sterben.«

Horst Costner versteht nicht, was genau seine Frau damit sagen will, aber er ahnt, dass sie das aussprechen wollte, was er nicht zu formulieren wagt.

41

Tom telefoniert mit Tracy, erzählt alles, was es zu berichten gibt und fragt nach den neuesten Ergebnissen in den USA.

»Wir verfolgen eine neue Spur – sie betrifft die Abholung der persönlichen Sachen der Fosters. Dazu haben wir Autoverleiher durchforstet, die nach dem Mord am 30. Mai Transporter oder LKWs verliehen haben. Danach befragten wir auf Jamaica Beach Zeugen, ob sie einen Transporter oder LKW mit der Aufschrift der in Frage kommenden Autoverleiher gesehen haben. Drei Vermietungen kamen zu dem fraglichen Zeitpunkt zur näheren Auswahl. Der Dritte war ein Treffer. Ein Mann, der das Fahrzeug mit gefälschten Papieren gemietet hat. Aber wir erhielten ein Bild von ihm von einer Überwachungskamera der Autovermietung. Dieses Bild haben wir der Dame vorgelegt, die am Check-in der Maschine Dienst hatte, mit der du nach Deutschland geflogen bist. Bingo!«

»Lass mich raten. Sein Name ist Agron Fahric.«

Tracy schweigt einen Moment. »Tom, du bist mir unheimlich. Was für spirituelle Verbindungen hast du?«

»Die Verbindung heißt Stefanie aus der Detektei Drambach, die du mir selbst empfohlen hast.«

»Gut, dann wissen wir nun, wie der Mann heißt, der dich offensichtlich begleitet hat und wir wissen, dass dieser Mann ein Jahr zuvor die privaten Sachen der Fosters abgeräumt hat. Aber wir wissen noch nicht, wer er ist, warum er das tat.«

»Und ob er nicht der Mörder der Fosters und der Schaffers ist.«

»Der Gedanke ist kaum von der Hand zu weisen. Alles sieht danach aus. Bei den Fosters räumt er alles weg, was persönlich ist. Bei den Schaffers verschwindet eine Geldsumme, mit der wir uns alle zur Ruhe setzen könnten. Die Frage ist, wie finden wir diesen Mann?«

»Mit dieser Frage beschäftigt sich Stefanie Brandner, und wenn ihr was rausbekommt, dann tauschen wir uns aus.«

Tracy stimmt ihm zu.

»Okay, dann lassen wir das mal so stehen. Und, wie geht es dir sonst so?«

»Kann nicht klagen. Ich werde jetzt noch einige Dinge unter die Lupe nehmen, als nächstes den Grasserhof. Vielleicht finde ich da etwas Brauchbares. Wenn nicht, spanne ich dort ein paar Tage aus.«

»Tu das. Viel Erfolg.«

»Dir auch, Tracy. Ich werde bald Jenny besuchen kommen, dann sehen wir uns.«

»So long, Tom.«

Doktor Sollfrank empfängt Tom am späten Nachmittag mit offenen Armen. »Lass dich ansehen, alter Junge, siehst gut aus.«

»Ach, Fritz. Wäre schön, wenn ich wieder meiner Arbeit nachgehen könnte. Dann sähe ich noch besser aus.«

»Wird schon. Lass dir Zeit, ich habe alles im Griff. Gleichwohl, ich muss zugeben, einige deiner Mandanten werden sich nicht mehr allzu lange hinhalten lassen.«

»Ist mir klar. Wenn alles gut läuft, ist der Fall bald abgeschlossen.« Tom erzählt seinem Partner, was er bisher zusammentragen konnte.

Fritz Sollfrank folgert aus Toms Bericht, es sähe wohl so aus, als hieße der Mörder Agron Fahric. »Aber den müsstet ihr erst mal finden. Ich habe einen guten alten Bekannten bei der Kripo. Mal sehen, was sich da machen lässt.«

Tom und Sollfrank vereinbaren, dass sich derjenige zuerst meldet, der Neuigkeiten oder Hinweise für den anderen hat. Als Tom die Kanzlei verlässt, drückt ihn das schlechte Gewissen, und als habe der Teufel seine Hand im Spiel, klingelt sein Handy und zeigt »Bernhard Stannitzer« auf dem Display an.

»Hallo, Tom. Wo treiben Sie sich rum? Wollte mal hören, wie's so steht?«

»Steht gut. Ich bin jetzt zwei Tage hier, dann habe ich einen Termin in der Oberpfalz. Danach könnten wir uns treffen.«

»Seewald bedrängt mich. Wir brauchen Ihre Entscheidung, Tom. Einen juristischen Vorstand finden wir nicht bei den Jobcentern oder gar der Arbeitsagentur. Das braucht seine Zeit.«

»Verstehe, aber genau das, brauche ich noch.«

»Schon gut, ich will Sie ja nicht allzu sehr bedrängen. Aber haben Sie auch Verständnis für unsere Interessen?«

»Natürlich.«

Ohne einen Termin lässt er sich aber nicht abspeisen.

Kaum ist das Gespräch beendet, rauscht ein schwarzer Porsche auf den Parkplatz der Kanzlei und Sarah entspringt der Reichenschleuder. »Wolfertinger, ich habe zufällig gesehen, dass du hier bist.« Ihre Worte durchdringen die Parfümwolke, die sie umgibt und die sich sofort beißend auf seine Sinne legt. »Hast du Sollfrank endlich gesagt, dass du ihn verlassen wirst?«

Tom schüttelt den Kopf.

»Na gut, ich muss weiter. Cindy, du weißt schon, meine Shoppingberaterin, wartet auf mich.«

Kuss. Einsteigen. Kusshand! Die Parfümwolke stupst ihn nochmals wie ein mahnender Zeigefinger in die Nasenflügel. Tom bemerkt nicht, dass Fritz Sollfrank am offenen Fenster seines Büros steht und die Szene beobachtet. Sarahs schrille Stimme drang bis hinauf zum ersten Stock und die Miene von Toms Partner verfinstert sich zusehends. Hatte er das gerade richtig verstanden – Tom soll die Kanzlei verlassen?

Sarah drückt erst aufs Gas und dann auf die Hupe. Die Huplaute ihres davon rauschenden dreihundert PS starken Porsche Panamera, ein Spielzeug, für das Papa Seewald neunzigtausend Euro hingeblättert hatte, scheint die Aufgabe zu erfüllen, die einer Hupe gemeinhin zugeschrieben wird: ein Warnsignal.

Die Sonne ist endgültig hinter dem Horizont abgetaucht. Die letzte Stunde vor Mitternacht will Tom auf der Terrasse genießen. Es bleibt mild, nur eine frische Brise wird von den Wellen hinauf zum Haus getragen, vor dem ein Glas Weißwein und ein Windlicht zum Verweilen und zur Besinnlichkeit einladen, wäre da nicht ein herzloser Klingelton, der sich als Störenfried unbeliebt macht. Sarah – um die Zeit? Tom nimmt das Gespräch nach kurzem Zögern an und Steffi meldet sich.

»Du hast meine Mail sicher noch nicht gelesen, sonst hättest du mich schon angerufen. Frau Schaffer hat am Tag des Mordes mit jemandem aus Teufelstein telefoniert. Der Teilnehmer heißt Horst Costner. Kann aber auch seine Frau Hildegard gewesen sein.«

»Aha. Ist dieser Horst Costner mit Kevin Costner verwandt?«

»Quatsch, das sind Oberpfälzer, nehme ich jedenfalls an. Die bewirtschaften oder bewohnen den Marlhof in Teufelstein, der liegt an der tschechischen Grenze, gar nicht so weit weg von diesem Grasserhof. Etwa vierzig Kilometer. Schau dort mal vorbei. Vielleicht erfährst du was. Die genaue Anschrift und alle mir bekannten Daten stehen in der Mail.«

»Gut, mache ich. Sonst was Neues?«

»Nein, noch nicht.«

Tom berichtet ihr von seinem Gespräch mit Tracy.

»Wir sollten diesen Fahric finden«, folgert Steffi.

»Ja, dann klemm dich mal dahinter.«

»Hab schon damit angefangen. Der Typ scheint aber spurlos verschwunden zu sein und eine Adresse von ihm ist auch nicht zu finden. Wir wissen natürlich nicht, ob der Name überhaupt echt ist.«

»Nein, das wissen wir nicht. Und mit wem hat, oder hatte er Kontakt? Ist er überhaupt der Mörder?«

Steffi verabschiedet sich mit den Worten: »Ich glaube schon, dass wir mit Agron Fahric den Mörder jagen.«

Als Tom das Gespräch mit Stefanie beendet hat, denkt er darüber nach, ob Agron Fahric der ist, dessen Ergreifung Jennys Freiheit bedeuten müsste. Weder Tom noch Steffi können ermessen, welcher teuflische Plan hinter Agron Fahric steckt.

42

»Kroko, du bist fünfundfünfzig. Aliena ist über zwanzig Jahre jünger als du. Wie willst du es fertigbringen, dass sie dich heiratet?«

»Ich habe zwei Eisen im Feuer. Eines davon bist du, mein Sohn.«

Dieses Gespräch hat er im Kopf, als er über seinen Plan nachdenkt. Er geht noch einmal die Verträge durch, überdenkt die erbrechtlichen Folgen und verwirft ein letztes Mal die Zweifel, die ihn immer noch umtreiben. Aber das Schicksal hat ihm gezeigt, dass dieser Weg derjenige sein muss, den der Herr für ihn bestimmt hat. Er denkt zurück an seine Mutter. Er erinnert sich an die Zeit, als sie ihn in der Schule gehänselt haben. Integriert? Nein, er fühlte sich als Aussätziger, Ausgestoßener, ein fremder Pickel in der reinen Haut der europäischen Herrenrasse. Er denkt an Kenia, an Mombasa, an die Worte seines Vaters. »Zoritza ist schwarzes Gold, solange ihre Säfte sprudeln, prickelt auch unser Wohlstand. Vergiss nie, mein Junge: Kinder und Frauen sind der Wert, den uns die Schöpfung geschenkt hat. Darum sprechen wir auch von Wertschöpfung.« Das Lachen des Vaters entfachte damals das Leid der dunkelhäutigen Zoritza und ihm, dem gebrandmarkten Sohn, verging das Lachen, als die fremden Männer sich seiner bedienten, um den Wert seiner Schöpfung – zumindest für ihn – in Frage zu stellen. Kroko lernte frühzeitig, den Wert anderer Menschen auf ein Minimum zu beschränken. Für ihn galt, wie für seinen Vater, nur das erstrebenswert, was ihm persönlich zweckdienlich erschien.

Die Erinnerung an die alten Zeiten und an Zoritza, die schwarze Hure, deren Schöpfer nicht der liebe Gott, sondern, so hatten sie es ihm beigebracht, sein Vater war. Diese Erinnerung bestärkte ihn in seinem eigenen Glaubensbekenntnis, in dem es keinen Platz für Zweifel gab. Hätte er als Kind gezweifelt, wie sähe er dann heute aus, in welcher Gasse hätten sie ihn verrecken lassen?

Nein, seine Wertschöpfung hatte die seines Vaters längst übertroffen. Kroko war nicht lange in der Gosse gekrochen wie viele seiner damaligen Leidensgenossen, Kroko war der Herr der Gosse, hievte sich bereits in jungen Jahren aus der Kloake der Underdogs heraus und schickte sich an, in einem anderen Land, in einer anderen Stadt, die Welt zu erobern.

Das Schicksal hatte ihn zu einem der Mächtigen seiner Branche gemacht, einer Branche, die es offiziell nicht gab. Das Schicksal hatte das gewollt, was Gott ihm verwehrt hatte. Als er zu wählen verstand zwischen Gott und dem Schicksal, hatte Kroko sich für das Schicksal entschieden.

»Man soll die Dinge so nehmen, wie sie kommen. Aber man sollte auch dafür sorgen, dass die Dinge so kommen, wie man sie nehmen möchte.« Dieses Zitat des deutsch-schweizerischen Schriftstellers Curt Goetz hängt über Krokos Bett. Jeden Morgen wirft er einen Blick auf die in Silberbronze gezeichneten Buchstaben und gelobt, dies als sein erstes und einziges Gebot anzunehmen.

An diesem Abend hält er kurz vor der Inschrift des Zitates inne. »Ich werde dafür sorgen, dass die Dinge so kommen, wie sie in Galveston begonnen haben«, gelobt er und das wohlklingende Flüstern seiner Stimme kann das Böse seiner Gedanken nicht besänftigen.

43

Stefanie Brandner findet das Haus, in dem die Schaffers Anfang der Neunziger gewohnt hatten, am Ende des Stettenberger Weges in Heroldsbürg. Die Straße führt sie aus dem mittelgroßen Ort heraus, vorbei an bewaldetem Gebiet, durch kleine Inselsiedlungen hindurch. Schließlich endet der Weg in einer abgelegenen Waldsiedlung und nach der letzten Linkskurve erlöst sie das Navi: »Sie haben Ihr Ziel erreicht«, ertönt die monotone Stimme.

Ein halbes Dutzend Gebäude umkreisen das Straßenende. Eines der Häuser liegt versteckt im Wald und Steffi hat Mühe, es zu finden, zumal es verfallen aussieht. Die Reste eines Dachstuhles, auf dem nur wenige Ziegel an die frühere Eindeckung erinnern, lassen erkennen, dass dieses Gebäude vor vielen Jahren gebrannt haben muss.

Ein verwilderter Garten verdeckt die Ansicht der unteren Gewerke. Verschlungene Pflanzen und wild wuchernde Lianen, wie sie in Dschungelfilmen dem Unterschlupf von Raubtieren dienen, umklammern das ehemalige Vierfamilienhaus wie ein verwunschenes Dornröschenschloss. Steffi lauscht unwillkürlich, ob nicht ein Uhu aus dem dahinterliegenden, finsteren Wald heraus sein Mark und Bein erschütterndes »Huhuuuu« durch die alten Mauern schickt, um die Geister der Verblichenen zur Gegenwehr aufzuwecken. Steffi würde sich am liebsten eine dicke Lederjacke enger um den Oberkörper zerren, als Schutz. Aber mit fünfundzwanzig Grad ist es zu warm, stattdessen trägt sie nur ein ärmelloses T-Shirt, das wenig Deckung vor den Gespenstern bieten kann. Steffi denkt unweigerlich an den Horrorfilm, den sie am Abend zuvor mit Jens angesehen hat. »Der Nebelmörder.« Sie bahnt sich mutig einen Weg durch das Dickicht, das zwischen einem verfaulten Gartentor aus Holz und der – wohl von der Feuerwehr – eingeschlagenen Haustür pflanzliche Fangarme um ihre Füße zu legen scheint, die sich wie Schlangen um ihre Knöchel schlingen und sie zum Stolpern bringen. »Verdammt, das gibt's doch gar nicht«, flucht sie und befreit ihre Beine aus dem Tang, der nach Moder riecht.

Feuchtigkeit und Schimmel bedecken die Wände im Inneren und vermischen sich mit den beißenden Nasenkitzlern, die der Brand und herabtropfender Teer hinterlassen haben. Überall sieht es wüst aus, verwahrlost. Der Verfall hat Mauern bröckeln lassen, Leitungen hängen wirr von der Decke, überall ist Schmutz und einiger Unrat stimmen den Besucher zur sofortigen Umkehr ein. Steffi kehrt nicht um. Das Treppenhaus scheint begehbar zu sein. Sie hangelt sich durch die einzelnen Stockwerke mit der Vorsicht einer erfahrenen Eiger Nordwandbesteigerin, immer auf der Hut und darauf gefasst, jederzeit abstürzen zu können. Jedes Geräusch wird zur Mutprobe, sie hat das Gefühl, dass jederzeit eine blutverschmierte Axt in ihrer Brust landen oder ihren Schädel spalten könnte. Sie hört bereits das sägeblattkrächzende Gelächter der Untoten, die ihrem Ableben hämisch beiwohnen.

Steffi beginnt ihre Besichtigung.

Das Erdgeschoss unterscheidet sich von der Wohnung, die darüber liegt. Es hat ein Zimmer weniger, dafür ein riesiges Bad. Die Badewanne deutet darauf hin, dass hier ohne weiteres acht Menschen auf einmal hätten baden können. Ein ebenerdiger Duschtempel, dessen Fliesen und Mosaikboden zum größten Teil erhalten sind, weist auf Menschen hin, die damals schon wussten, was Wellness wert ist. Die Überreste einer Sauna, die in ihrer Glanzzeit annähernd sechs Personen hatte aufnehmen können, ein Ruheraum, der durch eine geflieste Mauer, mittlerweile leicht baufällig, und um eine Stufe erhöht vom übrigen Badebetrieb abgegrenzt wurde, lässt den Schluss zu, dass die Mieter oder Inhaber dieser Wohnung Genießer gewesen sein mussten.

Steffi betrachtet das Badeareal und kann sich irgendwie nicht losreißen. Ihre Neugier besiegt die Angst und ein Gefühl, dieser Raum sage ihr mehr als alles andere in diesem Geisterpalast, mahnt zum Verweilen. Irgendetwas stört sie. Irgendetwas ist hier ungewöhnlich. Aber was?

Es ist der Staub. Überall bedeckt er zentimeterdick alles, was das Haus zu bieten hat. Inmitten der Badewanne jedoch steht ein Holzkasten. Alt und verschrumpelt, kein besonderes Zierstück, passend zu all dem Gerümpel, das in diesem Haus zu finden ist. Steffi will sich abwenden und gehen. Sie stutzt. Moment! Der Holzkasten. Ein alter Kasten, bestimmt muffig, modrig, stinkend nach Alter und ewiger Vergangenheit. Was ist anders?

Die Staubschicht auf dem Deckel ist nicht so dick wie auf all den anderen Gegenständen in diesem Haus. Fast wäre es ihr entgangen. Steffi überwindet ihren Ekel und steigt in die Wanne. Der Kasten ist schwer. Sie pustet, sie prustet – der Staub flieht vor ihrem Atem und der Deckel lässt sich öffnen.

44

Die Autobahn zwischen Regensburg und Weiden scheint an diesem Tag bis auf ein paar klapprige Laster, freie Fahrt zu garantieren. Tom drückt aufs Gas und verlässt die A93 über die Abfahrt Weiden Süd. Auf die Umgehungstangente von Weiden leitet ihn seine freundliche Begleiterin, eine melodische Frauenstimme aus dem Navigationsgerät, in Richtung Vohenstrauß, um dann nach Theisseil abzubiegen.

Über die Staatsstraße 2166 führt ihn Fräulein Ungewiss – so nennt er sie liebevoll, wenn er ihr auf fremden Routen vertraut – bis zum Abzweig Harlesberg. Hier ist der Grasserhof ausgeschildert.

Nach der Linksabbiegung wird die Straße eng und kurvig und führt zunächst durch eine dichte Bewaldung. Nach einigen Hundert Metern mündet die Weite des Harlesberges in eine Lichtung, von der aus der Blick Richtung Westen auf die Landschaft und damit die Schönheit des Oberpfälzer Waldes fällt, ein Postkartenpanorama, das von der Mittagssonne würdig beleuchtet wird. Linker Hand erkennt Tom eine Bergkuppe mit einer Bank. Auf dieser sitzt eine junge Frau, zusammen gekauert und scheinbar in sich versunken. Tom parkt den Wagen an einer geeigneten Stelle und möchte die Anwesenheit dieser jungen Dame nutzen, um nach dem weiteren Weg zu fragen, nachdem sein Navi anzeigt, er bade bereits in einem See. Doch weit und breit kann er kein Wasser entdecken.

Tom wählt den Weg über die Wiese, um die junge Frau nicht allzu sehr zu erschrecken. Sie soll sehen, dass er auf sie zukommt.

Sie blickt auf, was Tom nutzt, um sie anzusprechen. »Entschuldigen Sie, wo geht es hier zum Grasserhof?«

Sie ist nicht schön, nicht hübsch, nicht attraktiv. Sie ist eine Fee, erinnert an Romina Power, allerdings ist sie wesentlich faszinierender, reiner, ebener. Dunkelbraune, über die Schulter reichende Haare mit metallic schimmernden Strähnchen – die in der Sonne glitzern. Die hohen Wangenknochen betonen die scheinbar perfekte Symmetrie ihrer sonst ovalen Gesichtsform. Der geschlossene Mund ist wie von einem Maler kreiert, der exakt den richtigen Pinsel gewählt hat, um sie der Mona Lisa nachzubilden. Das Grübchen unter der sinnlichen, zerbrechlich wirkenden Nase betont ihre Melancholie sowie ihre geheimnisumwobene Aura. Die Nasenpartie, wie feine, filigrane Schmetterlingsflügel, schafft es nicht, den Blick von ihrer Augenpartie abzulenken. Wer immer dieses Mädchen, diese anmutige junge Frau ansieht, kann es nicht wagen, in diese dunkelgrünen Katzenaugen zu blicken und ihr dabei etwas Böses zu wünschen. Sie ist die Herrin dieser Lichtung, sie verkörpert die Verschlossenheit einer Seele, die der Betrachter umgehend erforschen will, um schließlich Gewissheit zu erlangen, wie undurchdringlich die Seele sein kann und wie zerbrechlich das Leben ist.

Die Frage, wo es zum Grasserhof geht, verliert an Bedeutung. Es ist der Blitzschlag der Empathie, der tiefsten Zuneigung, der Bitternis, der Hilflosigkeit. Tom will neben ihr auf der Bank Platz nehmen, ihr Gesicht in seine Hände schließen. Er sieht, dass sie weint. Das Schluchzen schüttelt sie, als werde sie von einem epileptischen Anfall heimgesucht. Tom fühlt sich erschüttert. Niemals zuvor hat er einen Menschen so weinen sehen.

»Um alles in der Welt, warum weinst du?« Mehr kann Tom in diesem Moment nicht sagen. Er möchte sie am liebsten schützend in seine Arme schließen, verwirft diesen Gedanken und kommt sich in diesem Moment hilflos vor. Es tut ihm leid, so leid, dass ihm jetzt selbst die Tränen über die Wangen laufen, diesmal seine eigenen. Der toughe Anwalt in ihm bricht zusammen.

Und dann geschieht das Wunder. Sie hört auf zu weinen, sieht ihn mit den undurchdringlichen Feenaugen an, hebt ihre Hand und wischt ihm das kleine Rinnsal, das sich einen Weg durch seinen Dreitagesbart sucht, geradezu zärtlich von der Wange. »Danke. Du willst zum Grasserhof?«

»Ja?«, bringt Tom verwirrt hervor.

»Ich bin Lena Grasser. Ich bring dich, Verzeihung, Sie hin.«

»Bitte, bleib beim Du. Ich bin Tom.«

Sie lächelt, was gezwungen wirkt. »Hab ich mir gedacht, dass du Tom bist. Thomas Wolfert?«

»Ja.«

»Dann bist du der Gast, der die Suite gebucht hat!«

»Genau! Sie waren die nette Dame am Telefon?«

Tom hatte sich die Frau vollkommen anders vorgestellt. Ihr Lächeln wird wärmer. Sie war es wohl gewohnt, für ihre Kundschaft eine Maske aufzusetzen. Dennoch kann er sich des Gefühls nicht erwehren, von ihr komplett eingenommen zu sein. Sein Beschützerinstinkt macht sich bemerkbar, beinahe wie bei seiner Schwester, als er sie im Gefängnis gesehen hat.

45

Steffi hat alle Angst abgelegt, die Neugier auf den Holzkasten siegt über das Grauen des finsteren Muffs. Eine flache Metallkassette, giftgrün, wird von einem Kuvert bedeckt. Die Metallkassette ist verschlossen, ein Schlüssel ist nicht zu sehen. Steffi wird eine Möglichkeit finden müssen, sie aufzubrechen.

Sie öffnet das offene Kuvert und entnimmt ihm ein Blatt. Eine unwirklich anmutende Handschrift, sehr eckig und mit schiefen, ungelenken Buchstaben zeugt davon, dass der Verfasser in einem bedenklichen Zustand gewesen sein muss. Ein Kind? Nein, eher eine Jugendliche oder ein Jugendlicher?

Steffi dreht das Blatt, nur eine Seite ist beschrieben:

Sie liest:

per DHL Einschreiben
An den lieben Gott
Himmelsthron
(Postleitzahl unbekannt) Himmel

Lieber Finder dieser Kassette!
Ich weiß nicht, wie man etwas an den lieben Gott verschickt. Wenn Gott will, dass diese Kassette gefunden wird, dann weist er dir sicher den Weg, sie zuzustellen. Falls du niemanden findest, DHL wird schon einen Weg wissen. Ich kann es nicht selbst aufgeben, denn ich bin schon tot. Sollte ich nämlich nicht tot sein, würde ich die Kassette wieder abholen. Danke für Deine Hilfe, lieber Finder.

PS: Ach ja, wenn du selbst Gott aufsuchst, dann sag ihm, dass es mir leidtut. Und bitte, der Inhalt der grünen Kassette ist wirklich nur für den Schöpfer bestimmt. Für den Schöpfer von Himmel und Erde, den Schöpfer von Mensch und Tier, den Schöpfer von mir und den Nebelmenschen. Nur für diesen Gott ist der Inhalt bestimmt. Nicht für dich.

46

Der Grasserhof liegt nahe der Berghöhe des Harlesberges. Ein atemberaubender Panoramablick auf die Landschaft belohnt den Wanderer, der es hier heraufgeschafft hat. Tom hält auf dem Parkplatz, gleich neben der alten Linde, die zusammen mit einer knorrigen Eiche als Begrüßungskomitee jeden Besucher willkommen heißt.

»Gehen wir ein paar Schritte? Dann zeigst du mir, wo ich hier gelandet bin.«

Lena willigt ein. Sie führt Tom an einer Koppel vorbei, auf der drei Esel interessiert aufblicken, Tom misstrauisch mustern und sich dann von Lena anlocken lassen. Sie darf die Tiere streicheln, auch Tom streckt die Hand nach ihnen aus.

»Erstaunlich, bei dir weichen sie nicht zurück«, bemerkt Lena. »Sie sind sonst Fremden gegenüber sehr kritisch.«

Sie gehen weiter. Der Grasserhof liegt rechts von ihnen in einer Mulde. Den höchsten Punkt erreichen sie an der Weggabelung. Lena streckt die Hand aus. »Hier blickst du nach Süden, Richtung Weiden. Die Sicht wird allerdings begrenzt von der hohen Baumreihe vor uns. Dahinter geht es talwärts. Dort unten erkennst du einen Grünstreifen, das sind die Naabauen, die wie ein Burggraben die Stadt Weiden mit über vierzigtausend Einwohnern vor dem Zugriff feindlicher Angreifer schützen.«

»Feindliche Angreifer?«, bezweifelt Tom.

»Ja, die Oberpfalz ist doch in den Augen der anderen rückständig. Hier gibt es noch Ritter, Knechte und Knappen.«

»Rückständig? Nimm es mir nicht übel, Lena, wenn ich diese Landschaft sehe und euren Hof – auch wenn ich ihn bisher nur von außen betrachte – dann kann man das nicht rückständig nennen. Der Fendt da drüben ist ein Hightech Gerät, kostet ein Vermögen. Alles sieht sehr gepflegt aus. Und wenn ich dich so ansehe, deine Natürlichkeit, deine Schönheit – da können die Tussis aus der Stadt noch so viel Cremes und Puder benutzen, sie werden deine Ausstrahlung nicht annähernd erreichen.«

»Danke. Nett von dir.« Lena empfindet plötzlich Stolz. Und Freude. Er sagt das nicht nur so dahin, er meint es ehrlich. Davon ist sie überzeugt.

Lena setzt ihren Weg fort und Tom begleitet sie.

»Da drüben, die Kirche am Berg. Ist das Neustadt?«

»Ja, Neustadt an der Waldnaab liegt hinter dem Kloster Sankt Felix.«

»Und dort links unten?«

»Das ist Altenstadt. Und die Erhebung dahinter, das ist Parkstein. Dort soll Goethe schon mal vorbeigeschaut haben.«

Tom lacht. »Wo war Goethe nicht? Ist das überhaupt schon so alt?«

»Die Burg Parkstein wurde im elften Jahrhundert erstmals erwähnt.«

»Aha, daher der Burggraben um Weiden herum. Hat dieser Graben auch Wasser?«

»Ja, die Waldnaab. Übrigens eine wunderschöne Landschaft. Ich kann dir das Waldnaabtal bei Windisch Eschenbach, Falkenberg zeigen. Ist eine Märchenlandschaft.«

»Ich merke schon, die Gegend hier ist traumhaft.«

»Vom Felix aus kannst du abends Weiden sehen. Und den Sonnenuntergang über der Stadt, der ist wunderschön.« So, wie Lena das sagt, klingt es einladend und traurig zugleich. Aber Tom entgeht nicht, dass sie ihn von sich aus auf einen Ausflug eingeladen hat.

»Ist euer Hof auch schon so alt?«

»Ziemlich. Der Hof existiert seit 1514, seit 1675 heißt er Grasserhof, 1796 wurde er für dreitausend Gulden übernommen. Josef und Kreszentia Grasser haben ihn am 1. März 1919 für dreiundzwanzigtausend Mark abgelöst. Harlesberg selbst existiert ja bereits seit 1270.«

Tom sieht sich um. »So ein kleiner Ort und trotzdem so geschichtsträchtig. Überall Schicksale und Vergangenheiten, deren Dimension niemand ermessen kann. Nur die, die Geschichten mit Leben und Sagen erfüllen. Aber sag mal, wie kannst du dir all das merken? Bist ja besser als manche Fremdenführerin.«

Lena nickt: »Fakten und Zahlen geben mir Halt. Sie verwirren mich nicht.« Und leise fügt sie noch hinzu: »Im Gegensatz zu anderen Dingen. Außerdem mach ich ja oft genug Touristenführungen.« Jetzt führt sie ihren neuen Gast hinunter zum Wildgehege, in dem sich Rehe und Hirsche tummeln. Tom sieht sie besorgt an, verkneift es sich aber, nachzuhaken. Er will sie nicht bedrängen.

»Wir sind bekannt für unsere leckere Hirschsalami. Die Kaffeegäste am Sonntag nehmen immer gern ein Stück mit. Ich lade dich dann auf eine Brotzeit ein, wenn du möchtest.«

»Gerne. Und was sind das für eigenartige Rinder da hinten?«

»Dexter.«

»Dexter? Nie gehört. Sind das besondere Tiere? Woher kommen die ursprünglich?«

»Es gibt sie schon seit 1840. Mr Dexter, ein Gutsinspektor der südwestirischen Grafschaft Kerry hat sie eingeführt. Er hat die besten wilden Bergrinder ausgesucht und mit einer kleineren Milchviehrasse gekreuzt.«

»Sie sind alle relativ klein.«

Lena beginnt zu reden und scheint nicht mehr aufhören zu wollen. Tom ist überrascht von sich selbst, aber tatsächlich gefesselt von dem Mädchen, das enthusiastisch von Rindern erzählt, als gäbe es keine spannenderen Tiere auf der Welt. Er stellt Fragen, um sie weiter zum Reden zu bewegen, worüber sie sich zu freuen scheint.

»Sicher. Aufgrund ihrer geringen Größe außerdem ideal für die Nebenerwerbslandwirtschaft. Gute Raufutterverwerter.«

Tom greift sich auf seinen Waschbrettbauch. »Ich bin auch ein guter Futterverwerter.«

Lena lächelt. Wieder dieses mehr traurige als offene Lächeln. »Dafür bist du nicht so frühreif wie diese Rinder.«

»Was heißt frühreif?« Tom schmunzelt über den Enthusiasmus, den Lena für ihre Tiere einsetzt. Er merkt, dass sein ehrliches Interesse gut bei ihr ankommt.

»Die Kühe kalben bereits zwischen vierundzwanzig und siebenundzwanzig Monaten. Aufgrund guter Muttereigenschaften können sie vierzehn Jahre und länger in der Zucht eingesetzt werden. Somit können wir mehr Kälber pro Kuh erzeugen als bei anderen Rassen. Außerdem produzieren sie genug Milch, um zwei bis drei Kälber zu ernähren.«

»Danke für diesen Exkurs in euren Betrieb. Du scheinst Tiere und besonders diese Rinder zu lieben.«

Lena nickt. »Natürlich, ich lebe und arbeite auf dem Land, bin hier aufgewachsen.«

»Ihr habt aber auch Feriengäste.«

»Ja.«

»Wen magst du mehr: Feriengäste oder Rindviecher?« Tom schmunzelt, will ihr zeigen, dass er diese Frage nicht ganz ernst meint und deshalb gibt er die Antwort selbst. »Dumme Frage, entschuldige. Das ist ja meistens dasselbe.«

Lena schüttelt den Kopf. »Nein, Tom. Rindviecher tun einem nichts.«

47

Steffi steckt den Brief in das Kuvert zurück, nimmt die Kassette, stellt die Holzkiste auf den Wannenrand und sieht sich um. Es gibt nichts mehr zu finden in diesem Haus. Den Weg durch Spinnweben und Gerümpel bringt sie nach mehrmaligem Stolpern unbeschadet hinter sich. Im Freien atmet sie erst mal tief durch, inspiziert den verwucherten Garten, die gemauerten Garagen und einige verfallende Nebengebäude. Dann schließt sie die Kassette in ihrem Wagen ein und wählt eines der Häuser aus, die an der Straße liegen. Im ersten Haus öffnet niemand, im Zweiten streckt ihr eine bunt beschürzte Hausfrau den Kopf samt Lockenwickler entgegen. Von ihr erfährt sie, sich an Julia Kohler, eine ältere Dame in dem Haus schräg gegenüber, zu wenden.

Julia Kohler öffnet nicht, aber Steffi hört Geräusche hinter dem Haus. Sie findet die Rentnerin im Garten und macht sich bemerkbar. Sie will sie keinesfalls erschrecken.

Frau Kohler, eine Frau mit weißen Haaren und einem faltigen Gesicht, wirkt aufgeschlossen und sympathisch. »Kommen Sie nur näher, junges Fräulein, ich beiß selten.«

Steffi lacht. »Na, dann traue ich mich mal. Mein Name ist Stefanie Brandner, ich komme aus München und interessiere mich für das abgebrannte Haus.«

Oma Kohler schlägt erschrocken die hohle Hand vor ihren Mund. Sie stakst zwischen den beiden Beeten hindurch auf Steffi zu. »Um Gottes Willen, Sie werden doch nicht dieses Spukschloss kaufen wollen?«

»Nein, bestimmt nicht, Frau Kohler. Ich möchte nur wissen, wer da in der Vergangenheit gelebt hat. Zum Beispiel eine Familie Schaffer?«

Oma Kohler sieht Steffi abschätzend an. Offensichtlich misstraut sie der jungen Frau, so wie sie dem Spukschloss immer misstraut hat und allem, was damit zu tun hatte. Oder der Name Schaffer hat den Stimmungsumschwung herbeigeführt. Steffi will die Chance trotzdem nutzen.

»Warum wollen Sie in der Vergangenheit dieses Hauses herumstochern, junge Frau?«

Steffi weiß instinktiv, dass sich in den nächsten Sekunden entscheidet, ob die alte Dame sprechen wird oder nicht. Sie braucht jetzt einen triftigen Grund und sie entscheidet sich für die Wahrheit.

»Frau Kohler, ich bin Angestellte einer renommierten Detektei und arbeite mit einem Rechtsanwalt zusammen, dessen Schwester in den USA zum Tode verurteilt wurde. Unschuldig. Sie soll ein Ehepaar Foster getötet haben. Das ist ein Jahr her. Vor siebzehn Tagen wurde in Österreich das Ehepaar Schaffer auf die gleiche Art und Weise ermordet. Die Schwester des Anwalts kann das nicht gewesen sein, sie sitzt bereits in der Todeszelle. Wir wollen die Hintergründe aufdecken und damit den wahren Mörder finden, um dieser jungen, zu Unrecht verurteilten Frau, vor dem Tod zu bewahren und ihr die Freiheit zurückzugeben. Und deshalb interessieren wir uns für alles, was mit diesen beiden Ehepaaren zu tun hat.«

Oma Kohler ist blass geworden, schweigt für mehr als zwei Minuten, muss sich auf die Bank setzen, die vor dem Hintereingang des Hauses steht. Ihr Brustkorb hebt und senkt sich heftig, die Aufregung steht ihr ins Gesicht geschrieben. Endlich hört Steffi ihre vom Alter gezeichnete Fistelstimme: »Tot? Ermordet, sagen Sie? Die Schaffers?«

»Ja, Siegfried und Elisabeth Schaffer.«

»Siggi und Elli«, wiederholt Julia Kohler. Ihre Hand, die mit der Erfahrung des Lebens und der Ruhe des Alters noch vor ein paar Minuten die Rosen in ihrem Garten beschnitten hat, beginnt zu zittern. Sie nickt langsam, als zweifle sie an den Worten, die ihr aus dem Mund wie eine Befreiung fallen, so, als habe sie auf diese Nachricht jahrelang gewartet: »Sie haben sich diesen Tod redlich verdient!«

48

Tom holt sein Gepäck aus dem Wagen und Lena zeigt ihm die Landsuite. Ein großer Schlafraum mit Doppelbett, rustikale Nachtkästchen, freigelegte Balken, Bauernschrank – ländlicher Stil. Vorgelagert zu diesem Raum lädt der Wohnbereich mit Küchennische zum Verweilen ein. Sofa, Schaukelstuhl, eine Anrichte mit zwei kleinen Glasvitrinen, alles liebevoll dekoriert. Auf dem Esstisch steht eine Vase mit frischen Wiesenblumen und ein kleines Stück verpackte Schokolade. Eine Balkontür gewährt den Zugang auf eine große Dachterrasse mit knarrenden Holzbohlen. Von hier aus hat Tom einen ungefilterten Blick über alle Himmelsrichtungen und damit auf die Landschaft, die den Harlesberg umrahmt. Und er kann das Wild im Gehege beobachten und den Dexter Rindern beim Weiden zusehen. Als wäre es geplant, taucht auch noch ein Bussard am Horizont auf und zieht seine Kreise über den Naabauen, wackelt einmal mit den Flügeln wie ein Sportflugzeug, das die Zuschauer auf der Tribüne damit grüßen will.

Während Tom seine Koffer auspackt, bereitet ihm Lena eine kleine Brotzeit zu. Frischer Kaffee, ein Glas naturtrüben, selbstverständlich selbst gemachten Apfelsaft, dazu ein frisches, nach Holzkohleofen duftendes Bauernbrot mit Kruste und einige Leckereien aus eigener Erzeugung, unter anderem die Hirschsalami, von der Lena bereits erzählt hat. Als Nachspeise ein Stück Kirchweihkuchen – Griescreme mit Safranpulver auf Hefeteig und garniert mit Rosinen, goldgelb gebacken und zu verlockend, um sich seinem Kalorienreichtum zu widersetzen. Alles riecht nach frischem Landgut und unverfälschter Natur. Alle Bediensteten, die hier arbeiten, erwecken den Eindruck, es gerne zu tun. Egal, ob sie die Stallarbeit oder den Gastronomiebetrieb betreiben, alle Mitarbeiter des Hofes verbreiten gute Laune und ländlichen Frohsinn.

Lena richtet die Leckereien auf der ausladenden Holzterrasse an und wünscht Tom einen guten Appetit.

»Bitte, leiste mir noch ein wenig Gesellschaft.«

Lena holt sich eine Tasse, setzt sich ihm gegenüber und schenkt sich und ihm Kaffee ein. Sie warnt aber, dass sie nicht lange bleiben kann. Schließlich war sie zum Arbeiten hier.

»Wie kommt ein Mann, der am Starnberger See wohnt, auf die Idee, hier in der Abgeschiedenheit der Oberpfalz Urlaub zu machen?«

»Der Starnberger See wird oft von Touristen überrannt. Hier oben ist es still, die Landschaft ist wunderschön und hat einen ganz eigenen Reiz ... Auch der Raum Starnberg hat seinen eigenen Charakter, aber das hier ist eine angenehme Abwechslung ...«

»Wie bist du auf den Grasserhof gekommen?«

»Internet. Ist ja schön abgebildet, euer Hof und das Angebot für Feriengäste. Und natürlich die Dexter Rinder.«

»Ja, mein Vater hat sie im Internet erwähnt. Hab nicht gedacht, dass sich Städter dafür interessieren.«

»Ich bin kein Städter. Na ja, Ländler bin ich auch nicht. Wer in Berg wohnt, ist keines von beiden.«

»Berg am Starnberger See. Da hat doch der Ludwig zuletzt gewohnt?«

»Ja, hat er. Und gestorben ist er dort auch. Oder ist ermordet worden. Aber reden wir nicht von Berg und den Promis, die dort mit ihrem unermesslichen Reichtum den See verbaut haben. Erzähl mir was von eurem Hof. Das mit den Rindern war ja schon sehr interessant. Was macht man als junge Frau auf einem Hof?«

»Ich kümmere mich um die Gäste und die Ferienwohnungen, füttere die Tiere, helfe ab und zu noch bei Verwandten auf der

Tillyschanz und – na ja, ein landwirtschaftlicher Betrieb hat immer eine Menge zu tun, die Arbeit geht uns allen nicht aus. Ernte, Holzwirtschaft, Maschinenpflege, all so was.«

Tom hat aufmerksam zugehört. »Tillyschanz – das ist ein Grenzübergang nach Tschechien.«

»Ja.«

»Und was machst du da?«

»Das Gasthaus ›Zur Tillyschanz‹ gehört meiner Tante Rosa. Rosa und Albert Bichler, ihr Mann, bewirtschaften das Gasthaus und die Fremdenzimmer, sind beide Sechsundsechzig Jahre alt. Meine Mutter stammt von der Tillyschanz. Na ja, und seit Onkel Alberts Bandscheibenvorfall muss ich oft dorthin und unser Roser'l unterstützen. Rosa ist die ältere Schwester meiner Mutter und eine Seele von Mensch.«

Lenas Augen werden feucht. Das erinnert Tom daran, dass er sie noch immer nicht gefragt hat, warum sie auf der Bank geweint hat. Er will sie allerdings keinesfalls unter Druck setzen. Lena soll den Zeitpunkt, sich ihm anzuvertrauen, selbst bestimmen.

»Und deine Tante ist sie so etwas wie eine gute Freundin für dich?«

Lena nickt, kommentiert seine Frage aber nicht weiter.

»Und euren Hof, den bewirtschaften deine Eltern?«

»Ja, und mein älterer Bruder, Walther.«

»Darf ich fragen, wie alt du bist?«

»Gerade einunddreißig geworden.«

»Oh, dann darf ich nachträglich noch zum Geburtstag gratulieren?«

Sie nickt zaghaft.

Tom springt auf, eilt in die Landsuite und holt eine Margeritenblüte aus der Vase am Wohnzimmertisch. Er überreicht sie feierlich und singt leise Happy Birthday. Seine Stimme klingt etwas kratzig, dennoch lächelt Lena und bekommt erneut feuchte Augen.

»Nachträglich, alles Gute und alles Liebe zu deinem Geburtstag, Lena.«

»Danke.«

»Äh, wann hattest du eigentlich Geburtstag?«

»Am 30. Mai.«

Tom lacht. »Das gibt's doch gar nicht! Dann haben wir beide am 30. Mai Geburtstag. Nur kam ich gerade in die Schule, als du das Licht der Welt erblickt hast. Ich bin siebenunddreißig.«

Jetzt steht Lena auf, holt die Blumenvase und stellt sie vor Toms Teller. Sie lässt es sich nicht nehmen, für Tom ein sehr melodisch klingendes, sanftes Happy Birthday ihrerseits zu singen. Jetzt werden Toms Augen feucht. Im gleichen Augenblick wird ihm bewusst, dass er sich in ihrer Gegenwart wohlfühlt, dass ihn das Gefühl beschleicht, er kenne sie schon seit Kindes Beinen.

Lena steht auf, wischt sich mit beiden Händen über die Augen. »Ich muss jetzt arbeiten gehen, Tom. Ich wünsche dir auch alles Gute und alles Liebe zu deinem Geburtstag. Und danke für das Geschenk, dass du mir heute gemacht hast.«

»Welches Geschenk?«

»Du hast mich weinen lassen und du bist der einzige Mensch, der mich nicht fragt, warum ich geweint habe. Du kannst nicht wissen, wie wertvoll es ist, einen Menschen zu treffen, der nicht fragt, aber da ist, der einfach nur da ist, nicht mehr und nicht weniger. Danke, Tom.«

Sie legt ihm ihre schmale Hand auf die Schulter, beugt sich zu ihm und küsst Tom, sacht und geradezu vorsichtig, auf die Wange. Dann dreht sie sich abrupt von ihm weg und er hört wie in Trance die Schritte einer davoneilenden Lena Grasser.

49

Seinen ersten Ausflug unternimmt Tom am Freitagmorgen. Der Trip gleicht einer Berg- und Talfahrt. Der Oberpfälzer Wald und seine Höhen, mit malerischen Ausblicken über eine weit offene Landschaft, werden von der Sonne beschienen. Diese beschert der Luft angenehme siebenundzwanzig Grad Wärme. Laut Wetterbericht der Spitzenwert dieser Woche.

Der Weg führt über Theisseil nach Vohenstrauß, Moosbach und Eslarn. Allesamt Namen, die Tom noch nie gehört hat. Zunächst muss er sich östlich halten, Richtung tschechische Grenze. Ein paar Kilometer vor dem Grenzübergang geht es rechts weg Richtung Teufelstein. Neben dem gelben Wegweiser gibt es ein Brett, ein echter Holzpfeil mit grau melierten, plastischen Buchstaben: ›22 Teufelstein‹, steht darauf. Das Navi fordert ihn auf, hier rechts einzubiegen und dem schmalen Asphalt eines Flurbereinigungsweges zu folgen. Nach einigen Hundert Metern erblickt Tom, kurz vor einer Anhöhe, einen Felsen mit einer Bank davor. In dem Felsen erkennt er ein Teufelsgesicht. Er hält an und liest die eingemeißelte Inschrift:

OWV – Eslarn 1982 – Teufelstein

Tom wird später herausfinden, dass OWV für Oberpfälzer Waldverein steht. Jetzt bleibt ihm nur, den Teufel mit zwei Hörnern und dem typischen dazu passenden Spitzbart samt der Knollennase und den geschlossenen Augen zu betrachten. Ein wahrhaft mystischer Platz und so verschlossen wie die Teufelsaugen erstreckt sich auch die stark bewaldete Gegend – mystisch, undurchdringlich, nur über die angelegten, befestigten Waldwege passierbar. Hin und wieder eine Lichtung, ein Einsiedlerhof und eine bizarre, atemberaubend interessante Landschaft, wellig, hügelig, abgeschlossen von einem in die Höhe ragenden Bergkamm, der wie ein Wall Tschechien und die Bundesrepublik Deutschland voneinander abgrenzt. Tom verfährt sich zunächst, landet hoch droben auf einem Berg, der durch dunklen Tann und teilweise holpriger Straße beklettert werden muss, aber scheinbar nie endet. Tom muss sich einen Platz zum Wenden suchen und zurückfahren. Immer wieder stößt er auf kleine Bergseen, auf paradiesische Lichtungen mit gelagertem Holz, einer Hütte für Wanderer und dann wieder geebnete Wege. Primitive Holztäfelchen, an Bäume genagelt, tragen deutsche und tschechische Inschriften: ›Bärenlohe‹ und ›Eulengraben‹ bekunden den Artenreichtum dieser Region rund um den Böhmerwald. Ist er schon in Tschechien oder noch in Deutschland? Er weiß es nicht genau, kann sich nur schwer orientieren. Er ist umgeben von einem Labyrinth aus Fahrwegen, Wanderpfaden und über Jahrhunderte gewachsene Laubbäume, die einen goldenen Laubteppich geknüpft haben, der jedes Jahr ein wenig dichter wird und den Wald somit in ein farbenprächtiges Märchenland verwandelt. Ab und zu stechen knorrige Felsformationen am Rand der Serpentinenstraße zwischen dem Unterholz hervor. An einem dieser Felsen bleibt Tom stehen und genießt für einige Augenblicke die frische Sommerluft, die sich mit einem satten Duft aus Laub und frisch geschlagenem Holz vermischt. Das geheimnisvolle Rauschen der Bäume erinnert an das Hochgebirge der Alpen und flüstert von längst vergangenen Zeiten, als hinter dem Bergrücken der Eiserne Vorhang den politischen Westen vom Osten abspaltete und die Menschen der Oberpfalz somit am Rande der Welt lebten. Eine Gegend, die aufgrund der Grenzöffnung jetzt Zentrum der Welt sein müsste. Die Welt hier erscheint aber immer noch eine Endzeit zu verbildlichen, einen Raum, der begrenzt und dennoch die Spannung gewährt, hinter jeder Biegung läge ein neues Geheimnis, eine mystische Sage vergangener Zeiten um

Kriege, Lieben und Trennungen, Geburten und Sterben, Glückseligkeiten und herben Schicksalen.

Und fern abgelegen, kaum aufzufinden, irgendwo hinter Weggabelungen und Verzweigungen findet Tom den Marlhof. Der Weg führt zwischen zwei Naturweihern auf eine kleine Lichtung, eingefasst von Bäumen, die jeder für sich auf mindestens ein Jahrhundert zurückblicken. Ein hohes Mauerwerk, alt und an manchen Stellen wacklig und spröde, umgibt das Anwesen, nur die Frontseite scheint erneuert zu sein, der Eingangsbereich entspricht der Einfahrt einer Villa mit Kameraüberwachung und Ziehglocke. Kein Namensschild, kein Hinweis, dass dieses Anwesen Marlhof heißt oder gar eine Familie namens Costner beherbergt.

Tom stellt den Motor ab, steigt aus und betätigt die Glocke.

Er muss lange warten, aber schließlich hört er eine männliche Stimme. Sie dringt aus einem silbernen Kasten hervor, der von einem Gezweig aus undefinierbarem Blattwerk verdeckt wird und nur an einigen Stellen hervorglitzert.

»Was wünschen Sie? Ich sehe, Sie haben eine Starnberger Nummer. Haben Sie sich verfahren?«

»Nein. Mein Name ist Thomas Wolfert, ich bin Anwalt und komme aus Starnberg.«

»Aha, und weiter?«

»Sie kennen doch das Ehepaar Schaffer aus Klagenfurt?«

Stille. Hat der Sprechanlagenbetreiber den Chip so programmiert, dass der Name Schaffer automatisch einen Verbindungsabsturz auslöst?

Schließlich meldet sich die Stimme wieder.

»Sind Sie bewaffnet?«

Komische Frage. »Äh, nein«, antwortet Tom wahrheitsgemäß.

«Gut, ich öffne jetzt die Tür links neben Ihnen. Sie gelangen in einen abgegrenzten Raum mit Metalldetektoren. Legen Sie vor der Schleuse alle Metallteile ab und gehen Sie durch den Metallrahmen, bis es nicht mehr piepst. Dort melde ich mich.«

Verwirrt befolgt Tom die Anweisungen. Hinter dem Eingangstürchen befindet sich ein mit Holzbrettern eingefasster Raum, der an die Sicherheitsschleuse eines Flughafens erinnert. Tom legt den Inhalt seiner Taschen in eine Schale, auf die eine Kamera gerichtet ist. Gürtel, Brieftasche, Feuerzeug, Autoschlüssel, Armbanduhr, Handy. Nachdem alle Taschen geleert sind, tritt er in die Schleuse. Es piepst. Tom findet noch einen Anhänger mit einem kleinen Laserpointer, legt ihn in die Schale und startet einen zweiten Versuch. Das Gerät schweigt, die Sprechanlage spricht. »Okay, nehmen Sie Ihre Sachen wieder an sich, ich hole Sie ab.« Tom, beunruhigt ob dieses seltsamen Empfangs, überlegt, ob es klüger gewesen wäre, nicht alleine hierher gekommen zu sein. Oder zumindest jemandem gesagt zu haben, dass er jetzt hier war. Irgendwas in ihm gab ihm zu verstehen, dass hier etwas faul war.

»Horst Costner«, stellt sich Minuten später der Sprechanlagenbesitzer vor und Tom reicht ihm die Hand. Seine Vorstellung, einem reichen Mann mit selbstsicherem Auftreten gegenüberzustehen, wird enttäuscht. Angst und Nervosität blitzen aus den Augen, die von dicken Tränensäcken wie zugeschnürt wirken. Ein Vollbart, grau und altersverbergend, empfängt Tom und diese Erscheinung erinnert an das, was er für einen Waldschrat oder Rübezahl hält. Der Typ passt haargenau zur Finsternis des Waldes. Das dichte Haupthaar bedeckt den runden Schädel ebenso verwildert wie das Gestrüpp, das die Schutzmauer des Marlhofes eingesponnen hat. Zwei rote Flecken auf dem Bartgeflecht, das wie ein Spinnennetz bis unter die Augen reicht, deuten darauf hin, dass Horst Costner über eine gute Gesichtsdurchblutung verfügt.

Das Anwesen steht im krassen Gegensatz zu seinem Besitzer. Gepflegter, parkähnlicher Eingangsbereich, nicht im Stil einer englischen Grafschaft, aber im Einklang mit heimischer, Oberpfälzer Bepflanzung. Rustikal, aber geschickt angeordnet. Ein altes Bauernhaus mit dicken Mauern, top renoviert und saniert, in dem Tom einen offenen Kamin und ein üppiges Wohnzimmer vorfindet. Eine lange, schwere Rittertafel mit wuchtigen Stühlen erinnert an das Mittelalter. Alles deutet darauf hin, dass es urig ist, aber gut erhalten. Lediglich zwei moderne, nagelneue Monitore, versteckt hinter einem Geranienarrangement, passen nicht in das Bild. Diese Monitore zeigen den Außenbereich und Tom erkennt seinen Audi auf einem davon.

Hildegard Costner betritt den Raum. Sie passt zu diesem Mann. Mollig, ein gutmütiges Gesicht, brünette Haare mit einem Schleier grauer Fäden überzogen, die sicher altersbedingt naturgewachsen sind. Sie hat einen kräftigen Händedruck, so wie ihr Mann. Tom registriert, dass er zwei echte Waldschrate vor sich hat. Kein Zweifel – das sind Naturmenschen, die hier im Luxus leben und offensichtlich ihre Abgeschiedenheit lieben. Hildegard, bietet Tom an, ein Glas selbst gebrauten Most mit ihr und ihrem Gatten zu trinken und während Tom mit seiner Befragung beginnt, serviert sie die Getränke.

»Sie wissen, was in Klagenfurt passiert ist?«

Horst Costner nickt.

»Wir haben festgestellt, dass Sie Kontakt zu den Schaffers hatten.«

»Wir waren befreundet«, erklärt Hildegard und erntet dafür einen bösen Blick von ihrem Mann, was Tom sofort registriert.

»Befreundet ist übertrieben«, korrigiert Herr Costner. »Wir haben diese Leute mal in Kärnten kennengelernt. Der Wörther See ist ja ein Urlaubsgebiet. Wir Waldmenschen wollten auch mal an die Öffentlichkeit, wenn Sie verstehen, was ich meine.«

Tom versteht. Er versteht vor allem, dass er angelogen wird. Hildegards Blick, der den dichten Struwwelpeterbart ihres Mannes durchdringt, um ihm den Mund zu verbieten, beweist das.

Vor Gericht hätte er jetzt beide getrennt voneinander befragt und ins Kreuzverhör genommen. Aber hier – Tom muss sich beherrschen.

»Sie haben an dem Tag telefoniert, als die beiden ermordet wurden«, sagt Tom ohne weitere Rücksichtnahme.

»Kann sein«, knurrt Rübezahl.

Hildegard Costner gesteht. »Ich habe mit Elli telefoniert. Ich wollte nur wissen, was das neue Boot macht. Wir haben darauf spekuliert, dass sie uns einladen und wir vielleicht eine Woche Urlaub machen könnten.«

Horsts böser Blick hellt sich etwas auf. Aha, jetzt lügt sie.

»Hat sich für Sie daraus etwas ergeben?«, will Tom wissen.

»Nein, wir sind nicht so weit gekommen. Elli hatte es eilig, wollte nach Klagenfurt, shoppen. Sie wissen ja, wenn Frauen Shopping planen, haben sie es besonders eilig.«

Horst Costners finsteres Gesicht gehört jetzt der Vergangenheit an. Also hat seine Frau perfekt gelogen.

»Können Sie mir irgendetwas sagen, was die Schaffers betrifft?«

Er tut so, als überlege er. Tom ahnt die Antwort und sie folgt prompt: »Nein, so gut kannten wir uns nicht.«

»Prost!«, zwitschert Hildegard Costner dazwischen und das Anheben der Gläser dient dazu, ihre Lügen zu begießen. Was kann Tom tun? Er findet keinen Weg, also kann er nur den Standard schlechter Kriminalfilme ablaufen lassen: »Sehr gut«, lobt er zunächst den Most, der scheußlich schmeckt und nach verfaulten Pilzen riecht, sicher aber aus gesundem Wurzelwerk gefertigt wurde. »Dann darf ich Ihnen meine Karte dalassen, falls Ihnen doch noch etwas einfällt.«

Die Costners nehmen die Karte entgegen, ohne sie näher anzusehen. Drei Schlucke später darf Tom das einsame Gehöft verlassen, hält noch einmal am Teufelsfelsen und besieht nachdenklich das Gesicht des Satans. Welch teuflische Tat treibt

Menschen dazu, andere Menschen zu ermorden? Tom wartet, starrt den Satan an, als erwarte er von ihm die Antwort und schließlich klappt es: Das Teuflische dringt zu ihm durch und Tom fällt es wie Schuppen von den Augen.

50

Spätnachmittags kehrt Tom aufgewühlt und spannungsgeladen von seinem Ausflug zurück. Zwischenzeitlich hat sich auch Steffi gemeldet. Sie klingt aufgeregt, will ihn sofort sprechen und zum Grasserhof kommen. Sie vereinbaren, sich Samstagnachmittag zu treffen.

Der Freitagabend gehört den Dexter Rindern, den Eseln, den Rehen und Hirschen. Tom hat es sich auf der Balkonterrasse gemütlich gemacht. Von hier aus hat er den besten Überblick. Er sieht hinüber zur Tenne, wo sich Josef Grasser, den er mittlerweile als kräftigen, gestandenen Bauern kennengelernt hat, mit seiner Tochter Lena und seiner Ehefrau Anna zu schaffen macht. Anna Grasser ist eine einfache, geradlinige und herzensgute Oberpfälzerin, die Tom bis jetzt nie ohne Arbeitskluft gesehen hat. Obwohl sie immer am Werkeln ist, gönnt sie sich ab und zu die Zeit, ein Schwätzchen zu halten, mit Wanderern, Touristen und Nachbarn. Sie scheint eine Engelsgeduld zu haben und strahlt die gleiche Ruhe aus, wie auch Lena. Diese hat Tom nur kurz am Morgen gesehen. Sie hat sich neben ihn gesetzt, ihm den Kaffee eingeschenkt und geschwiegen. Tom hat auch geschwiegen. Sie haben sich im Schweigen verstanden, fühlten sich beide wohl in der Stille des Frühstücksraumes.

Der Freitagabend endet spät. Tom hat seinen Aussichtsturm verlassen und auf einer der Bänke Platz genommen, die hinter dem Kinderspielplatz stehen und den Blick auf die untergehende Sonne erlauben. Als die glutrote Kugel fast versunken ist, nimmt Lena neben ihm Platz.

Sie riecht nach Landluft, und Tom kommt es göttlich vor. Er zögert einen Augenblick, bevor er nach ihrer Hand greift. Langsam und vorsichtig, als wolle sie sich herantasten, schließt sie ihre Finger um seine. Ohne ein Wort zu sagen, erleben sie den Untergang einer roten Feuersbrunst am Oberpfälzer Himmel, Millionen Kilometer von der Erde entfernt.

»Hundertfünfzig Millionen Kilometer«, sagt Lena plötzlich, als nur noch ein rosa Streifen am Horizont zu erkennen ist.

Er gibt keine Antwort. Die Erklärung folgt prompt: »So weit ist die Sonne im Durchschnitt vom Grasserhof entfernt.«

»Na ja, Lena, wenn wir gleich losfahren, wie lange brauchen wir dann wohl, bis wir auf der Sonnenseite des Lebens ankommen?«

»Zu lange«, antwortet Lena traurig. »Viel zu lange, Tom.«

Steffi trifft am frühen Nachmittag am Grasserhof ein. Zunächst erzählt Tom von seinem Besuch bei den Costners. Seine Erzählung endet an der Stelle, da er am Felsen steht, auf dem der Teufel eingemeißelt wurde.

»Und da fiel es mir wie Schuppen von den Augen.«

»Was?«

»Die Costners haben mich überhaupt nicht danach gefragt, warum ich sie sprechen wollte, was ich mit dem Mordfall der Schaffers zu tun habe. Kein Anzeichen, wieso ich wissen konnte, dass Hildegard Costner mit Elli Schaffer telefoniert hatte.«

»Ich versetze mich an ihre Stelle«, wirft Steffi ein. »Da kommt einer, der mich verhören will und der nicht im Auftrag der Polizei handelt, der selbst nicht Polizist ist. Sicher würde ich ihn als Erstes fragen, was ihn das alles anginge. In der Tat komisch und seltsam auch, dass sie dich belügen.«

»Ja, genau das ist der Punkt. Darum fiel es mir wie Schuppen von den Augen, Steffi. Erstens: Meiner Meinung nach wissen die Costners ganz genau, warum die Schaffers ermordet wurden.

Zweitens: die Eingangsmauer des Hofes. Eine frisch verputzte Mauer. Nur dort, wo Kamera und Sprechanlage sind – unverputzt. Also wurde das alles erst in jüngster Zeit eingebaut und der Scanner, den ich passieren musste, eingefasst in Holz. Dieses Holz roch frisch – alles neu. Nagelneu. Das heißt …«

Steffi vollendet den Satz: »Dieses System wurde mit Sicherheit eingebaut, nachdem der Mord in Klagenfurt geschah.«

»Sehr richtig.«

»Okay, Tom. Dann habe ich jetzt die Überraschung des Tages für dich. Ich weiß nämlich auch, warum das alles so ist.«

Tom schluckt und öffnet ungläubig den Mund: »Erzähl schon!«

Als Steffi loslegen will, klopft es an der Tür der Ferienwohnung.

Tom stellt Lena und Steffi einander vor. »Meine Mitarbeiterin aus München«, ergänzt er.

Lena bringt den Kaffee persönlich und Tom bittet sie, eine Tasse mitzutrinken.

»Muss in den Stall, eines der Rinder kalbt. Kann jeden Moment so weit sein.«

»Verstehe«, sagt Tom. »Na, vielleicht können wir heute Abend auf das Neugeborene anstoßen.«

»Gerne«, bekräftigt Lena und verabschiedet sich.

Nachdem Lena die Wohnungstür zufallen lässt, sieht Steffi Tom vielsagend an. Sie zwinkert.

»Was ist?«

Steffi zuckt bloß mit den Schultern und schmunzelt. »Schon gut.«

»Jetzt rück endlich raus. Was hat deine Schnüffelarbeit ergeben?«

»Zuerst mal Staub.« Steffi berichtet von dem abgebrannten Haus und dann von ihrer langen Unterredung mit Oma Kohler.

»Dieses Haus hat eine eigene Biografie verdient«, berichtet sie. »Bevor wir jedoch zu dem kommen, was dort passiert ist, sag ich dir, wer dort gewohnt hat.«

»Das weiß ich ja schon von dir. Die Familie Schaffer.«

»Richtig. Zweiter Stock, Siegfried und Elisabeth Schaffer, Siggi und Elli. Erdgeschoss: Michael und Anna Foster, in den USA genannt Mike und Ann. Beide Ehepaare an einem 30. Mai ermordet.«

Tom kann nicht umhin, einen langen Pfiff der Anerkennung durch die Zähne zu schicken. »Wahnsinn. Aber das war doch ein Haus für vier Familien?«

»Ja, im Dachgeschoss wohnte ein Herr. An dessen Namen konnte sich Oma Kohler nicht erinnern, nur an den Namen des Ehepaares, das in der Etage über den Fosters gewohnt hat.«

»Und kennen wir die vielleicht auch?«

»Wir nicht, aber du. Und, wenn du die ganze Geschichte erfährst, wirst du sehen, dass sie die nächsten Mordopfer sein werden.«

Tom beißt sich auf die Lippe. Sein Instinkt trügt ihn nicht und Steffi bestätigt seinen neu erwachten Spürsinn mit den Worten: »Die Dritten in diesem Bunde waren Horst und Hildegard Costner, von den anderen Bewohnern Hotte und Hildchen genannt.«

Tom betrachtet Steffi nachdenklich. Dann flüstert er eindringlich, als fürchte er den Satan vom Teufelstein: »Drei Ehepaare, zusammen bilden sie das Triumvirat des Todes.«

51

Tracy Farrow baut sich mit einer Drohgebärde vor dem Mann, den sie Boxer nennen, auf. Sein platt gedrücktes, fleischiges Hundegesicht, das ihm den Spitznahmen gab, sieht sie hasserfüllt an.

»Jimmy, ich weiß von deinen dunklen Geschäften mit den Minderjährigen.« Tracy fuchtelt mit einem abgegriffenen Dossier vor ihm herum. »Hier drin haben wir Fotos, Zeugenaussagen, kleine Filmchen – kurzum, das ganze Programm all deiner Schweinereien. Reicht meiner Ansicht nach für zwanzig Jahre, mindestens. Manche Richter gönnen dir mehr. Also. Wiederholen wir, was ich und Mark wissen.«

Mark, Tracys persönlicher Assistent und mehrfacher texanischer Meister im Kempō Karate und nordamerikanischer Vizemeister in der Kunst des Brasilianischen Jiu-Jitsu, verstärkte den Hebelgriff, mit dem er das platt gedrückte Boxergesicht auf den Fußboden presst.

»Du hast dich am Montag, dem 31. Mai 2010 in Galveston aufgehalten, warst kurz am weißen Haus der Fosters. Wir wissen, dass du des Öfteren Kontakt zu den Fosters hattest. Du warst dort zusammen mit einem Kumpel, und als ihr die Bullen dort gesichtet habt, hattet ihr es sehr eilig, euch wieder in euren Dreckslöchern zu verkriechen. Ich lass dich laufen, wenn du mir sagst, was Mike Foster für einen Auftrag für euch hatte. Und komm jetzt nicht auf die Idee, Jimmy, mich anzulügen oder etwas Wichtiges auszulassen. Die Fosters sind mausetot, die können dir nichts mehr tun. Aber wir. Wir lassen dich im Bau verrecken, wenn du es wagst.« Tracys Stimme lässt keinen Zweifel zu – sie meint es ernst. Und sie setzt noch einen oben drauf. »Und wenn wir nach dir deinen Kumpel befragen und der erzählt uns etwas Anderes als du, seid ihr beide dran. Ist das angekommen?«

Jimmy versucht zu nicken, was ob der Bodennähe seines Kopfes schwerfällt. Mark hebt seinen Kopf etwas an, damit er nicht beim Sprechen den Staub vom Boden aufschlecken muss. Dann wirft er seiner Chefin einen vielsagenden Blick zu, den Boxer nicht sehen kann.

Jimmy fällt auf den Trick rein. »Strong Bear«, verrät er den Namen des Kumpels, »Strong Bear sollte die Fosters auf Galveston bewachen. Ich sollte Mike begleiten, wenn er das Haus verlässt.«

Strong Bear, in der Szene bekannt. Ein Typ, der seinem Namen gerecht wurde und als starker Bär eine Spur von Verwüstung und Blut hinter sich ließ, gehört zu den gefährlichsten Kreaturen der texanischen Unterwelt. Ihm wurde nachgesagt, schon den einen oder anderen Verblichenen auf dem Gewissen zu haben, und von der Cosa Nostra hin und wieder als Killer engagiert zu werden.

»Und dafür habt ihr zwanzigtausend Dollar auf die Kralle kriegen sollen?«

Das Boxergesicht scheint überrascht, dass Tracy diese Zahl kennt. »Hm«, knurrt er.

»Für so einen einfachen Job kriegt man keine zwanzig Riesen, mein Freund.«

Mark verstärkt den Hebel und Jimmy sieht den Regenbogen. »Okay, ich sag ja alles. Aber ihr dürft mich nicht an Strong Bear verpfeifen.«

»Du hast mein Wort darauf«, verspricht Tracy und zwinkert Mark vielsagend zu.

Jimmy überlegt einen Augenblick, dann sprudelt es aus ihm heraus. »Mike Foster erzählte uns, dass er demnächst einen Einbruch erwarte. Die zwanzigtausend Piepen waren nur für diesen Job gedacht. Jeder von uns sollte zehntausend kassieren.«

»Ist schon klar«, mischt Mark sich ein. »Nur für diesen Job heißt, ihr hattet noch einen zweiten in Aussicht.«

»Ja«, flüstert Marks Gefangener. Tracy nickt Mark zu. Treffer!

»Lass dir nicht alles aus der Nase ziehen«, fordert Mark Jim auf und der lässt einen kurzen Schrei los, nachdem er die unangenehme Bekanntschaft mit einem Griff der Festlegetechnik des Jiu-Jitsu gemacht hat.

»Mike hat uns weitere Zwanzigtausend versprochen, wenn wir den Einbrecher abknallen.«

52

»Das Triumvirat des Todes. Die Sache hat nur einen Haken«, gibt Steffi zu bedenken.

»Welchen?«, will Tom wissen.

»Demnach müsste ja noch ein Doppelmord ausstehen.«

»Davon müssen wir wohl ausgehen. Wir werden also den Costners noch einmal einen Besuch abstatten. Jetzt sag mir aber erst mal, zu welchen Ergebnissen haben deine Nachforschungen bezüglich des Grasserhofes geführt und was hast du dieser Oma Kohler aus der Nase gezogen?«

»Okay, fangen wir mit dem Grasserhof an. Josef und Anna Grasser, neunundfünfzig und achtundfünfzig Jahre alt. Ihnen gehört der Hof. Drei Kinder. Walther Grasser, mit vierunddreißig Jahren nicht der Älteste, aber sicherlich der Hoferbe. Lena Grasser, gerade einunddreißig geworden, von der weiß ich nicht viel mehr als von ihrem Bruder Walther, auch sie arbeitet auf dem Hof. Lena und Walther haben noch einen Bruder, Florian Grasser, mit vierzig Jahren der Älteste. Er arbeitet als Arzt und Psychotherapeut im Bezirkskrankenhaus Wöllershof, auf der Station zwölf. Ist ein sehr begabter Mann, gilt als sehr gut auf dem Gebiet, für das er sich spezialisiert hat: Angst- und Zwangsstörungen.«

»Aha, der lebt aber nicht auf dem Grasserhof, oder?«

»Nein, er wohnt in Weiden, hat dort ein eigenes Haus.«

»Verheiratet?«

»Nein.«

»Die Grassersöhne und Lena sind alle über dreißig und keiner von ihnen ist verheiratet.«

»Stimmt.«

»Gibt es irgendeinen Anhaltspunkt zu den Fosters oder den Schaffers?«

»Nein, keinen, den ich finden konnte.«

Tom überlegt. »Gut, dann werden wir morgen die Costners befragen und dann die Grassers. Ich gehe aber davon aus, dass die Grassers nichts mit alledem zu tun haben. Die Karte, die in den USA und bei den Schaffers als E-Mail Anhang aufgetaucht ist, gibt es in der Rezeption stapelweise. Da alle drei Familien eine Verbindung haben, wollten sie sich wahrscheinlich bei den Costners treffen und der Grasserhof sollte als Übernachtungsquartier dienen.«

»Wäre möglich. Vielleicht können die Costners das aufklären.«

»Okay, Steffi, dann erzähl jetzt mal, was du über diese drei Familien in Heroldsbürg erfahren hast.«

Oma Julchen hatte einige Zeit gebraucht, um ihre aufgebrachten Synapsen zu beruhigen. Um sich erst mal zu sammeln, presste sie in ihrer Küche Orangen aus und servierte einen vitaminreichen Saft, mit Eiswürfeln gekühlt. Währenddessen klärte sie Steffi auf, wer in dem abgebrannten Geisterhaus einst gelebt hatte.

Steffi baute ihre Fragen auf den vorangegangenen Erzählungen auf. »Schaffers, Fosters, Costners. Alle drei Familien haben also zur gleichen Zeit das Haus bewohnt?«

»Ja, alle zur gleichen Zeit.«

»Wem gehörte das Haus?«

Es bedurfte einer geraumen Zeit, bis die Schubladen der Vergangenheit geöffnet waren und Julia Kohler die Chronologie der drei Familien richtig in ihre Erinnerung einsortieren konnte. »Den Eltern der Schaffers. Ja, den Schaffer-Eltern gehörte das Haus, damals. Die waren hier schon immer ansässig. Die alten Schaffers haben selbst in dem Haus gewohnt. Er war ein stämmiger Mann, litt aber an einer Kriegsverletzung. Deshalb zogen sie nach Heroldsbürg, ins Zentrum. Hier draußen war es ihnen zu abgelegen und sie brauchten eine behindertengerechte Wohnung, weil er im Rollstuhl saß. Wissens, Fräulein Stefanie ...«

Oma Julchen erzählte zunächst die Lebensgeschichte der alten Schaffers und redete vom Krieg, der begann, als sie vier Jahre alt war. Mit zehn erlebte sie dann das Kriegsende und die Zeit, als Hunger und Leid, Erwachsene und Kinder gleichermaßen heimsuchten.

»Der alte Schaffer hat mir viel vom Krieg erzählt, er war ja auch ein stattlicher Mann und ein ehrbarer Soldat.«

Steffi war natürlich mehr an den Schaffers interessiert als an deren Eltern, blieb aber geduldig und wartete ab, bis sie die ausschweifenden Erzählungen der alten Dame wieder in die Bahnen lenken konnte, die für den Fall von Interesse waren.

»Und, der Schaffersprössling, was hat der gemacht? Ich meine, beruflich.«

Oma Julchen schenkte frisch gepressten Orangensaft nach. »Trinken Sie, Fräulein, Vitamine sind gesund.«

»Danke, Oma Julchen, sehr freundlich.« Sie hatten sich auf Oma Julchen geeinigt und Steffi wusste, dass ihr das ein paar Informationen mehr einbringen würde als ein nüchternes ›Frau Kohler‹.

Steffi nippte an dem köstlich frischen Getränk und hörte weiter aufmerksam zu. »Der Schaffersprössling, ja, ein sympathischer Verrückter. Als Bub. Dann wurde aus dem Verrückten ein Entrückter. Regisseur beim Bayerischen Rundfunk, Studio Franken. Dort lernte er seine Elli kennen. Elisabeth war Skriptgirl. Er machte sie zur Regieassistentin und sie heirateten. So haben sie sich dann alle kennengelernt. Die Schaffers und die Fosters und die Costners.«

»Wie, die waren alle beim Bayerischen Rundfunk?«

»Ja. Anna Foster arbeitete als Cutterin beim BR. Wenn ich es richtig im Kopf habe. Doch, Cutterin, so heißt das. Sind die, die an den Filmen rumschnipseln.«

Steffi schmunzelte. »Ja, ich weiß. Die Cutterin schneidet das Gute raus und lässt den Schrott übrig. Und so was hat die Anna Foster gemacht? War sie da schon verheiratet?«

Oma Julchen lachte. »Ja ja, das war sie. Mit einem Typen von der Army, Michael Foster. Der sprach übrigens sehr gut Deutsch. Als sie hier einzogen, waren sie schon verheiratet, aber kurz darauf ist Mike aus der Armee ausgeschieden.«

»Und hat er danach auch beim Rundfunk gearbeitet?«

»Nein, er hat überhaupt nicht gearbeitet.«

»Aha, von was lebte er dann?«

»Von seiner Frau und von irgendwas. Ich habe diesen Typen nie ausstehen können. Ein schleimiger, abstoßender Mensch. Pfui.« Oma Kohler schüttelte sich. »Aber Sie wissen ja, wo die Liebe hinfällt. Ich hätte so einen Mann sofort von der Bettkante geschubst.« Julia Kohler grinste verschmitzt.

»Ja, nicht immer fällt die Liebe dahin, wo wir vermuten, dass sie dort auch hingehört«, stimmte Steffi zu. »Und Horst Costner und seine Frau, Hildegard?«

»Hotte, also Horst, war Kameramann beim Fernsehen. Ein echter Künstler. Ich glaube, er war ebenso zerstreut und verrückt wie Siggi.«

»Natürlich auch beim BR?«

»Der Siggi? Ja, auch beim BR.«

»Und seine Frau?«

»Hildchen – sie hat nicht gearbeitet. War Hobbyfotografin. Die hat wirklich gute Aufnahmen gemacht.«

Oma Julchen deutete auf ein Porträtfoto, dass sie gute zwanzig Jahre jünger abbildete. Eine attraktive Frau Ende fünfzig, charakterstark und mit der Sinnlichkeit erfahrener Lebenslinien abgebildet. »Das bin ich – ist doch eine tolle Aufnahme, oder?«

Steffi nickte artig. Doch, die Aufnahme war wirklich gut. Schwarz-weiß – sehr professionell in Szene gesetzt.

»Ein Kameramann und eine Fotografin, die beiden passten wirklich gut zusammen. Waren zu dieser Zeit auch ein hübsches Paar. Weiß natürlich nicht, wie sie heute aussehen.«

Steffi resümierte: »Scheinbar passten ja alle ganz gut zusammen. Und deshalb lebten sie auch im gleichen Haus.«

»Ja, Siggi Schaffer hat das wohl alles so eingefädelt. Arbeitskollegen als Mieter. Ich weiß nicht, ob das jedermanns Sache wäre, aber die haben sich scheinbar alle gut verstanden. Ich habe jedenfalls nie mitgekriegt, dass die mal untereinander gestritten hätten.«

»Aha, ein harmonisches Haus.«

Oma Kohler wackelte abschätzend mit dem Kopf hin und her. »Harmonisch schon.«

»Aber?«

Die ehrwürdige alte Dame schwieg, mümmelte nur etwas mit dem Mund, wie es alte Damen gerne tun, wenn ihnen nicht die richtigen Worte über die Lippen wollen oder wenn es etwas zu verschweigen gibt.

»Oma Julchen, bitte, ich habe Ihnen doch erzählt, dass wir eine unschuldige junge Frau retten wollen. Da kann wirklich alles von Bedeutung sein. Ich glaube, ich hörte da doch ein kleines ›aber‹ raus. Erklären Sie mir dieses ›aber‹, bitte!«

»Ja, Sie sind eine aufmerksame Zuhörerin«, attestierte Oma Julchen. Ihr Gesichtsausdruck kehrte zu kooperativer Bereitschaft zurück und sie hob begleitend die rechte Hand, drehte sie mit gespreizten Fingern hin und her, als wäge sie ab, ob sie die Worte gebrauchen sollte, die schließlich hastig über ihre Lippen purzelten, als wolle sie die Silben schnell wieder loswerden: »Aber ganz sauber waren die alle nicht.«

Steffi ließ der alten Frau Zeit. Ihr Instinkt, Oma Julchen würde schon von selbst weitersprechen, trog sie nicht.

»Die waren alle freundlich, sehr zuvorkommend, würde ich sagen. Manchmal übertrieben sie ihre Höflichkeiten. Sie gaben nie einen Grund zur Beanstandung, aber irgendwie lebten sie alle zurückgezogen, schlossen die Jalousien oft sehr früh, hatten hin und wieder unterschiedliche Besucher, aber kaum regelmäßige Gäste.«

»Das haben Sie beobachtet?«

»Ja, da kamen immer andere Autos. Und dann – dann blieben auch alle Fenster verdunkelt. Manchmal wurden tagsüber die Jalousien herabgelassen. Ist das normal? Auf jeden Fall gingen da Dinge vor, die man nicht erklären kann, verstehen Sie das, Fräulein Stefanie?«

»Natürlich, sehr gut sogar.«

»Ich hatte oft das Gefühl, die verbergen etwas. Vielleicht nahmen sie Drogen, vielleicht taten sie irgendetwas, was wir Nachbarn nicht bemerken sollten.«

»Apropos bemerken«, warf Steffi ein. »Was ist mit dem Bewohner im Dachgeschoss?«

»Der war ledig, hatte aber ab und zu einigen zwielichtigen Damenbesuch. Der Typ war mir als Einziger unheimlich und auch selten zu sehen. Von dem weiß ich gar nichts, kann mich nicht einmal erinnern, wie der ausgesehen hat. Ich weiß nur, wenn ich ihn sah, lief es mir kalt über den Rücken. Ein finsterer Geselle. Ich kann mich nicht erinnern, überhaupt einmal mit ihm gesprochen zu haben.«

»Hatte er Kontakt zu den Anderen?«

»Das weiß ich nicht, aber ich glaube schon. Wenn sie mal im Garten gegrillt haben, war er dabei. Also nehme ich an, dass er mit zu ihrer Clique gehörte.«

»Und was machte der beruflich?«

»Das weiß ich nicht. Niemand wusste das.«

Steffi brummelte etwas Nachdenkliches vor sich hin, zupfte sich am Ohrläppchen und konnte sich keinen Reim darauf machen. »Haben Sie gar keine Vorstellung, was da ablief? Ich glaube, Sie wissen etwas, was mich interessieren könnte. Ich habe Ihren Satz am Anfang unseres Gespräches noch deutlich im Ohr: ›Sie haben sich diesen Tod redlich verdient!‹ Was wollten Sie damit sagen?«

Steffi beobachtete, wie sich das Gesicht von Oma Julchen verfinsterte. Sie presste die Lippen aufeinander. »Ich bin eine schlechte Lügnerin, nicht wahr, Fräulein Stefanie?«, flüsterte sie.

Steffi stimmte ihr nur indirekt zu. »Lügnerin ist kein guter Begriff. Eine Frau mit Ihrer Lebenserfahrung hat sicher ihre Gründe, wenn sie über etwas nicht sprechen möchte.«

Oma Julchen nickte dankbar, die Erleichterung stand ihr unverkennbar ins Gesicht geschrieben. Kein Tadel, kein Vorwurf, die junge Dame wusste offenbar, was sich gehörte. Schließlich beugte sie sich vor und flüsterte: »Wir alle hier wollen nicht über diese Familien reden.«

»Aha. Warum nicht? Haben Sie oder die anderen etwas gemacht, was ihnen allen peinlich sein müsste?«

»Nein. Nein, ganz sicher nicht.«

»Sie können nichts dafür, Sie sind nicht verantwortlich für die Menschen, die in Ihrer Nachbarschaft leben.«

»Ich weiß. Dennoch ist es peinlich und der Ruf von Heroldsbürg – der war damals nicht der beste. Und wir alle, die wir davon wissen, wollen nicht mehr an die Vergangenheit denken. Sie können das sicher auch ohne mich herausfinden. Ich möchte Sie bitten, das zu respektieren, Fräulein Stefanie.«

Steffi überlegte. Weiter bedrängen oder erst mal lockerlassen? Steffi entschloss sich für Letzteres. Sie konnte sicher herausbringen, was es mit den drei Familien auf sich hatte und wenn nicht, würde sie Oma Julchen nochmals einen Besuch abstatten. Der Ruf von Heroldsbürg – da musste sie doch fündig werden.

»Können Sie mir wenigstens einen Tipp geben, mit dem ich was anfangen kann, um das herauszufinden, was Sie nicht erzählen wollen?«

»Ja, ich gebe Ihnen einen Tipp. Ich muss nur überlegen, welche Jahreszahl ich Ihnen verraten sollte.« Oma Julchen überlegte eine Weile. »Moment, in diesem Jahr hatte ich meine Silberhochzeit.« Dann lächelte sie, stolz auf ihre Fähigkeit, im Kopf zu rechnen. »1993«, lautete die Antwort. »Ja, Fräulein Stefanie, ganz gewiss. Im Jahr 1993 war das.«

Steffi kritzelte die Zahl in ihren Notizblock: »1993.«

»Und, was ist da passiert, 1993?« Sie konnte es nicht verkneifen, wenigstens noch einmal nachzuhaken.

Oma Julchen stand auf, sah hinaus zum Küchenfenster. Von hier aus konnte sie auf das Grundstück sehen. Oma Julchens Stimme klang plötzlich verbittert und zornig: »1993 sind sie ausgezogen. Alle. Und alle zugleich. Seither steht das Haus leer. Der Versuch, sein Geheimnis und den Fluch, der auf diesem Haus lastet, mit dem Feuer für immer auszulöschen, scheiterte ebenso wie der Versuch, zu vergessen, was in diesem Haus der Verdammnis passiert ist.«

53

»Ich bring ihn um«, wütet Sarah und setzt die verzerrteste Fußstampfermiene auf, die sie mit ihren feurigen dreißig Jahren zustande bringt. Papa Seewald sieht von seinem Schreibtisch auf. »Was treibt er denn, dein Wolpertinger?«

»Wolfertinger«, verbessert sie sofort. »Er traut sich, mir am Handy zu sagen, dass er noch bei diesen Hinterwäldlerbauern bleiben wird, in der Oberpfalz. Diese Privatdetektivin, die er sicher vögelt, ist auch bei ihm. Hat rausgefunden, dass die Fosters und die anderen in einem Haus in Heroldsbürg gelebt haben und dort allesamt 1993 verschwunden sind. Jetzt will er den Costners die Pistole auf die Brust setzen.«

Martin Seewald legt die Postmappe beiseite und starrt seine Tochter an. »Jetzt maßt er sich also an, die Polizeiarbeit selbst zu erledigen.«

»Genau, und mich lässt er hier austrocknen.«

»Wie wäre es, wenn du zu ihm fährst, Sarah?«

»Ich bin doch nicht blöd. Soll ich etwa auf so einem stinkenden Bauernbett schlafen und mir die Fressen von diesen Hinterwäldlern antun, mir ihre selbst gebrauten Giftkräuter reinziehen und ihre Rülpser ertragen? Ich bin eine Seewald, keine Pomeranze vom Land. Und dieses Flittchen will ich auch nicht sehen.«

»Eifersüchtig?«

»Nein. Wegen so einer wird er mich nicht verlassen. Soll er sich austoben. Solange er seine Karriere für seine Eskapaden nicht aus den Augen verliert, ist mir das egal. Der alte Geizkragen. Wird Zeit, dass er mal ordentlich Kohle nach Hause bringt, schließlich brauche ich bald eine neue Wintergarderobe.«

Martin Seewald nickt seiner Tochter zustimmend zu. »Dann sieh mal zu, dass er den Job bei uns annimmt. Damit hätte er ausgesorgt und mein Töchterchen auch.«

»Ja, und er wäre aus dem Verkehr gezogen«, antwortet sie schnippisch. »Ach, Paps, setz du ihm die Pistole auf die Brust. Sag ihm, eine Woche – mehr ist nicht drin. Ich will, dass dieser Spuk endlich ein Ende hat. Tust du das für mich?«

»Mal sehen. Ich denk darüber nach.«

»Gut so, ich muss dann mal. Betsi und ich haben ein Date beim Friseur und bei meiner Kosmetikerin.«

»Dann beeil dich, mein schönes Kind, damit du noch schöner wirst.«

Martin lächelt, bis Sarah den Raum verlassen hat. Dann verfinstert sich sein Gesicht und er ruft Bernhard Stannitzer an.

Stannitzer hat fast eine halbe Stunde mit dem Vorstandsvorsitzenden der Seewald AG telefoniert.

Die Uhr besagt, dass es wieder einmal spät geworden ist, aber es ist Freitag und ein erholsames Wochenende steht bevor. Eine Viertelstunde später verlässt er die Konzernzentrale der Seewald AG und schwingt sich in seinen Maybach Guard. Er liebt den satten Klang des V12 Motors, dessen 612 PS Sound wie Musik in seinen Ohren klingt. Das gepanzerte Fahrzeug, das bei einem Serienpreis von über 520 000 Euro beginnt, wird als leistungsstärkstes Panzerfahrzeug der Welt tituliert und schafft es innerhalb von 5,7 Sekunden von null auf hundert. Stannitzer hat die von Maybach angebotene Standardschutzklasse umbauen lassen. Damit könnte der Fahrgastraum selbst einem Gewehrschuss mit einer Einschlaggeschwindigkeit von 830 Metern pro Sekunde und einer Schussentfernung von zehn Metern widerstehen. Mit dieser gepanzerten Eigentumswohnung fühlt sich Stannitzer sicher und selbstbewusst, als der Wagen die Ausfahrt der Seewald AG passiert und er sich in den Münchner Abendverkehr einfädelt. Aus dem Schatten einer Seitenstraße löst sich ein dunkelblauer BMW Z4 Roadster und folgt der Edelkarosse.

54

»Der Ruf von Heroldsbürg – hast du dazu schon etwas rausgefunden, Steffi?«

»Nein, dazu war die Zeit zu kurz, ich war ja erst gestern bei Oma Julchen. Übrigens, eine wirklich ganz Liebe. Wie machen wir weiter?«

»Morgen die Costners aufsuchen, dann fährst du zurück und recherchierst weiter. Wir wollen doch den guten Ruf von Heroldsbürg wiederherstellen, oder?«

»Ja, daran werde ich als Nächstes arbeiten. Ach, übrigens, beinahe hätte ich die Metallkassette vergessen.«

»Was für eine Metallkassette?«

Steffi erzählt Tom von ihrem Fund in der Badewanne und dem eigenartigen Schreiben. Sie schließt ihren Bericht mit den Worten: »Ich glaube nicht, dass diese Kassette etwas mit der ganzen Sache zu tun hat. 1993, das ist lange her. Das Schreiben und dieser Behälter dürften kaum so alt sein. Sobald ich Zeit habe, lasse ich das Ding öffnen und sehe nach, was drin ist. Wahrscheinlich eine Kinderfantasie.«

»Gut, dann machen wir für heute Feierabend. Komm, wir vertreten uns etwas die Füße.«

Zusammen gehen sie hinunter zu der abgesperrten Koppel, auf denen die Dexter grasen. Sie beobachten die Rinder einige Zeit. Josef Grasser gesellt sich zu ihnen. »Schöne Tiere«, sagt Steffi, und Tom beeilt sich, ihr zuzustimmen. »Ihre Tochter liebt diese Tiere. Sie hat mir gleich die ganze Geschichte der Dexter Rinder erzählt.«

Der Grasser Bauer lacht. »Ja, unser Lenerl ist ganz verrückt, wenn es um Tiere geht. Wenn wir schlachten, verlässt sie den Hof.«

»Und wann wird geschlachtet?« Steffi stellt die Frage so, als laufe ihr bereits das Wasser im Munde zusammen.

»Wir schlachten sie zwischen zehn und achtzehn Monaten mit einem Gewicht von hundert bis zweihundertfünfzig Kilo. Das haben die bald erreicht.«

Steffi scheint wirklich Appetit zu haben. »Und wie schmecken die im Gegensatz zum herkömmlichen Rindfleisch?«

»Wolln'ses probieren? Da müssen's aber noch a bisserl warten, Fräulein. Ja, schmecken tun's sicher gut. Diese Rasse besitzt einen höheren Anteil an marmoriertem Fett als das durchschnittliche Supermarktrindfleisch. Das Fleisch ist also dunkler, weil der Schlachtkörper gewöhnlich länger abgehängt wird und das führt zu einem zarteren Fleisch, das die Leut' als sehr wohlschmeckend bezeichnen. Dexter-Rindfleisch ist süßer als anderes Fleisch.«

»Dann nehme ich erst mal ein Glas Milch von denen. Geben sie genug Milch?«

»Zwei- bis dreitausend Kilo pro Jahr. Reicht Ihnen das?«

Steffi nickt lachend. »Ja, ich denke schon. Damit kann ich meine ganze Familie versorgen.«

Josef Grasser nickt. »Sie wollen morgen bei uns frühstücken, hat mir meine Tochter gesagt.«

»Ja, wenn's geht. Übernachtungsmöglichkeit muss ich mir noch suchen, bei Ihnen ist ja alles ausgebucht.«

»Wir haben ein Reservezimmer bei uns im Wohnhaus. Ist nicht besonders komfortabel, aber zum Schlafen geht's. Wenn sie das möchten?«

Steffi nickt, fügt sich in ihr Schicksal. »Also gut, für eine Nacht geht das schon, ich bin nicht anspruchsvoll.« Beim letzten Satz versetzt sie Tom einen Stupser auf das Schienbein, ohne dass

Grasser es mitbekommt. Was sie nicht alles aufnimmt für ihren Klienten.

Tom zieht die Augenbrauen nach oben und versucht, so unschuldig wie möglich auszusehen. Als er Lena erblickt, die gerade das Gehege mit den freilaufenden Hühnern verlässt, winkt er ihr zu. Lena hebt nur flüchtig die Hand, dann taucht sie in der Scheune unter.

Steffi und Tom brechen am nächsten Vormittag Richtung Marlhof auf. »Gut geschlafen?«, will Tom wissen.

Steffi knurrt ihn von der Seite an. »Geschlafen ja, gut – na ja! Du hast in deiner Suite bestimmt besser geschlafen und von deiner Lena geträumt. Stimmt's oder habe ich recht?«

»Steffi, es tut …«

»Schon gut, schließlich bin ich zum Arbeiten hier und nicht um Urlaub zu machen.«

Tom schweigt und lässt Steffi zur Ruhe kommen. »Ist ja wirklich eine schöne Gegend hier«, sagt sie um das Thema zu wechseln.

»Finde ich auch«, stimmt Tom zu und bedient das Navi. Bei seinem letzten Besuch auf dem Marlhof hat er die GPS-Koordinaten gespeichert und findet diesmal auf Anhieb den richtigen Weg dorthin.

Horst Costner allerdings weist ihn schroff ab. Seine zornige Stimme lässt die Sprechanlage vibrieren. »Meine Frau und ich möchten nicht gestört werden und schon gar nicht mit Ihnen sprechen.«

»Dann entschuldigen Sie die Störung, Herr Costner. Sie müssen nicht mit uns sprechen, es reicht, wenn Sie mit der Polizei reden, der wir unsere Informationen gerne übermitteln.«

Steffi sieht Tom bedeutsam an und hebt den Daumen nach oben, als der Türsummer dazu auffordert, einzutreten.

»Wir wollen nicht lange um den heißen Brei herumreden«, eröffnet Tom das Gespräch nach einer unterkühlten Begrüßung. Hildegard Costner scheint besonders nervös zu sein, bietet Kaffee mit zittriger Stimme an, den Tom dankend ablehnt und dafür von Steffi einen mahnenden Blick erhält.

»Die Schaffers waren keinesfalls eine flüchtige Urlaubsbekanntschaft, wie Sie mir bei unserem ersten Gespräch weismachen wollten. Oder haben Sie den Stettenberger Weg in Heroldsbürg vergessen?«

Der Blick des Ehepaares spricht Bände. Steffi klappt den schmalen Ordner auf, den sie mitgebracht hat, und entnimmt ihm ein ausgedrucktes Bild. Sie hält es dem Ehepaar vor die Nase. »Kennen Sie diese Abbildung?«

Horst wirft seiner Frau einen kurzen Blick zu. Ein unmerkliches Nicken scheint ihn zu ermuntern und er bestätigt, das Bild zu kennen. »Der Grasserhof.«

»Können Sie mir sagen, wie die Karte, die den Grasserhof zeigt, zu den Fosters kam?«

»Durch uns«, gesteht Hildegard Costner. »Wir haben es ihnen geschickt. Wollten uns alle mal wieder treffen und dazu hätten wir im Grasserhof Zimmer reserviert.«

»Aha«, mischt Tom sich ein. »Und dann kam dieses Bild per E-Mail zu den Schaffers. Aber der Absender war ein gewisser Agron Fahric. Kennen Sie den?«

Horst springt auf. »Es reicht, Herr Wolfert und Frau Branner.«

»Brandner«, korrigiert Steffi spitz.

Zornig richtet sich Horst Costner auf. »Ich hasse es, wenn wildfremde Menschen in unserem Privatleben herumschnüffeln. Ja, wir kannten die Fosters und natürlich auch die Schaffers. Ihr Tod hat uns sehr betroffen und ist tragisch. Wir werden aber nicht weiter mit ihnen darüber sprechen und wir können auch nicht viel dazu beitragen, diese beiden Morde aufzuklären. Schließlich sind wir weit ab vom Schuss. Wir alle wollten uns mal wieder treffen, daher dieses Bild vom Grasserhof. So, und das wär's. Mehr gibt es dazu nicht zu sagen.«

Horst Costner springt auf und seine Handbewegung bedeutet Tom und Steffi, das Haus zu verlassen.

»Ich bringe Sie hinaus«, bietet sich Costners Frau an. Tom und Steffi verlassen das Wohnzimmer grußlos, lassen den zornigen Rübezahl unbeachtet stehen und folgen der Hausherrin, die sie bis hinaus vor das Tor begleitet. Mit einem ängstlichen Seitenblick vergewissert sie sich, dass sie außerhalb der Überwachungskamera steht, und flüstert Tom zu: »Ich möchte mich für meinen Mann entschuldigen. Sobald es mir möglich ist, rufe ich Sie an, Herr Wolfert. Ich muss Ihnen etwas sagen, was Sie wissen sollten. Ihre Karte habe ich noch. Aber versprechen Sie mir, dass Sie mich nicht verraten werden.«

»Alles, was Sie mir erzählen, werde ich diskret behandeln, das verspreche ich Ihnen, Frau Costner.« Der Ausdruck, den Tom in Hildegard Costners Augen zu erkennen glaubt, erinnert ihn an einen Horrorfilm, in dem das Opfer sich wie ein gehetztes Tier verhält und jeden Moment damit rechnet, dem Ungeheuer zu begegnen.

»Diese Frau steht unter gewaltigem Stress und hat panische Angst«, sagt Tom, nachdem der Marlhof einige Hundert Meter hinter ihnen liegt.

»Ich glaube, die sind beide enorm unter Druck. Sie ahnen, dass sie die nächsten Opfer sein könnten.«

»Aber haben sie dazu nicht bis zum nächsten 30. Mai Zeit?«

»Wer weiß das schon«, gibt Steffi zu bedenken. »Ich würde mich nicht darauf verlassen.«

Als sie von dem Waldweg, der zum Marlhof führt, auf die geteerte Landstraße Richtung Tillyschanz abbiegen, kommt ihnen ein dunkelblauer BMW Z4 Roadster entgegen.

55

Die Tillyschanz ist ein Grenzübergang, wie er an der Deutsch-Tschechischen Grenze üblich ist: Tankstelle, Travel Free Shop und eine Unzahl Verkaufsbuden, die von Asiaten betrieben werden. Tom tankt den A8 auf und Steffi nimmt die zulässige Menge an Zigaretten mit, die hier wesentlich billiger sind als im steuerbehafteten Deutschland. Dann fahren sie zum Gasthaus ›Zur Tillyschanz‹. Tom möchte unbedingt Lenas Tante und ihre legendären Böhmischen Knödel kennenlernen.

Das Gasthaus liegt im Wald, versteckt zwischen den Bäumen, sodass es auf den ersten Blick kaum zu sehen ist und der urige Grenzcharakter erinnert an die Zeiten, als hier der Eiserne Vorhang noch dicht zugezogen war. Abgeschieden, abenteuerlich, umringt von dichter Bewaldung und hochgewachsenen Tannen, so geradlinig und stämmig wie die Menschen, die hier leben. Am Eingang des Gasthauses hängt ein Schaukasten mit der Speisekarte und einem Schild darunter:

Gasthaus Tillyschanz

Standort Oberpfalz

Hinter'm Mond gleich links

»Die Leute hier haben Humor, können sich noch selbst auf die Schippe nehmen. Köstlich!«

»Köstlich sollen die Knödel sein«, drängelt Steffi. »Komm schon, ich habe Hunger.«

Lena hat nicht zu viel versprochen. Das Gasthaus ›Zur Tillyschanz‹ ist innen genauso urig wie außen: Wände, die zur Hälfte mit Holz getäfelt sind, rustikale Bänke an den Seiten und schwere Holzstühle, die der vermeintlichen Oberpfälzer Grobschlächtigkeit alle Ehre machen, aber dennoch einladend wirken. Die dunkelbraune Holzdecke drückt den Raum, verleiht dem Ambiente Intimität und ein altertümlicher, in Handarbeit gefertigter Kachelofen mit einer Rundum-Sitzbank lässt keinen Zweifel daran, dass es hier Winter wie Sommer gleichermaßen urgemütlich und zünftig zugeht. Es riecht nach Knödeln und Holz, nach Wald und Frische, nach Althergebrachtem und Sagen, nach Wurzeln und Tannennadeln.

Der Bichler Albert sieht die beiden Fremden zunächst etwas argwöhnisch an, dann hellt sich sein Gesichtsausdruck auf.

»Du bist der Gast vom Grasser Sepp«, spricht er Tom direkt an. Tom nickt, denkt sich nichts ob der oberpfälzischen Derbheit, hinter der viel gelebte Menschlichkeit steckt.

Die Bichler Rosa, beleibt, wie es einer guten Köchin zusteht, schlurft aus der Küche heran. Sie hat mitbekommen, dass die Gäste da sind, die ihr das Lenerl angekündigt hat. Sie schüttelt Tom die Hand, als gehöre er zu den Stammgästen. Steffi hingegen betrachtet sie vor der Begrüßung reserviert und argwöhnisch. Doch nach den ersten Worten, die sie mit ihr wechselt, wandelt sich der Argwohn in sanftmütige Herzlichkeit.

»Soso, hat die Lena von meinen Knödeln geschwärmt«, stellt die Wirtin stolz fest. »Dann wollen wir mal sehen, dass der Hunger net so lang warten muss.«

Damit schlurft sie zurück in die Küche und ihr Mann nimmt die Getränkebestellungen entgegen. Tom will sich die Wartezeit vertreiben und klappt seinen Laptop auf, den er mitgebracht hat.

Er liest Tracys Bericht zu Jimmy, dem Boxer. Darunter schreibt sie:

> *Die Fosters dachten also, sie wären vorbereitet. Nur kam ihr Mörder früher als erwartet. Eines resultiert daraus aber ganz sicher: Die Fosters wussten, dass ihnen Gefahr drohte. Aber eine weitere Überraschung konnten wir aufdecken: Garathy erhielt eine Zahlung*

von über einer Million Dollar. Diese ging auf sein Konto bei der Uni Credit in Italien ein, und zwar noch während des Prozesses. Interessant ist, von wem das Geld angewiesen wurde. Du erinnerst dich an Lory Bowman, Jennys Freundin aus Boston, deren Vater Jenny das Praktikum am Texas Medical Center besorgt hat? Das Geld wurde von Mr Bowman in fünf Tranchen zu unterschiedlichen Zeitpunkten überwiesen. Die Letzte und Größte nach Beendigung des Prozesses. Wir wollten Mr Bowman dazu befragen, kamen aber leider zu spät. Am Tag, nachdem wir herausgefunden hatten, das Lorys Vater diese Summen an Garathy bezahlt hat, ist der Doktor spurlos verschwunden und mit ihm seine ganze Familie. Alle, wie vom Erdboden verschluckt.

56

»Dieser Fall nimmt ungeahnte Formen an. Ein potenzieller Zeuge wird erschossen, ein Zweiter samt Tochter und Frau verschwindet von der Erde und schwebt wahrscheinlich irgendwo im All über uns. Wenn Tracys Leute die Spur einer ganzen Familie verlieren, dann können wir uns wohl überhaupt nicht vorstellen, in welch einem Wespennest wir da herumstochern.« Tom verzehrt den Rest der Rosaischen Köstlichkeiten, lobt die Köchin überschwänglich und wird dafür von Rosa Bichler gedrückt, als sei sie seine und nicht Lenas Tante.

Steffi und Tom verabschieden sich und Tom verspricht Albert, bald wieder zu kommen.

»Und bring's Lenerl mit«, ruft ihm der Wirt zu, dem Steffi den Namen ›Waldkauz‹ verpasst hat.

»Sehr herzliche Leute, die Bichlers«, stellt Steffi auf der Rückfahrt zum Grasserhof fest. »Der Kauz hat mir mit seinen kräftigen Holzfällerhänden fast die Finger gebrochen. Der hat vielleicht noch Saft in den Adern.«

»Dafür ist er nicht mehr so gut zu Fuß mit seinem Bandscheibenvorfall«, stellt Tom nüchtern fest. »Aber ein herzensguter Mensch ist er allemal. Und Rosa genauso. Hat mich sofort in ihr Herz geschlossen.«

Steffi lächelt vielsagend. »So wie ich auch. Und ihr Lenerl., die hat dich auch in ihr Herz geschlossen.«

»Ach, das bildest du dir ein.«

»Nein, nein, Tom. Ich sehe ja die Blicke, die sie dir zuwirft. Männer checken das natürlich nicht.«

»Aber Detektivinnen wie du – ist ja auch dein Beruf«, spöttelt Tom. Auf dem Grasserhof begegnet ihnen Lena. Steffi berichtet, dass sie in der Tillyschanz waren und wie lecker Lenas Tante kocht.

»Freut mich«, sagt Lena knapp. »Muss jetzt weiterarbeiten.«

»Was hat sie?«, fragt Tom, als sie im Haus verschwunden ist.

»Sie ist eifersüchtig«, klärt Steffi ihn auf.

»Quatsch.«

Steffi lächelt. »Na, wenn du meinst. Was machen wir jetzt?«

»Was schlägst du vor?«

»Wir öffnen die Metallkassette und dann fahre ich nach München zurück. Es ist schließlich Wochenende.«

»Und dein Jens wartet.«

»Genau. Und auf dich das Lenerl«, sagt Steffi schnippisch.

»He, hör auf zu spotten.«

»Ist kein Spott. Ist Ernst. Und das weißt du, Thomas Wolfert.«

»Okay, lass gut sein. Hol die Blechbüchse, ich schau, ob ich einen Büchsenöffner finde.«

Walther, Lenas Bruder, läuft über den Hof und Tom bittet ihn um den Gefallen, die Werkstatt benutzen zu dürfen. Eine Viertelstunde später ist die Metallkassette geöffnet.

Steffi entnimmt ihr acht Briefe, jeder davon an den lieben Gott adressiert, durchnummeriert und mit ›S.‹ unterschrieben.

Mein 4. Brief – An den lieben Gott

Lieber, gütiger Gott!
Hast Du es Dir überlegt? Willst Du so eine wie mich nicht im Himmel haben? Nein – dann sage es mir bitte und ich höre sofort zu schreiben auf. Ich warte jetzt mal einen Tag, dann weiß ich, ob ich weiter schreiben soll oder nicht.
Deine S.

Mein 5. Brief – An den lieben Gott

Gott!
Verdammt, warum antwortest Du mir nicht? Antworte mir bitte, bitte. Ich will nicht sterben. Ich bin doch schon so lange gestorben. Ich habe Angst vor dem Tod, vor dem endgültigen Tod und vor dem, was danach kommt, wenn ich nicht in den Himmel darf.
Bitte sag mir, was ich tun soll.
S.

Mein 6. Brief – An den lieben Gott

Vater unser!
Warum heißt es ›unser‹? Warum nicht Vater ›mein‹? Ein Unser Vater gehört doch keinem einzelnen Menschen. Ich brauche Dich jetzt allein, Vater mein im Himmel, der Du wegsiehst von dieser Erde, der Du mich im Stich lässt, wie auf Erden, so später auch im Himmel? Warum muss das alles so sein? Warum bin ich die Böse, Aliena auch die Böse, alle sind die Bösen – nur die Nebelmenschen sind keine Bösen. Wirrwarr, Chaos, ich blute, ich schneide mich – tu etwas, bitte, Vater der Ihrigen und nicht der Unsrigen – wo bist Du?
Ich bin hier auf Erden und ich warte auf Dich. Rette mich, rette mich, Herr über Licht und Finsternis. Gib mir das Licht zurück, hol mich heraus aus dem Nebel, hol mich weg von den Nebelmenschen. Bitte!
Deine Dich so sehr brauchende S.

Mein 7. Brief – An den lieben Gott

Lieber, dreifaltiger Gott! Jesus, hilf mir!
Es ist mein letzter Tag in diesem Leben, es ist der letzte Brief, den ich überlebe. Du hast mich in dieser Woche nicht gerettet. Du hast mich nicht gewollt.
Morgen gehe ich. Morgen ist alles Leid zu Ende. Oder beginnt das Leid nach dem Tod? Ist der Tod die Erlösung, kann er es sein, wenn Sterben bisher keine Erlösung war? Ich werde mir an meinem letzten Tag nichts tun. Ich werde versuchen zu beten.
Herr, erlöse mich von dem Übel. Denn ich habe keine Kraft mehr und ich sehne mich nur noch nach der Herrlichkeit. Denn Du bist reich, mein Reich kennst Du nicht. Du bist die Kraft, ich habe sie nicht mehr. Du bist die Herrlichkeit. Mir haben die Nebelmenschen die Herrlichkeit genommen. Kannst du sie mir zurückgeben, vielleicht für diesen einen, für meinen letzten Tag?
Ich liebe Dich, mein Herr und Gebieter. Liebe mich auch und erlöse mich von all dem, was Übles in mir war, ist und bleibt.
Deine S.

Mein 8. Brief – An den lieben Gott

Mein geliebter Gott und Schöpfer allen Seins!
Heute ist der 30. Mai 2009, heute ist mein Geburtstag. Ich habe es geschafft, neunundzwanzig Jahre habe ich geschafft. Aber die dreißig werde ich nicht schaffen. Versprochen!

Du, mein Gott, der über alles Bescheid weiß und der Du alles geschaffen hast, das Böse und das Gute, den Menschen und die Tiere, die Erde und die endlosen Weiten, Du weißt auch, wie es wirklich gewesen ist. Oder hattest du an den Badetagen selbst einen Badetag? Wenn ja, dann sage ich es Dir heute ein letztes Mal.

Sie haben uns wieder und wieder nackt in die große Wanne gesteckt. Der mit der Kamera, du weißt, wen ich meine, hat den anderen gesagt, was sie tun sollen. Sie haben es getan. Sie alle. Sie waren alle nackt, Aliena, ich, die Nebelmenschen. Auch der Kameramann. Als der Erste in mich eingedrungen ist, habe ich geschworen, dass ich ihn umbringen werde. Aber ich habe es nie geschafft. Sie haben mich dann gezwungen zuzusehen, was sie mit Aliena machten und sie haben alle Misshandlungen an ihr vorgenommen, die sie mir vorher antaten. Sie waren weder Tiere noch Menschen, weder Raubtiere noch Monster. Sie waren in Körper und Geist zerfetzte Nebelmenschen. Aber sie waren zuvor Menschen. Er war zu groß, zu stark für mich. Sie alle waren zu groß, zu stark für uns. Jeder für sich – zu mächtig für uns Winzlinge. Zuerst dachte ich, die Frauen helfen uns, aber sie haben mitgemacht, sie haben uns nicht geholfen.

Wo warst Du in dieser Zeit, lieber Gott? Wenn ein ganzes Haus sich an zwei Kindern vergeht, musst Du dann nicht eingreifen? Hast du keine Spezialeinheit für die Kinder, die sie sich einfach nehmen? Gibt es im Himmel keine GSG 9, keine Engel, die Menschen befreien können? Die Nebelmenschen haben Aliena nicht so viel angetan wie mir. Aliena hat sich nicht gewehrt. Ich schon. War das meine Sünde? Mich zu wehren? Widerstand? Abwehr?

Ich bereue alle meine Sünden. Ich werde die Briefe an Dich verschließen und ich werde sie in meine Geheimkiste legen und die Kiste für immer verschließen. Ich bringe sie dann zurück an den Ort, den ich versucht habe, zu verbrennen. Er ist nicht verbrannt, aber die Nebelmenschen sind nie mehr dorthin zurückgekehrt. Dort sollen auch meine Briefe sicher sein, denn niemand kehrt an den Ort der Nebelmenschen zurück.

Ich werde heute nach all den Jahren, nach all den endlosen Stunden des Sterbens in den Tod gehen.

Gott schütze mich, Gott schütze meine Schwester Aliena.

Nur ein letztes Mal werde ich mir wehtun – dann bin ich für immer erlöst. Ich liebe meine Schwester und ich bitte sie um Verzeihung für alles, was ich getan habe und für das, was ich heute beenden werde.

Verzeih mir, Aliena.

Verzeih mir, Jesus.

Verzeih mir, heilige Mutter Maria,
verzeih mir, lieber Gott.

Verzeiht mir, all ihr Engel, die ihr mich über Jahre aus meinem Blut herausgezogen habt, die ihr mir immer und immer wieder und unermüdlich mein Leben gerettet habt. Bitte verzeiht mir alle …

Zuletzt werde ich an Dich, mein lieber Freund, denken. Du hast mich immer wieder aufgerichtet, am Schluss aber … verzeih mir, habe ich es nicht mehr geschafft. Es lag bestimmt nicht an Dir. Ich habe den Tod gewählt und das war keine Wahl gegen Dich.

Mein Tod soll Dir die Freiheit zurückgeben, die ich Dir wieder und immer wieder geraubt habe.
Verzeih mir, mein geliebter Dopi. Ich liebe Dich.
Deine Susan Foster.

57

»Lukas, du hier? Wo kommst du her?«

»Von da.« Lukas streckt den Arm in Richtung der Zufahrtsstraße aus, die zum Grasserhof führt.

»Sehr witzig«, schmollt Lena.

»Mandel dich nicht auf, Grasser Bäuerin. Ich war in Tschechien.«

»Aha.« Lena zeigt deutlich, dass sie sich kaum für das interessiert, was er in der letzten Woche getan hat.

»Willst du nicht wissen, warum ich heute hier bin?«

Lena sieht ihn flüchtig an, während sie die Gästehandtücher weiter zusammenlegt. Dieser dünne Körper, die schlaksigen Arme, das gekräuselte, schwarze Haar, Papageiennase, Segelohren, Hauttyp Zartbitterschokolade.

»Willst du was essen?« Sie ignoriert seine Frage. Er redet nach kurzem Zögern weiter.

»Eigentlich bin ich satt. Aber was zu naschen, das wäre nicht schlecht.«

»Ich habe noch ein paar Kekse.« Lena öffnet eine Schublade und entnimmt eine Packung Schokokekse.

Lukas macht einen Schritt nach vorne und windet ihr die Keksdose aus der Hand. »Vernaschen wäre noch besser«, haucht er in ihr linkes Ohr und sie fühlt seine Hand, die in ihre Jeans gleitet.

Lena windet sich los. »Ich muss das alles noch fertigmachen.« Sie deutet auf den Wäscheberg, der sich neben ihr auftürmt.

»Ich will dich jetzt ficken, dann helfe ich dir.«

»Nach der Hochzeit, Lukas. Vorher gibt's nichts.« ›Ich muss Zeit gewinnen‹, hämmern die Synapsen unter ihren dichten Haaren. Lukas scheint ihre Gedanken zu erraten.

»Man kann auch nach der Verlobung bumsen. Stell dich nicht so an. Sind wir verlobt oder nicht?«

Sie weiß, dass es zwecklos ist. Sie wird sich auf Dauer nicht wehren können. Lukas kommt wieder näher an sie heran. Sie riecht den Alkohol aus seinem Mund und den Schweiß unter seinen Achseln. Widerlich.

»Hier geht es nicht. Meine Mutter kann jeden Moment reinkommen.«

»Dann gehen wir auf dein Zimmer, oder besser noch, zu den Ferienwohnungen. Ihr habt sicher eine frei.«

»Alle ausgebucht.«

»Mädchen, mach mich nicht krank. Ich will jetzt ficken.« Mit diesen Worten öffnet er seine Hose, zwirbelt umständlich sein bereits erigiertes Glied heraus, greift nach ihrer Hand und führt sie zu dem langen dünnen Schaft. Lena erkennt ihre Chance und massiert ihm das Teil bis ihre Hand nass wird. Lukas atmet heftig, ejakuliert auf den Boden und gibt dabei einige gurgelnde Glucksaute von sich.

Lena nimmt eines der gebrauchten Geschirrtücher, wischt sich die Hand ab und hinterher den Boden auf. Fürs Erste scheint Lukas zufrieden zu sein. Während er, scheinbar etwas erschöpft, auf die Küchenbank sinkt und sich dort ausstreckt, beeilt Lena sich, ihm ein Glas und eine Flasche Dornfelder zu holen. Sie schenkt ihm ein, nimmt sich ein kleineres Wasserglas und füllt es nur zur Hälfte.

»Prost, auf unsere Verlobung«, sagt sie und Lukas richtet sich auf. Er nimmt ein paar große Schlucke, während Lena an ihrem Glas nippt. Sie schenkt ihm nach, Lukas lässt sich nur wenige Augenblicke Zeit, dann trinkt er weiter. Er ist unbeherrscht. Lena setzt darauf, dass der schwere Rotwein ihn schnell müde macht.

Scheinbar geht ihr Plan auf. Nach einer halben Stunde wird seine Zunge schwer, er hat Mühe, die Worte zu formulieren. »Bald, li ... liebe Len ... Lena, ist's soweit, ist es soweit. Dann hei, äh heian mir.«

›Oh Gott‹ geht es ihr durch den Kopf. ›Jetzt versucht er auch noch Oberpfälzisch zu sprechen.‹ Sein heian hört sich an wie Heu machen, er meint aber heiraten damit.

Eine weitere halbe Stunde später, Lena hat den Wäscheberg mittlerweile fertig zusammengelegt und in drei Körbe verteilt, stützt sie Lukas auf den Weg in eines der privaten Gästezimmer. Es ist das Zimmer, in dem Steffi die Nacht zuvor verbracht hat. Das Bett ist noch nicht frisch bezogen, aber das merkt Lukas nicht mehr. Er lässt sich einfach fallen und murmelt noch ein paar Oberpfälzer Worte, die unmittelbar in schnarchähnliche Geräusche übergehen. Lena zieht ihm die Lackschuhe von den Füßen, rümpft die Nase und beeilt sich, den Raum zu verlassen. Sie braucht frische Luft. Im Haus ist es mittlerweile still geworden und auch in der Pension schläft alles. Mitternacht. Lena wählt den Weg, den sie allabendlich vor dem Zubettgehen liebt und der sie hinunter zu der Koppel führt, wo die Dexter ihre Nachtruhe verbringen.

Die Sommerluft tut ihr gut, Grillen zirpen in der Ferne, der Mond scheint halb hinter einer Wolke hervor. Über dem Taleinschnitt sieht sie die Lichter von Sankt Felix und dahinter glitzert die Nacht über Neustadt an der Waldnaab. Sie hatte Tom versprochen, einmal mit ihm ins Waldnaabtal zu fahren.

Lena denkt an Tom. Diese Gedanken tun ihr gut, vermischen sich aber mehr und mehr mit einer unerfüllten Sehnsucht, mit einem sich widerstreitenden Gefühl. Was macht dieser Tom hier, wer war diese Steffi? Nein, Tom ist kein Urlauber.

Sie sieht hinüber zu der Balkonterrasse, blickt hoch zu einem der Fenster, in dem sich jetzt der Mond spiegelt. Es sieht aus, als beobachte sie ein Gesicht von dort oben, aber es bleibt nur die

Spiegelung des einzigen natürlichen Satelliten, der sie für einen Moment erschreckt. Lena ist eigentlich nicht schreckhaft, nur der Gedanke an Lukas, ihren Verlobten, erschreckt sie zutiefst. Die Stille der Nacht, der Ekel der letzten Stunde, die Ungewissheit vor dem Morgen, all das möchte sie abschütteln, einen Ausweg finden. Wäre Tom nicht dieser Ausweg? Warum gerade er?

Lena möchte wieder weinen, möchte, dass Tom sie noch einmal dabei ertappt, sie zaghaft berührt und ihr zeigt, was sie für ihn empfindet? Sie – für ihn? Ja, er hat ihr gezeigt, was sie für ihn empfindet, nicht umgekehrt. Aber das weiß er nicht. Lena weiß es, Tom weiß gar nichts. Wenn Tom nur wüsste, wenn Lena es ihm nur sagen könnte.

Sie weiß, dass sie jetzt nur der Schlaf retten kann. Es war ein langer Arbeitstag und Lena ist müde. Der Schlaf will sich nicht einstellen, um für ein paar Stunden zu vergessen, woran sie Lukas morgen erinnern wird. Lukas ist widerwärtig und der Gedanke an ihn verdreht ihr den Magen. Vergeblich grübelt sie, wie sie sich gegen seine Erpressung zur Wehr setzen kann.

58

Wer ist Dopi? Wieso hat Lorys Vater, Doktor Bowman, eine Million Dollar auf das Konto von Garathy überwiesen und woher nahm er so viel Geld? Die Fosters haben mindestens zwei Kinder – warum wurde das bisher nirgends erwähnt? Auf welche Überraschungen werden sie noch stoßen? Und was wurde diesen armen Kindern Schreckliches angetan?

In der Metallkassette liegen unter den acht Briefen an den lieben Gott zehn schmale Notizbücher. ›Tagebuch S.F.‹ steht jeweils auf der ersten Seite. Tom und Steffi hatten sie nur oberflächlich durchgeblättert. Tom behielt sie, um sie selbst ausführlich zu lesen.

»Ich bleibe hier im Grasserhof und warte darauf, dass Hildegard Costner sich rührt.« Tom hatte versucht bei dieser Aussage so neutral wie möglich zu bleiben, selbst wenn es auch private Gründe gibt, den Ort weiter genießen zu wollen.

Steffi hatte nur gegrinst, ihm auf die Schulter geklopft und konnte ihren schnippischen Kommentar »Ja ja, die schöne Oberpfalz«, nicht für sich behalten. Dann fuhr sie zurück nach München.

Den Sonntag will Tom mit Lena verbringen. Wird sie wieder arbeiten müssen, oder bekommt sie frei?

Tom ist früh aufgestanden. Er kann nicht mehr schlafen. Nackt tritt er auf den Balkon, reckt und streckt sich.

»Zieh dir lieber was an, sonst geben die Dexter keine Milch heute Morgen.« Das Flüstern kommt von der Frühstücksterrasse.

Lena! Schon wieder fleißig. Und das um halb sechs an einem Sonntagmorgen.

Tom vergisst beinahe, dass er sich schnell etwas überwerfen sollte.

Er beeilt sich, seine Boxershorts und ein T-Shirt überzustreifen, stürmt die Treppe hinunter und stellt einen neuen Rundenrekord auf, um das Gästehaus zu umlaufen und Lena auf der Terrasse abzufangen, bevor sie die Küche betritt.

»Entschuldige mein unkeusches Verhalten, Lena.«

Sie sieht flüchtig an ihm hinunter, zeigt den Anflug eines Lächelns. »Wir sind hier auf dem Bauernhof. Da ist Natur pur nichts Außergewöhnliches.«

»Danke. So sehe ich das auch. Darf ich dir helfen?«

Lena deutet auf ein Tablett, das auf einem der Tische steht. Aschenbecher und kleine rote Tischpapierkörbe mit einer Silberklappe stehen darauf. »Kannst das auf die Tische verteilen.«

Freudig nimmt Tom den Auftrag an. Lena deckt in der Zwischenzeit die Tische mit Frühstücksstellern und Besteck ein. Irgendwo kräht ein Hahn. »Oh, ein Frühaufsteher«, stellt Tom fest.

Lena klärt ihn auf: »Das ist der Luis Trenker aus Hammerharlesberg. Man hört ihn bis hier herauf.«

»Wieso Luis Trenker?«

»Er hat das lauteste Kikeriki im Tal und das hallt in den Bergen wider. Sagt man jedenfalls. Deshalb Luis Trenker, der Bergsteiger aus Tirol.«

»Schön, einfach herrlich«, prustet Tom, breitet die Arme weit aus und saugt die frische Morgenluft ein. Als Lena an ihm vorbeigeht, kann er nicht anders, als sie in den Arm zu nehmen und sie an sich zu drücken.

»Guten Morgen, meine liebe schöne Bergfee.«

Er befürchtet ihren Widerstand, aber Lena wehrt sich nicht. Im Gegenteil. Sie drückt sich an ihn, als suche sie Schutz. Sie sagt keinen Ton und Tom schweigt, schweigt mit ihr.

»Ich habe heute frei. Um sieben kommt die Trude.«

»Wer ist Trude?«

»Unser guter Geist. Eine ältere Frau aus der Nachbarschaft. Sie hilft uns schon seit Jahren auf dem Hof, und wenn ich frei habe, vertritt sie mich.«

»Dann könnten wir einen kleinen Ausflug unternehmen. Du wolltest mir doch die Gegend ein bisschen zeigen.«

»Von mir aus schon. Ab halb neun bin ich bereit.«

Lena muss in den Stall. Tom freut sich und gönnt sich eine ausschweifende Dusche.

Kurz nach acht Uhr überzeugt sich Lena davon, dass Lukas noch seinen Rausch ausschläft. Sie schlüpft in eine dünne Leggins, streift sich ein rosa T-Shirt über und holt Tom eine Viertelstunde zu früh ab. Nur schnell weg, bevor Lukas wach wird. Ihrer Mutter hat sie nur gesagt, dass sie ihren freien Tag nicht auf dem Hof verbringen wird. Anna Grasser fragt nicht weiter nach, sie ist es gewohnt, dass ihre Tochter keine großen Erklärungen abgibt.

Auf der A93 fährt der Audi A8 Richtung Hof und verlässt die Autobahn bei Falkenberg. Lena dirigiert Tom zum Parkplatz, Ausgangspunkt für das Naturschutzgebiet Waldnaabtal. Ziel ihrer Wanderung durch die urige Talschneise ist die Blockhütte, in der die Oberpfälzer Heimatküche hungrige Touristen und Wanderer zum Verweilen einlädt.

»Wunderschön ist es hier«, stellt Tom fest und lehnt sich entspannt zurück an die Hüttenwand. Die waldigen Hänge umrahmen diesen idyllischen Platz, Kinder spielen auf der Wiese und bespritzen sich mit Wasser von dem Schöpfrad, das sich dreht.

»Fern der Welt, dazu noch gut bewirtet und freundlich bedient! Einfach herrlich hier! Wir besitzen so viele Schätze in unserem Land. Wer vermutet schon in der Oberpfalz so viel Anmut der Natur, so märchenhafte Pfade? Du lebst wirklich in einer wunderschönen Gegend, Lena.«

Sie freut sich. Nach dem deftigen und leckeren Mittagessen schlägt Lena vor, Tom Weiden zu zeigen. Er willigt ein und sie wandern zurück. Über eine Stunde brauchen sie bis zum Parkplatz, eine Stunde voller Harmonie und Einklang mit der Natur, gepaart und vermischt mit den springenden Wellen der urwüchsigen Waldnaab und dem Duft nach Sommer und Wald. Dieser Duft verwirbelt sich mit dem angenehmen Geruch, der von Lenas frisch gewaschenen Haaren ausgeht. Sie schweigt die meiste Zeit, bleibt aber ab und zu stehen, streckt ihre schmalen Finger nach einem Punkt aus, den sie Tom besonders nahebringen möchte. Ein Felsen, eine Blume, ein frecher Stein, der sich dem Wasser entgegengestellt hat. Ein Baum, der Mächtigkeit und Kraft ausstrahlt, ein Kraftplatz, den sie mit ihm betreten möchte. Lena beherrscht die Gabe, ohne Worte mehr zu sagen, als manche Rede auszudrücken vermag. Und Tom entdeckt verwundert, dass er all diese unausgesprochenen Silben versteht, ihre Gedanken teilt und sich von der einmaligen Natur vereinnahmen lässt.

In Falkenberg fährt Tom wieder auf die Autobahn, diesmal in Richtung Weiden. Lena sitzt neben ihm auf dem Beifahrersitz, leicht nach links, in seine Richtung gebeugt.

Die Gedanken versagen, sein Herz gewinnt. Vor dem nächsten Parkplatz setzt Tom den Blinker, verlässt die Autobahn und hält hinter einem Truck an, der hier sein Wochenende verbringen muss.

»Ist was?«, will Lena wissen.

Tom schnallt sich ab, nickt nur, kann kein Wort sagen. Für Lena braucht er keine Worte. Er beugt sich zu ihr, verrenkt sich das Kreuz, nimmt sie in den Arm, drückt sie zaghaft, dann nachdrücklich an sich und küsst sie. Es vergehen ein paar Sekunden, dann spürt er ihre Hand, die sanft seinen Hinterkopf streichelt.

Sie erwidert seinen Kuss, aber nur kurz und drückt ihn dann ein Stück von sich. Ihre Blicke suchen sich, halten sich aneinander fest. Graugrün glitzern Toms Augen, Lenas Smaragdgrüne fesseln ihn an ihren traurigen Blick. Er öffnet den Mund, Lena legt ihren Zeigefinger über seine Lippen.

Tom versteht. Worte könnten zerstören, was seine Augen sagen: »Lena, ich liebe dich«, sagen sie und »Ich dich auch«, erwidern die Juwelen.

59
Aus dem Tagebuch der Susan Foster

Endlich sind wir frei. Das Jugendamt hat uns eine Pflegefamilie ausgesucht. Wir kommen weg von Heroldsbürg, weit weg. Ich bin schon gespannt, wo das Auto uns hinbringt. Der Kofferraum ist voll mit unseren Sachen. Ein Monat ist seit dem letzten Badetag vergangen. Sie haben uns noch mal nackt in die große Wanne gesteckt. Aliena hat es diesmal besonders böse erwischt. Freunde von Siggi waren dabei, schon etwas ältere Männer, bestimmt weit über sechzig, die nach Fußschweiß rochen und einen starken Mundgeruch hatten. Die haben Aliena böse zugerichtet. Der Fette hat sie festgehalten und die Schimpansenfigur, der mit dem ekligen Fell auf der Brust und auf dem Rücken, hat ihre Beine über die Schultern gehängt und hat zugestoßen, als wolle er sie der Länge nach aufschlitzen. Aliena hat in all den Jahren nie geschrien, das war diesmal anders. Ich werde ihre Schreie nie vergessen. Zu diesem Zeitpunkt wussten wir beide nicht, dass es das letzte Mal sein würde.

Mich haben sie zuerst nur zusehen lassen. Ich hatte meine Tage. Vielleicht war das mein Glück, dachte ich jedenfalls. Aber dann kam der Schimpanse mit seinem mächtigen Teil zu mir. »Schon mal Popo gemacht?«, fragte er mich. Ich nickte heftig. Diese Aussage hätte mich eigentlich vor ihm bewahren sollen. Tat es aber nicht. Der Arzt meinte später, die Verletzungen seien irreparabel. Ich weiß nicht, was irreparabel heißt. Nehme an, nichts Gutes. Na ja, zumindest brauchte ich am Montag nicht in die Schule und deshalb bekam ich mit, dass die Polizei zu einer Haussuchung, so nannten sie es glaube ich, kam. Aliena haben sie dann auch von der Schule abgeholt. Sie hat wieder mal nichts gesagt. Ich war es, die alle verraten hat. Ich konnte einfach nicht meinen Mund halten. Scheiße! Ich bin schuld. Das Jugendamt hat uns abgeholt, weil ich dumme Kuh gesungen habe wie ein Vogel. Aliena war sauer auf mich. Sie haben uns in ein Heim gesteckt. Deshalb konnte ich auch nicht in dich reinschreiben, liebes Tagebuch.

Jetzt sind wir bei der Pflegefamilie und ich kann wieder schreiben. Also, hier ist es sehr schön. Diese Leute sind nett zu uns, sogar sehr nett und höflich. Die sagen nicht: »Sue, Müll wegtragen!« Nein, die tragen den Müll selbst raus. Und wenn ich ihnen am Tisch was geben soll, dann sagen sie: »Sue, gibst du mir mal bitte die Butter rüber?« Toll, das ist eine ganz andere Sprache. »Aliena, du Schlampe, verpiss dich, sonst fick ich dir deine Zähne aus dem Mund«, haben die noch nie gesagt. Bei Mike war das anders. Er hat am liebsten in dieser Art mit Aliena gesprochen. Sie hat dann immer geschwiegen. Ich nicht. Wenn er das zu mir gesagt hat, habe ich immer wieder geantwortet: »Hol dir selbst einen runter, du Wichser.« Okay, dann hat er mich blutig geschlagen, aber das war mir egal, braucht' ich mich schon mal selbst nicht verletzen. Der Mistkerl sollte ruhig mal was arbeiten, und sei es, mich zu verprügeln. Dieser Schlappschwanz lag eh den ganzen Tag nur auf seinem dicken Arsch und hat uns rumkommandiert.

Unser Pflegevater ist da anders. Der geht morgens um fünf aus dem Haus und kommt erst wieder, wenn's dunkel ist. Der ist echt fleißig.

Aliena und ich sollten getrennte Zimmer bekommen, in dem schönen Haus in dem sie wohnen, die Pflegeeltern. Wir wollten aber nicht getrennt werden. Wir mögen das gar nicht. Außerdem hatten wir Angst. Michael, Anna, Siggi, Elli, Hilde, Hotte – mit ihnen wussten wir, was zu erwarten war. Okay, ab und zu haben sie uns vermietet, aber das waren auch immer dieselben. Jedenfalls kannten wir sie alle, auch diesen kranken Killer aus dem Dachgeschoss. Aber was werden die hier auf dem Land mit uns machen, in dieser fremden Gegend? Wo sind wir überhaupt? Ficken die hier Kinder oder schlitzen sie uns vielleicht auf? Wir wissen nichts, das Jugendamt konnten wir schlecht dazu befragen. Die in Nürnberg haben uns gesagt, dass wir weit wegkommen und Papa und Mama würden sie einsperren, die anderen auch. Sie hätten auch gestanden und deshalb bräuchten wir nicht zurück, um vor Gericht auszusagen.

Ja, das ist alles schön und gut. Aber hier sind wir jetzt ebenso schutzlos wie in Heroldsbürg. Die netten Pflegeeltern werden uns früher oder später auch ficken und schlagen.

»Kannst du dich an eine Zeit erinnern, wo uns niemand gefickt hat?«, wollte ich von Aliena wissen. Sie sagte nichts, wie immer, schüttelte nur leicht den Kopf. Also hab ich doch recht. Kinder sind schutzlos, die nimmt man sich. Basta. Ich habe mal in der Schule eine Freundin gehabt. Ich fragte sie, wann ihr Papa sie das erste Mal gefickt hat. Sie sah mich nur böse an, klatschte mir eine ins Gesicht und von da ab war sie nicht mehr meine Freundin. Hab' auch keine mehr gekriegt, eine Freundin, meine ich. Aliena hat mich beschimpft und gesagt, ich solle mein dummes

Geschwätz für mich behalten. Aliena war klüger als ich. Sie wusste, dass sie uns umbringen würden, wenn ich solche Sachen öffentlich herumerzählen täte. Also tat ich das nicht mehr. Auf jeden Fall haben wir jetzt ein frisch bezogenes Bett, das nicht nach dem Sperma stinkt, das die Männer immer in unseren Kinderbetten verspritzt haben. Aber trotzdem bin ich misstrauisch. Dass wir uns im Bad allein waschen oder baden dürfen, ohne dass die Pflegeeltern sich nackt machen und mit uns baden, kommt mir mehr als spanisch vor. Bettina, unsere Pflegemutter, lässt uns auch allein, wenn wir uns an- oder umziehen. Ihr Mann, hab schon wieder vergessen, wie der heißt, hat noch nicht einmal durchs Schlüsselloch geschaut, soweit ich das feststellen kann. Ihren Verwandten haben sie uns auch schon vorgestellt. Die sehen uns an, als stammen wir aus dem Zirkus. Ich habe keine Ahnung, warum das so ist. Wahrscheinlich, weil wir immer mit hochgeschlossenen Pullovern angezogen sind und unsere Miniröcke nicht tragen. Die haben sie erst gar nicht mitgenommen, die zwei Tussen vom Jugendamt. »In euerm Alter ist das nichts«, hatten sie gesagt und die Sachen einfach in Heroldsbürg zurückgelassen.

Aliena hat gestern gesagt, sie fände es gut, dass Bettina und der Mann uns nicht küssen. Ich weiß, sie hat sich immer vor den Zungenküssen von Papa geekelt und auch die von Elli hat sie nicht gemocht. Vor allem, wenn Papa Ellis Flossen abgeleckt hat und hinterher mit uns knutschen wollte, habe ich gesehen, wie Aliena würgen musste.

»Ist das normal, dass sich die hier in Parsberg, nicht küssen?«, habe ich Aliena gefragt.

»Scheinbar. Wir sind hier in der Oberpfalz.«
»Wo ist das, Oberpfalz?«
»Keine Ahnung, jedenfalls nicht Mittelfranken.«
»Also, dann küssen die Oberpfälzer nicht.«
»Scheinbar nicht.«
Aliena zeigt mal wieder, dass sie auch nicht alles weiß.
»Wann werden sie uns wohl rannehmen?«
Aliena zuckte auf diese Frage nur mit ihren schmalen Schultern. Ach ja, wir sind ja beide noch immer ziemlich mager. Aber das Essen bei Bettina und ihrem Mann ist gut. Wir nehmen zu. Ich weiß, dass es böse ist, wenn Kinder zunehmen. Jetzt, wo uns Brüste wachsen, sollten wir nicht zunehmen. Ich stecke daher den Finger in den Mund nach jedem Essen. Aliena sagt, ich soll das lassen. Aber ich will nicht schon wieder ein böses Mädchen sein. Ich kann mich noch gut erinnern, als ich kleiner war und zu gerne Schokolade gegessen habe. Da hat Papa geschimpft. »Fette Sau«, hat er gesagt. »So fette Ferkel wie du verderben das Geschäft.« Ich wusste damals nicht, was er meinte. Später, als ich wieder abgenommen hatte, hat er es mir erklärt. »Fetten Weibern sieht man ihr Schlampentum sofort an. Außerdem hast du keine Ahnung, was ihr Balgen uns ohnedies kostet. Da müsst ihr uns nicht noch die Haare vom Kopf fressen.«
Ich musste ihm dann jeden Abend beweisen, dass ich mein Gewicht halte. Dazu musste ich mich ausziehen und er meinte, dass viel ficken am besten die Kolarien, oder wie das Zeug heißt, verbrennen würde und er helfe mir damit, nicht wieder so ein fettes Stück Schaf zu werden, wie ich es schon war.

Seit wir bei Bettina und diesem Mann sind, müssen wir Dinge lernen, die uns bisher fremd waren. Diese Oberpfälzer Menschen nennen das Manieren. Rülpsen und Pupsen bei Tisch geht gar nicht. Wenn wir das taten, haben sie uns seltsamerweise nicht verprügelt, sondern umständliche Worte gebraucht: »Bitte, Aliena (oder Sue), wir verstehen schon, dass das bei euren Eltern so üblich war. Aber anständige Leute, und das seid ihr doch sicher, tun das nicht. Können wir uns darauf verständigen, dass ihr das künftig sein lassen könntet?«

Ja, seltsame Worte waren das. Aber, als sie uns das zweite Mal im Heim besucht hatten und sagten, sie hätten sich für uns entschieden, haben sie gemeint, sie wüssten nicht immer, die richtigen Worte für uns zu finden. Aber sie würden sich Mühe geben. Merkt man – bei solchen Sätzen hätte ich auch Mühe gehabt.

Ich habe mal gehört, wie die Zicke vom Jugendamt etwas von »gestört« und »anormal« geplappert hat. Ja, zu Bettina hat sie das gesagt. »Anormal«, damit meinte sie wahrscheinlich anal. Weil Papa immer gesagt hat, anal seien wir noch nicht so gut drauf, daran müsse er arbeiten. Deshalb hatte ich auch Angst vor den Pflegeeltern. Wenn Bettinas Mann auch so einen riesigen Schwanz hat wie Siggi, dann spüre ich jetzt schon die Schmerzen in meinem Hintern.

In der Schule waren wir auch schon. Eine Schule mit Oberpfälzern. Die sprechen hier anders als bei uns in Franken. Ihr »ou«, soll wahrscheinlich dem fränkischen »au« nachgebildet sein. Uns behandeln sie noch wie Aussätzige. Aliena redet ja fast nichts, nur, wenn der Lehrer sie fragt.

Ich verstehe die meisten zwar gut, aber halte mich zurück. Die Jungs gaffen uns an wie Außerirdische. Mich hänseln sie, weil ich so dünn bin.
»Bei dir reißen's die Titten auch nicht mehr raus«, hat heute so ein pickliger Oberpfälzer zu mir gesagt. Ich habe ihm eine reingehauen, dann hat er sich verpisst.

Wir sind jetzt schon zwei Monate bei den Pflegeeltern. Ernst heißt der Mann von Bettina, endlich kann ich mir das merken. Ich habe in der Zwischenzeit nichts geschrieben, weil es nichts zu erzählen gab. Langweilig hier. Sie sind immer noch so nett zu uns. Wir haben uns dran gewöhnt. Aliena hat zugenommen, ich kotze immer noch jeden Tag. Gestern hat Bettina meine Verletzungen entdeckt und ich musste mit ihr zum Arzt. Der Arzt wollte mich ohne Bettina unter vier Augen sprechen. Er schickte sie hinaus. Ich habe meine Bluse ausgezogen, Hose und Unterhose abgestreift. Da hat er mich seltsam angesehen und ich habe begriffen, dass er nichts von mir will. War ja von Mamas Hausarzt etwas Anderes gewohnt. Immer, wenn der meine Mama rausgeschickt hat, hat er mich ausgezogen und hat sich einen runtergeholt. Einmal hat er versucht, in mich einzudringen. War aber zu aufgeregt, der Versager. Auf jeden Fall hat der Arzt von Bettina etwas von einem Therapeuten gefaselt. Keine Ahnung, was das für ein Perverser sein soll.
Im letzten Monat ist nichts passiert, aber heute Morgen war ich beim Therapeuten. War geil, schulfrei deswegen! Der Typ brauchte wohl meine Hilfe, hat mir nur Fragen gestellt. Klar hab ihm geholfen

und alles beantwortet. Der arme Mann wusste ja rein gar nichts vom Leben. Der ist sogar erschrocken, als ich ficken gesagt habe. Er selbst hat seine Haartolle über dem linken Auge gedreht, die ganze Zeit. Der Schizo war mehr von der Rolle als ich. Wollte wissen, warum ich mich andauernd verletze, mir wehtun muss. Hab ihn gefragt, ob er das noch nie ausprobiert hat. Der Typ ist so rückständig, der hat noch nie ein Messer in die Hand genommen und sich damit geritzt. Der totale Haumich, den hat er, total einen an der Klatsche. Ich fand's trotzdem geil, geh wieder hin, aber nur, wenn die Schule dafür ausfällt.

Aliena geht es nicht gut. Sie wird immer verschlossener. Na ja, ich quatsche auch nicht allzu viel. Trotzdem, wir haben es eigentlich ganz gut erwischt. Die Bettina ist ganz okay für ihr Alter und der Ernst auch. Aliena sagt, die beiden tun ihr leid. Die hätten sich mit uns so was aufgeladen. Als ich sie fragte warum, meinte sie, unsere Pflegeeltern hätten eine Menge Ärger mit den Behörden und dem Jugendamt wegen uns.

Ich verstehe es nicht. Ich weiß nur, dass wir uns allmählich an ein ganz anderes Leben gewöhnen.

»Hoffentlich können wir hier bleiben«, hat Aliena gesagt. »Aber ich fürchte, das wird nicht für immer sein.«

Aliena ist ein Pessimist. Mir egal. Mir auch egal, ob sie uns wieder in die Mangel nehmen. Wir sind die Kinder des Schrotts und Schrott ist der Müll, bei dem es lauter kracht, wenn man ihn wegwirft. Einen anderen Unterschied zum Müll gibt es nicht.

60

Lukas hat den ganzen Tag auf Lena gewartet. Unrasiert, schon wieder angetrunken, stocksauer, ungewaschen, stinkend – so umklammert er Lena, als sie ihr Zimmer betritt.

»Du bist und bleibst ein Flittchen«, schnarrt er. »Wir reden jetzt über die Hochzeit. Wann heiraten wir?«

»Wenn du weiter so stinkst, überhaupt nicht. Geh duschen, Lukas.«

»Ich stinke also. Du meinst, du darfst mir so etwas ungestraft ins Gesicht sagen, du Schlampe?«

»Schlaf deinen Rausch aus und lass mich in Ruhe.«

Lukas wird zunehmend wütend. »Zieh dich aus. Ich will meine Verlobte vögeln. Jetzt, auf der Stelle.« Mit diesen Worten zerrt er ungelenk an ihrem Shirt, will es ihr selbst über den Kopf streifen. Doch es klopft. Lukas fährt herum, lässt Lena augenblicklich los und starrt mit glasigem Blick in Richtung Tür.

»Ich komm schon«, ruft Lena, nach Luft schnappend und erleichtert. Sie stürmt hinaus, schlägt die Tür hinter sich zu. Draußen erwartet sie Doktor Florian Grasser, ihr Bruder.

»Flo«, haucht sie erleichtert. »Du musst mich retten.«

Flo deutet auf ihr Zimmer. »Er wieder?«

»Ja.«

»Hat er wieder getrunken?«

Lena blickt ihren Bruder an. Elegant sieht er aus, wie immer. Drahtige Figur, durchaus muskulös, leicht rötliche Haare, die er kurz geschnitten trägt. Er wirkt beeindruckend, autoritär und selbstbewusst.

»Flo, ich muss hier weg. Ich wollte mit Tom noch zur Tante auf die Tillyschanz. Fährst du mit?«

»Nein, kann ich leider nicht. Ich muss noch mal nach Wöllershof.«

»Schade.«

»Wer ist denn Tom?«

»Ein Gast. Er ist nett.«

»Aha. Seit wann gehst du mit Gästen aus?«

Lena sieht ihren Bruder an. Sie wirkt unsicher.

»Schon gut«, beruhigt sie Florian. »Ich bin ja froh, wenn du mal was anderes machst, als arbeiten, und unter Menschen kommst. Aber sei vorsichtig. Du weißt ja, warum.«

»Verspreche ich dir. Begleitest du mich noch rüber ins Gästehaus? Dann stell ich dir Tom kurz vor. So viel Zeit hast du doch noch, oder?«

Flo nickt. »Brauchst du noch was aus deinem Zimmer?«

»Eigentlich schon, aber, wenn du mir ein paar Euro leihst, könnte ich mir das sparen.«

»Kein Problem. Komm, weg hier.«

»Kannst du ihn nicht rauswerfen?«

Florian Grasser, der sonst so eloquente Doktor, ringt um die richtige Antwort. Der Gedanke, dass Lena diesen schrecklichen Kerl heiraten muss, schnürt ihm die Kehle zu. Was soll er ihr sagen? Welche Lösung kann er ihr anbieten?

Er fasst ihren Arm und zerrt sie weg von dem Zimmer, in dem Lukas auf ihre Rückkehr wartet. Dann flüstert er: »Lena, ich weiß wirklich nicht, wie ich dir helfen soll. Gib uns Zeit, wir werden eine Lösung finden.«

Lena sieht ihren Bruder an und der tragische Blick verrät, dass er ihr nichts vormachen kann. »Du weißt genau, dass es nur eine Lösung gibt.«

Flo nickt. Er weiß, was sie damit sagen will.

61

Tom legt das Tagebuch weg. Der wunderschöne Ausflug mit Lena, die Schrecken dieser Seiten aus dem Tagebuch der kleinen Foster. Welch eine Welt der Gegensätze und der Extreme.

Als er diesen Gedanken nachhängt, klopft es. Lena bringt einen hochgewachsenen Mann mit und stellt ihn als ihren Bruder Florian Grasser vor.

»Doktor Grasser«, fügt sie am Schluss ergänzend hinzu.

Der Mann, zu dem Tom beinahe aufsehen muss, winkt ab. »Alle, die mich näher kennen, nennen mich Flo.«

»Flo, passend zur Größe«, schmunzelt Tom und streckt ihm seine Hand entgegen, die von Lenas Bruder empfangen und mit einem kräftigen Händedruck willkommen geheißen wird. »Mich nennt man Tom«, beeilt er sich hinzuzufügen. »Sind auch nur drei Buchstaben.«

Flo lacht. »Na also, dann haben wir was gemeinsam.«

»Ja, Flo. Ähm, Lena und ich wollten zu ihrer Tante Rosa. Hast du Lust mitzukommen?«

»Lust, ja. Zeit, nein. Muss in die Klinik. Meine Normalos brauchen einen Verrückten und der bin ich.«

Humor hat er, konstatiert Tom. Sieht aber gar nicht so verrückt aus. »Schade, ich hätte dich gerne etwas näher kennengelernt.«

»Können wir ein andermal nachholen.«

»Gerne.«

Flo fügt im Weggehen hinzu: »Pass gut auf mein Schwesterchen auf«, und verabschiedet sich lächelnd.

Der Weg zur Tillyschanz führt über Eslarn und sie müssen an der Abzweigung vorbeifahren, die zum Teufelstein und damit Richtung Marlhof führt. Als sie dort ankommen, geraten sie in einen Stau.

»Haben sie die Grenzen wieder zugemacht?«, frotzelt Tom. »Oder gibt's hier irgendwo das Zoiglbier, von dem du mir erzählt hast, umsonst?«

Lena schüttelt den Kopf. »Keines von beiden. Da vorne ist eine Polizeisperre. Direkt an der Abfahrt zum Teufelstein.«

Zehn Minuten dauert es, dann bedeutet eine rotbackige junge Polizistin Tom, stehen zu bleiben. Sie blickt in das Fahrzeuginnere und will Tom durchwinken.

»Was ist denn passiert?«

Die Polizistin ignoriert die Frage. »Fahren Sie bitte weiter.«

Als Tom den Gang einlegt, schreit das Rotbäckchen »Stopp!« und Tom tritt umgehend auf die Bremse. Sie stellt sich vor den Wagen und winkt eine Wagenkolonne heran, die den Stau überholt hat. Mehrere Fahrzeuge passieren die Abbiegung, bewegen sich Richtung Teufelstein. Tom erkennt weiße Transporter, die ein Blaulicht auf dem Dach haben, gefolgt von einem Leichenwagen.

Tom beugt sich aus dem Seitenfenster. »Entschuldigen Sie, fahren die zum Marlhof?«

Die Polizistin tritt wieder an die Fahrertür und sieht ihn misstrauisch an. »Wie kommen Sie darauf? Der Marlhof ist noch einige Kilometer von hier entfernt.«

»Ich glaube, dass ist eine zu lange Geschichte, um sie Ihnen zu erzählen. Habe ich etwa recht? Ist etwas auf dem Marlhof passiert?«

Die Polizistin greift zu ihrem Funkgerät. »Gamma eins für Alpha. Bitte kommen.« Sie wendet sich an Tom. »Fahren Sie bitte mal rechts ran.«

Tom befolgt diese Anweisung. Lena sieht ihn erstaunt an, schweigt aber.

Zehn Minuten später braust ein BMW aus Richtung des Teufelsteines heran und hält an. Ein Beamter steigt aus, wechselt ein paar Worte mit der Polizistin und tritt dann an Toms Wagen heran. »Folgen Sie mir bitte.«

Der BMW wendet und geleitet den Audi direkt zum Marlhof. Dort ist ein riesiges Aufgebot an Blaulichtern der Polizei und der Feuerwehr, aber auch einige Fahrzeuge in Zivil säumen die Zufahrtswege. Der BMW hält und Tom parkt hinter ihm. Der Beamte bedeutet Lena, im Wagen zu bleiben und geleitet Tom zu einem Bus, der sich als fahrendes Büro entpuppt. Es riecht ätzend nach Teer, Löschwasser und beizendem Ruß. Tom erkennt sofort, dass der Marlhof bis auf die Grundmauern abgebrannt ist.

Ein unscheinbarer Mann stellt sich im Inneren des mobilen Polizeipräsidiums als Hauptkommissar Karsten Lange vor. Er stellt Tom ein paar Fragen und erhält eine zufriedenstellende Erklärung, warum Tom bei der Straßenkontrolle sofort auf den Marlhof tippte.

Schließlich tauschen Tom und der Hauptkommissar ihre Kontaktdaten aus und Herr Lange bittet Tom, sich zur Verfügung zu halten, sollte noch Informationen von ihm benötigen.

»Sind Sie sicher, dass die Costners im Haus waren, als dieser Brand ausgebrochen ist?«, erkundigt sich Tom schließlich.

»Höchstwahrscheinlich schon. Wir haben jedenfalls zwei Leichen gefunden.«

Tom erklärt ihm, dass der Mord in den USA und der in Kärnten als eine Art Ritualmord deckungsgleich verlief und welche Verbindungen zwischen den Costners und den beiden ermordeten Ehepaaren bestanden.

»Verstehe, Herr Wolfert. Sicher seltsam. Hier haben wir es nicht mit einem Ritualmord zu tun, sondern mit einer ganz anderen Todesart. Das Anwesen ist bis auf die Grundmauern abgebrannt. Die Costners sind, so wie es momentan aussieht, durch das Feuer ums Leben gekommen. Zeugen haben zuvor einen dunkelblauen Z4 Roadster gesehen. Dieser Wagen wurde zweimal in diesem Gebiet beobachtet: gestern und heute.«

»Dunkelblauer Z4 – hm, wirklich mysteriös. So ein Fahrzeug ist mir gestern begegnet, als ich in die Straße, die zur Grenze führt, eingebogen bin. Stimmt, der Z4 bog in Richtung Teufelstein ab. Tja, riecht nicht nur nach Brandstiftung.« Tom bohrt seinen Blick in die braunen Augen des Kommissars. Sein Nicken ist kaum wahrnehmbar, aber Tom bemerkt es und er weiß, dass an diesem Tag das Triumvirat des Todes seine Vollendung gefunden hat.

Nur einige Fakten stimmen hier nicht überein: Es ist weder der 30. Mai, noch passt die Todesart zu dem, was der Täter bisher bezweckte. Warum bringt der Mörder dieses Ehepaar auf eine andere Art und Weise um, als er es bisher getan hat? Darüber zermartert sich Tom den Kopf. Nur – eine plausible Erklärung dafür will ihm beim besten Willen nicht einfallen.

62

Der beißende Geruch nach verbranntem und versengtem Holz hängt Tom noch in der Nase, als sie das Gasthaus zur Tillyschanz betreten. Rosa eilt aus der Küche, nimmt Lena in den Arm, drückt sie herzhaft und wendet sich anschließend Tom zu. »Schön, dass'z da seid's. Nehmt's des Platzerl im Eck, ich mach euch was Guats aus dem Pfander'l.«

Tom und Lena befolgen den Rat und verziehen sich hinter dem Kachelofen in ein lauschiges Eck, wo sie ungestört reden können.

»Ich bin dir wohl eine Erklärung schuldig«, stellt Tom fest.

Lena schüttelt den Kopf. »Nein, nicht unbedingt. Nur, wenn du willst.«

Tom will, aber zuerst faltet er ein Blatt Papier vor Lena auseinander. Es zeigt den Grasserhof und den Text, der aus einer Mail stammt:

A.F.
Grasserhof, Harlesberg 3
92637 Theisseil
Nähe Weiden – St. Felix,
Hammerharlesberg

Lena sieht Tom fragend an. »Was soll das?«

Tom erklärt ihr die Bedeutung und den Grund, warum er zum Grasserhof gekommen ist. Er erzählt Lena seine Geschichte und die Geschichte von Jenny. Die Geschichte dreier Ehepaare und das Schicksal zweier Mädchen, Susan und Aliena Foster.

»Die Tagebücher von Susan habe ich noch nicht ganz durch. Das letzte Ehepaar in diesem Bund waren die Costners. Das sind die, deren Anwesen wir gerade gesehen haben, ein Hof, der jetzt in Schutt und Asche liegt.«

Lena hört sich Toms Ausführungen aufmerksam an. Nachdem er geendet hat, betrachtet sie nachdenklich die Kopie.

»Was bedeutet A.F.?«, will sie schließlich wissen.

»Agron Fahric, das ist der Absender dieser Mail. Hast du irgendeinen der Namen, die ich dir jetzt genannt habe, schon mal gehört? Foster, Schaffer, Costner, Fahric?«

Lena schüttelt den Kopf. »Nein. Sagen mir alle nichts. Aber wie kommt das Bild von unser'm Hof zu all diesen Leuten, vor allem die Ansichtskarte in die USA?«

»Durch die Costners. Die wollten die anderen hier treffen und eure Pension sollte ...« Tom stutzt.

Lena wirft ihm einen fragenden Blick zu. »Was ist?«

»Hildegard Costner meinte, der Grasserhof diene als Übernachtungsstätte für ein geplantes Treffen der drei Ehepaare.«

»Wäre logisch. Wir bieten Zimmer an.«

»Vierzig Kilometer vom Marlhof entfernt? Und außerdem, die Costners hatten ein riesiges Bauernhaus. Sicher genügend Platz für zwei Ehepaare. Die hätten doch leicht dort übernachten können.«

Lena presst die Lippen zusammen. »Wahrscheinlich wollten sie keine Arbeit haben.«

»Möglich«, stimmt Tom zu. Albert und Rosa Bichler bringen das Essen. Lendchen mit Speck und Bratkartoffeln serviert in einer kleinen heißen Bratpfanne.

»Roserl, du bist ein Schatz«, lobt Lena ihre Tante.

Tom macht sich sofort mit großem Appetit über die Köstlichkeiten her. Lena stochert etwas lustlos in ihrer Pfanne herum. »Keinen Hunger?«, fragt Tom. »Wenn du deine Tante schon ›Schatz‹ nennst, solltest du auch ihre Leckereien schätzen.«

»Ich weiß, aber irgendwie ist mir der Appetit vergangen« Lena ist müde. »Da werden zwei Menschen verbrannt und wir gehen Essen.«

Tom legt das Messer und die Gabel für einen Moment beiseite. »Hast schon Recht, Lena. Aber so ist das Leben. Egal, was passiert, es geht immer weiter. Immer.«

Es ist dunkel geworden, als Tom den Wagen auf dem Parkplatz vor dem Grasserhof abstellt. Lena zittert, der Abend ist kühl. Schon tagsüber war es nur fünfzehn Grad warm.

»Lass uns noch ein paar Schritte gehen. Einverstanden?« Natürlich ist Tom einverstanden. Er holt sich einen dünnen Parka aus der Suite und erwartet Lena vor dem Eingang der Pension.

Sie gehen schweigend auf den höchsten Punkt des Harlesberges, streifen dabei durch die Wiesen und sehen den Schimmer vereinzelter Lichtkegel, die von der Stadt Weiden über die Naabauen entsendet werden.

»Du musst deine Schwester retten«, sagt Lena. »Aber wie wirst du sie retten?«

»Indem ich den wahren Mörder finde.«

»Und wie weit seid ihr, hast du eine heiße Spur?«

»Heiß noch nicht. Aber die Spur beginnt, sich anzuwärmen.«

»Du wirst Jenny freibekommen, Tom. Ganz sicher.«

»Danke, Lena. Schön, dass du mir Mut machst.«

Toms Gedanken schweifen kurz zu Sarah, und sofort spürt er Kälte in sich hochsteigen, wo gerade eben noch hoffnungsfrohe Wärme sein Herz umschmeichelte. Welch ein Unterschied denkt er bedauernd, und verwundert registriert er, dass er kein schlechtes Gewissen hat.

Fast eine Stunde dauert ihr Spaziergang durch die Nacht. Dann verabschiedet sich Tom von ihr mit einem Kuss auf die Lippen. Er hält sie für einen Moment fest, genießt ihren milden Körpergeruch, den Duft nach Natürlichkeit und Mädchen, nach

Traurigkeit und Sehnsucht. Er spürt, wie sie leicht zittert, und hängt ihr den Parka um.

Lena streichelt einmal kurz über seine Wange, dann stapft sie in Richtung Wohnhaus davon. Tom sieht ihr nach. Sie hat ihm wirklich Mut gemacht. Ja, er wird Jenny freibekommen.

Anna Grasser trifft ihre Tochter im Bad.

»Hallo, Lena.«

»Hallo, Mama.«

»Schönen Tag gehabt?«

»Ja, ganz schön. Bei Eslarn ist ein Hof abgebrannt.«

»Hab ich im Radio gehört.«

»Ich bin müde.«

»Ja, musst ja morgen wieder früh raus. Dein Lukas war übrigens stinksauer, weil du wieder abgehauen bist.«

»Denk ich mir.«

Anna ist tief besorgt und ihre Frage wirkt nahezu panisch: »Du willst diesen Fiesling doch nicht wirklich heiraten?«

Lena sieht ihre Mutter traurig an, sagt aber nichts.

»Ach Lena, wenn du ein Problem hast, du weißt ja. Kannst jederzeit mit mir reden. Wir alle können uns nicht vorstellen, Lukas als Schwiegersohn ertragen zu müssen.«

»Ich geh schlafen«, sagt Lena. »Gute Nacht.«

»Nacht, Lenerl.« Anna Grasser sieht ihrer Tochter besorgt nach. Was hat das Mädel nur wieder?

In seiner Suite beschließt Tom, sich wieder dem Tagebuch von Susan Foster zuzuwenden, gewappnet mit einem Glas Irish Whisky aus der Minibar:

> *Wir sind nach Berching umgezogen. Berching ist eine sehr schöne Stadt. Bettina und Ernst haben dort ein Haus gekauft. Von dem aus können wir auf den neuen Donau-Main-Kanal sehen. Ab und zu winken*

wir den Schiffen zu, die dort vorbeifahren. Berching ist wunderschön. Eine Stadtmauer, die rings um die Stadt führt, erinnert an das Mittelalter. Die Mauer ist voll erhalten und an einigen Stellen gibt es Türme – da wohnen Berchinger drin.

Wir mussten mal wieder die Schule wechseln. Unsere Lehrer und Pflegeeltern sind immer noch freundlich zu uns. Gefickt hat uns bisher niemand mehr. Auch sonst sind die Erwachsenen hier ganz anders. Keiner fummelt an uns rum, ist schon ungewohnt. Aber Bettina hat jetzt noch mehr Ärger mit dem Jugendamt, seit der Gutachter angerufen hat. Nach zwei Jahren ruft da so ein Schnösel an und will mit uns sprechen. Telefonieren. Ich habe noch nie telefoniert. Aliena auch nicht. Wir sind jetzt fünfzehn und da muss man wohl telefonieren können. Ich habe ziemlich gestottert am Telefon und Aliena hat – wie immer – fast gar nichts gesagt. Später habe ich ein Gespräch zwischen Bettina und ihrem Mann belauscht. Der Gutachter, der mit uns am Telefon gesprochen hat, hat sein Gutachten einem Richter vorgelegt. In dem Gutachten sagt er, wir, also das sind Aliena und ich, seien rückständig oder so was Ähnliches. Und, dass wir stammeln. Er hat dem Gericht empfohlen, dass wir wieder Kontakt zu unseren Eltern aufnehmen sollen. Der Spacko hat dem Richter einen vollen Scheiß angedreht und irgendwas von Umgangsrecht gelabert. Umgangsrecht bedeutet jetzt wohl, dass unsere Fickeltern wieder mit uns umgehen können, wie sie wollen. Der ganze Oberscheiß geht dann wieder von vorne los.

Bettina war total von der Rolle, als sie das ihrem Ernst erzählt hat. Dabei habe ich auch erfahren, dass

Mike und Anna und die anderen nicht mehr in Heroldsbürg wohnen. Sie sind auch alle aus dem Knast raus. Wahrscheinlich prügeln sie jetzt irgendwo anders Kinder, weil wir weg sind.
Aliena und ich haben gedacht, wir könnten bei Bettina bleiben. Pflegeeltern sind was ganz Gutes, echt. Aber der Gutachterarsch will uns scheinbar wegholen, jetzt, wo wir in diesem schönen Berching so eine geile Bleibe gefunden haben. Ernst, unser Pflegevater, ist zu schwach für diese ganze Auseinandersetzung. Hat Bettina ihm jedenfalls an den Kopf geworfen. Ernst meint, wenn die meinen (mit die meint er das Gericht), dass die Kinder wieder zu ihren Eltern müssen, dann kann man da nichts machen. Da hat Bettina geflennt und gesagt, die beim Jugendamt und der Richter wissen gar nicht, was sie uns, den Kindern, antäten. Vor allem, weil wir jetzt fünfzehn sind und da würden sie uns noch mehr betatschen. Ich glaube, Bettina hat recht, die ganzen Arschis bei den Behörden machen es sich einfach. Gutachten am Telefon, Kohle auf das Bankkonto und der Fall ist geritzt. Heute war eine richtig miese Schnepfe vom Jugendamt da. Die hatte selbst keine Titten, drum hat sie auf meine und die von Aliena gestarrt. Es ging ziemlich laut zu. Bettina hat geschrien, dann geheult, dann sind Türen geflogen.
Ich habe sie am nächsten Tag gefragt, was los ist.
»Nächsten Monat müssen wir mit euch nach Nürnberg zum Jugendamt. Dort findet eine Zusammenführung statt.« Das hat Bettina so oder so ähnlich gesagt. Heute Morgen war das.
»Eine was?«, habe ich gefragt.
»Eine Zusammenführung. Mit euren Eltern.«

Ich habe nichts darauf gesagt. Ich habe es Aliena erzählt. Wir haben uns aneinander geklammert. Aber geweint haben wir nicht.
»Sie werden uns totprügeln«, habe ich zu Aliena gesagt. »Zuerst totficken, dann totprügeln.«
Aliena hat den Kopf geschüttelt. »Zweimal tot geht nicht«, hat sie behauptet.
»Doch«, – das habe ich zu ihr gesagt. »Zuerst sterben wir beim Ficken und dann sterben wir durch ihre Prügel.«
Aliena hat mich sehr lange angesehen. Und ihre Worte werde ich nie vergessen: »Ach, Sue. Das Sterben haben wir doch schon lange hinter uns. Nur den Tod, den haben wir noch vor uns.«

63

Tom erwacht. Die Albträume haben ihn in Schrecken und Schweiß gebadet, das Bett ist durchnässt. Eine hässliche Hexe vom Jugendamt mit einer dicken Hornbrille hat am Arm eines kleinen, etwa fünf Jahre alten Kindes gezogen, am anderen Arm zerrte eine junge adrette Frau. Die Hornbrille gewann das schaurige Spiel. Die Arme, an der die beiden Frauen ihr Tauziehen veranstalteten, rissen aus. Blut spritzte der jungen Dame ins Gesicht und auf die dicken Brillengläser der Hexenfrau, die grausam lachte, während das kleine Kind schrie und brüllte, sodass mehrere Menschen zusammenliefen. Sie alle schlugen auf die junge Frau ein, und als Tom ihr helfend beispringen wollte, hob einer der Passanten den Gullydeckel von der Straße und Tom stürzte in die Tiefe, immer tiefer und tiefer, bis er seine Hand fest in das Bettlaken krallte und sich festhielt. Erst jetzt begreift er, dass alles ein Traum war.

Die Erinnerungen an Susan Fosters Tagebucheinträge kehren zurück. Tom rappelt sich auf, schlurft in die Küche, holt sich ein Glas Wasser. Er sieht auf die Uhr. Er hat fast den ganzen Vormittag verschlafen, es geht auf elf Uhr zu. Er ruft seine Mutter an, berichtet ihr die neuesten Ereignisse, anschließend informiert er Steffi von dem Brand auf dem Marlhof.

»Demnach sind Costners beide tot?«, will Steffi wissen.

»Davon müssen wir wohl ausgehen.«

»Apropos tot. Die Schaffers haben doch laufend Besuch gehabt und dabei spielte ein Wagen mit slowenischem Kennzeichen eine Rolle. Erinnerst du dich?«

»Sehr gut sogar«, beteuert Tom. »Ein dunkler Lieferwagen mit einem Kennzeichen für Ljubljana.«

»Genau. Dieser Lieferwagen karrte Kinder aus Slowenien und Kroatien zu den Schaffers.«

»Oh mein Gott. Woher weißt du das?«

»Wir sind einer Spur über das Internet nachgegangen und haben einen Pädophilenchat belauscht. Dadurch sind wir an Daten rangekommen, mit denen wir eine Fährte zurückverfolgen konnten.«

Tom pfeift durch die Zähne. Susans Tagebücher sieht er schlagartig in einem anderen Licht.

Steffi fährt fort: »Das Anwesen der Schaffers war Treffpunkt und Hochburg für Pädophile. Wir konnten Mails zurückverfolgen, die uns zu den Schaffers führten. Dabei spielte die Mailadresse von diesem Agron Fahric eine Rolle. Fahric war scheinbar auch der Mittler für Slowenien. Die haben dort Kinder für alle möglichen Zwecke angeboten. Hoch exklusiv, sündhaft teuer und für zahlungskräftige Industrielle, Prominente, Neureiche und viele mehr. Das ganze Programm eben.« Sie klingt angewidert und wütend.

»Dann haben wir jetzt eine Erklärung, warum die so zurückgezogen lebten.«

»Ja, passt auch zu dem Werdegang, den wir von Heroldsbürg her kennen. Hast du schon die Tagebücher gelesen?«

»Erst zwei. Den Rest werde ich mir heute einverleiben. Ich bin sicher, das bringt uns noch auf die eine oder andere Fährte. Ich werde später alle Aufzeichnungen von Susan Foster lesen.«

»Tu das, Tom. Vielleicht findest du Anhaltspunkte, was aus den Mädchen geworden ist. Halt mich auf dem Laufenden.«

»Mach ich, du mich aber auch.«

»Klar doch. Bis später.«

»Bis dann, Steffi.«

Tom hatte während des Gesprächs mit Steffi seinen Laptop aufgeklappt und hochfahren lassen. Seine E-Mails enthalten eine Nachricht der Detektei Farrow in Houston.

Tom ruft noch einmal Steffi an. »Pass auf, ich habe soeben eine Nachricht aus den Staaten erhalten. Staatsanwalt Phillip Decker, das war der Vertreter der Anklage gegen Jenny, soll einer Agenturmeldung nach für den Senat kandidieren. Die Leute von Tracy Farrow haben herausgefunden, dass der Staatsanwalt zwei Millionen Dollar Spendengelder erhalten hat.«

»Das ist nicht ungewöhnlich«, bemerkt Steffi.

»Im Grunde genommen nicht. Aber die haben rausgefunden, woher das Geld stammt.«

»Mach's nicht so spannend, Tom. Sag schon, woher?«

»Die Spendengelder stammen von Copeland Ltd., London.«

Stille. Sprachlosigkeit.

»Steffi, bist du noch dran?«

»Klar doch. Copeland. Das Unternehmen, das die Schaffers beerbt und den Fosters eine kostenlose Luxusimmobilie zur Verfügung gestellt hat. Glaube, da müssen wir mal etwas mehr nachforschen. Okay, ich gehe dem nach. Wann kommst du eigentlich zurück, Tom?«

»Weiß ich noch nicht. Kommissar Lange wollte sich noch bei mir melden. Dann sehen wir weiter.«

»Okay. Sieht jetzt doch ganz gut aus. Ein Staatsanwalt und der Anwalt von Jenny – offensichtlich bestochen. Reicht das nicht, um Jennys Fall neu aufzurollen?«

»Nein, nicht nach amerikanischem Recht.«

»Warum nicht?«

»Beweise dieser Art dürfen nur verwendet werden, wenn sie legal erworben werden. Legal heißt, zumindest in der Regel, mit richterlichem Durchsuchungsbeschluss. Gehackte Daten – null Chance!«

»Okay, was brauchen wir dann, um Jenny freizukriegen?«

»Den Mörder.« Tom seufzt. »Einfach nur den wahren Mörder.«

Tom sieht auf die Uhr. Zeit zum Frühstücken, eigentlich gleich zum Mittagessen. Er duscht, zieht sich an, nimmt das Tagebuch, das auf den Boden gefallen ist.

Aber als er den Kleiderschrank öffnet, um das Tagebuch zu den anderen zu legen, starrt ihn ein leeres Fach an. Tom durchsucht den Schrank, fahndet in der Kommode und in all dem anderen Mobiliar der Suite, durchkämmt alle Räume, alle Nischen, alle möglichen Verstecke.

Susans restliche Tagebücher und die Briefe an den lieben Gott sind verschwunden.

64

Stefanie Brandner setzt zwei weitere IT Spezialisten auf die Internetverbindungen an, die zu den Pädophilenkreisen der Schaffers führen. Die weiteren Recherchen ergaben bisher, dass es eine geheime Plattform geben muss, an die nur Mitglieder herankommen, die irgendwo registriert werden müssen.

Bei einer abendlichen Konferenz steckt Steffi den Fragenkatalog ab, den es zu klären gilt. »Jeff, mich interessiert, wie ich in diese Kreise hineinkomme. Auf welcher Plattform kann ich Kontakte schließen? Wie komme ich schließlich an die Kinder heran, wo treffe ich sie, wie gelange ich an Kinderpornos und all dieser Kram. Bitte häng dich da dran.«

Jeff Kohlmann, langjähriger Mitarbeiter und ein Vertrauter von Benjamin Drambach, macht sich eifrig Notizen.

»Wird teuer«, wirft er ein. »Gehen wir mal davon aus, dass die Schaffers zu einem Clan gehören, der Geschäfte mit diesen Kinderschändern betrieben hat. Und, dass die Fosters ebenfalls dieser ehrenwerten Gesellschaft angehörten. Dann müssen wir Mitglieder ausfindig machen und ihre PCs sowie Handys überwachen. Ziemlich großer Aufwand findest du nicht, Steffi?«

»Das Budget, das die Wolfert Familie durch Thomas Wolfert festgesetzt hat, erlaubt uns, den Spielraum in dieser Richtung zu vergrößern. Also nutzen wir es.«

»Okay, geht klar. Sonst noch was?«

»Nein, das wäre dein Part. Ich übernehme jetzt die Ahnenforschung der ermordeten Familien und sehe mir Copeland näher an. Du, Till, kümmerst dich um den vierten Bewohner des Hauses in Heroldsbürg. Häng dich an die Melderegister der Einwohnermeldeämter. Irgendwo muss doch derjenige, der im Dachgeschoss dieses Hauses gewohnt hat, aufzutreiben sein.«

Till Polland, jüngster Mitarbeiter der Detektei Drambach und ein begnadeter Hacker, stellt sofort seinen jugendlichen Übereifer unter Beweis. »Kleinigkeit«, murmelt er. »Darf ich danach Jeff helfen?«

Steffi grinst und nickt verhalten. »Natürlich!« Angeber, denkt sie, mach erst mal den Job, den ich dir aufgetragen habe.

»Gut, dann sehen wir mal, was alles so rauskommt. Aber bitte, Jungs, macht schnell. Wir müssen sicher noch viele Mosaiksteine finden, bevor wir mit der Zusammensetzung des Puzzles beginnen können.«

Steffi, selbst eine begnadete moderne Einbrecherin, knackt die Zugänge zu einigen Netzwerken und trägt die Fakten zusammen, nach denen sie sucht. Die Fosters wurden zu vier Jahren Gefängnis verurteilt. Beide kamen wegen guter Führung nach Verbüßung der halben Zeit frei. Die übrigen Hausbewohner, die Schaffers und Costners, kamen mit drei Jahren davon und wurden nach 21 Monaten entlassen.

Steffi legt eine Tabelle an und trägt zunächst alle Daten ein.

Person 1 – Mike = Michael Foster,
geboren 14. Juni 1955 in Houston, Militärdienst bei der US Army, Berufssoldat, 1980 nach Deutschland versetzt. Standort: Ansbach Katterbach, seit 1985 verheiratet mit Anna Foster, geborene Landauer. 2 Kinder – Susan und Aliena.
Verbleib der Kinder: unbekannt.
Letzter Wohnort: Galveston Island, Texas, USA
Ermordet am 30. Mai 2010

Person 2 – Ann = Anna Landauer,
geboren 19. August 1958 in Nürnberg, Ausbildung als Cutterin beim Bayerischen Rundfunk, Studio Franken, seit 1985 verheiratet mit

Michael Foster. 2 Kinder – Susan und Aliena. Verbleib der Kinder: unbekannt.
Letzter Wohnort: Galveston Island, Texas, USA
Ermordet am 30. Mai 2010

Person 3 – Hotte = Horst Costner,
geboren 8. August 1957 in Erlangen, Beruf: Kameramann beim Bayerischen Rundfunk, Studio Franken, seit 1980 verheiratet mit Hildegard Costner, geborene Conradty – Keine Kinder.
Letzter Wohnort: Marlhof, Oberpfalz, Deutschland
Wahrscheinlich ermordet am 19. Juni 2011

Person 4 – Hilde = Hildegard Conradty,
geboren 2. Februar 1960 in Traunstein, Oberbayern, Beruf: unbekannt, Hobbyfotografin, seit 1980 verheiratet mit Horst Costner – Keine Kinder.
Letzter Wohnort: Marlhof, Oberpfalz, Deutschland
Wahrscheinlich ermordet am 19. Juni 2011

Person 5 – Siggi = Siegfried Schaffer,
geboren 25. Oktober 1958 in Heroldsbürg bei Nürnberg, Beruf: Regisseur beim Bayerischen Rundfunk, Studio Franken, seit 1983 verheiratet mit Elisabeth Schaffer, geborene Pentner – Keine Kinder.
Letzter Wohnort: Klagenfurt, Österreich
ermordet am 30. Mai 2011

Person 6 – Elli = Elisabeth Pentner,
geboren 30. November 1961 in Wien, Beruf: Skriptgirl, dann Regieassistentin bei ihrem Mann, seit 1983 verheiratet mit Siegfried Schaffer. – Keine Kinder.
Letzter Wohnort: Klagenfurt, Österreich
ermordet am 30. Mai 2011

Steffi legt eine Tabelle an und trägt zunächst alle ihr bekannten Daten über die Ehepaare ein. Seit Stunden zermartert sie sich das Hirn, aber es hat sie noch kein Geistesblitz erleuchtet. Es muss eine weitere Verbindung geben, da ist sie sich sicher. Irgendetwas, dass sie die ganze Zeit übersehen.

Sie sortiert die Daten der Tabelle um, listet zunächst die Ehepaare auf, ihr gemeinsames Alter und Adressen. Nichts.

Dann tut sie dasselbe nur mit den Männern. Danach mit den Frauen.

Steffi starrt auf die letzte Kombination. Sie stutzt. Irgendetwas fällt ihr auf, aber sie weiß nicht was. Sie steht auf, reibt die müden Augen, geht ein paar Schritte im Büro auf und ab. Dann entschließt sie sich, einen Kaffee zu holen.

Auf dem Weg zur Küche begegnet sie Till, dem Heißsporn. Sie mag den jungen Mann, weiß, dass er ein hervorragender Analytiker ist und über eine hoch entwickelte Kombinationsgabe verfügt.

»Till, kommst du mal mit? Ich möchte dir was zeigen.«

»Klar.«

»Auch'n Kaffee? Ich lad dich ein.«

Till nickt. »Gerne.«

Steffi trägt das Tablett in ihr Büro, bittet Till neben ihr Platz zu nehmen und verteilt die Tassen mit dem heiß dampfenden Kaffee.

»Till, schau dir mal diese letzte Tabelle an. Irgendetwas macht mich hier nachdenklich, aber ich komme nicht darauf, was es sein soll. Komisch, die anderen Kombis oben drüber erzeugen in mir gar keine Intuition. Nur diese Letzte mit den Mädchennamen der ermordeten Frauen.«

Till starrt auf die Zeilen:

Frauen:	*Costner – Schaffer – Foster*
Mädchennamen:	*Conradty – Pentner – Landauer*
Alter:	*51 – 50 – 53*

»Hm, keine Ahnung.«

»Okay war ja nur ein Versuch. Trinken wir Kaffee und rauchen eine. Nikotin regt meine Synapsen vielleicht an.«

Steffi nippt an der Tasse, holt Zigaretten aus der Schreibtischschublade und bietet Till eine an. Sie rauchen und Till erklärt stolz, dass er einen Namen hat.

Zerstreut – Steffi starrt immer noch auf die Tabelle – hakt sie nach: »Was für einen Namen?«

»Den Namen eines Bewohners, der möglicherweise ...« Till unterbricht den Satz, starrt auf die Tabelle und schlägt mit der flachen Hand auf seine Stirn.

»Mein Gott, ja, das ist es!«

»Was ist was?«

»Du sagtest heute bei der Besprechung etwas von Copeland. Du sagtest: ›Ich übernehme jetzt die Ahnenforschung der ermordeten Familien und sehe mir Copeland näher an‹. Wer ist Copeland?«

»Ein Unternehmen in London.«

»Steht also im Zusammenhang mit dem Fall?«

»Klar, das muss es wohl, sonst hätte ich es nicht erwähnt.«

»Was bedeutet Copeland, für was steht dieser Name?«

»Copeland ist eine Immobilien-Investment-Gesellschaft. Copeland Real Estate Consulting, Limited, London.«

Till schießt das Blut in die Wangen, ist aufgeregt. »Ja, klar, das ist der Geschäftsinhalt. Aber wie kommt es zu dem Namen Copeland?«

»Worauf willst du hinaus?« Steffi wird ungeduldig.

»Darf ich?« Till angelt sich die Funktastatur zu Steffis PC und kopiert Steffis Zeilen mit den Namen der Frauen:

Till ergänzt die Zeile mit den Buchstaben »Ndisi«.

Vor Steffis Augen steht jetzt in der letzten Tabellenzeile:

Mädchennamen: Conradty – Pentner – Landauer – Ndisi

»Was bedeutet Ndisi?«

Till triumphiert: »Ich habe meine Hausaufgaben gemacht. Du wolltest doch, dass ich herausfinde, wer im Dachgeschoss des Hauses in Heroldsbürg gewohnt hat. Ndisi ist der richtige Name. Zoritza Ndisi, geboren in Mombasa. Österreichische Staatsbürgerschaft. Die war dort gemeldet.«

Steffi klopft Till auf die Schulter. »Allen Respekt. Du bist wirklich Klasse, Till. Aber, woher willst du wissen, dass dieser Name etwas mit unserem Fall zu tun hat?«

»Weil ich genial bin«, jubelt Till sich selbst zu, greift hyperaktiv in die Tasten.

Mädchennamen: CO nradty – PE ntner – LA ndauer – ND isi

Da Steffi sprachlos geworden scheint, ergreift Till die Initiative und verkündet feierlich das Ergebnis seiner Genialität: »Die beiden Anfangsbuchstaben aus den Mädchennamen der Frauen, die im Stettenberger Weg in Heroldsbürg zur gleichen Zeit gewohnt haben, ergeben buchstabiert ein CO, ein PE, ein LA und ein ND, also zusammengesetzt: Copeland!«

65
Aus dem Tagebuch der Susan Foster

Sie haben uns Pralinen geschenkt. Pralinen gegen unser Leben. Fair, oder nicht? Und Taschengeld. Mehr Geld, ein fairer Tausch: Geld gegen Körper, Ficken für ein bedrucktes Blatt Papier, für das wir kaufen könnten, was sie uns wieder wegnehmen würden.

Bettina und Ernst haben beide geflennt, als sie uns abgeholt haben. Jugendamt kontra Pflegeeltern, Gutachter kontra Wohl des Kindes, Richter gegen die, die zugerichtet werden.

Tolles Land, scheiß Justiz, bescheuerte Behörden. Kinder in Behördenmühlen, ja sie mahlen uns durch, die Ficker, die jetzt richtig Kohle für uns abdrücken. Susan ist jetzt kirre im Kopf. Susan, das bin ich. Susan haben sie geohrfeigt. Wir wohnen jetzt in München. Gute Gegend, gutes Haus. Michael und Anna haben es gemietet. Die anderen kommen auch ab und zu und sie bringen Männer mit. Die Männer nehmen ihre Schwänze und pusten mir den Verstand raus, ich sauge das Unheil aus ihren Schändern. Sie wollen nicht mich, sie wollen meine Unschuld, entjungfern mich oft mehrmals am Tag. Lolita, die Puppe, Susan, die Lolita. Lolita! Nymphchen! Ich bin Ware. Susan ist Ware, Susan bewahrt sie vor ihrem Frust, vor dem Sterben ihrer abartigen Lust, Susan wahrt ihre kranken Energien, wahrt ihre Phantasien. Susan. Ware. Susan, die Wahre. Susan, die Bewahrerin. Susan, verfickte, blöde Schlampen-Suse.

»Stell niemals Fragen.« Haben sie uns als Kindern schon eingebläut. Susan und Aliena, ein Leben in unbeantwortetem Lebensraum, in einer fragenfreien Galaxie. Warum haben sie uns zurückgegeben? Fragenschrott. Frag nicht.

Warum sollen wir willig sein? Willen. Los. Unser Los, keinen Willen zu haben. Keine Fragen dazu. Nicht jetzt, nicht heute, niemals. Sie reden von Geld. Wir haben einen Wert. Endlich. Geld. Wert. Geldwert – Fickschlampen sind Geld wert, sehr, sehr viel Geld. Susan ist nichts wert. Susan ist der Tausch gegen harte D-Mark. Manchmal auch harte Dollar. Mike hat so seine Verbindungen. Zur Pädophilisterarmee. Heißt das Pädophilister? Schon wieder eine Frage, überflüssig. Weg damit. Susan fragt nicht. Susan schreibt an Bettina. Wirft alles Geschriebene weg. Meine Buchstaben waren eh nur eine Ansammlung verfickter Schweigeminuten. Susan ritzt sich in die Arme und Beine. Susan schreibt an den lieben Gott. Auch den werfe ich weg, nicht Gott, sondern das Papier. Ich würde ihm doch nur sinnlose Fragen stellen.

Aliena weiß, dass es Unrecht ist. Woher weiß sie es, wenn wir keine Fragen stellen dürfen? Ich weiß nichts mehr. Ich bin eine verblödete Pissnelke.

Kroko managt jetzt alles. Filme, abgetakelte Wichser, die erst uns und dann die Pornos kaufen. Sie haben alle ihren Job beim BR verloren. Jetzt betreiben sie ein eigenes Studio. Siggi und Elli, die vor unseren Augen vögeln, dann über Aliena und Susan herfallen, und Hotte hält seine dicke Kamera drauf. Hilde macht Fotos. Detailaufnahmen heißt das. Da kommt sie mit der Kamera ganz dicht an uns ran, wir müssen die Beine öffnen und dann klickt es einige

Sekunden pausenlos. Sie filmen drauf los, auch wenn die Fremden kommen. Einmal habe ich Filme von den Fremden gesehen. Mit ihrem Trickgenerator, oder wie das heißt, haben sie den Film verändert, Männergesichter waren vernebelt. Nebelmenschen.

Dopi, so hat ihn Sue am liebsten genannt, kann nicht weiterlesen. Tränen laufen ihm über die Wangen, er heult wie ein Schlosshund, kann kaum verkraften, was er da liest. Zuvor hat er alle acht Briefe an den lieben Gott gelesen. Jetzt möchte er am liebsten selbst an den lieben Gott schreiben.

Natürlich kannte er Susans Geschichte und die von Aliena. Selbstverständlich wusste er schon vor dem Diebstahl der Tagebücher, was den beiden Mädchen zugestoßen war. Ohne Zweifel hatte er sehr genau gewusst, dass die Welt der Pädophilen kaum an Grausamkeiten zu überbieten war. Er kannte Susan gut genug, um zu wissen, dass sie aus ihr ein Wrack gemacht hatten, geistig und körperlich. Dennoch hatte er sie über alles geliebt, kannte ihren liebenswerten Kern, ihre Sanftmut und ihre Anmut. Verrückt war nicht sie, verrückt waren die, die sich an ihr über Jahre vergangen hatten: Eltern, Behörden, Richter, professionelle Pädagogen, Hüter der Gesetze, die man eigentlich als Verhüter der Menschlichkeit titulieren muss. Sie alle: verblendet, vernebelt. Sie alle waren Nebelmenschen.

66

Tom erhält den Anruf am frühen Nachmittag. Hauptkommissar Lange will ihn noch mal sprechen und bittet ihn, zum Marlhof zu kommen. Über eine Stunde dauert die Unterredung mit dem Mann vom LKA, dann fährt Tom zurück zum Grasserhof.

Morgen wird er abreisen, zurück nach München, zurück nach Berg. In sein Haus. Gerade denkt er daran, dass er Lena Bescheid geben muss, da sieht er einen dunkelhäutigen Mann mit gekräuselten Haaren über den Parkplatz gehen. Der Mann biegt ab und geht hinunter zum Hof.

Eine Viertelstunde später klopft Lena an die Tür der Suite. »Tom«, sie ist außer Atem und schnappt nach Luft. »Ich möchte bei dir bleiben. Heute Nacht. Geht das?«

Tom bleibt seiner Linie treu, Gegenfragen zu vermeiden. Außerdem freut er sich.

»Ich möchte nicht mehr nach unten gehen«, ergänzt Lena.

Tom nickt. »Musst du nicht. Du bist hier in Sicherheit. Ich besorg uns was zu essen und wir verkrümeln uns. Bis es dunkel wird, gehen wir auch nicht mehr auf die Terrasse.«

»Okay, danke, Tom. Ich erklär dir alles später.«

Trotz allem, was in den letzten Wochen und Monaten geschehen war, kann Tom in dieser Nacht einige Stunden sein Gewissen beiseitelegen und vollkommenes Glück genießen. Nein, er hat nicht mit Lena geschlafen. Ja, sie hat sich im Bett dicht an ihn gekuschelt. Nein, er hat sie nicht so gestreichelt, wie das ihre Sinnlichkeit und diese grazile Anmut verlangt. Ja, er hat ihr Gesicht berührt, hat sie geküsst.

So müsste Tom antworten können, hätte man ihn nach ihr gefragt. Aber es gibt niemanden, der ihn am Morgen fragt. Es gibt nur Lena, es gibt nur ein wunderschönes Gefühl, ihre Gegenwart zu genießen und ihr Vertrauen nicht in den banalen Stunden einer aufgeheizten Nacht verspielt zu haben. Jetzt, dessen ist Tom sich sicher, wird sie ihm für immer vertrauen. Und, so schön und so reizend sie ist, es war ihm überhaupt nicht schwergefallen. Es war der Sieg der Liebe, die den Triumph seiner Geduld zum Bleiben einlud.

Das Auto des Mannes steht immer noch auf dem Parkplatz. »Du musst heute fahren?«, mutmaßt Lena und ihre traurigen Augen sehen ihn flehend an.

»Ja. Leider. Aber, wenn du willst, dann brennen wir durch.«

»Können wir das gleich machen? Ich helfe dir packen.«

Tom nickt. »Ja klar!«

Aufgeregt, wie er Lena noch nie erlebt hat, sprintet sie zum Kleiderschrank, holt seinen Koffer aus dem obersten Fach und beginnt, seine Sachen fein säuberlich in das Gepäckstück zu legen. Mein Gott, die meint es ernst, freut sich Tom, und vergisst dabei seine Neugierde ob ihrer panikartigen Fluchtmaßnahme. Er schmunzelt, fängt an, herumliegendes Hab und Gut einzusammeln und füllt damit den kleinen Trolley.

Das Gepäck bringt er nach unten, fährt den Audi direkt vor die Tür und lädt ein. Von dem Mann, der Lena scheinbar solche Ängste bereitet, ist nichts zu sehen. Lena telefoniert kurz mit ihrer Mutter. Anna Grasser erteilt die üblichen Müttermahnungen und gibt ihre Tochter frei.

Lena sprintet nach unten und setzt sich ins Auto. Sie deutet mit einer Handbewegung an, Tom möge schnell Gas geben.

»Ich muss noch meine Rechnung zahlen«, wirft Tom ein.

»Nein, schon erledigt. Ich wohne doch erst mal bei dir. Und der Starnberger See dürfte teurer sein als die Oberpfalz. Da muss ja eigentlich ich was zahlen.«

»Untersteh dich«, droht Tom und startet den Audi. Drei Stunden später betritt Lena seine Villa am Starnberger See. Erstmals in all der Zeit sieht er Lenas wunderschönes Lächeln und diesmal wirkt es nicht aufgesetzt, sondern befreit und voller Glück.

»Ist das schön hier!«, ruft sie und breitet die Arme aus. »Hier bleibe ich.« Tom lacht, schließt seine Arme um sie und nickt: »Willkommen zu Hause.«

Am Nachmittag fährt Tom zur Detektei Drambach. Lena hat er empfohlen, sich Berg anzusehen und einen Spaziergang im Schlosspark zu unternehmen. Steffi und Big Ben empfangen ihn. Im Konferenzzimmer ist Kaffee und etwas Gebäck aufgedeckt. Steffi berichtet von den jüngsten Erkenntnissen.

»Copeland ist ein Unternehmen, hinter dem unsere ermordeten Familien stecken. Wir werden bald erfahren, wie die Besitzverhältnisse dort sind. Zunächst aber haben wir rausgefunden, dass der Hauptsitz gar nicht in England liegt, sondern in Köln. Die Gesellschafterstruktur und alle Daten, die sich ermitteln lassen, haben wir noch nicht.«

Steffi zeigt Tom kurz auf, wie sie darauf gekommen ist, dass die Mädchennamen der Damen zu dem Firmennamen Copeland führen und, dass es eine Frau Ndisi gab, die in dem Heroldsbürger Haus gemeldet war.

Zuletzt berichtet Steffi, dass sie die Bestätigung von Susan Fosters Tod erhalten hatten. »Sie hat sich tatsächlich an ihrem Geburtstag, also am 30. Mai 2009, das Leben genommen.« Steffi legt Tom ein Bild vor. »Hier, in diesem Mehrfamilienhaus in Weiden hat sie zuletzt gewohnt. Dort ist sie aus dem fünften Stock gesprungen.«

»Gesprungen oder geschubst worden?«, wirft Tom ein.

»Laut Polizeibericht sei Fremdverschulden auszuschließen.«

»Das sagen sie immer, wenn sie den Fall nicht lösen können.«

»Kann sein. Allerdings kündigten ihre Briefe an, dass sie sterben wollte. Da gab es sicher einen triftigen Grund.«

»Ja, den hatte sie wahrscheinlich schon ein Leben lang«, bemerkt Tom bitter.

»In diesem Zeitrahmen gab es aber noch etwas Anderes.«

»So, und was?«

Steffis Miene ist todernst. »Susan Foster war schwanger.«

67

Tom, Steffi und Ben besprechen noch einige Dinge. Daraufhin verabschiedet sich Tom und fährt zurück nach Starnberg in die Kanzlei. Doktor Fritz Sollfrank begrüßt ihn reserviert, beinahe unterkühlt.

»Was ist los?«, will Tom wissen und spürt ein unangenehmes Kribbeln im Bauch.

»Ich weiß Bescheid«, antwortet sein Partner.

»Über was?«

»Tu nicht so. Du wirst für Seewald arbeiten.«

»Woher ...«

»Deine Freundin spricht ziemlich laut. Ich konnte gar nicht weghören.«

Tom erinnert sich. Ja, auf dem Parkplatz vor der Kanzlei. Verdammt. Tom starrt eine Weile aus dem Fenster, als suche er die Hilfe des Sees, der von hier aus zu sehen ist. Er atmet tief durch: »Fritz, ich will offen mit dir sprechen.«

»Das haben wir uns beide aber auch redlich verdient.«

»Ja, das haben wir. Das Angebot von Seewald ist verlockend.«

»Kann ich mir vorstellen. Sicher eine einmalige Chance.«

»Ja. Aber zwischenzeitlich hat sich etwas geändert, Fritz.«

»Das kann man wohl sagen. Jenny sitzt in der Todeszelle.«

»Das auch, aber das meine ich nicht. Seit dem Angebot hat sich etwas Entscheidendes verändert.«

Fritz Sollfrank sieht Tom interessiert an. »Ich nehme an, du wirst es mir verraten?!«

»Ja. Ich habe mich verliebt.«

Der gute und seriöse Ruf von Rechtsanwalt Doktor Sollfrank hindert ihn nicht daran, schallend zu lachen. »Und das willst du mir jetzt als Entschuldigung dafür anbieten, dass du unsere Sozietät verlassen wirst? Verliebt? Familie gründen, Familie versorgen? Logo, Kinder sind ja so teuer! Musst du heiraten? Klar doch, geht nur mit Spitzengehalt vom alten Seewald.«

Tom wehrt ab. »Bitte, lass deinen Zynismus. Lena, so heißt sie, hat mich dazu gebracht, umzudenken.«

Tom klärt ihn schnell auf. »Das heißt, ich werde das Angebot der Seewalds ablehnen. Ich werde die Beziehung mit Sarah beenden. Und ich bitte dich, mir noch ein paar Tage unbezahlten Urlaub zu gewähren, um den Fall zu lösen. Dann möchte ich gerne wieder an Bord gehen.«

Erstmals, seit Tom Fritz Sollfrank kennt, sieht er, dass sein Freund und Geschäftspartner Emotionen preisgeben kann. Sollfrank nimmt Tom in den Arm und seine feuchten Augen funkeln. »Bist doch ein guter Junge, Tom Wolfert. Ein alter Seewolf wie du gehört auch hier her.«

»Stimmt«, pflichtet ihm Tom lachend bei.

»Okay, ich bin froh über deine Entscheidung. Und über die Versorgung einer Familie mach dir keine Sorgen. Das wirft unsere Kanzlei ganz sicher immer ab.«

»Ganz bestimmt.« Tom ist ebenso gerührt wie Fritz. »Und was brauchen wir sonst zum Leben?«

Kapitän Sollfrank lächelt und deutet hinaus auf den See. »Schönes Wetter zum Segeln und eine Braut, deren Haare im Wind flattern«, schmunzelt er.

Am nächsten Tag fährt er nach München, in die Zentrale der Seewalds. Bernhard Stannitzer empfängt ihn mit den Worten: »Endlich kommt unser neuer Mann. Jetzt kann's losgehen.«

Tom entschließt sich für die schnelle Tour. »Ich fürchte, nicht für mich. Ich bin dankbar für das Angebot, aber ich habe mich entschieden, bei meinem alten Job zu bleiben.« Seine Stimme klingt entschlossen und lässt keine Zweifel zu.

Stannitzer sieht ihn entgeistert an. Er braucht ein paar Augenblicke, bis er sich fasst, zum Telefon greift und Martin Seewald informiert. Der bittet sie beide in sein Büro und es folgt ein einstündiger Disput, bei dem der Vorstandsvorsitzende vergeblich versucht, Tom umzustimmen.

Bevor die Stimmung kippt, verlässt Tom die Runde und erntet dafür einige diplomatisch verpackte Verwünschungen für seine weitere Zukunft. Am Eingang trifft er auf Sarah. Eigentlich hat er sich mit ihr verabreden wollen, aber als sie beginnt, ihm Vorwürfe zu machen, platzt es aus ihm heraus.

»Sarah, ich glaube, unsere Beziehung hat keine Zukunft.« Sie starrt ihn ungläubig an.

»Wie bitte?«

Tom räuspert sich verlegen. Einer der Gründe, weswegen er nicht früher mit ihr Schluss gemacht hat, ist, dass er so etwas nicht kann. Sarah funkelt ihn an.

»Ich habe jemanden kennengelernt«, gibt Tom zu. »Es tut mir leid.«

»Es tut dir leid?! Das will ich aber doch hoffen!«, höhnt Sarah »Komm bloß nicht zurückgekrochen, wenn du merkst, dass du mich vermisst! Spar dir deine Erklärungen, die habe ich nicht nötig.« Und mit diesen Worten dreht sie sich um und stolziert wutentbrannt in das Bürogebäude zurück.

Tom beeilt sich, zu seinem Wagen zu kommen. Sein ganzer Körper ist in Aufruhr – Adrenalin pur, Gewissensbisse im Auf und Ab eines Tornados, der durch seine Adern fegt. Unterwegs rührt sich sein Handy, nach dem er zitternd greift. Steffi ist dran. »Wo bist du gerade?«

»Fahre eben von der Seewald Zentrale weg.«

»Kannst du bitte so schnell wie möglich herkommen?«

Zwanzig Minuten später sitzt Tom Steffi gegenüber.

»Unser junger Mitarbeiter, Till, ist der Knaller. Er hat doch Ndisi aus Mombasa ausfindig gemacht.«

»Ja, und?«

»Ich glaube, die war nur kurze Zeit in Heroldsbürg. Aber ihr Sohn, der hat dort länger gewohnt. Ich habe Oma Julchen angerufen, und als ich ihr erzählt habe, was ich alles weiß, hat sie mir bestätigt, dass in dem Dachgeschoss des Stettenberger Weges ein gewisser Kroko sein Unwesen trieb. Kroko, der Sohn von Zoritza Ndisi. Sein Name war die Abkürzung für Krokodil. Kroko war der brutalste Zuhälter im Raum Nürnberg, Fürth und Erlangen. Seine unersättliche Gier nach ›Frischfleisch‹ hat ihm wohl diesen Spitznamen eingebracht.«

»Der Kreis schließt sich allmählich«, murmelt Tom. »Drei Kinderschänderfamilien, ein Zuhälter, die Ehepaare alle im Filmgeschäft und nach dem Knast verschwunden. Okay, was bedeutet das jetzt alles für unseren Fall?«

Steffi holt tief Luft. »Copeland ist eine Gesellschaft, die eine Menge Beteiligungen und Immobilien hält. Der Wert dieses Unternehmens wird auf über eine Milliarde Euro geschätzt. Reicht wahrscheinlich gar nicht.«

Tom pfeift laut durch die Zähne. »Erzähl weiter!«

»Die Firma besteht aus sieben Gesellschaftern. Die Ehepaare Foster, Costner, Schaffer – jeder für sich hielt 12,5 Prozent, ein Ehepaar hat also einen Anteil von fünfundzwanzig Prozent.«

»Ergibt fünfundsiebzig«, stellt Tom geistesgegenwärtig fest. »Also hält der siebte Gesellschafter die letzten fünfundzwanzig. Lass mich raten. Der siebte Gesellschafter ist dieser Kroko, der Zuhälter.«

»Ganz genau! Aber Kroko ist kein Zuhälter mehr.«

»Das habt ihr auch schon herausgefunden?«

»Ja.«

»Na, dann rück mal raus. Kennen wir ihn?«

»Wir nicht, aber du, Tom.«

Tom beugt sich vor. Die Spannung ist beinahe unerträglich. Steffi lässt ihn zappeln, als sei Tom Teilnehmer einer Casting Show und warte darauf, wer ins Finale kommt.

»The winner is …«, murmelt Tom.

Steffi holt Luft. Ihre Augen glitzern, sie ist ebenso aufgeregt wie Tom.

»The winner is …« Steffi bricht den Satz ab, das Telefon klingelt.

68
Aus dem letzten Tagebuch der Susan Foster

Ich kann nicht mehr. Susan kann nicht mehr. Susan ist jetzt alt geworden, neunundzwanzig. Aber sie wird es nicht. Sie leben in Galveston, Mum und Dad. Ich lebe in Weiden. Dopi hat es fast geschafft, aber er konnte es nicht verhindern. Dopi liebt mich sehr, das weiß ich. Für ihn allein hätte es schon Sinn ergeben, weiter zu leben. Das hatte ich auch vor. Aber dann kam der Tag, an dem der liebe Gott bestimmt hat, dass mein Leben nicht mir und nicht Dopi und nicht uns beiden zusammengehört.
Mike und Ann haben mich vor acht Monaten besucht. Sie wollten zu Aliena und zu mir. Sie haben in Weiden in einem Hotel übernachtet. Dann ist er zu mir gekommen. Dad, mein Papa. Dad heißt er in den USA, Papa heißt er in der Oberpfalz. Ich bin in der Oberpfalz. Papa ist zu mir ins Bett gekrochen. Jetzt kann mich auch Dopi nicht mehr retten. Schade, er hat sich wirklich so viel Mühe mit mir gegeben.
Ich will das Baby nicht. Ich werde Schluss machen. Ich schreibe es dem lieben Gott. Dass ich ein Kind von meinem eigenen Vater bekomme, schreibe ich ihm nicht, sonst komme ich nicht in den Himmel. Aber ich erzähle ihm von den Nebelmenschen und von mir und bitte ihn, mich doch in den Himmel zu lassen. Dort mögen sie Kinder. Die Menschen hier auf der Welt und auf der Erde mögen keine Kinder, keine Kinder und keine Susan, schon gar keine Susan, die neunundzwanzig wird und ein Kind in sich trägt.

69

Das Telefongespräch dauert ewig. Tom bekommt mit, dass es Jens ist, der am anderen Ende der Leitung um seine Beziehung zu Steffi kämpft. Als sie endlich fertig ist, sieht sie Tom entschuldigend an.

»Das hört sich stressig, aber ich kann darauf keine Rücksicht nehmen. Bitte spuck den Namen schon aus. Wir waren bei Ndisi stehen geblieben und bei Kroko, dem Zuhälter. Der also ist der siebente Gesellschafter bei Copeland.«

»Ist schon gut, Schluss machen ist eben nicht einfach. Und ja. Sein Name ist Bernhard Stannitzer«, sagt Steffi mit feierlicher Miene.

Der Executive Manager der Seewald AG.

70

Das Leben auf dem Grasserhof ist anders geworden, seit Lena mit dem Gast aus der Suite abgereist ist. Anna Grasser hat alle Mühe, das Verhalten ihrer Tochter zu verstehen. Es war so gar nicht Lenas Art, einfach mit einem Fremden abzuhauen, um angeblich Urlaub zu machen. Irgendwie musste dieser Widerling, dieser vermeintliche Verlobte, eine Rolle spielen. Nie haben die Eltern verstanden, was ihre Tochter an diesem Menschen fand, den sie in seiner Abwesenheit abwertend »Krake« in Anlehnung an seine schlaksigen Fangarme, nennt.

»Sie ist mit diesem Wolfert verschwunden, oder nicht?«

Anna betrachtet diesen dünnen Körper und sie kann der Metapher ihrer Tochter nur zustimmen. Florian nennt ihn einen Octopus vulgaris und meint damit seinen vulgären Charakter, die Art, andere Menschen nahezu mit Brachialgewalt zu manipulieren.

»Lena hat sich Urlaub genommen. Hat sie sich verdient. Das Mädel schuftet Tag und Nacht auf dem Hof.« Anna Grasser wundert sich, wie leicht es ihr fällt, zu lügen. Aber ihr Instinkt und der gesunde Menschenverstand sagen ihr, dass Lena allen Grund hatte, so panikartig den Hof zu verlassen. Lenas Mutter versteht die Welt nicht mehr, seit dieser ekelhafte Aufschneider den Grasserhof aufsucht. Wie konnte Lena zustimmen, ihn zu heiraten? Soviel Geld konnte dieser Mensch ihr doch gar nicht bieten, um sich auf so ein Abenteuer einzulassen und überhaupt, war Lena jemals käuflich gewesen?

»Urlaub? Soso, das kannst du deinen Rindviechern erzählen, aber nicht mir«, unterbricht er Annas Gedanken. »Aber gut, dieser Wagen hat fünfhundertsechzig PS unter der Haube. Da werde ich schnell in Berg sein und nachsehen, ob dieser Wichser sie mitgenommen hat. Ja, ich weiß Bescheid, wo der Kerl herkommt. Mir entgeht nichts!«

Annas Oberpfälzer Mentalität und das harte Leben als Bäuerin helfen ihr, die Gesichtsmuskeln in Zaum zu halten. Sie verzieht keine Miene, stellt nur erleichtert fest, dass Lukas zu seinem Lamborghini schreitet. Als der Wagen den Parkplatz verlässt und die durchdrehenden Hinterräder den Kies einige Meter hinter sich sprühen, wählt sie Lenas Handynummer.

71

»Wie kann es sein, dass Lukas Toms Namen kennt und die Adresse?« Lena ist erregt, zittert am ganzen Körper.

Anna Grasser räuspert sich und ihre Stimme klingt belegt: »Vielleicht hat er sich Zugang zum Gästebuch verschafft.«

»Am PC? Kann ich mir nicht vorstellen. Da müsste er die Zugangsdaten kennen.«

»Dem trau ich alles zu.«

»Mama, der kommt doch nicht ins Büro der Pension rein. Das ist abgeschlossen, wenn niemand da drin etwas zu tun hat.«

»Auf jeden Fall kann es sein, dass er bei Herrn Wolfert auftaucht. Ich hoffe, du bist dann nicht allein.«

Lena sieht auf die Uhr. »Tom ist zu seinen Eltern gefahren. Er müsste aber gegen Mittag zurück sein.«

»Ist ja schon gleich Mittag. Also, auf jeden Fall, mach dich klein, Lena. Versteck dich, dieser grässliche Typ – ich weiß nicht. Pass auf dich auf, Kind.«

»Mach ich Mama, hab keine Angst.«

»Wann kommst du denn überhaupt zurück?«

»Braucht ihr mich dringend?«

Anna Grasser überlegt. »Ja, natürlich brauchen wir dich dringend. Lass dir trotzdem Zeit. Nur irgendwann musst du mir endlich sagen, was los ist. Mit dir und diesem Lukas.«

»Mama, entschuldige. Tom kommt. Ich muss Schluss machen.«

»Grüß ihn von mir. Tschüss.«

»Tschüss, Mama.«

Tom ist schon an der Tür und wedelt mit der Post, die er dem Briefkasten entnommen hat. »Ein Brief von Jenny«, ruft er Lena zu, legt das Kuvert jedoch auf die Anrichte, um Lena in den Arm zu nehmen und zu drücken. »Na, du siehst blass aus«, stellt er fest.

»Habe gerade mit Mama telefoniert. Sie meint, Lukas ist unterwegs. Hier her!«

»Zu mir?«

»Ja, Tom. Er weiß, wie du heißt und wo du wohnst.«

»Na, du wirst ihm von mir erzählt haben.«

»Keine Silbe.«

»Hm, seltsam.«

»Ja, das ist mehr als seltsam«, bestätigt Lena. »Meinst du, du kannst ihn davon überzeugen, dass ich nicht …«

»Klar doch, Lena. Mach dir mal keine Sorgen. Du bleibst auf jeden Fall heute im Haus, bis er hier aufgetaucht ist.«

Lena läuft zu ihm und lässt sich von Tom in die Arme schließen. Ihre Blicke treffen sich, ihre Worte verstummen und in dieser Stunde schlafen sie das erste Mal miteinander.

Als Tom aufwacht, bemerkt er, dass Lena neben ihm immer noch schläft. Er bewundert ihre sinnlichen Züge, deckt sie zu und lauscht eine Weile ihrem gleichmäßigen Atem. Er rappelt sich auf und tappt hinaus in die Diele. Dort liegt Jennys Brief.

Lieber Tom,
danke für die Zeilen, die du mir vor einiger Zeit geschrieben hast. Ja, den Sonnenaufgang, von dem Du mir erzählt hast, habe ich heute im Traum gesehen. Ich muss Dir gestehen, ich habe kaum Lust zu schreiben. Ich weiß auch nicht, was ich Dir schreiben soll. Du kannst Dir vorstellen, dass man hier nicht viel erlebt. Jeder Tag ist gleich. Manche Tage sind zudem unendlich lang, wollen nicht enden. Ich habe

gelernt, mich rauszuhalten, ich lasse mich auf nichts ein. Weder mit den Mitgefangenen noch mit den Schlüsselträgern. Ich bekomme Bücher von der Bibliothek und kann viel lesen, es lenkt ab, weckt aber manchmal auch Sehnsüchte.

Ich bin mir unsicher, ob ich eines Tages hier rauskomme. Fragt sich nur, wenn doch, dann wann und wie. Aber ich will die Hoffnung nicht ganz verlieren. Ich bin unschuldig und nur ich kann wissen, dass dies die absolute Wahrheit ist.

Okay, dieser Mike Foster, ein Widerling, den man gar nicht beschreiben möchte, hat mich tatsächlich vergewaltigt. Dieser Mann war ein Hüne. Wie hätte ich diesen schwergewichtigen Mann ermorden sollen? Weißt Du, Tom, eigentlich müsste das jedem einleuchten, dass dies selbst für einen kräftigen Menschen kaum möglich gewesen wäre, schon gar nicht in einer rutschigen Badewanne. Ich meine, da gehören sicher zwei Personen dazu.

Was soll's, sie haben mich alle verraten. Mein Verteidiger, Laurence Garathy, hat nie auf das gehört, was ich ihm gesagt habe. Lory, meine damalige Freundin, hat mich hintergangen. Ich glaube, es tat ihr nach dem Prozess leid. Mir tut es auch leid. Der Staatsanwalt hat mit dem Richter oft getuschelt und irgendwelche Zeichen ausgetauscht. Ich glaube, für alle Prozessbeteiligten war ich bereits schuldig und verurteilt, bevor der erste Prozesstag begonnen hat.

Vielleicht findest Du die Lösung. Ich glaube an Dich und bin Dir sehr dankbar. Wenn Du es schaffst, mich hier rauszuholen und den wahren Mörder zu finden, dann sehen wir uns den nächsten Sonnenuntergang über dem Starnberger See gemeinsam an. Wenn nicht, dann ist das mein Schicksal und die Strafe dafür, dass ich so behütet und geborgen aufgewachsen bin. Jetzt bin ich müde. Ich weiß nicht, ob sie diese Zeilen an Dich durchlassen. Aber wenn, dann schließ jetzt Deine Augen, denn ich gebe Dir einen dicken Kuss. Pass besser auf Dich auf, als ich es bei mir getan habe.

Deine Jenny.

Tom faltet die beschriebenen Blätter zusammen und steckt sie in das Kuvert zurück. Nachdenklich starrt er hinaus auf den See.

Lena schläft immer noch. Er bewundert ihre sinnlichen Züge und lauscht eine Weile ihrem gleichmäßigen Atem. Dann tappt er hinaus auf die Terrasse, atmet die Luft ein, die von der Frische des Sees angereichert wird und einen Wohlfühleffekt bei ihm auslöst, der sich in einem befreienden Seufzer artikuliert. Die Natur hier draußen ist nicht nur schön, sie spendet auch die Energie, die Tom als Lebenselixier empfindet und die ihm die Kraft gibt, trotz Jennys Zweifel zuversichtlich in die Zukunft zu denken. Den wichtigen, der Lösung zweckdienlichen Hinweis, den dieser Brief enthält, übersieht er jedoch.

Tom umrundet das Haus, genießt wie so oft den Spaziergang auf dem eigenen Grundstück. Er sieht auf der Straße den Lamborghini Gallardo und weiß sofort, dass ein gewisser Lukas von dort aus das Anwesen beobachtet.

Obwohl Tom im Morgenmantel steckt, entschließt er sich, den ungebetenen Gast zur Rede zu stellen. Er reißt das Gartentor auf und eilt auf den Luxusschlitten zu. Tom erkennt dieses Gesicht, obgleich er es am Grasserhof nur aus der Ferne sehen konnte. Lukas zündet den Motor, gibt Gas und Tom muss sich mit einem Sprung zur Seite retten. Der Wagen verfehlt ihn um Haaresbreite und Tom weiß nicht, ob es Panik oder Absicht war. Auf jeden Fall aber weiß er jetzt, dass dieser Lukas gefährlich werden kann. Nicht wegen seiner mangelnden Fahrkünste, sondern weil er den Hass in diesem schmalen Gesicht erkannt hat. Und weil er weiß, dass er diesen Mann schon einmal gesehen hat – nicht am Grasserhof, sondern bereits vor einem Monat. Ja, es muss vor einem Monat gewesen sein. Jetzt, da er dieses Gesicht deutlich gesehen hat, kehrt die Erinnerung zurück. Tom murmelt es ungläubig, aber laut vor sich hin. »Ich weiß, wo ich ihn gesehen habe. Im Flugzeug, auf dem Rückflug von Houston!«

72

Steffis Stimme hört sich heiser an.

»Bist du erkältet oder übernächtigt?«, will Tom wissen.

»Letzteres. Aber lassen wir das. Du sagst, dieser Lukas sei der Mann, der dir im Flugzeug nach Houston schon aufgefallen ist. Hat die Detektei Farrow nicht etwas von einem Foto einer Überwachungskamera gesagt? Ich erinnere mich, dass du mir das erzählt hast.«

Tom überlegt fieberhaft. »Guter Tipp, Steffi. Ich sehe gleich mal meine Aufzeichnungen durch.«

»Ja, mach das. Wir reden später, ich muss dir auch noch was erzählen. Aber gönn' mir erst noch eine Mütze Schlaf.«

»Dann gute Nacht.«

»Nacht, Tom. Bis denn.«

Tom legt auf und fährt seinen Laptop hoch. In seinen Aufzeichnungen findet er die entsprechende Stelle.

Tom ruft die Datei auf und spielt sie ab. Er hört die Stimme von Tracy Farrow:

»Wir verfolgen eine Spur, die die Abholung der persönlichen Sachen der Fosters betrifft. Dazu haben wir den Autoverleih durchforstet, die nach dem Mord am 30. Mai Transporter oder LKWs verliehen haben ...«

Tom stoppt die Aufzeichnung. Sein Blick auf die Uhr sagt ihm, dass Tracy noch an ihrem Arbeitsplatz in Houston sein müsste. Tom schickt ihr eine Mail, in der er ihr kurz sein Anliegen schildert. Er verweist auf die Infos zu dem Bild von der Überwachungskamera der Autovermietung und bittet Tracy, es ihm umgehend zu übersenden. Zwanzig Minuten später erhält er das

Bild und ein paar Grußworte aus Texas. Er öffnet den Anhang und betrachtet das Gesicht auf dem Foto, vergrößert es, bis er sicher ist.

Betroffen starrt Tom hinaus auf den See. Dann ergreift ihn seine Ungeduld und er wählt noch einmal Steffis Nummer.

»Entschuldige, Steffi, aber ich muss mit dir reden.«

»Ich auch mit dir Tom, aber lass mir noch ein paar Schnarcher. Ich bin noch immer müde. Nicht nur wegen Jens, sondern weil ich auch wegen des Falls ziemlich Stunden klopfen musste.«

»Macht nichts. Ich komm zu dir. Dann hast du noch eine halbe Stunde Zeit zu schlafen.«

»Na gut, aber fahr langsam, vielleicht wird ja eine Stunde daraus.«

Tatsächlich braucht Tom über eine Stunde und dann muss er an Steffis Wohnungstür warten, bis sein Sturmklingeln sie weckt. Sie bittet ihn, in ihrem kleinen Wohnzimmer Platz zu nehmen, kocht einen starken Kaffee und lässt sich auf ihrem Ledersessel nieder.

»Also, leg du zuerst los.«

Tom spielt ihr die Aufzeichnung vor, öffnet anschließend das Bild, das Agron Fahric zeigt, und zieht seine Schlussfolgerung: »Agron Fahric, der Mann hat mich scheinbar nach Houston begleitet. Und er ist mit mir zum gleichen Zeitpunkt zurückgeflogen. Das haben die bei Farrows zweifelsfrei ermittelt. Ich bin überzeugt, er hat mich in den USA beschattet. Er ist außerdem der Absender einer E-Mail, die an die Schaffers ging.«

Steffi nickt. »Ja, in dieser E-Mail schickte er jenes Bild vom Grasserhof, das von einer Ansichtskarte stammt.«

»Und die Karte, die er aus meinem Hotelzimmer gestohlen hat«, ergänzt Tom. »Und jetzt taucht ausgerechnet dieser Typ auf dem Grasserhof auf und will Lena heiraten.«

»Das hat sie dir erzählt?«

»Ja, hat sie. Aber das war's dann auch schon.«

Steffi sieht ihn mitleidig an. »Und dieser Mann taucht vor deinem Haus in Berg auf, wo du ihn wiedererkennst?«

»Ja, so ist es.«

»Und du bist ganz sicher, das ist dieser Agron Fahric, der Mann, der auf dem Foto abgebildet ist?«

»Ganz sicher, Steffi. So sicher wie das Amen in der Kirche. Nur heißt dieser Mann nicht Agron, sondern Lukas.«

Tom klappt seinen Laptop auf.

Steffi nippt nachdenklich an ihrer Kaffeetasse.

»Lukas«, murmelt sie. »Der Mann, der Lena heiraten will ist der Mann, der als Drahtzieher für den größten Pädophilenring der Welt zumindest mitverantwortlich ist.«

»Was? Wie kommst du darauf, Steffi?«

Steffi rappelt sich hoch, tapst zu ihrem Schreibtisch und wirft Tom eine dünne Mappe vor die Nase.

»Hier findest du deinen Lukas. Sieh selbst nach!«

73

In der Detektei Drambach wurde heiß diskutiert zwischen Steffi, Till Poland und Jeff Kohlmann.

»Die Pädophilen haben eine Plattform, für die der Seewald-Konzern verantwortlich ist. Als Tarnung hat man verschiedene Partnerbörsen eingerichtet. In eine dieser Börsen bin ich hineingekommen.«

»Wie?«

Jeff schüttelte den Kopf. »Frag niemals wie, das willst du gar nicht wissen«, wehrte er Steffis grenzenlose Neugier ab. »Aber ich kann dir sagen, wie das Ganze aufgebaut ist. Ich melde mich bei einer der Partnerbörsen an. Monatlicher Beitrag fünfzehn Euro und ich kann Kontakte knüpfen, chatten und das Standardangebot nutzen. Zahle ich zehntausend Euro in eine sogenannte Barkasse ein, dann erhalte ich ein anderes Zugangspasswort und schon bin ich in einem schwarzen Netzwerk rund um Kinder. Die Zehntausend sind allerdings nur der Einstieg. Über weitere Bargeldeinzahlungen kann ich nun Leistungen in Anspruch nehmen, die hoch kriminell sind. Dazu zeigt mir mein Kontostand ein Guthaben an, dass sich je nach Inanspruchnahme der Dienste abbaut. Ich sehe also selbst, wann ich mein Guthaben wieder auffüllen muss.«

Steffi trommelte aufgeregt mit den Fingerspitzen auf den Konferenztisch. »Wie geht dieses Auffüllen eines Bargeldkontos?«

»Überall auf der Welt gibt es eine Art Dealer. Der nimmt das Geld persönlich entgegen, gibt eine Ident des Kunden an eine Zentrale, nennt dort die Summe, die auf das Konto überwiesen wird und hinterlegt das Geld.«

»Wo hinterlegt er es?«

»Soweit sind wir noch nicht.«

Steffi dachte an ihre Reise nach Klagenfurt und an die Schaffers. »Fast sieben Millionen Euro«, flüsterte sie. »In einem Erdbunker.«

Jeff sah sie fragend an und Steffi berichtete ihrem Mitarbeiter von dem Geld, das bei den Schaffers kurz nach der Entdeckung verschwand. »Und jetzt suchen wir einen Mörder im Milieu der Pädophilen und Kinderpornografie. Motiv: Wer hat mein Kind zerstört? Rache? Selbstjustiz? Das ist ein sehr starkes Motiv.«

»Und eine unüberschaubare Zahl an Menschen kommen in Frage, das ist uferlos«, mischte Till sich in die Überlegungen ein.

Jeff stimmte ihm zu. »Die Fosters und Schaffers, darüber hinaus die Costners. Die Gesellschafter eines hoch kommerziellen Unternehmens, getarnt als Beteiligungs-, Immobilien-, und Investmentgesellschaft. Milliardenschwer, einflussreich, mächtig. Und hoch diskret.«

»Hochkriminell«, schimpfte Steffi. »Was wissen wir über die Betreiber?«

»Dass die Drahtzieher alle tot sind«, bemerkte Jeff sarkastisch. »Bis auf einen. Den Hauptdrahtzieher.«

»Bernhard Stannitzer. Der Hauptmatador.«

»Und Seewald?«

Jeff betrachtete seine Unterlagen. »Martin Seewald weiß natürlich über all das Bescheid. Stannitzer hat ihn in der Hand, hat auch den Seewald-Konzern in der Hand. Die Copeland Ltd. hält die Mehrheit an der Seewald AG.«

»Auch das noch«, stöhnte Steffi.

Steffis Ausführungen enden mit den Worten: »Till und Jeff haben gute Arbeit geleistet. Sie deckten anschließend weitere Hintergründe auf, die wir bald an die Behörden geben müssten.«

Tom, der während des Berichtes immer blasser wird, steht das blanke Entsetzen ins Gesicht geschrieben. Er versucht sachlich zu bleiben und mahnt: »Bevor wir die Bande hochgehen lassen, müssen wir um Jennys Willen den Mörder finden, sonst kriegen wir sie nie frei. Du glaubst also, dass der Mörder in den Reihen geschändeter Kinder zu finden ist?«

»Liegt nahe, oder? Kann auch ganz anders sein. Aber jetzt schau dir erst mal an, wer dieser Agron Fahric ist.«

Tom öffnet die Mappe. Er findet ein Verzeichnis aller Beteiligten, die in Frage kommen, für das Porno- und Pädophilennetzwerk der Seewald AG verantwortlich zu sein.

Tom liest laut vor:

»Seewald AG – Netzwerk Pädophile und Kinderpornoring.

Betreiber: Seewald AG

Holding: Copeland Real Estate Ltd. London

Hält derzeit 55 Prozent am Aktienpaket

Martin Seewald: 35 Prozent

Streubesitz: 10 Prozent

Vorstandsvorsitz: Martin Seewald

Stellvertretender Sprecher des Vorstandes: Bernhard Stannitzer

Aufsichtsratsvorsitz: Horst Costner.«

Tom kann es noch immer nicht fassen. Er wäre beinahe ein Teil davon geworden. »Hier schließt sich der Kreis. Die Filzläuse unter sich – ein schmutziger, dreckiger, abscheulicher Filz.«

Tom liest weiter: »Für das operative Geschäft sind uns mehrere Namen in die Hände gefallen. Seewald hat eine Hierarchie des geheimen Netzwerkes aufgebaut. Es gibt wie in der Politik Landeschefs und dazu drei führende Kontinentalpräsidenten. Ein Präsident hat die europäischen Landesfürsten unter sich, ein Zweiter die amerikanischen und ein Dritter die asiatischen Oberbosse. Unter dem Landeschef ist der Distributor angesiedelt. Er managt die operativen Einsatzkräfte an der Front, erhält die Zahlungseingänge, setzt die Logistiker ein, die für die Kunden die ›Ware‹ besorgen. Mit ›Ware‹ sind Kinder und Jugendliche gemeint. Alter: fünf bis sechzehn Jahre.«

Tom braucht eine Pause. Die Wut treibt die Augen aus ihren Höhlen. »Schweinevolk, Verdammtes«, knurrt er.

Dann wendet er sich dem nächsten Blatt zu.

»Präsident USA: Michael Foster

Präsident Europa: Horst Costner, gleichfalls Aufsichtsratsvorsitzender Seewald AG

Präsident Asien: Siegfried Schaffer

Koordination aller drei Präsidenten: Bernhard Stannitzer.«

Tom legt das Blatt weg. »Schenk mir einen Klaren ein, Steffi. Hast du so was?«

»Nur noch nen' Rest von gestern«, lächelt Steffi und holt aus der Küche die Flasche, in der nur ein hauchdünnes Rinnsal den Boden bedeckt.

»Bevor du trinkst, sieh dir die letzte Seite an.«

Tom befolgt ihren Rat, nimmt das letzte Blatt des Dossiers in die Hand und liest laut vor: »Nach unseren Erkenntnissen besteht die Führungsspitze aus drei Personen, die sich die Aufgaben wie folgt geteilt haben: Martin Seewald – er stellt mit der Seewald AG die Plattform zur Verfügung, die alles verbindet und die Pädophilen untereinander vernetzt. Auftragsabwicklung via Internet, konspirative Treffen von vermögenden Kunden in den Anwesen der entsprechenden Kontinentalpräsidenten, also Fosters, Schaffers, Costners. Bernhard Stannitzer ist der Executive Chef, der neue Produkte erfindet wie Internetplattformen als Pädophilentreffpunkt im Dark Net, speziell entwickelte Kinderpornos aus Asien, Apps für konspirative Treffen einiger VIP-Mitglieder und vieles mehr. Er hält die Fäden für die Organisation in der Hand. Agron Fahric, der mit falschen Papieren und unter diesem Pseudonym ein länderübergreifendes Controlling ausführt, also die Distributoren überwacht und eliminiert, sofern es notwendig ist. Fahric ist Aufsichtsbeamter und Killer in einer Person. Nach unseren Ermittlungen ist er der Mann, der Laurence Garathy getötet hat. Für den Mord an den Costners und den anderen Ehepaaren kommt er nicht in Frage.«

»Wie kannst du dir da so sicher sein?«

»Weil wir herausgefunden haben, dass er zu den in Frage kommenden Tatzeiten an anderen Orten aktiv war.«

»Wie stellt man so was denn fest?«

»Durch die gläserne Welt, die sich unseren Hackern eröffnet. Kreditkartenabrechnungen, Telefonie mit Archivierung der jeweiligen Standorte, Kontenabhebungen, Handybewegungsprofil und vieles mehr.«

»Verstehe. Illegale Beweismittel also.«

»Und wenn schon«, rechtfertigt Steffi ihre Arbeit. »Wenn's der Klärung eines Mordes dient ...«

»In diesem Fall dient es als Beweis für Unschuld.«

Steffi holt tief Luft. »Wie dem auch sei. Fahric ist jedenfalls der Vertraute von Stannitzer. Nach unseren Abhörattacken wissen wir, dass Stannitzer sich von ihm mit seinem alten Zuhälternamen, Kroko, ansprechen lässt. Stannitzer selbst nennt ihn Agron, obgleich dieser Mann sein unehelicher Sohn ist. Er stammt aus einer Affäre, die Stannitzer mit zwanzig Jahren hatte, eine Prostituierte, die ein Kind von ihm gebar. Die Frau heißt Korbacher und ging für Kroko anschaffen.

Somit ist Stannitzers rechte Hand sein eigener Sohn. Bürgerlicher Name: Lukas Korbacher.«

74

Tom schmeißt das Blatt von sich, als hätte ein glühendes Stück Eisen seine Hand verbrannt.

»Verdammte Oberscheiße«, brüllt er. »Lukas, der Mann, der Lena zum Heiraten zwingen will, ist ein skrupelloser und gefährlicher Killer – der Vollstrecker einer einflussreichen Pädophilenmafia, die überall auf der Welt Verbündete hat. Verbündete, die es möglich machten, meine Schwester in die Todeszelle zu bringen. Für einen Mord, den sie niemals begangen hat. Sie war einfach nur zur falschen Zeit am falschen Ort. Der Mord durfte auf keinen Fall in Verbindung mit dem organisierten Kinderschänder-ring gebracht werden. Ein Milliardengeschäft geriet in Gefahr.«

Steffi nickt und schenkt Tom die letzten Tropfen Hochprozentigen nach. Tom schüttet die Flüssigkeit wie Medizin in seine Kehle.

»Staatsanwälte, Richter, Verteidiger, wahrscheinlich auch ein Teil der er Geschworenen – alle bestochen. Lorys Vater, Mr Bowman, profilierter Arzt und Forscher am Texas Medical Center, die Kanzlei von Garathy. Die alle gehören dazu. Das geben wir an Tracy Farrow durch, vielleicht kann sie feststellen, ob alle Beteiligten ...« Tom spricht nicht weiter, fällt in sich zusammen. Eine Welt stürzt ein, eine Welt, die schier unbegreiflich zulässt, was immer unbegreiflich sein muss. Kinder als Opfer, Kinder, die keinen Schutz haben, die kein Recht bekommen, die als Ware vertickt werden. Jugendämter, die machtlos sind, Richter, die wegsehen oder das schmutzige Geld der Schande annehmen. Kinder, die sich vor ihren eigenen Eltern fürchten müssen und für immer schutzlos sind, solange die Dämonen über sie herrschen. Und wenn sie aufhören, Kinder zu sein, dann fallen sie in die Tristesse ihrer eigenen Selbstzerfleischungswut, fühlen sich als Täter und werden unter Umständen selbst zum Täter. Der Kreislauf des Bösen, der Kreislauf, der Susan Foster in den Suizid trieb, geschwängert und geschändet vom eigenen Vater bis hinauf ins Erwachsenenalter, unaufhörlich, unausweichlich. Und seine Schwester im Todestrakt.

Steffi scheint Toms Gedanken zu lesen. »Darf ich dir noch etwas anvertrauen, Tom? Auch wenn ich keinen Schnaps mehr habe?«

Tom nickt ergeben, aber es ist ein schwerfälliges Auf- und Abheben seines müden Hauptes, das wie ausgebrannt und gehirnleer nahezu kraftlos in den Hals zu versinken scheint.

Steffi bedient den Laptop. Sie öffnet das Bild aus der Mail, die sie bei den Schaffers entdeckt haben.

Das Bild vom Grasserhof und der darunter stehende Text.

A.F.

Grasserhof, Harlesberg 3

92637 Theisseil

Nähe Weiden – St. Felix,

Hammerharlesberg

»›Was bedeutet A.F.?‹, hat Luber damals gefragt. Erinnerst du dich?«

Tom erinnert sich. »Ja. Wir waren damals schon gut. A.F. – bedeutet Agron Fahric. Der Mann, der in Wirklichkeit Lukas Korbacher heißt.«

Steffi schüttelt den Kopf. »Nein, Tom, ich glaube nicht, dass A.F. für Agron Fahric steht.«

Tom sieht Steffi zweifelnd an. »Wieso? Der Mann ist die rechte Hand und Sohn von Stannitzer. Der Grasserhof sollte Treffpunkt der Fosters und Schaffers sein, das haben die Costners jedenfalls gesagt.«

»Ich glaube, die haben gelogen.« Steffis Gesichtsausdruck wirkt entschlossen.

»Verstehe ich nicht«, brummt Tom genervt.

»Sicher bin ich mir nicht, Tom, aber ich glaube, wir haben das A.F. falsch entschlüsselt. Wäre logisch, wenn meine Version stimmen würde.«

»Und wie lautet diese Version? Spuck's aus, mich kann eh nichts mehr erschüttern.«

»A.F. steht nicht für Agron Fahric. Warum sollte er, der die E-Mail schickt, seine Namensinitialen über den Text schreiben, über den Text, der erklärt, dass hier der Grasserhof abgebildet ist, und dass dieser Hof in Harlesberg liegt. Nein, Tom, das ist nicht logisch. Hätte mir eigentlich damals gleich auffallen müssen. Ich glaube, A.F. sagt uns, wer am Grasserhof zu finden ist.«

Tom richtet sich auf. Steffi hat recht. Ja, verdammt, warum ist er nicht selbst darauf gekommen. Er weiß es in diesem Moment, er weiß, was sie ihm jetzt sagen wird und er stimmt ihr zu, bevor sie es ausspricht.

Steffi lehnt sich zurück.

»A.F., Grasserhof. Agron Fahric, also dieser Lukas, teilte den Fosters und den Schaffers mit, was er durch die Costners erfahren hat. Ich würde es so deuten: ›Achtung Leute, A.F. wohnt am Grasserhof, Harlesberg, Hausnummer 3. 92637 Theisseil, das liegt in der Nähe von Weiden‹.«

»Ja, Steffi, so sehe ich das jetzt auch. Und du meinst wirklich, das ist die A.F., die wir suchen?«

»Ja, mein lieber Tom. A.F. steht für Aliena Foster. Und aus Aliena kann man stark verkürzt ... eine Lena hervorzaubern.«

75

Tom benötigt endlose Minuten, in denen er nach Fassung ringt und versucht zu begreifen, was gerade in ihm vorgeht. Steffi gibt ihm die Zeit, die er dazu braucht. Schließlich sieht er sie, nahezu Hilfe suchend, an. »Wieso bist du dir eigentlich so sicher, dass A.F. für Aliena Foster steht?«

»Ich habe dir gesagt, dass ich für diesen Fall einige Überstunden schieben musste. Ich konnte das Gästebuch der Grasser Pension und der Ferienwohnungen aus dem PC im Büro kopieren.«

Tom muss tief durchschnaufen. »Steffi, Steffi!«

»Nix da, Steffi, Steffi. War ja kein Lauschangriff auf die Urlauber. Dieses Gästebuch enthielt jedenfalls keine Namenskombination, auf die die Initialen A.F. gepasst hätten. Das inspirierte mich, meine Recherchen mit einer Frage zu kombinieren, die wir ohnedies klären wollten.«

»Die Frage nach dem Verbleib von Aliena?«

»Ja. Mein Verdacht könnte sich bestätigen. Aber dazu brauche ich entweder Zeit oder du findest es selbst heraus.«

»Verdacht in welcher Richtung?«

»Lena könnte von den Grassers adoptiert worden sein.«

»Klar. Könnte. Und Susan?«

»Susan – ich weiß es nicht. Vielleicht auch. Kann aber auch sein, dass die Geschwister getrennt wurden. Susan war sicher ein Problemkind. Adoptionen von älteren Kindern sind bekanntlich die Ausnahme. Babys und kleine Kinder sind begehrt. Ab einem Alter von fünf Jahren wird es problematisch. Wenn Kinder eine Macke haben – und die hatte Susan Foster sicherlich ausgeprägter als Aliena – dann ist es aussichtslos, für diese Kinder Adoptiv- oder Pflegeeltern zu finden. Also, lass uns die Antworten auf folgende Fragen finden: Verbirgt sich hinter Lena tatsächlich

Aliena Foster? Wurde sie von den Grassers adoptiert? Wie verlief das Leben ihrer Schwester?«

»Was schätzt du, wie lange wirst du brauchen?«

»Heute, am Freitagabend kann ich nicht mehr viel erreichen. Gedulde dich bis Anfang nächster Woche.«

»Und Lena? Soll ich mit ihr reden?«

Steffi wiegt den Kopf hin und her. »Schwierig, vielleicht wartest du mal besser ab, was ich herausfinde. Sollte sich am Wochenende etwas Anderes ergeben, kann ich mir das natürlich ersparen. Ach Tom, du liebst Lena. Stimmt's?«

Tom zögert nicht mit der Antwort. »Ja. Stimmt. Ich habe mich wirklich Hals über Kopf in sie verliebt.«

Steffi lächelt verständnisvoll. »Liebe auf dem ersten Blick.«

»Sozusagen.«

»Dann hör auf dein Herz. Wenn sich die Gelegenheit ergibt, dann rede mit ihr. Wenn Lena dich auch liebt, wird sie Vertrauen zu dir haben.«

»Gut. Ich werde Berg am Wochenende mit Lena verlassen. Ich will, was Agron alias Lukas betrifft, kein Risiko eingehen. Und dann sehen wir weiter.«

»So machen wir das. Aber jetzt sehe ich nichts mehr, mein lieber Tom. Mir fallen die Äuglein zu.«

Steffi rollt sich demonstrativ in ihrem Sessel zusammen und versinkt augenblicklich in einen tiefen Schlaf. Tom steht auf, nimmt die Decke vom Sofa und breitet sie vorsichtig über ihr aus, nimmt seinen Laptop und das Dossier und tappt auf Zehenspitzen hinaus. In der Küche prüft er, ob alle Unterlagen vollständig sind, überfliegt noch einmal die Inhalte der Protokolle, die Steffis Kollegen angefertigt haben, und packt alle Blätter in die Plastiktasche, aus der Steffi sie entnommen hatte.

Als er die Wohnungstür so sanft wie möglich ins Schloss fallen lässt, spürt er, dass die Lösung aller Fragen zum Greifen naheliegt.

76

Lena hat Tom vorgeschlagen, das Wochenende in der Oberpfalz zu verbringen. »Wir könnten uns doch bei meiner Tante Rosa einquartieren«, schlägt sie vor. »Und dazwischen besuchen wir meine Eltern und ich kann mit Mama reden.«

»Guter Vorschlag. Also, pack deine Sachen, auf geht's.«

Zwei Stunden später verlassen sie die Autobahn in Vohenstrauss Ost und nehmen die Landstraße, die zur tschechischen Grenze und damit zur Tillyschanz führt.

Rosa empfängt sie mit offenen Armen, freut sich ehrlich darüber, ihre Nichte und den netten Herrn Wolfert als Gäste zu begrüßen. Sie fragt auch nicht, warum die beiden hier wohnen möchten und warum sie ein Doppelzimmer wünschen. Tom begreift allmählich, warum Lena auf ihre Tante fixiert ist. Rosa entspricht genau dem Bild einer Mit-der-kann-ich-Pferde-stehlen-Tante.

Nachdem sie eine Kleinigkeit gegessen haben – hier allerdings mussten sie sich gegen die üppigen Portionen des Tillyschanz Gasthauses durchsetzen –, schlägt Lena vor, zum Grasserhof zu fahren.

Lena möchte mit ihrer Mutter reden und Tom beschließt, sich nach der ganzen Fahrerei die Füße zu vertreten. Erstmals hat er Zeit, sich den Hof genauer anzusehen. Er wirft einen Blick in die riesige Scheune, begutachtet den Maschinenpark, der dort untergebracht ist. Nebenan, getrennt durch eine breite Auffahrt, liegen die Stallungen. Ein alter Kuhstall, der leer ist, da die Dexter auf der Weide grasen.

Tom spürt plötzlich eine Hand auf seiner Schulter. »So, der Herr aus Starnberg interessiert sich für unsere Landwirtschaft«, sagt eine Stimme, deren Oberpfälzer Akzent unverkennbar auf den Hausherrn hinweist. Sepp Grasser steht gestiefelt und nach Landarbeit riechend vor Tom.

»Grüß Gott, Herr Grasser.«

»Grüßens erna, Herr Wolfert«, antwortet der Bauer. »Aber zu mir kannst du Sepp sagen.«

»Tom«, antwortet Tom lächelnd.

Der Bauer streckt ihm die kräftige Pranke entgegen und Tom schlägt tapfer ein, verzieht auch nicht das Gesicht, als der kräftige Schraubstock zuschnappt.

»Und, Tom, schon mal im Stall gearbeitet?«

»Ja, als Kinder waren wir oft bei den Waldbauern, aber wir hatten auch einen Landwirt, der im Haupterwerb Schweine- und Rinderzucht betrieben hat. Der hatte auch ein Dauerfressgitter wie das hier.« Tom deutet auf das verzinkte Fressgitter, das oben wie ein eiserner Gartenzaun aussieht und den Liegeplatz der Kühe auf der Kopfseite begrenzt.

Der Sepp nickt anerkennend. »Allen Respekt, du kennst di' ja wirklich aus.«

»Na, auskennen ist wohl zu viel gesagt.«

Die Liegeflächen der Tiere werden jeweils nach zwei Rindern durch einen Trennbogen unterteilt. Auf diesen Trennbögen sind Stäbe als Halterung für die Milchleitung angebracht. Somit kann die Milch direkt in eine Leitung gepumpt werden, die zum Sammelbehälter führt. An dieser Leitung hängen Schilder. Tom betrachtet die Namen, die darauf stehen. Er deutet auf diese Namen: »Die Ahnengalerie«, scherzt er und liest laut vor: »Trudchen, Lenchen, Annabell – etwas ungewöhnliche Namen für Kühe«.

Sepp Grasser lacht. »Ja, schon. Aber bei uns hatte jedes Familienmitglied eine Art Patenschaft für sein Rind. Die Trude, die ist schon lange ...«

»Ich weiß«, unterbricht Tom.

»Hast die scho kennen'glernt?«

»Die Trude? Ja, freilich.«

»Ach so. Ja – dann das Lenchen, erklärt sich von selbst. Ist übrigens unsere beste Milchkuh. Die Annabell hat meine Frau zur Welt gebracht, war eine schwere Geburt, das Kalb musste gedreht werden.«

»Hm, kann ich mir vorstellen«, betont Tom in Erinnerung an seine Kindheit. »Und wo ist die Kuh, die deinen Namen trägt?«

Tom hat die Frage eigentlich scherzhaft gemeint, aber der Grasser Bauer packt ihn am Arm und dreht ihn herum. Auf der gegenüberliegenden Seite sind die Kälberboxen und weitere vier Liegeplätze. An dem Ersten hängt das Schild mit der Aufschrift »Seppl«, was zweifelsfrei auf einen Stier hinweist. Daneben hängt ein Schild, das den Namenszug »Suse« trägt. Tom schreitet ein paar Schritte tiefer in den Stall hinein. Und dann verschlägt es ihm den Atem.

77

Bernhard Stannitzer sieht seinen Sohn lange und durchdringend an. »Müssen wir Wolfert nicht exekutieren?« Mit dem Tonfall eines Wieners hört sich das letzte Wort nahezu genüsslich an, als rede Stannitzer von einem Fünfsternemenü. Stannitzer – der Exekutor.

Lukas hebt die Hand und dreht den Daumen nach unten. »Ja, im Moment sieht es ganz danach aus.«

»Er schnappt nach dem Mädchen.«

»Lass ihn schnappen. Zunächst wird er nicht viel anstellen können. Wir müssen allerdings etwas abwarten. Solange die Kripo noch in der Asche der Costners herumstochert, sollten wir uns etwas zurückhalten.«

»Wie dicht ist Wolfert an der Aufklärung des Foster und des Schaffer-Mordes dran?«

»Dichter als er glaubt, aber er weiß es nicht. Wenn sich die Lage etwas beruhigt hat, locken wir ihn in die USA. Dort werde ich einen tragischen Unfall inszenieren.«

»Gut, lass dir aber nicht zu lange Zeit.«

»Ganz sicher nicht. Was machen unsere Freunde von der Feuerwehr?«

»Sind wieder zurück in ihr Heimatland. Apropos Heimatland. Deinen slowenischen Pass solltest du jetzt vernichten. Zu gefährlich. Besorg dir einen Neuen. Agron Fahric hat ausgedient.«

»Bin schon dabei. Wir haben jetzt das Problem, dass unsere konspirativen Treffpunkte für die Promis und unsere VIPs eliminiert sind. Wie soll das weitergehen?«

»Der Ersatz in den USA läuft seit neun Monaten. In Österreich sind wir noch auf der Suche. Nicht ganz einfach dort. Wir wollen natürlich die Nähe zu Slowenien und Kroatien beibehalten. Dort haben wir das meiste Frischfleisch anzubieten.«

»Verstehe. Und der Marlhof, hast du ihn absichtlich abfackeln lassen?«

»Ja, ich habe Hilde nicht mehr vertraut. Ich vermute, die Schlampe wäre über kurz oder lang umgekippt. Sie war schon immer die Schwächste in der Gruppe. Und sie hatte seit dem Tod der anderen Vier Angst.«

»Sicher berechtigt.«

»Das wissen nur wir.«

»Ohne den Tod der Fosters und der Schaffers wärst du nicht auf die Idee für deinen Plan gekommen«, stellt Lukas fest und sieht seinem Vater wissend in die Augen.

Für einen Augenblick blitzt die dunkle Vergangenheit in Stannitzer auf. Doch schnell mutiert er wieder zu dem edlen Businessmann, der sich die Finger nicht mehr schmutzig machen will. Er zupft an seiner Krawatte.

»Ja, der Mord an den Fosters hat den Grundstein dafür gelegt, dass wir Copeland total in den Griff bekommen. Die Schwachköpfe haben für den Fall ihres Todes alle Anteile an die eigenen Kinder vererbt. Sie verfügten, dass alle leiblichen Kinder der drei Paare zu gleichen Teilen Schlusserben sein sollten. Da nur die Fosters Kinder hatten und Susan Foster über den Jordan gesprungen ist, erbt Aliena Foster fünfundsiebzig Prozent der Anteile. Ich halte fünfundzwanzig Prozent. Nach deiner Hochzeit mit Aliena wirst du der Alleinerbe sein, mein Sohn. Und dann haben wir beide alles im Kasten.«

Lukas grinst seinen Vater mit dem seinem grausamen Sadistenlächeln an. »Nach der Hochzeit wird sie endlich aus ihrem Martyrium erlöst. Aliena stirbt – für die gute Sache!«

Als Lukas mit seinem bizarren Gelächter Stannitzers Büro verlässt, weiß sein Vater, dass sein Sohn ein weitaus gefährlicheres Raubtier sein wird, als er es selbst jemals war. Tom Wolfert und Aliena Foster werden wieder vereint – im Tod.

78

Lena findet Tom und ihren Vater im Kuhstall. Sie stehen im Mittelgang, dort, wo die Entmistungsanlage in Schienen geführt für Sauberkeit sorgt. Sepp Grasser dreht sich nach ihr um und sein Gesicht hellt sich auf, als er seine Tochter sieht. Ein kurzes Klopfen auf ihre Schulter deutet die Herzlichkeit einer Oberpfälzer Begrüßung an und Lena erwidert seine Grußformel mit einem kurzen Kopfnicken.

Tom steht auf seinem Platz wie paralysiert. Er scheint Lena gar nicht bemerkt zu haben. Sein Blick ist starr nach oben gerichtet, auf die Tafel, auf der alle Tiere einer Herde ihre Persönlichkeit erhalten. Nein, auch die Kühe sind keine Namenlosen, tragen zwar Rassebezeichnungen wie ›Oldenburger Schwarzbunte‹, ›Südtiroler Fleckvieh‹ oder eben ›Dexter‹, aber zum Individuum werden sie erst durch den Namen, der ihnen vom Hofherrn gegeben wird. Zwar sehen für den gemeinen Städter alle Rindviecher gleich aus, aber der Bauer und seine Familie kann jede einzelne Kuh exakt auseinanderhalten. Tom schüttelt unmerklich den Kopf. Tausende Gedanken rasen durch die grauen Gehirnwindungen.

Das, was er hier sieht, ist Fakt und für ihn der Beweis, dass dem Grasserhof genau die Bedeutung zukommt, die Steffi ihm prophezeit hatte. Tom räuspert sich, streckt die Hand in Richtung der Tafel aus und wendet sich mit seiner Frage – weiterhin Lenas Anwesenheit ignorierend – direkt an den Josef Grasser: »Einen Teil dieser Namen habt ihr also von euren eigenen Familienmitgliedern abgeleitet. Ist doch so, gell, Sepp?«

»Ja, richtig.«

Tom nickt, legt den Kopf zurück und versucht, seiner Stimme weiterhin einen ruhigen und gefassten Klang zu geben, als er die nächste Frage an den Sepp stellt: »Und wer in eurer Familie … heißt Dopi?«

79

Sarah Seewald sieht ihren Vater an. »Ich sehe in Tom keine Gefahr.«

»Warum nicht?«

»Als Tom in die USA flog, habe ich ihn nicht gefragt, was er dort will. Hätte er das nicht bemerken müssen? Ich meine, da verlässt er wegen seiner Schwester das Land, um sie vor dem Todesurteil zu bewahren und seine Freundin fragt nicht, warum er überhaupt in die USA fliegt. Als Tom weg war, ist mir das siedend heiß eingefallen, Papa. Ich hätte ihn doch unbedingt fragen müssen, warum er für unbestimmte Zeit in die Staaten reist.«

Martin Seewald zuckt mit den Achseln. »Weiß nicht, Anwälte und Schweigepflicht. Er dachte sich sicher nichts dabei.«

»Also ich weiß nicht. Ich hatte damals richtig Schiss, dass er draufkommen müsste, dass ich Bescheid weiß.«

Papa Seewald schüttelt energisch den Kopf. »Nein, darauf wäre er niemals gekommen.«

»Wenn du meinst, Papa. Tom konnte ja auch nicht ahnen, dass euer Jobangebot nur dazu dienen sollte, ihn aus dem Verkehr zu ziehen. Wenn der Mord an den Fosters, für den wir nichts können, aufgedeckt würde, wäre das doch unser Ende, oder?«

Martin Seewald hebt abwägend die Hand. »Möglich, ja. Die Seewald AG darf nicht in Verbindung gebracht werden mit dem, was wir als unsere Kernkompetenz beschreiben müssten.« Er lächelt. »Uns würde niemand abnehmen, dass dies ein Geschäft ist wie jedes andere auch. Wenn wir's nicht betreiben, schöpfen andere den Rahm ab. Aber, mach dir keinen Kopf, Stannitzer hat alles im Griff.«

»Hoffentlich. So ganz traue ich der Sache noch nicht. Tom ist zwar doch nicht so helle im Kopf wie befürchtet, aber man weiß ja nie.«

»Reg dich ab, Töchterchen. Uns geht es gut.«

»Uns schon. Aber was wird aus Copeland? Die haben die Aktienmehrheit bei uns und die Gesellschafter sind bis auf Stannitzer alle tot. Wer übernimmt jetzt die Anteile?«

Martin Seewald wehrt sich. »Bitte, Sarah, darüber musst du dir nicht den Kopf zerbrechen. Wir haben das im Griff.«

»Habt ihr das? Und wie? Weih mich bitte ein. Ich weiß ja sonst auch über alles Bescheid.«

»Ich glaube, das solltest du besser nicht wissen, meine Liebe.«

»Papa, ich will es aber wissen. Werden wir jetzt selbst zu Killern?«

»Nein, werden wir nicht. Mach dir keinen Kopf, vertrau mir.«

»Vertrau du mir. Du solltest mir mehr vertrauen als Stannitzer und seiner Missbildung von Sohn. Lukas ist meiner Ansicht nach potz gefährlich und hat keinerlei Skrupel. Stannitzer auch nicht. Erinnere dich daran, wie er den Seewald Verlag unter seine Fittiche gebracht hat.«

»Ich weiß, Sarah. Wir waren damals kurz davor, Pleite zu gehen. Ohne Stannitzer und die anderen wären wir nicht mehr auf die Beine gekommen. Die hatten die Connections, die Kohle und die richtigen Ideen.«

»Mag ja alles sein. Aber jetzt beherrschen sie uns. Quatsch, nicht einmal sie. Er.«

»Jetzt reg dich ab.« Eine beschwichtigende Handbewegung soll die Ruhe untermalen, mit der er ihr zuredet. »Lass uns etwas Zeit, dann haben wir wieder alles perfekt im Griff. Notfalls ...« Martin Seewald wartet ab. Kann er das aussprechen? Doch, er entschließt sich zur Wahrheit: »Notfalls machen wir Schluss. Das

Geld, das wir auf der hohen Kante haben, reicht für unsere Familie allemal. Apropos Geld, wo hast du die sieben Millionen von den Schaffers gebunkert?«

Sarah kichert. »Du meinst die 6,9. Lukas hat sie mir übrigens per Boten geschickt. Das nehme ich ihm auch übel. Solche Summen übergibt man nicht einem Kurier. Ich habe sie wie all die anderen Gelder auf unserem Schweizer Nummernkonto geparkt.«

»Auf unserem privaten oder auf dem Gemeinschaftskonto, an das Stannitzer herankommt?«

Sarah lächelt spitzbübisch. »Papa, du kennst mich doch.«

»Alles klar. Braves Mädchen. Na, dann haben wir doch in unserer Familienkriegskasse genügend Barschaft, um vielleicht aussteigen zu können.«

»Meinst du das im Ernst, Paps?«

»Aber sicher, meine Süße.«

»Okay, ich bin dafür. Damit wäre dein Vorschlag in unserer Familie einstimmig angenommen.«

Lukas stößt sich mit dem Fuß vom Schreibtisch ab und gibt dem Drehstuhl, auf dem er sitzt, damit genügend Schwung, sich mehrmals um die eigene Achse zu drehen.

»Euch werde ich die Suppe versalzen«, brummelt er vor sich hin. Der abgedämmte Kellerraum, in dem es aussieht wie in einem Labor, beleuchtet seine hässliche Fratze nur schwach. Lukas klopft ein paar Befehle in die Tastatur des PCs und beendet das Abhörprogramm, mit dem er Sarahs Handy als Wanze benutzt hat. »Einen Lukas Korbacher betrügt man nicht. Und das mit dem Aussteigen wird mir zu heiß. Alle wollen aussteigen, um ihren Kopf aus der Schlinge zu ziehen und uns notfalls an den Pranger stellen. Aber nicht mit mir.«

Lukas verlässt die geheime Abhörzentrale der Seewald AG und steuert den Lamborghini in Richtung Oststadt. Zwei Stunden später kehrt er in sein Münchener Versteck zurück. Zufrieden legt er sich auf das Rundbett, das Platz für drei Personen bietet. Er schläft ein und es gibt niemanden, den sein Schnarchen wecken könnte.

Als Martin und Sarah Seewald am nächsten Morgen die Possenhofener Straße verlassen, sind beide gut gelaunt und überzeugt davon, dass sie nicht mehr lange dem Alltagsdruck in der Seewald AG ausgesetzt sein werden. Sie passieren die Hauptstraße in Starnberg und fädeln sich in den Verkehr auf der Münchener Straße ein, unwissend, dass es ihre letzte Fahrt durch den Ortskern von Starnberg sein wird.

Im Polizeibericht des Starnberger Merkur findet sich zunächst ein kleiner Artikel von dem tragischen Unfall, der sich kurz vor der Autobahnauffahrt bei Starnberg ereignet hat. Unter anderem heißt es: »Der Fahrer des 40-Tonners, der den Wagen von Martin S. seitlich überrollt hat, ist immer noch flüchtig. Die Ringfahndung nach dem Unglücksfahrer wurde bereits nach einigen Stunden eingestellt, zumal die Ermittler keinerlei Anhaltspunkte haben, wer den LKW der Marke Scania in den frühen Morgenstunden vom Parkplatz eines Autohofes gestohlen hat. Auch die Spurensicherung konnte keinen Hinweis auf den Unglücksfahrer ermitteln. Einen gezielten Anschlag auf den Vorstandsvorsitzenden der Seewald AG und seiner Tochter schließt die Staatsanwaltschaft nach vorläufigen Erkenntnissen aus.«

Tom ist von der Nachricht geschockt – egal, wie holprig seine Beziehung zu Sarah gewesen sein mag. Und er stellt sich die Frage, wer von diesem Unfall profitiert.

80

»Und wer in eurer Familie ... heißt Dopi?«

Lena sieht ihren Vater entsetzt an. Sie weiß in diesem Augenblick, dass sie nicht verhindern kann, dass Papa lacht und nicht bemerken wird, wie gerne sie ihm jetzt den Mund verbieten würde. Fröhlich antwortet Sepp: »Der Name kommt von der Kinderstation Wöllershof. Weißt du, was Wöllershof ist?«

»Klar. Eine psychiatrische Klinik.«

»Na ja, die Kinder nennen ihn Dopi. Weil er den Schrei der Kaiserpinguine nachmachen kann. Das ist so ein trompetenartiger Ruf. Ihren Watschelgang und den Gang von Charlie Chaplin kann er auch imitieren. Das hat er immer getan, um die Kinder aufzumuntern.«

»Ich verstehe immer noch nicht.« Tom gibt sich alle Mühe, findet aber keine Antwort auf seine Frage.

Die gibt ihm Lena, schwach, leise und sehr, sehr traurig. »Dopi, eines der Kinder, sein Lieblingskind, wie er sagte, hat ihm diesen Namen gegeben. Dopi ist die Abkürzung für Doktor Pinguin.«

Tom sieht Lena an. Er denkt an Susan Fosters letzten Brief. Der letzte Satz, er hat ihn sich gemerkt. ›Verzeih mir, mein geliebter Dopi. Ich liebe Dich. Deine Susan Foster.‹

Tom betrachtet abwechselnd das Schild und Lena. Doktor Pinguin, Dopi, Namenspatron für eines der Dexter Rinder. Sepp Grasser bemerkt weder Toms Zustand noch den seiner Tochter. In seiner gutmütigen und unbedarften Art klärt er Tom auf: »Dopi, ja, diesen Namen haben wir meinem Sohn zu verdanken.«

»Florian?«

»Ja, Florian«, bestätigt Lenas Vater und fast hätte sein Lachen Tom noch angesteckt. Aber Tom kann nicht in sein Lachen einstimmen, als er stolz wiederholt: »Unser Florian, der lustige Doktor Pinguin von Wöllershof. Dabei hat der Junge einen wirklich ernsten und manchmal traurigen Job.«

Tom kann nur an Susan Foster denken und an ihre letzten traurigen Worte.

Verzeih mir, mein geliebter Dopi. Ich liebe Dich.

81

Sie sind zur Tillyschanz zurückgefahren. Tom hat kein Wort gesprochen, Lena auch nicht. An diesem Samstagnachmittag sind die Straßen in der östlichen Region der Oberpfalz belebt. Die Landbevölkerung fährt nach Weiden, die Weidener fahren hinaus aufs Land. Milde zwanzig Grad machen den Tag angenehm, viele werden am Abend die Sonnwendfeuer auf den Höhen besuchen. Dass die Tage wieder kürzer werden, soll die abflauende Sommerlaune der Menschen nicht trüben. Toms Laune hingegen ist getrübt. Er und Lena haben sich im hinteren Teil des Biergartens verkrochen und bestellen Kaffee und Kuchen. Nach dem Verzehr ihres Schmankuchens, einer Delikatesse der Hofes, sieht sie Tom lange an und die traurigen Augen täuschen nicht darüber hinweg, dass Lena ihn liebt, ihm vertraut.

»Ich muss mit dir reden, nach dem Kaffee. Legen wir uns dazu ins Bett? Es könnte ein langer Tag werden und eine lange Nacht.«

»Ich weiß«, murmelt Tom und räuspert sich.

»Ich verspreche dir, ich werde dir alles erzählen, Tom.«

Toms starrer Blick entspannt sich langsam. Er greift nach ihren schmalen Fingern, umschließt sie mit seinen Händen, als müsse er sie zugleich schützen und wärmen.

»Du kannst mir auch alles erzählen. Vertrau mir einfach.«

»Ja, das will ich doch. Aber vorher muss ich dir sagen, wer ich wirklich bin.«

Tom lächelt. Er kann nicht verhindern, dass eine winzige Träne den Winkel seines linken Auges verlässt und er genießt es, dass sie diese Träne mit ihrem Zeigefinger weg tupft. Sie sieht ihm ebenso verliebt in die Augen wie er ihr. Alle Zweifel sind vergessen, weggefegt der morbide Tyrann allen Misstrauens.

»Das musst du nicht«, flüstert Tom. »Du musst mir keine Rechenschaft ablegen, und schon gar nicht der Öffentlichkeit. Aber einiges muss ich von dir wissen, Aliena Foster.«

82

Das Martyrium begann, als Susan und Aliena fünf Jahre alt waren. Michael und Anna Foster waren elf Monate zuvor in das Anwesen am Stettenberger Weg in Heroldsbürg eingezogen. Die Eltern von Siegfried und Elisabeth Schaffer hatten das Haus von Grund auf saniert. Ihr Sohn Siggi und seine Frau Elli wohnten bereits seit zwei Jahren in der zweiten Etage. Mike und Ann – sie sprachen sich meist mit dem amerikanischen Namen an – belegten die neu renovierte Wohnung mit dem Badetempel im Erdgeschoss. Ann gestaltete alle Räume nach ihrer eigenen Note. Freundlich, aber sehr individuell und intim. Intim im Sinne von Plüsch und Rotlichtatmosphäre. Die Kinder konnten im Garten herumtollen, die Abgeschiedenheit verleitete dazu, im Sommer ausschweifende Gartenfeste zu geben. Die Costners zogen kurz nach Mike und Ann ein und sie brachten Kroko, den Zuhälter mit. Horst und Hildegard Costner ließen sich schon damals mit Prostituierten versorgen, verkehrten in Pärchenclubs und animierten bald das ganze Haus zu kleinen erotischen Abenden.

Der fünfte Geburtstag der Zwillinge fiel auf einen Donnerstag. Am Morgen stellte Ann zwei Kuchen auf den Frühstückstisch und darauf brannten je fünf Kerzen. Sue und Aliena sollten sie ausblasen. Dann gab es Geschenke. Je ein Puppenwagen, zwei weibliche Plastikmenschlein mit nachgebildeten Geschlechtsteilen, die, gefüllt mit Wasser, Pipi machen konnten. Mike führte das den Kindern vor. Es war der letzte Geburtstag, an dem die Kinder unbefangen spielen konnten. Der 30. Mai: der letzte Tag ihrer Kindheit.

Es folgte der Samstag, Badetag. Ann setzte die Kinder nackt in die große Wanne. Dann kam Papa dazu. »Wo habt ihr denn eure Puppen, die stinken bestimmt nach Pipi. Also, die müssen auch baden.«

Ann holte die Puppen, entkleidete sie und reichte sie Mike, der sie den Kindern in die Hand drückte und dann selbst in die Wanne stieg. Ann folgte ihm. Als alle vier ausgelassen im Wasser planschten, klingelte es: dreimal kurz und einmal lang. Das war ein Zeichen, dass einer der Mitbewohner des Hauses vor der Wohnung stand. Ann stieg aus der Wanne, legte sich nur flüchtig eines der Badetücher um und öffnete die Wohnungstür. Siggi schwenkte eine Flasche Sekt in der Hand, seine Frau, Elli, fuchtelte mit einer Packung Salzletten herum. »Sektdusche gefällig?«, bemerkte Siggi mit Blick auf Anns spärliche Bedeckung.

Mit den Eltern zu baden, war für Sue und Aliena bis dahin nichts Neues gewesen. Jetzt tauchten aber plötzlich zwei der Hausbewohner im Bad auf. »Aha, Badetag«, rief Siggi ihnen zu. »Habt ihr euren Popo schon sauber gewaschen?«

Unbefangen, wie Fünfjährige nun mal sein sollten, antworteten sie ehrlich, indem sie heftig den Kopf schüttelten. »Soll das der liebe Onkel Siggi mal übernehmen?« Die Kinder behielten ihr Kopfschütteln bei, um dann erstaunt zu beobachteten, wie sich Onkel Siggi auszog. Seine Frau tat es ihm gleich und schon waren es vier Erwachsene, die um die Gunst von zwei Fünfjährigen buhlten.

Nach diesem Badetag war nichts mehr so wie zuvor. Dabei war dieser erste Badetag für die Kinder noch glimpflich verlaufen. Sie mussten sich vor Onkel Siggi und Tante Elli hinstellen und die wuschen sie von oben bis unten ab. Dass sie sich dabei unten besonders lange aufhielten, kam den Kindern nicht ganz geheuer vor, zumal genau bei diesem ersten Mal ihr Schamgefühl eine Eigendynamik entwickelte, das im Verlauf der Folgetage erheblich zunahm, um dann gebrochen zu werden.

Die Erwachsenen einschließlich der eigenen Eltern, mittlerweile auch Onkel Hotte und Tante Hilde, gingen an jedem Samstag einen kleinen Schritt weiter. Etwa nach drei Monaten trieben sie es vor den Kindern. Oma Julchen, damals noch Julia Kohler, die nette Dame aus der Nachbarschaft, beobachtete eines Tages die Kinder, die im Garten entsprechende Bewegungen kopulierender Menschen nachahmten. Julia Kohler kam das nicht nur eigenartig vor, sie informierte auch das Jugendamt über ihren Verdacht. Daraufhin erschien eine verknöcherte Sachbearbeiterin, die sich von Ann Foster zum Kaffee einladen ließ und feststellte, dass es keinerlei Bedenken hinsichtlich sexuellen Missbrauchs der Zwillinge gab. Da sie jedoch den Grund ihres Besuches verschwieg, konnte Julia Kohler weiterhin seltsame Beobachtungen registrieren, denen sie allerdings keinerlei Taten mehr folgen ließ. Dasselbe galt auch für die übrigen Anrainer der abgelegenen kleinen Siedlung, aber die anderen gaben Frau Kohler schnell zu verstehen, dass sie sich raushalten wollten. Nichts sehen, nichts hören.

Susan und Aliena Foster wuchsen langsam heran und es geschah, was Aliena längst befürchtet hatte. Jetzt wurden die Handlungen der feinen Gesellschaft massiver. Wann Aliena und Susan ihre erste Penetration überstehen mussten, würde später nicht mehr exakt festgestellt werden können. Ein Umstand, den der Anwalt der Fosters vor Gericht zur Strafmilderung heranzog. Die widersprüchlichen Aussagen der Kinder im Vorfeld des Prozesses schwächten ihre Glaubwürdigkeit, nicht die der Erwachsenen. Da alle Parteien geständig waren, verzichtete das Gericht auf die Befragung der Kinder, und so kamen alle Beteiligten mit einer milden Strafe davon.

Doch bevor Aliena und Susan zu ihren Pflegeeltern kamen, wurde ihr Leidensweg noch erheblich verstärkt. Fremde Männer und Frauen, die offensichtlich viel Geld bezahlten, nahmen an Orgien teil, die außerhalb der Badetage stattfanden. Horst Costner hatte dazu auch eine Kamera installiert und die Filme, die er aufnahm, konnte er in seinem eigenen kleinen Schnittstudio bearbeiten. Die Gesichter wurden vernebelt. Ab und zu sahen Sue und Aliena die Filme und die Nebelmenschen. Die Kinder waren gezwungen, ihren eigenen Missbrauch anzusehen. Mehr und mehr nahm damit die sadistische Ader aller Protagonisten zu. Und es entstand ein unheimlicher Druck auf die Mädchen. Niemals durften sie darüber sprechen. Zu niemandem. »Wenn ihr das tut, dann wollen die Menschen, die uns weismachen, so etwas dürfe man nicht machen, euch und der ganzen Familie sehr weh tun«, beschwor Ann ihre Kinder. »Sie werden uns in ein Verlies sperren und nichts zu essen geben. Aber das ist nicht das Schlimmste. Sie werden die Filme sehen und dann zeigen sie der ganzen Welt eure Muschis und euren schmutzigen Popo. Ihr könntet euch dann nirgends mehr sehen lassen.«

Das half. Als Susan und Aliena von den Behörden aus der Familie herausgenommen wurden, schwiegen sie beharrlich. Keine Silbe über Nebelmenschen oder Filme. Dass die anderen, die Eltern und die Mitbewohner, sie angefasst hatten und viele peinliche Dinge getan hatten, konnten ihnen die Mitarbeiter des Jugendamtes und eine Kriminalhauptkommissarin entlocken. Aber mehr kam nicht ans Tageslicht.

Susan schien unter dem Missbrauch mehr zu leiden als Aliena. Aliena verhielt sich stets still und ertrug ihr Leid, ohne einen Laut von sich zu geben. Worte kamen ihr so gut wie nie über die Lippen, und wenn sie Schmerzen empfand, konnte sie sich sehr gut beherrschen. Bei Sue war das anders. Sie schrie, sie unternahm den Versuch, sich zu wehren. Das reizte ihre Peiniger umso mehr und deshalb erlitt sie Verletzungen, von denen Aliena verschont blieb.

So wurde Susan psychisch immer labiler. Sie verstümmelte, verletzte sich selbst, redete manchmal wirres Zeug, wurde aggressiv, dann wieder ganz still. Sues Verhalten übertrug die schweren

Konflikte auf die Bichlers. Sie traten dem Pflege- und Adoptivelternverein bei und glaubten daran, von dieser Seite Hilfe zu erhalten. Zu Beginn klappte das auch. Durch den Verein und gemeinsame Familienunternehmungen mit den anderen Mitgliedern lernte Aliena das Leid dieser Welt kennen. Ihr half es zu verstehen, dass sie und ihre Schwester nicht die einzigen Opfer waren. Da gab es einen Dreijährigen, den die Eltern nackt auf heiße Herdplatten gesetzt hatten und der geistig vollkommen von der Rolle war. Die anderen Kinder nannten ihn »Spasti«, ein Begriff, den er selbst nie zu deuten wusste und deshalb mitlachte. Zwei Mädchen, bereits im Alter von Aliena, wurden von einer Familie aufgenommen, die sich durch ihr Engagement ständig am Rande des Zusammenbruchs bewegte. Nächtliche Suchaktionen, Polizei- und Hubschraubereinsätze – die Mädels sorgten für das ganze Unterhaltungsprogramm, das Pflegeeltern bestimmt war. Eine Frau hatte ein Kleinstpflegeheim mit sieben Kindern, alle unterschiedlicher Herkunft, Kinderemigranten mit verschiedenen Hautfarben, die alle »Mama« schrien und damit die Blicke der Menschen auf die Pflegemama lenkten, die sofort als Schlampe angesehen wurde. Von ihr lernte Aliena, was Zivilcourage bedeutet und sie lernte die Kinder kennen, die unterschiedlichste Schicksale ertragen mussten. Kinder von Prostituierten, von Kriminellen, von Alkoholikern oder schlicht und einfach von Menschen, die Kinder wie Katzen behandelten, die man nach der Kuschelzeit wieder im Tierheim abgibt.

Die Schädigungen all dieser Kinder waren vielseitig. Psychische Wracks, körperlich Verstümmelte, auch teils seelenberaubte Kreaturen, die selbst zu gefährlichen Monstern heranwuchsen. Opfer, die sich für Täter hielten. Die meisten Kinder fühlten sich schuldig. Sue fühlte sich ebenfalls schuldig. Aliena begriff, dass sie keine Schuld traf. Aliena verstand frühzeitig, dass ihnen ein Unrecht widerfahren war, für das nicht sie, sondern der Abschaum der Erwachsenen verantwortlich war.

Die Pflegeeltern Bichler erlebten selbst ein Martyrium – mit den Behörden. Familienzusammenführung – die Kinder mussten auf Betreiben der Behörden wieder an die abgebende Familie herangeführt werden. Gegen den Willen der Kinder und gegen den Willen der Pflegeeltern, der Lehrer, der Vereinsmitglieder – kurzum, gegen den Willen des gesunden Menschenverstandes und einer humanitär eingestellten Gesellschaft, die auf dem besten Weg war, zur Randgruppe zu mutieren. Umgangsrecht, Aufenthaltsbestimmungsrecht, Sorgerecht – alles, was zu Unrecht herangezogen wurde, diente lediglich dazu, ein fragwürdiges System durchzusetzen, in dem alle Beteiligten Kraft und Federn lassen mussten. Überflüssige Schlachten mit den Feldherren bei Gericht, den Posaunenträgern beim Jugendamt und den Trommlern bei den Gutachtern, die alles beachteten, nur nicht das, was gut gewesen wäre. Gut für die Kinder.

Als sie per Gerichtsbeschluss wieder aus ihrer Pflegefamilie herausgerissen wurden, steigerte sich der Missbrauch. Und das war lediglich die konsequente Fortsetzung einer mit Borniertheit und Rücksichtslosigkeit agierenden Monstertruppe, die vor nichts mehr zurückzuschrecken brauchte, da sie unter dem Schutzmantel potenter Fürsprecher stand, die sich selbst nur allzu gern an Kindern verlustierten.

Die Zwillinge wuchsen zu Damen heran und entsprachen somit dem Traumbild einer wachsenden orgiastischen Pädophilie. Mittlerweile waren ihre Brüste ein weiterer Anziehungspunkt für all die Kinderschänder, die sie zu ertragen hatten. Das dauerte zwar nur ein knappes Dreivierteljahr, aber diese Zeit hatte es in sich und war mehr als genug.

Die erste Verurteilung war eine Farce, aber juristisch noch in einem vertretbaren Rahmen, zumal den Ermittlern der Zugang zur ganzen Wahrheit verschlossen blieb. Als sich das Ende ihres fünfzehnten Lebensjahres näherte, ergriff Aliena die Initiative und vertraute sich der Kommissarin an, die sie bereits das erste

Mal verhört hatte. Die Kinder kamen erneut aus der Familie heraus, diesmal für immer. Und sie hatten ein unheimliches Glück, dass ihnen das Heim erspart blieb, in das andere Jugendliche ihres Werdegangs gesteckt wurden. Das Jugendamt musste die Kinder in eine andere Region schicken, da der Kontakt zu den leiblichen Eltern endgültig gekappt werden sollte. Die zweite Strafe für die Fosters war geradezu lächerlich und führte dazu, dass die ermittelnde Kriminalhauptkommissarin ihren Beruf endgültig an den Nagel hing. Diese Beamtin der Kripo wusste sehr wohl, warum die zweite Strafe milde ausfiel. Ein paar Monate auf Bewährung, eine Geldstrafe von nur wenigen Tagessätzen. Sonst konnte niemand ahnen, dass der beteiligte Staatsanwalt ein Kunde der Fosterschen Filmakademie und damit erpressbar war. Ein pädophiler Staatsanwalt, ein verknöchertes Jugendamt und ein gelangweilter Richter begründeten die endgültige Karriere von Ann und Mike Foster und das Schicksal zweier Zwillingsschwestern, die nun abgeschoben wurden.

Die Bewohner des Hauses Stettenberger Weg, die nach ihrem Gefängnisaufenthalt zunächst in München eine neue Bleibe gefunden hatten, entwickelten um den Jahrtausendwechsel in ihrer neuen Welt ein Netzwerk für Kinderschändung, dessen Dimension beispiellos wuchs. Ein System der Menschenverachtung und ein Affront gegen jedwede Norm menschlicher Zivilisation. Mike und Ann Foster siedelten in die USA über. Die Schaffers siedelten sich, samt ihren schmutzigen Geschäften in Klagenfurt an, unweit der Grenze, wo sie das Leid der Kriegsgeplagten, der Ärmsten der Armen und all der Unterdrückten für ihre verwerflichen Zwecke nutzten. Nur die Costners blieben in Deutschland, kauften den Marlhof und bauten ihn zu einer Zentrifuge der Menschenverachtung aus. Was auf dem Marlhof geschah, konnte nur mehr erahnt werden. Die Fäden, die sie von dort ausspannten und die Nähe zur Osterweiterung nach dem Wegfall des Eisernen Vorhangs eröffneten dem Unternehmen Copeland ungeahnte Sprünge in die Welt modernster Sklaverei. Menschenhandel, Kinderhandel, Flatrate-Pädophilie und Cheb vor der Haustür – ein Eldorado der Schande dieser Welt.

Das Glück war aber diesmal auf der Seite von Sue und Aliena. Sie kamen als Teil einer Therapie auf einen Bauernhof. Die Familie Grasser, von jeher engagiert, Kindern zu helfen, gab ihrem Leben zunächst einen neuen Halt. Der Grasserhof war bei einigen engagierten Therapeuten gelistet. Dort konnten behinderte Kinder reiten und mit Tieren arbeiten, um Verantwortung zu übernehmen. Behinderte, Drogenabhängige – es gab eine Litanei von Möglichkeiten und da Susan in diesem Alter als schwer erziehbar galt, lag es nahe, sie einer derartigen Therapie auszusetzen. Da man eineiige Zwillinge nicht trennen wollte, durfte Aliena sie begleiten.

Josef und Anna Grasser freundeten sich schnell mit Susan und Aliena an und fanden Gefallen an den beiden Mädchen, zumal Aliena sich sehr schnell auf dem Hof eingelebt hatte und extrem fleißig war. Sie wurde adoptiert und nahm den Namen Grasser an. Laut Urkunde hieß sie Aliena Grasser, aber in Erinnerung an ihre Vergangenheit ließ sie sich von allen nur Lena nennen. Susan hatte die Adoption abgelehnt, obgleich die Grassers auch ihr dieses Angebot gemacht hatten.

Nach Alienas Adoption wurde Susans Zustand kritisch. Oft wurde sie von Panikattacken und Schreikrämpfen geplagt, die Suizidgefahr stieg. Aliena versuchte alles, um ihrer Schwester zu helfen, aber die Situation eskalierte mehr und mehr. Susan griff die Gäste an, beschimpfte sie als Wichser und Kinderfotzenlecker – sie war in diesem Zustand eine Zumutung für den Grasserhof und sie brauchte professionelle Hilfe.

Florian, leiblicher Sohn der Familie Grasser, war es schließlich, der aufgrund seines Engagements geradezu prädestiniert war, die schwierigsten Fälle immer wieder zum Guten zu wenden. Solch Wunder schaffte er auch bei Susan. Sie verletzte sich immer weniger. Die Gefahr eines Suizids sank gegen Null und Doktor Pinguin berührte mit viel Einfühlungsvermögen und Geduld Susans Herz. Er liebte sie abgöttisch und sie lernte ihn lieben.

Dann kam Mike Foster aus den USA. Eine von ihm beauftrage Detektei, hatte Sues Adresse ermittelt, wofür er einige Dollar ausgeben musste. Insgesamt viermal suchte er Sue auf. Jedes Mal vergewaltigte er sie. Jedes Mal begann das Martyrium von vorne. Jedes Mal wusste Doktor Grasser nicht, warum Sue rückfällig wurde. Jedes Mal stellte Dopi, so nannte Sue ihren geliebten Florian, das entgleiste Mädchen wieder auf die Schienen des Lebens zurück.

Erst als Mike Foster das letzte Mal seine Tochter in widerwärtigster Art missbrauchte und Sue sicher war, dass sie von ihrem eigenen Vater schwanger war, versagte auch Doktor Pinguin – er konnte ihr nicht mehr helfen. Als er erfuhr, was passiert war, als er feststellte, dass diese widerwärtige Familie, ohne Skrupel, ohne ein einziges Gramm Menschlichkeit und ohne jegliche Rücksicht die Traumata seiner geliebten Sue immer und immer wieder neu aufleben ließen, versagten Florians Therapien.

Jahre zuvor hatte Sue das Haus in Heroldsbürg angezündet. Es brannte nicht ab. Sue wertete dies als Zeichen, dass sich der Dämon nicht zerstören ließ. Jetzt schrieb sie die Briefe an den lieben Gott, brachte sie in einer Metallkassette zu dem Schauplatz, der ihr ein Leben voller Sinnlosigkeit und Unabwendbarkeit beschert hatte. Jener Tatort, der den Beginn ihres seelischen Sterbens als ein Mahnmal vor den Flammen der Wut und der Verzweiflung verschont hatte.

Susan hatte eine kleine Wohnung in Weiden gemietet. Nicht sehr schick, karg eingerichtet, ein blasses Flair – passend zu ihrer Lebensart. Sue hatte resigniert.

Am 30. Mai 2009 stürzte sie von ihrem Balkon aus dem fünften Stock. Sie war sofort tot und alles Leiden hatte für sie ein Ende im Staub der Straße gefunden.

Der Schock über ihren Tod und die Tatsache, dass niemand sie vor den Attacken ihres Vatermonsters schützen konnte, schweißte Aliena und ihre Tante Rosa zusammen. Rosa war die Einzige, der Aliena all das anvertraut hatte, was es – aus Scham oder Selbstschutz – ansonsten zu verschweigen galt. Florian Grasser, Doktor Pinguin, konnte den Sue's Tod nie verkraften. Aliena wusste zunächst nicht, woran er zu zerbrechen drohte. Erst, als sie von ihm alles erfuhr, teilte sie seine Wut und potenzierte ihre eigene durch die Ohnmacht, die sie anfänglich empfand. Aliena, die inzwischen eine Ausbildung als Krankenschwester und eine Fortbildung zur OP-Schwester am Klinikum Weiden absolviert hatte, gab ihre Arbeit auf und verkroch sich ganz auf dem Grasserhof. Nach dem Tod ihrer Schwester und der schrecklichen Wahrheit, die ihr Florian anvertraut hatte, sprach sie noch weniger, vergrub all den Schmutz und den Dreck einer verkümmerten Kindheit im Tresor des Schweigens.

Der Tag, an dem sie auf dem Harlesberg auf der Bank saß und über all die Jahre, die hinter ihr lagen, nachgrübelte und um den Tod ihrer Schwester trauerte, war ein Tag wie jeder andere seit Susans Tod. Aber es war auch ein Tag der Erkenntnis. Aliena überkam an diesem Tag und in jener Stunde die Gewissheit, seit Sues Ableben nicht richtig gehandelt zu haben. Als sie glaubte, selbst zerbrechen zu müssen, und ihren Tränen freien Lauf ließ, kam ein Mann, der sie verstehen und dem sie ihre Geschichte anvertrauen würde. Sie wusste das sofort und die Angst schnürte ihr die Kehle zu. Der Zeitpunkt war gekommen, ihr Schweigen zu brechen.

Das größere Leid war immer auf der Seite Susans gewesen. Aber auch ein Teil von Alienas Seele war vergiftet, voller Hass und sehnte sich nach Vergeltung. Doch durch Thomas Wolfert hatte Aliena erkennen müssen, dass man ein Unrecht nicht mit einem anderen tilgen kann.

In den USA saß eine junge Frau namens Jennifer Wolfert in der Todeszelle für einen Mord, den sie nicht begangen hatte. Es war ein Unrecht. Und es war an der Zeit, dem Unrecht auf der Welt den Kampf anzusagen und ein klein wenig Gerechtigkeit wiederherzustellen.

Es waren Alienas Gedanken an all das Unrecht, die sie auf der Bank am Harlesberg zum Weinen gebracht hatten. Doch ohne diese Tränen hätte sie wohl niemals die Liebe des Mannes erwarten können, den sie jetzt so bitterlich enttäuschen musste und der sie anschließend nicht mehr lieben, sondern nur noch hassen würde.

83

Die Reise von Olaf und Kerstin Stettner begann am 19. Mai. Sie flogen über London, New York, Houston. Ihr Drei-Sterne-Hotel, das Hilton Galveston Island Resort, lag direkt am Seawall Boulevard mit Blick auf den Golf von Mexiko. Das Ehepaar Stettner genoss wie alle anderen Touristen die Anlage, planschte schon am frühen Morgen im Swimmingpool und mietete einen Wagen für Sightseeing-Touren auf eigene Faust. Sie erkundeten die Umgebung, hielten sich oft auf Jamaica Beach auf und fanden eine Lücke, um das weiße Haus zu betreten. Sie observierten das Anwesen der Fosters sechs Tage lang, beachteten alle Details und vor allem die Nachbarn, denen sie keinesfalls begegnen wollten. Das Anwesen von Mike und Ann Foster war gottlob so groß, dass der Abstand zum nächsten Grundstück für ausreichende Distanz sorgte. Nur die junge Frau, die im Bungalow der Fosters seit einigen Tagen residierte, bereitete ihnen Kopfzerbrechen.

Aber Olaf fand immer wieder einen Weg, unauffällig in das Anwesen zu gelangen. Dazu mietete er ein unscheinbar wirkendes Motorboot. Während er vor dem Badestrand der Fosters lauerte, bewachte seine Frau Kerstin das Anwesen von der Straßenseite aus. Sobald Mike und Ann das Grundstück verließen, gab Kerstin dem »U-Boot«, wie sie es nannten, den Einsatzbefehl.

Olaf legte am Bootshaus an, blieb mit Kerstin in Funkkontakt via Handy und pirschte sich vor zum Haupthaus. Einmal wäre er Jenny fast über den Weg gelaufen und ein weiteres Mal konnte er nicht zurück, weil Jenny ein Sonnenbad nahm. Olaf musste sich verstecken, die Fosters kamen zurück, verzichteten allerdings auf ein Bad im Meer und somit blieb das Motorboot unentdeckt.

Am frühen Morgen des 30. Mai schipperte das Motorboot der Stettners an Jamaica Bay vorbei und suchte sich einen Platz, weit genug von dem Anwesen entfernt. Kerstin und Olaf schlüpften in ihre Neoprenanzüge, legten die Taucherausrüstung an – den Tauchkurs hatten sie erst im Spätsommer des letzten Jahres in Deutschland absolviert –, und kontrollierten die Inhalte ihrer wasserdichten Transporttaschen. Dann tauchten sie ab in den warmen Golf. Die Fosters und Jenny schliefen noch, als sie vor dem Grundstück auftauchten. Ungesehen bezogen sie Quartier in dem Versteck, das sie in einem der Nebengebäude für sich präpariert hatten. Auf dem Spitzboden zwischen der Doppelgarage und dem Haupthaus gab es genügend Sehschlitze. Von hier aus hatte man einen ungehinderten Überblick über das Grundstück und sie beobachteten das Treiben an diesem 30. Mai 2010, dem Todestag der Fosters.

84

Genau ein Jahr zuvor löste Sues Tod für die Menschen, die ihr nahestanden, Verbitterung, Ohnmacht und tiefe Trauer aus. Florian Grasser erlebte, neben all diesen Emotionen, die Wochen und Monate des Zorns, die in ihm eine giftige Brühe zum Überkochen brachten. In dieser Zeit stand Aliena an seiner Seite. Sie mussten sich gegenseitig stützen, sich gegenseitig aufrichten und den Halt geben, den sie zu verlieren glaubten. Das Wissen um eine zum Himmel schreiende Ungerechtigkeit zermürbte sie.

Etwa drei Monate nach Sues Tod tauchte zu allem Überfluss auch noch Mike Foster bei Aliena auf. Erstmals erfuhr sie von einer Firma mit dem Namen Copeland, einer Investmentgesellschaft, deren Wert einige Hundert Millionen Euro betrug. Beteiligungen an Immobilien, Unternehmen, Aktienpaketen und vieles mehr.

Aliena war wütend, konnte nicht fassen, dass Mike Foster es wagte, sie nach Sues Tod aufzusuchen und auch noch von seinen schmutzigen Geschäftsbeteiligungen zu erzählen.

Mike faselte etwas von einer Regelung, in der ein Begriff vorkam, der ihr in Erinnerung blieb: Schlusserbin. Aber sie hatte nicht richtig zugehört und wollte gar nicht verstehen, um was es ging. Mike gab ihr die Adresse seines Anwalts mit dem Hinweis, im Falle eines Falles könnte der ihr erklären, wie das Konstrukt Copeland rechtlich aufgebaut war.

Alienas Wut über Mike Fosters Besuch gipfelte in einen unaufhaltsamen Zorn, als er versuchte, sie anzufassen. Und das, nachdem er ihr erklärt hatte, welcher Geschäftszweig hinter der Seewald AG steckte, wie sie in all den Jahren ihr Geld verdient hatten und wie reich alle drei Familien waren. Und dann dieser Stannitzer, dieser Zuhälter, der Mann, der alles in die Wege geleitet hatte, der aus der Pädophilie und Sexsucht der Hausbewohner in Heroldsbürg ein unüberschaubares Imperium schuf, dessen kommerzielle und kriminelle Gefräßigkeit Jahr für Jahr zunahm, ohne Rücksicht auf Verluste.

Aliena war entsetzt. Sie beriet sich mit Florian und sie waren sich einig darüber, dass dieses Machwerk ein Ende finden musste. Das waren sie Susan schuldig. Das waren sie all den Kindern der Welt schuldig, die von den finsteren Mächten der Schänder beherrscht wurden, welche sich zudem unaufhörlich an ihrem Leid bereicherten.

»Hier ging und geht es um sehr viel Geld, um Einfluss und Macht«, hatte Michael Foster bei seinem Besuch gesagt. Und dieser Mann hatte geglaubt, dass Aliena für diese Art von Geschäften Verständnis aufbringen würde.

Aliena fehlte das angemahnte Verständnis und die eingeforderte kriminelle Natur. Aber sie ging zum Schein darauf ein und ließ sich von Mike darüber informieren, wie alles zusammenhing, wer wo lebte und sie erfuhr so die Adressen der Schaffers und der Costners. Als er nach diesem Gespräch seine Fleischerhand auf ihre Brust legte und die Augen gierig ihren Mund anstarrten, schlug Aliena erstmals in ihrem Leben zu. Ihre zur Faust geballte Hand traf Mikes wulstige Lippen und die Rundung seiner Nase und Aliena wunderte sich darüber, mit welcher Ungerührtheit sie diesen Schlag geführt hatte. Bevor der 1,90 m große und hundertzehn Kilo schwere Schimpansenmann reagieren konnte, war Aliena verschwunden. Vor seiner Rückreise in die USA besuchte Mike noch einmal den Grasserhof. Er nahm sich zwei der Ansichtskarten mit. Es war das letzte Mal, dass Aliena ihren leiblichen Vater lebend sah.

Lukas alias Agron Fahric scannte die Ansichtskarte ein, die er von Mike Foster erhalten hatte, und informierte die Schaffers in Klagenfurt und die Costners über Alienas Aufenthaltsort. Horst Costner erhielt den Auftrag von den Gesellschaftern der Copeland Ltd., Aliena zu beobachten.

Von dieser Maßnahme erfuhren Olaf und Kerstin Stettner, als sie das weiße Haus durchsucht hatten. Auch gab es eine verschlüsselte E-Mail, die Olaf knacken konnte. Sinngemäß lautete der Text: »Achtung, Gefahr aus Deutschland ist unterwegs in die USA. Rate zu Schutzmaßnahmen, am besten Bodyguards.«

»Sie sind gewarnt«, stellte Olaf fest.

»Leider zu spät«, erwiderte Kerstin.

Als die Sonne an diesem Sonntag aufging, hingen Olaf und Kerstin ihren Gedanken nach. Sie konnten nicht mehr tun als, zu warten und zu beobachten. Mike und Ann Foster genossen zunächst einen Badetag im Golf. Fast dreißig Grad Außentemperatur und der vierundzwanzig Grad warme Golfstrom luden sie zum Schwimmen ein. Mike und Ann streiften ihre Kleidung ab und legten die wenigen Meter zum hauseigenen Strand zurück. Dort sonnte sich seit einiger Zeit die Studentin aus Deutschland.

Sie beobachteten, wie Mike die junge Frau anmachte und wie sie sich schließlich nackt auszog. Auch, wie sie danach schnell in ihren Bungalow floh.

Mike Foster folgte ihr wenig später – immer noch nackt. Durch Jennys Schreie wachte Ann Foster auf. Aber sie schien sich nicht weiter darum kümmern zu wollen, nahm erneut ein kurzes Bad und legte sich wieder auf ihre Matte.

Jennys Abwehrschrei war deutlich zu vernehmen. »Nein, Mr Foster, ich will es nicht.« Kerstin sah Olaf entsetzt an. Aber sie verharrten in ihrem Versteck, noch war ihre Zeit nicht gekommen.

Mike verließ nach geraumer Zeit den Bungalow. Er kehrte scheinbar unbeeindruckt zum Strand zurück und jetzt zeigte sich der ganze verdorbene Charakter dieser Menschen. Ann rief ihm entgegen: »Jetzt fick endlich mich! Ich brauch auch einen Schwanz, nicht nur die kleine Schlampe.«

Mike lachte laut, warf sich in den Sand und Ann grätschte über ihm. Sie liebten sich laut und ungezügelt wie Tiere.

Der Abend war längst hereingebrochen, als Mike und Ann zusammen den Wellnesstempel im Nordflügel der Villa betraten. Der Whirlpool sprudelte. Gleißendes Licht beleuchtete das Prickeln des Bades und tauchte den Raum in eine sinnlich harmonische Atmosphäre.

Die Sinfonie mit dem Paukenschlag übertönte alle Geräusche. Somit konnten sich Olaf und Kerstin ungehört ihren Opfern nähern. Mike und Ann schlugen fast gleichzeitig, aber zu spät, die Augen auf und setzten zu einem gemeinsamen Schrei des Todes an.

Kerstin bediente den Elektroschocker und setzte zuerst Mike, dann Ann außer Gefecht. Olaf spritze das Atropin. Die Dosis führte mit weit über hundert Milligramm zur Atemlähmung der Opfer. Dann schnitt er beiden die Kehle durch, Kerstin extrahierte Mike den Penis, als er bereits tot war. Sie stopfte ihn Ann in den Mund, nachdem Olaf ihr die Zunge abgeschnitten hatte. Mike Foster lag auf dem Bauch im Whirlpool, dessen Wasser mittlerweile abgelaufen war. Kerstin trennte Ann Foster die großen Schamlippen ab und schob sie Mike in den Mund. Olaf entfernte Mike Foster alle Finger der rechten Hand. Den abgetrennten Mittelfinger steckte er in Anns Anus, die er zuvor mit Kerstins Hilfe auf die Seite gedreht hatte. Sie arbeiteten in Trance und ohne jegliche Gefühlsregung. Dann rollten sie Mike so herum, dass Kerstin Anns Zunge auf Mikes Schließmuskel legen konnte.

Das Andante der Sinfonie Nr. 94 von Joseph Haydn begleitete die letzten Aktionen der Vollstrecker. »Der letzte Badetag«, flüsterte Kerstin Michael Foster ins Ohr.

Olaf und Kerstin Stettner traten ihren Rückzug an, ohne Spuren zu hinterlassen. Alles lief wie geplant. Nur das Mädchen aus Deutschland, Jennifer Wolfert, war nicht in ihrem perfekten Plan enthalten.

Sie ließen sich noch eine Woche Zeit, bevor sie nach Deutschland zurückkehrten. Dort nahmen sie ihre eigentliche Identität wieder an. Bis zum 30. Mai 2011, als sie zu Bettina und Andreas Leitmeier wurden. Ein Ehepaar, das am Wörther See Urlaub machte und in der Nähe von Klagenfurt das Werk fortsetzte, das sie in Galveston begonnen hatten.

85

Lieber Gott!
Danke, dass Du mir ein Zeichen geschickt hast. Erst heute Morgen habe ich nach meinem letzten Brief an Dich die Metallkassette in der Badewanne deponiert. Dachte wirklich, das sei meine letzte Fahrt gewesen. Ich konnte ja nicht ahnen, dass ich sie nächste Woche gleich wieder abholen werde, weil Du mir das Zeichen geschickt hast.
Als ich nämlich zurückkam und mich vom Balkon stürzen wollte, hat es an meiner Tür geklingelt. Es war Dopi. Er hat sich ja schon immer und in all den Jahren (es sind jetzt über zehn Jahre) rührend um mich gekümmert. Dieses Mal war er ganz besonders lieb und er hat mir einen Heiratsantrag gemacht. Er hat gesagt, die Engel haben uns zusammengebracht und was Engel zusammenführen, das kommt von Gott und das darf man nicht einfach wegschmeißen. Und er hat mir gesagt, dass alles gut wird. Irgendwas von den sieben mageren und den sieben fetten Jahren hat er mir erzählt. Ich hätte eben neunundzwanzig magere Jahre hinter mir, aber jetzt stünden neunundzwanzig Fette vor mir. Nicht ein fetter Florian, sondern fette Jahre mit Florian, verstehst du? Er sagte auch, alles, was ein Mensch durchmacht, hat seinen Sinn, schärft seine Sinne und bereitet ihn darauf vor, ein besseres Leben zu führen.

»Ich weiß nicht, ob ich dich jemals heilen kann, Sue. Aber ich liebe dich und das wird dein Halt sein in den nächsten Jahren. Du wirst schon bald nicht mehr leiden müssen.« Das waren seine Worte.
Lieber Gott, Florian weiß doch, dass ich schwanger bin. Er weiß auch, von wem. Dennoch wird er mich heiraten, das hat er gesagt. Wenn das so ist, dann gibt es doch Hoffnung auf der Welt, oder nicht? Dann ist es doch gar nicht wert, für diejenigen zu sterben, die uns ein Leben lang verletzt haben? Ist das richtig, es so zu sehen? Dopi war es schließlich, der stets zu mir gehalten und mich nie verachtet hat, der immer für mich da war und der immer gesagt hat, mein leiblicher Vater sei der Dämon, den es zu vertreiben gelte. Ich glaube, nein, ich weiß jetzt, ich habe keine Schuld. Ich muss mich nicht schämen. Mike Foster, mein Papa, der muss sich schämen, nur er. Flo will mich, die Vaterhure, heiraten, will mit mir Glück und Leid teilen. Ist das nicht ein Wunder? Lieber Gott, Du weißt es, ich kam mir immer so minderwertig vor. Florian hat mir heute die Augen geöffnet. Ich weiß, dass ich mehr wert bin. Und ich weiß, dass im Buch meines Lebens auch ein paar hübsche Dinge stehen könnten. Hast du, lieber Gott, mir dieses Wunder wirklich geschickt? Und Du hast es getan, damit ich heute nicht sterben muss? Danke!
Ich werde eines Tages eine glückliche Mama sein und ich werde das Kind, das ich unter meinem Herzen trage, behüten, damit ihm nicht dasselbe widerfährt wie Aliena und mir.

Das heißt also, mein Sterben ist nach all den Jahren zu Ende. Alles wird gut. Ich muss mich nicht den Balkon runterstürzen, ich darf weiterleben.
Danke, lieber Gott, danke, dass Du mir das Leben geschenkt hast, dass Du es mir zurückgegeben hast.
Florian hat mir zu meinem Geburtstag das schönste Geschenk gemacht, eines, das ich nie gewagt hätte zu erträumen. Er hat mir die Liebe geschenkt. Die Liebe hat mir Florian geschenkt, das Leben hast Du mir, lieber Gott, geschenkt.
Er muss noch einmal in die Klinik, aber heute Abend will er mit mir meinen Geburtstag feiern und es wird gleichzeitig unsere Verlobung werden. Florian ist das Zeichen, dass du mir geschickt hast. Und Florian hat gesagt, er wird mich und das Kind beschützen, wird uns in seinem Haus willkommen heißen. Schon heute Abend soll das sein. Erst wollen wir feiern gehen, dann soll ich bei ihm einziehen. Heute Abend, wenn er von der Klinik zurückkommt.
Ich freue mich darauf! Ich werde jetzt ein Bad nehmen – heute ist ja Badetag – aber diesmal wird der Tag den Schmutz aus meiner Seele waschen und ich werde gereinigt sein – für mich, für Dich, lieber Gott, und für Florian, meinen zukünftigen Mann.
Nächste Woche fahre ich und hole die Briefe, die ich an Dich geschrieben habe. Da Du sie alle gelesen hast, werde ich sie vernichten.
Und jetzt rufe ich noch meinen Vater an. Nein, entschuldige, er ist nicht mein Vater. Mike ist mein Erzeuger, mein Vater war er nie. Er ist derzeit in Nürnberg, wohnt dort im schicken Maritim. Bestimmt trifft er dort wieder ein paar dieser dunklen Gestalten, die Aliena und mich jahrelang gequält ha-

ben. Ich werde ihm jetzt sagen, dass ich nicht mehr seine Tochter bin und, dass ich ihn nie wiedersehen werde. Und, dass ich ihn und seine ganze Bande hochgehen lasse. Ich werde ihn anzeigen. Endlich habe ich einen Beweis. Mein Kind – seine DNA. Diesmal kommt er nicht davon, diesmal gibt es klare Beweise. Bist Du, lieber Gott, damit einverstanden? Ist es richtig, eine weltliche Anzeige gegen ihn vorzunehmen, oder reicht es, ihm die himmlische Strafe und damit die Verbannung in die Hölle aufzuerlegen? Ich will die Kinder dieser Welt vor ihm schützen. Es sollen keine Kinder mehr von ihm und den Seinen missbraucht und geschändet werden. Das ist doch dein Vermächtnis an mich, nicht wahr, mein lieber Gott im Himmel? Ich werde es erfüllen. Ich werde Michael Foster und all die anderen zur Strecke bringen und kein Kind soll mehr unter ihnen das Leid erfahren, das wir zu ertragen hatten.

Wenn mein Kind geboren ist, das Kind, das mein Vater gezeugt hat und das Florian adoptieren wird, dann schreibe ich Dir wieder. Noch einmal – vielen Dank, himmlischer Vater. Danke für das Leben, das Du nicht nur mir, sondern auch dem kleinen Mädchen, das ich in mir trage, geschenkt hast. Und danke dafür, dass Du mir jetzt die Kraft gegeben hast, vielen Kindern in der Zukunft ein Martyrium wie das meine zu ersparen. Vater unser, der Du für uns da bist, dieser Dein Wille geschehe, jetzt und heute und hier auf Erden.

Deine Susan Grasser

Als Florian Grasser am frühen Abend des 30. Mai 2009 in Susans Wohnung kam, stand die Wohnungstür offen. Florian drückte dennoch kurz auf den Klingelknopf, trat ein, sah sich um, fand die Wohnung leer. Susan war nicht da, im Schlafzimmer sah er ein ungemachtes Bett, auf dem Fußboden lag ein Kugelschreiber. Florian bückte sich, um ihn aufzuheben und bemerkte einen hellen Fleck auf dem dunklen Velours unter dem Rahmen.

Es war ein weißes Blatt, beschrieben mit den Zeilen, die Sue an den Himmel gerichtet hatte. Schon die Art und Weise, wie sie sich ausgedrückt hatte, deutete darauf hin, dass mit Sue ein Wandel passiert war, eine Kehrtwende um hundertachtzig Grad. Florian schossen Tränen der Freude und abgrundtiefer Erleichterung in die Augen. »Endlich, mein Gott, endlich ... Gott sei Dank!«

Das Martinshorn auf der Straße riss Florian aus seiner Euphorie. Er nahm den Brief an sich und ging zurück ins Wohnzimmer. Die Tür zum Balkon stand einen Spalt offen und Florian trat hinaus. Er hörte den Lärm, unten auf der Straße. Ein Notarztwagen hielt direkt unter ihm. Eine kleine Menschentraube hatte sich gebildet.

Dort unten, fünf Stockwerke unter ihm, lag der Körper einer jungen Frau in verkrümmter Haltung und ihr Kopf lag inmitten einer rostroten Lache, die sich mit dem Staub der Straße verband und sich langsam ausbreitete. Für Florian gab es keinen Zweifel: Es war Susan.

Nach dem ersten Schock wurde Florian bewusst, dass er Susans Mörder um Haaresbreite verfehlt haben musste. Er machte sich die bittersten Vorwürfe. Hätte er nicht die Blumen für sie besorgt, die es im Supermarkt zu kaufen gab, hätte er dafür nicht den zeitlichen Umweg in Kauf genommen – Susans Mörder wäre zu spät gekommen. So aber kam Florian zu spät und Susan war tot. Im Polizeibericht stand als Todesursache: Tod durch Selbstverschulden. Florian wusste, dass Sue eines gewaltsamen Todes gestorben war und wer sie in die Tiefe gestoßen hatte: Mike Foster.

86

Als Aliena vom Tod der Costners erfuhr, meldete sich kurz darauf der Anwalt der Copeland Holding Köln. Von diesem Anwalt hatte ihr Vater bei seiner letzten Begegnung mit ihr gesprochen. Der Advokat teilte ihr mit, dass sie nunmehr Schlusserbin sei. Das bedeutete, dass sie nach Sues Tod die einzige Erbin der Copeland Holding war. Genauer gesagt, die Erbin von fünfundsiebzig Prozent. Die Worte des Anwalts klangen noch lange in Alienas Ohren: »Sie sind nicht nur Besitzerin eines beträchtlichen Vermögens, sondern auch Hauptanteilseignerin der Copeland Limited.«

Sie blickte dem Anwalt fassungslos nach, als er den Grasserhof verließ. Ihre Gedanken fuhren Achterbahn: »Mein Gott, ich fass es nicht. Wenn das stimmt, was er gesagt hat, dann bin ich jetzt Milliardärin und obendrein kann ich diesen Clan endlich zerschlagen. Wie geht das aber, wenn Stannitzer noch fünfundzwanzig Prozent hält? Wird es gefährlich für mich? Und – darf man ein Erbe annehmen, das auf Kosten geschändeter Kinder entstanden ist? Und werde ich es je erleben, wenn ich ...« Aliena würgte diesen letzten Gedanken ab, wollte ihn nicht zulassen.

Der vom Scheitel bis zur Sohle geschniegelte, mit Maßanzug und Lackschuhen elegante Auftritt des Anwalts endete stilvoll auf dem Parkplatz, wo ein Chauffeur ihm die Tür des Wagens aufhielt, die Tür eines dunkelblauen BMW Z4 Roadster.

87

Als Aliena ihren Bericht beendet, sind ihre Augen feucht und die ersten Tränen rinnen über die vor Aufregung und Emotionen rot glühenden Wangen. Tom hat sie die ganze Zeit im Arm gehalten, hat sanft ihre nach Lavendel duftenden Haare gestreichelt und zugehört, ohne sie auch nur ein einziges Mal zu unterbrechen. Sie haben kein Zeitgefühl mehr.

»Olaf und Kerstin Stettner, das also sind die Mörder, für die Jenny in der Todeszelle sitzt.« Es ist Tom, der diese Stille danach nicht mehr erträgt. Er springt hoch: »Wer sind diese Leute? Und wie hängen die mit dem ganzen Fall zusammen? Warum hat Florian Susans Brief nicht den Behörden ausgehändigt, um Mike Foster zu belangen und hinter Gitter zu bringen?«

Aliena sieht Tom an. Eine Mischung aus Trauer und Mitleid sprüht aus den feuchten Augen. »Behörden? Was meinst du, was Behörden machen, Tom? Eine weitere Bewährungsstrafe, wenn überhaupt. Was glaubst du, wie viele Juristen in diesem Morast mit drinstecken und die Hand schützend über die Täter halten? Es geht um Geld, um Macht und um Einfluss. Ein Sumpf, in dem Außenstehende versinken, aber nicht die, die ihn betreiben.«

»Das mag schon sein. Aber wie sonst können Täter überhaupt bestraft werden?«

»Es ging bei alledem nicht nur darum, Täter zu bestrafen, sondern das System zu Fall zu bringen. Genau das haben Olaf und Kerstin Stettner getan.«

»Wer steckt dahinter? Nun sag schon!« Tom hält die Spannung nicht mehr aus. Der Fall scheint gelöst, Jennys Unschuld ist damit bewiesen. »Hat Florian diese Killer beauftragt? War das der

Grund, warum er den Beweis für Sues gewaltsamen Tod für sich behalten hat? Wie ging es mit ihm weiter, nach Susans Tod? Was tat er, nachdem er wusste, wer Sue auf dem Gewissen hatte?«

»Er? Wir. Wir, Tom, haben getan. Wir haben Susans Briefe und Tagebücher gesucht. Wir haben sie nie gefunden. Erst bei dir, in deiner Suite auf dem Grasserhof.«

»Dann hat Florian mein Zimmer durchsucht und Susans Tagebücher an sich genommen?«

»Ja. Hat er.«

»Hm, dann erzähl mal weiter.«

»Du wirst mich danach hassen.«

Tom sieht sie entgeistert an. »Aliena, egal, was du mir jetzt beichtest, ich liebe dich. Und Liebe ist nicht etwas, was man nach Belieben ein- oder abschalten kann. Vertrau mir einfach weiterhin, bitte.«

Aliena steht auf, geht zu ihrem Handkoffer und entnimmt ihm vier Pässe. Schweigend reicht sie Tom die Dokumente.

Tom schlägt den ersten Pass auf, dann den Zweiten. Das Passbild des Ersten zeigt das Gesicht von Florian Grasser, der eine Perücke trägt und einen Bart. Tom blinzelt, braucht einige Zeit, bis er versteht. Der zweite Pass enthält das Bild einer Frau mit rötlichen Haaren, ebenfalls eine Perücke. Und sie trägt eine Hornbrille. Dennoch erkennt Tom die Person, die sich hinter dieser Maske verbirgt – es ist Lena.

Die Namen in den beiden Pässen lauten: Bettina und Andreas Leitmeier. Die beiden anderen Pässe enthalten die gleichen Bilder, nur zwei andere Namen: Olaf und Kerstin Stettner.

Toms Herzschlag scheint auszusetzen. Anschließend pocht es so laut, dass Lena es mithören kann.

»Mein Gott«, flüstert Tom und seine Stimme klingt verändert, als habe ein langes Kehlkopfleiden ihren Klang zu einem rostigen Sägeblatt verstümmelt. »Aliena, komm, das kann nicht sein, sag mir, dass dies ein Albtraum ist.«

Tränen rinnen aus Alienas Augen und langsam, ganz langsam schüttelt sie den Kopf. »Tut mir wirklich leid, Tom. Ich kann diesen Albtraum nicht beenden. Mein Leben und das von Susan und das von Florian – all das ist ein Albtraum.«

Aliena schluchzt, sie zittert am ganzen Körper, presst sich schutz- und Hilfe suchend gegen ihn.

»Florian und ich wollten diesem bösen Traum ein Ende bereiten. Wir mussten doch Susans Vermächtnis erfüllen. Diese schreiende Ungerechtigkeit, der Dämon, der meine Schwester über Jahre gequält hat. Er hat sie vergewaltigt, hat ihr ein Kind gemacht, hat ihr ganzes Leben zerstört. Und Florian, Jahr um Jahr hat er mit Susan gearbeitet, hat sie Schritt für Schritt mit der Geduld, die nur ein Mensch, der wahrhaft liebt, haben kann, endgültig so weit gebracht, dass sie leben wollte, mit ihm, mit dieser einzigartig gutmütigen Seele von Mensch.«

Aliena lacht, aber dieses Lachen wird begleitet von der Schizophrenie der Geschichte, die ihren Körper durchschüttelt und quält. »Und dann geschieht dieses einmalige Wunder – Susan will leben. Sie will das Leben, das Flo ihr anbietet, annehmen und steht davor, von ihrem Trauma, von dieser schrecklich gemeinen und hinterhältigen Traumatisierung, geheilt zu werden. Und was geschieht? Dieses menschenverachtende Monster namens Mike Foster schlägt zu, wirft sie wie ein Stück Dreck aus der eigenen Wohnung, stürzt sie in den Tod, um sein widerwärtiges Leben unbeirrt fortsetzen zu können. Michael und Ann Foster sind die Mörder, sie bringen ihre eigene Tochter und ihr Enkelkind um, skrupellos, ohne irgendeinen Anflug menschlichen Mitgefühls. Eiskalt. Das waren Bestien, Tom. Widerwärtige, gefräßige Bestien! Wer wollte sie stoppen, wer könnte sühnen, was sie taten und was sie weiterhin fortgesetzt hätten? Ein Gericht? Ein Staatsanwalt? Nein, niemand hätte sie aufgehalten. Niemand, nicht einmal Gott selbst. Susans Briefe an den himmlischen Vater haben nichts bewirkt. Eigentlich haben sie ihren Tod bedeutet, denn hätte sie diesen Glauben nicht gehabt, wäre sie vorsichtiger gewesen, hätte unseren Vater nicht bedroht und wäre am Leben. Susan musste sterben, weil der Glaube an Gott und an ein neues Leben sie getrogen hat, sich in absoluter Sicherheit zu wähnen. Sue vertraute ihrem unerschütterlichen Glauben. Das vermeintliche Zeichen von Gott wurde zum Trugschluss, zu einem verhängnisvollen und tragischen ›Ich bin jetzt gerettet‹ Gedanken. Sicherheit durch Gott? Nein. Stattdessen begab sie sich in die Gefahr, die sie getötet hat.«

Alienas Tränen und ihre erhobene Stimme schleudern ihr Geständnis wie Fluten des Zorns heraus, die Verzweiflung sprudelt aus ihren Worten, verquirlt Reue mit dem Brei der Verbitterung, erdrückt Tom, der die Ohnmacht und die Ausweglosigkeit aller geschändeten Kinder dieser Welt in diesem einen Augenblick der Finsternis und der Abgründigkeit zu spüren bekommt. Ein Gefühl, das ihn lähmt und seine eigene Ohnmacht aufzeigt und die Gleichgültigkeit aller Nationen der Schande der Tatenlosigkeit überführt.

»Mein Gott, mein armes Mädchen, meine Aliena!« Tom weint mit ihr, seine und ihre Tränen vermischen sich, als er sie eng und mit dem Mantel der Verzweiflung an sich drückt, sie schützen will, sich selbst schutzlos sieht und weiß, dass er jetzt einen Konflikt zu bewältigen hat, den ein Mensch allein nicht zu lösen vermag. Tom zittert zusammen mit einer Mörderin, die er über alles liebt. In diesem Augenblick mehr als je zuvor, vereint mit ihr in einem Leid. In ein und derselben Ausweglosigkeit hört er den Schrei der Polarisierung: menschliches Rechtsempfinden kontra Schuld und Sühne. Schuld. Los. Das Los, die Schuld zu tragen, obgleich die Menschlichkeit nach Unschuld, nach Unschuldigkeit schreit.

88

»Wir wissen, dass wir uns stellen müssen, damit Jenny ihr Leben zurückbekommt. Unser Seelenfrieden, den wir glaubten mit der Tötung meiner Erzeuger und der Schaffers zu finden, kann nicht von Dauer sein, wenn eine Unschuldige dafür sterben muss.« Aliena meint es ernst, ihre Worte klingen beherrscht.

Sie haben den Rest der Nacht eng umschlungen verbracht, ohne Schlaf zu finden. Tom grübelte lange, zerbrach sich den Kopf darüber, eine Lösung zu finden. Jetzt, da Aliena davon spricht sich zu stellen, glaubt Tom den richtigen Ansatz gefunden zu haben. Doch zunächst interessieren ihn noch die Dinge, die es zu klären gilt.

»Als ich dich das erste Mal sah, hast du auf der Bank gesessen und geweint. Was war da vorher passiert?«

»Lukas war da. Es war der Tag, an dem er mich überredet hat, der Hochzeit mit ihm zuzustimmen.«

»Verstehe.«

»Ich bin danach weggelaufen, eben zu dieser Bank. Mir ging alles durch den Kopf. Mein ganzes Leben. Die – na ja, unsere Taten, die Ängste, vor allem die Angst zu dem Zeitpunkt, als Florian mir die gefälschten Pässe zeigte und wir schließlich in das Flugzeug stiegen und über den Atlantik flogen, als wir im Bad vor Mike und Ann standen, als ich den Elektroschocker auf sie richtete. All das. Und dann Lukas. Mir ist klar, dass mein Schicksal mich nie mehr loslassen wird. Ich bin gefangen.«

Tom streichelt sie. »Nein, Aliena, du bist befreit. Ich bin nicht der Moralist, der deine Taten beurteilt, um sie zu verurteilen. Ich weiß, dass Florian und du in einem unfassbaren Ausnahmezustand gehandelt habt. Das Leben hat euch zu all dem gezwungen. Wie geht es Florian überhaupt nach all diesen Ereignissen?«

»Schlecht. Nach außen merkt man das nicht. Aber ich weiß, dass Florian für immer gebrochen ist. Er war ein so friedvoller und vor allem friedliebender Mann und dann bringt er vier Menschen um. Und ich mit ihm. Das ist für uns beide unfassbar.«

»Für mich nicht«, beruhigt sie Tom. »Wir waren bei Lukas stehen geblieben. Wie hat er dich dazu gebracht, in diese Hochzeit einzuwilligen?«

»Lukas weiß, wer Mike und Ann und die Schaffers ...«. Aliena kann den Satz nicht zu Ende sprechen.

»Schon gut. Verstehe. Diese Stannitzers halten aber auch alle Fäden in der Hand. Überlassen nichts dem Zufall. Ich gehe davon aus, dass sie den Marlhof in Brand gesteckt haben. Mit dem Brand hattet ihr aber nichts zu tun, oder?«

»Nein. Die Zeit dafür war noch nicht reif. Verstehst du, Tom?«

»Ja, ich denke schon«

»Unser Geburtstag und ... der erste Badetag.« Lena zerrupft langsam das Taschentuch in ihrer Hand.

Tom grübelt lange nach. Dann stutzt er: »Ich glaube, mir geht ein Licht auf.«

Aliena sieht ihn an. »Sag's mir.«

»Klar, eine sehr logische Konsequenz.«

»Was meinst du?«

»Na, Lukas. Lukas ist der Sohn von Bernhard Stannitzer. Stannitzer ist Gesellschafter der Copeland. Fünfundzwanzig Prozent. Du hast fünfundsiebzig. Der Junge zwingt dich zur Hochzeit. Was dann passiert, liegt auf der Hand.«

»Du meinst ...« Aliena sieht Tom erschrocken an.

»Ja, genau, das meine ich. Wenn dieser Lukas dich heiratet und dir passiert etwas, dann erbt er deine Anteile und die beiden

Stannitzers, Vater und Sohn, haben die Alleinherrschaft über ein Milliardenimperium.«

Aliena richtet sich auf. Sie reibt sich die Augen. »Unfassbar«, murmelt sie.

»Als ihr Mike und Ann getötet habt«, Tom zögert kurz, fährt dann fort, »ich meine, bestraft habt und ein Jahr später die Schaffers, da muss Stannitzer erkannt haben, was das bedeutet. Jetzt mussten nur noch die Costners sterben – das Feuer auf dem Marlhof war im wahrsten Sinne des Wortes ein Brandbeschleuniger. Damit waren alle Gesellschafter aus dem Weg geräumt.«

Aliena sieht Tom entsetzt an. »Du meinst, hinter all diesen Dingen steckt Lukas Vater?«

»So sicher wie das Amen in der Kirche. Bernhard Stannitzer oder Lukas – einer von beiden hat immer die Fäden gezogen, nachdem ihr in den USA ... na, du weißt schon«.

Aliena nickt langsam, begreift die Zusammenhänge. »Ja, hier geht es schließlich um sehr viel Geld. Der Unfall der Seewalds, das Feuer im Marlhof – das alles in kurzer Zeit.«

»Sie scheinen es eilig zu haben«, vollendet Tom ihre Überlegungen. »Sehr eilig. Klar, sie wollten nicht, dass durch das Ableben der Gesellschafter lang Staub aufgewirbelt wird. Und ich nehme an, sie wollen Kasse machen, alles abräumen und dann verschwinden. Dich zu heiraten und damit das Erbe anzutreten ist ein Prozess, der Zeit in Anspruch nimmt. Verständlich, dass sie nicht warten wollten bis zum nächsten 30. Mai. Aber du weißt schon, was das bedeutet?«

Aliena nickt. »Ja, wir müssen sie stoppen. Florian und ich glaubten, ihre Machenschaften enden, wenn sie nicht mehr am Leben sind. Wir hielten die Falschen für die Drahtzieher.«

»Ja, wahrscheinlich. Obgleich, Drahtzieher waren sie alle. Nur der Oberguru dieses widerwärtigen Ensembles heißt Stannitzer – er ist der Dirigent. Selbst seinen eigenen Sohn hat er zur Marionette gemacht, und zu einer verdammt gefährlichen.«

»Der Mann, den ich heiraten sollte. Brauch ich jetzt nicht mehr – ich werde mich stellen. Florian auch, darüber haben wir bereits gesprochen.«

Tom schüttelt den Kopf. »Nein, ihr werdet euch nicht stellen, Aliena.«

»Geht nicht anders, wie sonst willst du Jenny retten?«

»Du wirst Lukas heiraten.«

»Das werde ich sicher nicht, Tom. Ich werde mich stellen, dann bin ich nicht mehr erpressbar.«

»Nein, tu mir den Gefallen. Du wirst Lukas heiraten.«

Aliena sieht Tom mit weit aufgerissenen Augen an. »Und dann? Das rettet Jenny nicht und ich bin ...«

»Du bist dann sicher die nächste Tote in diesem grausamen Spiel.«

89
6 Monate später
Donnerstag, 22. Dezember 2011

Zwei Tage vor Weihnachten enttäuscht das Wetter die Menschen, denn der leichte Schneefall ist in Regen übergegangen. Keine weiße Pracht, nur ein trübes Grau und nasse Dächer, die von einer Nebelsuppe bedeckt werden.

Auf dem Münchner Flughafen harren Ronald und Maria Wolfert seit über einer Stunde ungeduldig in der Empfangshalle aus. Immer wieder fällt ihr Blick auf die Ankunftstafel und die Verspätungsmeldungen, die dort angezeigt werden.

»Noch mal dreißig Minuten«, bemerkt der Chirurg und schlägt vor, erneut das kleine Café aufzusuchen, das sie bereits zweimal bemüht haben.

Maria willigt ein. So vergeht die letzte halbe Stunde und dann ist es endlich so weit. Keine weitere Verspätung mehr.

Die Maschine aus New York landet und nach zwanzig Minuten hören die Wartenden Marias spitzen Schrei. Tränenüberströmt läuft sie auf die ausgemergelte Gestalt zu, die einen kleinen, handlichen Koffer hinter sich herzieht. Hinter ihr folgt Tom mit dem übrigen Gepäck.

Jennifer weint mit ihrer Mutter. Ronald umarmt seine Tochter, Maria klammert sich an Jenny, als wolle sie ihre Tochter nie wieder loslassen. Tom hat ebenfalls feuchte Augen. Er steht etwas abseits und lässt den Dreien die Zeit, die dieses Wiedersehen braucht.

»Ich bin frei«, flüstert Jenny nach Minuten der Begrüßung.

»Ja, mein Schatz, du bist frei.« Maria wischt sich die Tränen aus dem Gesicht. Sie kann sich von Jenny lösen, hält aber ihre Hand fest, damit der Kontakt erhalten bleibt.

»Papa, ich bin so glücklich«, weint Jenny.

»Das sind wir auch, mein Kind. Wir alle.« Ronald Wolfert weint mit ihr. Eine Viertelstunde später brechen sie auf zu Rons Wagen. Sie fahren durch das nächtliche München, passieren die Autobahn, die Richtung Garmisch führt und der Regen begleitet ihre Fahrt hinaus zum See, wo Jennys Heimat auf sie wartet.

Sie schweigen. Es gibt zu viel zu erzählen, um jetzt mit Bruchteilen zu beginnen. Und der Vorrat ihrer Tränen ist auch noch nicht aufgebraucht.

Tom verbringt die Nacht in seinem ehemaligen Zimmer. Zuvor haben sie ein Glas Wein getrunken. Nur Jenny wollte keinen Alkohol. Ihre Begründung leuchtet ein, vor allem da sie noch nie viel getrunken hat: »Ich muss mich erst wieder daran gewöhnen. Wenn ich jetzt was trinke, haut's mich sofort um. War doch eine lange Zeit der Entwöhnung von solchen Dingen.«

Sie reden über zwei Stunden, bevor sie erschöpft aber glücklich zu Bett gehen.

Am Freitag vor Weihnachten verzichtet Papa Ronald darauf, in die Klinik zu fahren. Maria hat für alle ein reichhaltiges Frühstück bereitet. Frische Landeier, frisch gepressten Orangensaft und knusprige Brötchen, dazu angebratener Speck und ein kleines Büffet mit einer Auswahl an Müslis und Joghurts reichern den Tisch an und erfreuen die Geschmacksnerven aller Beteiligten, aber vor allem Jennys.

»Ich fühle mich wie im Paradies«, freut sich Jenny beim Anblick des gedeckten Tisches und Tränen kullern über die ausgemergelten Wangen. Draußen nieselt es, aber der Blick auf den See, den sie vom Speisezimmer der Villa aus sehen, entschädigt sie dafür. »Endlich, endlich daheim«, frohlockt Jenny. »Nach dem engen Gefängnishof und dem spärlichen Freigang zwischen den Mauern bin ich jetzt im Paradies gelandet. Ich werde hier nie mehr weggehen.«

Mit großem Appetit greifen alle zu. Sie sind befreit, befreit von einer zentnerschweren Last, die sie alle in der Vergangenheit zu erdrücken drohte.

»Morgen ist Weihnachten«, bemerkt Maria. »Und wir hatten gestern Abend schon auf dem Flughafen die Bescherung. Bleibst du bis morgen, Tom?«

Tom nickt. »Ja, aber nur bis kurz vor Mittag. Dann ...«

»Verstehe schon«, unterbricht ihn Maria und sie lächelt verständnisvoll. »Hast du dir auch verdient.«

Jenny reicht Tom noch eines der Kartoffelbrötchen. »Das hast du dir mehr als verdient«, lächelt sie und Tom weiß, dieser Blick sagt mehr als alle Worte.

Jenny und ihre Eltern haben sich viel zu erzählen, und während sie das tun, nutzt Tom die Zeit für ein paar Telefongespräche und die Beantwortung von Mails. Zuerst bedankt er sich bei Tracy Farrow für die Unterstützung. Dem Anwalt in den Staaten teilt er mit, dass sie gut gelandet seien und auch bei ihm bedankt er sich.

Schließlich ruft er Steffi an.

»Ist Jenny gut angekommen?«, will sie wissen.

»Ja«, antwortet Tom. »Ich würde dich gerne sehen, hast du Zeit?«

»Klar. Komm rüber, ich bin zu Hause. Kannst mir beim Christbaumschmücken helfen.« Steffi wirkt quicklebendig und fröhlich wie eh und je.

Eine Stunde später bewundert Tom Steffis Tanne. »Habe mir extra Zeit gelassen, damit du fertig bist, bis ich komme.«

»Dachte ich mir. Und, erzähl, alles klar gegangen in den Staaten?«

»Ja, Tracy Farrow und du – ihr habt tolle Arbeit geleistet!«

Steffi nickt. »Eigentlich hat die Seewald AG diese Arbeit geleistet. Dass die ein Verzeichnis aller Pädophilen, die jemals als Kunden in Erscheinung getreten sind, so dilettantisch verschlüsselt haben, hätte ich nie geglaubt.«

»Unfassbar für dich, aber das hat natürlich sehr geholfen.«

»Wie sind die Amerikaner damit umgegangen?«

»Staatsanwalt Decker, aufgestellt zur Wahl des Senators, sitzt bereits hinter Schloss und Riegel. Die Kanzlei von Garathy wurde geschlossen, der Partner von ihm, George Morris, war Stammkunde der Fosters, Garathy selbst auch. Aber den kann man ja nicht mehr belangen. Gegen den Richter läuft ein Ermittlungsverfahren, auch gegen ein Drittel der Geschworenen. Einige Politiker und Amtsträger, die hinter dem Fall stecken, erwartet ein Amtsendhebungsverfahren. Der Gouverneur zeigte sich aufgrund der politischen Brisanz unserer Beweise sehr kooperativ, hat umgehend eine Begnadigung ausgesprochen und die Behörden angewiesen, das Wiederaufnahmeverfahren zu beschleunigen, sodass Jenny noch vor Weihnachten freikam. Politische Ängste setzen ungeahnte Mechanismen in Kraft.«

Steffi zeigt ihre Anteilnahme, indem sie sich wie ein kleines Kind freut. »Fantastisch, echt cool. Nicht nur, weil Jenny frei ist. Wir haben damit wohl mehr Kinderschändern das Handwerk gelegt, als München Einwohner hat.«

»Kann man sagen, ja. In den USA haben die groß angelegten Razzien zu über tausend Verhaftungen geführt. In Deutschland wurden mittlerweile circa zehntausend Adressen an die verschiedenen Dienststellen verteilt. Die Seewald AG ist vollends zerschlagen. Copeland London wurde durchsucht. Dort hat man allerdings nur das gigantische Vermögen aufgelistet, dass du im Vorfeld schon transparent machen konntest.«

Steffi lacht. »Transparent nennst du das? Die Verflechtungen sind so komplex, dass wir nur einen Bruchteil aufdecken konnten. Die Beteiligungen von Copeland stellen aufgelistet jeden Investmentfonds in den Schatten. Ein Geflecht und Gespinst, in dem niemand vollends durchsteigt. Abgesehen davon, die Cashkonten – mehrere Hundert Millionen Pfund, Euro und Dollar wurden abgeräumt.« Steffi grinst.

Tom bleibt ernst. »Apropos Geflecht, meine Liebe. Was ist aus Lukas geworden?«

»Der Prozess ist vertagt. Die Anklage lautet auf Mord.«

»Obwohl keine Leiche zu finden ist?«

»Lukas bestreitet die Tat. Nachdem wir der Staatsanwaltschaft die Beweise vorgelegt haben, in welche Geschäfte er und sein Vater verwickelt waren, wurde er festgenommen. Das war kurz nach deinem Abflug in die USA.« Steffi nippt an ihrem Tee. »Willst du auch noch einen?«

»Gerne.«

Sie füllt Toms Tasse nach und reicht ihm den Kandiszucker. Tom fühlt sich wohl und rührt in seiner Tasse herum, während sie weitererzählt. »Alienas Blut wurde analysiert. Der Vertreter der Anklage hat sinngemäß ausgeführt, was in jener Nacht passiert sein muss.«

Burg Wernberg ist bekannt für ihr außergewöhnliches Ambiente und für die Ausrichtung exklusiver Hochzeiten. Aliena und Lukas hatten den Fürstensaal reserviert, der achtzig Plätze aufdecken kann. Allerdings nahmen nur fünfzig geladene Gäste Platz an den runden, Kommunikation fördernden Tischen. Unter dem schmiedeeisernen Deckenleuchter, einer Spezialanfertigung des Münchner Schmiedes Stefan Herzog, wurde das Brautpaar von Bernhard Stannitzer und Alienas Eltern, Josef und Anna Grasser umringt. Durch die hellen, bogenförmigen Fensternischen warf die Sonne ihr Licht auf die Gäste und beleuchtete die original aus dem Jahr 1478 erhaltene Decke sowie die Naturholzdielen des Fußbodens. Ein schauriges Bild, passend zu einer Burg, deren Koch zwei Michelin Sterne verteidigte, während die Gäste Alienas nicht ahnten, dass es bei dieser Hochzeit darum ging, ein Leben zu verteidigen und viele weitere Leben in der Zukunft zu schützen.

Der Gourmetkoch zeigte den Gästen, dass er diesen Titel zu Recht trug. Nach dem achtgängigen Galamenü konnte sich die Hochzeitsgesellschaft die Beine vertreten, um dann den restlichen Abend das gediegene mittelalterliche Ambiente der Burg zu genießen. Für die meisten waren Zimmer reserviert und das Brautpaar residierte in der Hochzeitssuite, ganz in Weiß – passend zu Alienas Brautkleid. Ein prunkvolles Himmelbett, anmutige Wandmalereien, ein großzügig ausgestattetes Badezimmer mit Sprudelwanne und frei stehenden, goldenen Waschtischen luden zu einer romantischen Nacht ein, die Aliena alles andere als romantisch erlebte. Nicht einmal das Frühstück mit Champagner, frischen Früchten, Croissants, serviert direkt ans Himmelbett, konnte sie für diese Horrornacht mit dem unflätigen Geschnarche eines volltrunkenen, torkelnden Ehemannes entschädigen. Die Gäste reisten am Morgen ab. Lukas und Aliena wollten noch eine weitere Nacht bleiben.

Den Tag nach der Hochzeit verbrachten sie auf der Burg. Lukas schlief bis in den späten Nachmittag hinein, danach nutzte er das üppige Bad und wollte an die frische Luft. Er umrundete zweimal die Burg, dann verspürte er Hunger und wählte einen Platz im Burgkeller, um sich dort nochmals reichlich Wein einzuschenken. Aliena ließ all das geduldig über sich ergehen. Sie dachte an Tom und an Florian, der eine Woche vor der Hochzeit seinen Dienst in Wöllershof gekündigt hatte, der Polizei in Weiden ein schriftliches Geständnis übersandte und seither spurlos verschwunden war. Josef und Anna Grasser verstanden die Welt nicht mehr. Ihr Sohn, ein angesehener Arzt, verschwand einfach aus ihrem Leben, ihre Adoptivtochter Lena heiratete einen ungehobelten jungen Mann, der allerdings offensichtlich über zu viel Geld verfügte und einen Vater präsentierte, bei dem es Sepp

Grasser die Fußnägel hochrollte. Und eine Tante Rosa, die zu all dem lächelte, als sei es das Selbstverständlichste auf der Welt. Sie, Lenas engste Vertraute, unternahm keinerlei Versuch, das Mädchen von ihrem Irrweg abzubringen.

Der Abend nach der Hochzeit stellte Aliena auf eine harte Geduldsprobe. Würde Lukas wieder genug trinken, um ihr den Vollzug der Ehe zu ersparen? Als Bernhard Stannitzer sich zu ihnen gesellte, auch er war noch für eine Nacht geblieben, sahen Lukas Augen bereits glasig aus. Sein Vater klopfte dem Sohn anerkennend auf die Schulter, als Lena auf die Toilette ging. »Hast du gut gemacht, Junge. Was du nun zu tun hast, weißt du ja.«

Lukas brummelte etwas Unverständliches in seinen Bart: »Lass sie mich erst mal gut durchficken, ist ja wohl mein Recht als Ehemann. Der Rest ergibt sich dann schon.« Als Aliena zurückkam, verabschiedete sich Stannitzer von den beiden.

»Ich muss zurück nach München«, sagte er und Aliena war froh, als er verschwunden war. Und sie war erleichtert, dass Lukas weiter trank. So kam sie an diesem Abend früh zu Bett.

Ein Gedichtband im Bücherregal erweckte ihre Aufmerksamkeit:

Hab mit dem Tod ein Rendezvous
Des Nachts in einer Stadt, die brennt
Zieh'n Vögel heimwärts dieses Jahr
Halt ich mein Wort
Tu meine Pflicht
Dies Rendezvous vergess ich nicht.

Es war die Kurzfassung einer deutschen Übersetzung des Gedichtes von Alan Seeger, angeblich das Lieblingsgedicht des getöteten Präsidenten Kennedy. Lena schauderte. Es schien zu stimmen: Energie folgt der Aufmerksamkeit. Und jeder ihrer frostigen Gedanken kreiste in dieser Schicksalsnacht um den Tod.

›Ach Tom‹, dachte sie traurig. ›Warum muss das nur alles geschehen? Zu gerne wäre ich gestern mit dir vor den Traualtar getreten. Aber nun muss geschehen, was geschehen muss …‹

Am nächsten Tag wurde Lukas durch ein heftiges Klopfen an der Tür der Hochzeitssuite geweckt. Im Adamskostüm, nur geschützt mit einem Badetuch, empfing er die Polizei, die ihn unverzüglich festnahm und nach dem Verbleib seiner Frau fragte.

Blutspuren und Hautpartikel in seinem Kofferraum und im Badezimmer der Suite konnten zweifelsfrei als Alienas Blut identifiziert werden. Ebenso die Blutspuren unter dem Fingernagel des Daumens an der rechten Hand. Lukas leugnete, Aliena etwas angetan zu haben. Die Spuren an den Reifen seines Autos stammten von einem Gemisch aus Kies und Sand. Alles deutete darauf hin, dass dieses Fahrzeug am Ufer eines Sees gehalten haben musste. Auch das leugnete Lukas.

Bernhard Stannitzer und verschiedene Mitarbeiter der Seewald AG wurden zeitgleich verhaftet. Die Beweislast war erdrückend. Stannitzer konnte nachgewiesen werden, dass er den Marlhof in Brand stecken ließ. Außerdem hatte Stannitzer Florian und Aliena Grasser beobachten lassen und damit wurde der wasserdichte Beweis erbracht, dass Florian Grasser und Aliena Foster für die Morde in Texas und in Kärnten verantwortlich waren. Während die Behörden Florian zur Fahndung ausgeschrieben hatten, suchten sie nach Alienas Leiche.

Steffi schließt ihren Bericht mit den Worten: »Aliena wurde bis heute nicht gefunden. Und Lukas bestreitet immer noch, sie umgebracht zu haben. Das Motiv und die Indizien sprechen gegen ihn. Er, der durch Alienas Tod Alleinerbe von fünfundsiebzig Prozent der Copeland Dynastie wird. Ein Erbe, das er nie antreten kann und von dem alle Bargeldpositionen verschwunden sind. Seltsam, nicht wahr?«

»Was ist daran seltsam?«

»Hunderte Millionen wurden vor der Hochzeit abgeräumt. Von einem Großteil wissen wir, dass Gelder an Vereine gingen.«

»An welche Vereine?«

»Vereine, die Kinder unterstützen. Kinderschutzbund, terre des hommes, Children for tomorrow und viele mehr.«

Tom brummt etwas Unverständliches, dann klärt sich seine Stimme auf. »Wie dem auch sei. Wir haben Jenny freibekommen, der scheinbar größte Kinderpornoring und der weltweit umspannende Pädophilenkreis der Seewald'schen Mafia ist zerschlagen, was wollen wir mehr? Das Vermögen der Copeland wurde beschlagnahmt, im Internet sind endlose Plattformen zerstört, die all diese Abartigkeiten unterstützt haben. Wir haben ihre Strukturen zerschlagen.«

Steffi schüttelt den Kopf. »Ach, Tom. Wenn sich damit ein Schlusspunkt setzen ließe. Aber eigentlich wird das nie enden. Kinder werden immer wieder geschändet, Frauen vergewaltigt, Menschen unterdrückt. ›Die Würde des Menschen ist unantastbar‹ ist nur ein frommer Wunsch – ist gibt keine reale Welt, in der das jemals möglich wäre.«

Tom erhebt sich. »Dennoch, es waren ein paar wilde Monate, Steffi. Ich danke dir jedenfalls für alles, was du für mich und Jenny getan hast.«

»Danke nicht mir, sondern dem Geldbeutel deiner Eltern. Die haben eine saftige Rechnung von Drambach erhalten.«

»Das ist Geld«, wiegelt Tom ab. »Geld gegen Leben. Geld gegen den Tod, gegen die Ungerechtigkeit. Ja, mit Geld kann man etwas wieder gut machen. Aber zuerst dient es immer dazu, etwas Böses zu schaffen.«

»Philosoph«, lächelt Steffi ihn an. »Die Welt ist so. Nehmen wir die Menschen, wie sie sind. Andere bekommen wir nicht.«

»Also dann. Ich wünsch dir ein schönes Weihnachtsfest.

90

Doktor Fritz Sollfrank zeigt sich erfreut, als Tom die Kanzlei betritt. »Jetzt hat es doch etwas länger gedauert«, entschuldigt sich Tom.

»War wohl zu erwarten. Jemanden aus der Todeszelle freizubekommen, ohne die Mörder an die Texaner auszuliefern, das war schon ein Meisterstück«, lobt Toms Partner. »Jetzt wirst du etwas Urlaub brauchen und dann …«

Tom legt seine Hand auf den Arm des Kollegen. »Nimm es mir bitte nicht übel, Fritz. Was dann kommt, steht in den Sternen. Verzeih mir. Ich weiß noch nicht, was dann kommt.«

»Lass dir Zeit, Tom. Lass dir alle Zeit der Welt.«

»Weißt du, nach all dem Schmutz, nach all dieser Finsternis, die ich erlebt habe, brauche ich Abstand. Vielleicht auch einen Neubeginn. Ich habe einen Konflikt gelöst, aber ich habe noch einen weiteren, der mich selbst betrifft.«

Doktor Sollfrank, ein analytischer Mann, der bei jedem Prozess sofort in die Lücken des Gegners hineinstößt, versteht nicht, was Tom Wolfert meint. Aber er versteht es, sich selbst zurückzunehmen und deshalb gesteht er Tom die Zeit zu, die er noch braucht. »Ich werde dich nicht zwingen, Tom. Die Tür dieser Kanzlei steht dir offen. Und das bleibt sie auch, solange ich noch bei Kräften bin und damit deinen Platz in Starnberg verteidigen kann.«

Tom dankt ihm, verabschiedet sich von den Mitarbeitern, wünscht allen ein besinnliches Weihnachtsfest und fährt in die Possenhofener Straße.

Die Villa der Seewalds sieht heruntergekommen aus. Kein gepflegter Park mehr, keine gekehrte Auffahrt. Das nasse Laub hat sich in den Pfützen angesammelt. Ein matschiger Weg verbindet die Einfahrt mit dem Portal, über das man die Eingangshalle erreicht.

Tom wundert sich, warum das Tor offensteht. Er steigt aus und sieht sich um.

»Sie trauen sich was«, hört er eine erstaunte Stimme. Es ist Evelyn Seewald, Sarahs Mutter.

Tom nimmt seine Hände aus dem wärmenden Parker und geht ein paar Schritte auf die Frau zu, von der er sich nicht vorstellen kann, dass sie etwas von den miesen Geschäften ihres Mannes wusste.

»Warum sind Sie hier?«, fragt sie so leise, dass er es kaum verstehen kann.

»Ich weiß es nicht. Ich wollte Ihnen ein gesegnetes Weihnachtsfest wünschen. Aber ich weiß, das ist eigentlich irgendwie …«

»Sie müssen nicht herumstottern, Tom. Sie können nichts dafür. Ebenso wenig wie ich.«

»Wie meinen Sie das?«

»Mein Mann und meine Tochter starben durch die Hand Gottes. Nicht durch Ihre, Tom.«

Tom sieht sie fragend an und Evelyn Seewald lässt das Charisma vergangener Zeiten kurz aufblitzen. »Mein Schwiegervater, Martins Vater, hat sehr genau gewusst, welch Versager sein Sohn ist. Er bat mich vor seinem Tod, auf Martin aufzupassen. ›Der Junge hat nicht das Format, den Verlag zu führen, aber ich habe keinen anderen. Du hättest das Zeug dazu, Evelyn, vielleicht gelingt es dir eines Tages, das Ruder zu übernehmen.‹« Evelyn Seewald atmet tief durch. »Ich habe das Ruder nicht übernommen, Tom. Ich habe geahnt, dass etwas nicht stimmt, aber ich war feige und ich vertraute auf Sarah. Auch das war falsch, er hat meine

Tochter umgedreht und sie hat seine schmutzigen Geschäfte gedeckt.«

»Wussten Sie wirklich nicht, was er tat?« Tom sieht sie unverwandt an.

Evelyn Seewald dreht sich um. »Ich ahnte es, sagte ich ja schon. Aber wem oder was nützt es heute? Wer eine Ahnung hat und ihr nicht nachgeht, muss damit rechnen, die Folgen zu tragen.«

»Was sind die Folgen?«, will Tom wissen.

»Ich werde dieses Haus heute verlassen. Es gehört mir nicht mehr. Es gehört der Vergangenheit. Leben Sie wohl, Tom. Und danke, dass Sie das Seewald Imperium ausgerottet haben.«

Tom sieht sie mit einem Blick an, der scheinbar eine Art Entschuldigung signalisieren soll. Evelyn Seewald richtet sich stolz auf. »Das meine ich ernst, Tom. Sie haben richtig gehandelt.«

Sie deutet ein kurzes Winken an und verschwindet in dem mondänen Haus, das plötzlich klein und ärmlich wirkt, so ärmlich wie die Geschichte, die es fortan mitzutragen hat.

Den Abend verbringt Tom mit Jenny. Ein langer Spaziergang entlang am Seeufer, eingemummelt in wetterfeste Regenjacken. Fünf Grad und der Nieselregen erfrischen ihre Lungen.

»Würmsee klingt irgendwie zu klein für ihn«, sagt Tom und deutet hinaus auf die Wellen. »Es war gut, ihn in Starnberger See umzubenennen. Welch tragische Geschichten dieser See schon erlebt hat.«

Jenny hängt sich bei ihm ein. »Ja, er wäre fast um eine tragische Geschichte reicher geworden. Wenn du nicht gewesen wärst. Danke, Tom. Danke für all das, was du für mich getan hast.«

»Bitteschön, kleine Schwester. Ist aber kaum der Rede wert.«

Jenny kneift ihn in den Arm und Tom versteht, was sie damit sagen will. »Lass es gut sein«, erwidert er den Kniff und seine Stimme klingt belegt. »Wir Menschen sind alle fehlbar. Selbst im

Urteil über andere Menschen können wir uns täuschen. Das Todesurteil gegen dich war kein Fehler, Jenny. Es war pure Berechnung, es war gewollt, kam allen gelegen. Der Mord an den Fosters hätte Staub aufgewirbelt. Die Frage, ›wer waren Mike und Ann Foster?‹, durfte nicht öffentlich gestellt und schon gar nicht öffentlich beantwortet werden. Für Stannitzer war von Anfang an klar, dass die wahren Hintergründe vertuscht werden mussten. Das Motiv hätte zu ihm und der Seewald AG geführt. Ihre Diskretion war gefährdet. Und wer jemals Kinder geschändet hat, ist erpressbar, und die Seewalddynastie und ihre Schurken hatten überall Mäzene, die sie erpressen konnten. Das führte zu dem Todesurteil gegen dich.«

»Unfassbar«, haucht Jenny. »Wie kann man sich gegen so eine Macht wehren?«

»Wenn wir ehrlich sind: gar nicht. Menschen und Seilschaften, die andere unterdrücken, wird es immer geben. Sklaven- und Kinderhandel – nicht ausrottbar. Dämonen wie Stannitzer – nicht erkennbar, niemand kann sie verhindern.«

»Was ist dieser Stannitzer für eine Art von Mensch?«

»Letztendlich auch ein Opfer, der, wie so viele Opfer zum Täter wurde. Ein despotischer Vater, das gehänselte dunkelhäutige Kind einer Hure. Seine Mutter wurde vom Vater missbraucht – er wurde frühzeitig als Stricher verkauft. Es war letztendlich die logische Folgerung, was aus Stannitzer werden musste.«

Tom scheint das sehr ernst zu meinen, er bleibt stehen und sieht Jenny in die Augen. »Verstehen können wir das alles, aber, wenn man betroffen ist, sieht das natürlich anders aus. Perspektiven ändern sich stets durch den Standort, von dem aus wir die Objekte betrachten. Und, Jenny, wir hatten einfach nur Glück.«

»Glück, wie meinst du das?«

»Na ja, das Glück der Gier. Hätte Stannitzer den Dingen ihren Lauf gelassen, wer weiß, wo wir beide dann heute wären. Aber Stannitzer wurde gierig. Der Mord an den Fosters barg die Gefahr, spätestens nach dem Mord an den Schaffers, dass Aliena und Florian auch die Costners bestrafen, sie also gleichermaßen ermorden würden. Wäre es da nicht einfacher gewesen, Aliena und Florian aus dem Weg zu räumen? Nein, Stannitzer wollte an die Anteile der Familien. Die Morde brachten ihn auf die Idee, das gesamte Syndikat zu vereinnahmen. Ein teuflischer Plan. Aber genau dieser Plan brachte uns ins Spiel und damit für dich die Rettung.«

»Für diese Rettung hast du deine große Liebe geopfert.«

Tom schweigt.

Jenny blickt hinaus auf den See. Sie kann es immer noch nicht fassen und die Wellen geben ihr keine Antwort auf die vielen Fragen, die für immer offenbleiben werden.

91

Der Weihnachtstag bringt keine Wetterbesserung. Weiße Weihnacht wie im Jahr zuvor gibt es nur in den Bergen, mindestens tausend Meter über dem Meeresspiegel.

Maria schenkt Tom einen dicken Pullover. Tom wehrt sich dagegen, steht selbst mit leeren Händen da.

»Den brauchst du für deinen Winterurlaub, den du vorhast«, beharrt sie und schließlich muss Tom sich überreden lassen, den Pullover anzuprobieren.

Sie frühstücken noch zusammen, dann muss Tom sich verabschieden.

Ronald Wolfert schließt seinen Sohn fest in den Arm. »Danke ist ein zu kleines Wort für das, was wir dir schulden. Ich sage es trotzdem: Danke, Tom.«

Maria schließt sich ihrem Mann an. »Pass auf dich auf, Tom. Erhol dich gut von all dem und melde dich, sobald es geht. Wo immer du auch jetzt hingehst, wir sind bei dir, auch wenn du geheim halten möchtest, wo du dich einigeln wirst.«

»Nicht traurig sein«, antwortet Tom und wischt eine Träne von der Wange seiner Mutter. »Frohe Weihnachten, Mama«, sagt er und ein kleines vibrierendes Timbre in der gedämpften Stimme verrät seine Gefühle. Schließlich drückt sich Jenny an ihn. Sie duftet nach Frische und nach Rosen. Sie sagt kein einziges Wort, küsst ihn mit kleinen Tupfern auf die Stirn, auf die linke Wange, auf die rechte und auf die Nasenspitze. Es ist eine Art Morsezeichen und es heißt: Ich liebe dich.

Tom küsst sie auch, auf die Stirn, auf die Nasenspitze. Auch er beherrscht die Morsezeichen der Küsse. Seine Antwortet lautet: Ich dich auch.

Als der Audi A8 die Wolfert Villa am Starnberger See verlässt, stehen ein weinender Mann und zwei schluchzende Frauen an der Auffahrt und winken ihm nach. Keiner von ihnen spricht aus, was sie vermuten. Sie werden Tom nicht wiedersehen.

92

Der Münchner Flughafen ist auch am Weihnachtstag überlaufen. Überall wuselt es, Menschen wollen fort, Menschen kommen an. Die einen möchten dem Weihnachtsrummel entfliehen, die anderen möchten ihn erleben. Zwei Gründe, es eilig zu haben.

Tom hat es nicht eilig. Er hat rechtzeitig eingecheckt und das Gepäck mit Übergewicht und Nachzahlung aufgegeben, trifft danach den Mann, dem er den KFZ-Brief und die Schlüssel des A8 übergibt und dafür ein Kuvert mit Bargeld in Empfang nimmt.

Danach passiert er die Sicherheitsschleusen und sucht sich ein Café aus, um dort eine Kleinigkeit zu sich zu nehmen.

Der Aufruf kommt zwanzig Minuten später. Tom lässt sich Zeit, beobachtet die Passagiere, die sich für das Boarding angestellt haben. Als der Vorletzte die Schleuse passiert, sprintet Tom los und kommt so als Letzter in die Maschine. Von seinem Platz aus kann er noch einmal einen Blick auf die Stadt werfen. Auf seine Stadt: München. Und auf seine geliebte Heimat: den Starnberger See.

In der Empfangshalle des kleinen Flughafens hat sie auf ihn gewartet. Vor Aufregung war sie zwei Stunden zu früh. Jetzt springt sie förmlich in seine Arme und Tom erwidert ihre Küsse. Erst als sie ihm etwas Luft lässt, kommt er zu Wort. »Frohe Weihnachten, Aliena«.

Es ist Mitternacht, als sie über den langen Steg laufen. Dieser Holzsteg ragt einige Hundert Meter hinaus auf das offene Meer und von hier aus hat man einen wunderschönen Blick auf die

Lichter des kleinen Fischerdorfs, das ihnen ab jetzt den Schutz der Anonymität in diesem fernen Land gibt.

»Wie geht es Florian?«

»Nicht gut«, berichtet sie. »Er hat sich zwar ganz passabel hier eingelebt, aber er ist immer noch sehr introvertiert. Er schreibt viel, schreibt sich die Wunden von der Seele. Und er vergräbt sich in der Hütte, die wir gekauft haben. Wie geht es Steffi?«, will Aliena wissen.

»Sehr gut. Ich habe sie gestern noch getroffen.«

»Weiß außer ihr irgendwer Bescheid?«

»Nein. Sie ist unsere einzige Verbindung.«

»Sie ist genial«, schwärmt Aliena. »Wie sie die Bankcodes von Copeland Köln und London geknackt hat, das war schon einmalig. Wir sind reich, Tom. Ich habe alle Bargeldkonten meines Erbes geplündert. Zwar bin ich keine Milliardärin, aber für den Rest unseres Lebens wird es reichen.«

»Was hast du mit den Cashkonten gemacht, die Steffi ebenfalls geknackt hat?«

»Da gingen einige Hundert Millionen an gemeinnützige Vereine. Sie alle, welche Ironie, werden jetzt von Geldern unterstützt, die aus der Quelle stammen, die viele dieser Institutionen bekämpfen.«

Tom nimmt Aliena in den Arm. »Du bist total verändert. Du siehst irgendwie ...«

Sie legt ihm den Zeigefinger auf die Lippen.

»Komm, erzähl mir von Jenny und von deinen Eltern. Wie war es, als Jenny freikam?«

Tom berichtet ihr alles von Jennys Wiederaufnahmeprozess, erzählt von der Kooperation durch die amerikanischen Behörden, die auf Geheiß des Gouverneurs sehr zuvorkommend und schnell agierten. »Wir haben die Pädophilen eiskalt erpresst«, berichtet Tom. »Der Preis dafür war, dass wir einige nicht hinter Gitter bringen konnten. Aber so bekamen wir Jenny frei. Und für den wahren Mörder interessierte sich kaum jemand. So gerecht ist diese Welt.«

Aliena sieht ihn nachdenklich an. »Ja, du verstehst, dass mich immer noch ein sehr schlechtes Gewissen plagt?«

Tom tröstet sie mit einem langen Kuss. »Wir sind hier, um die Vergangenheit hinter uns zu lassen.«

»Kann man das, die Vergangenheit hinter sich lassen?«

»Du hast es schon mal geschafft, Aliena. Da war es schwieriger. Da warst du ein hilfloses Kind.«

»Nur jetzt bin ich eine Mörderin.«

»Bist du das? Sind wir nicht alle bereit zu töten? Viele töten aus niederen Beweggründen. Hat man dich und Florian nicht gezwungen, zu töten?«

»Du meinst, man kann jemanden zum Töten zwingen?«

»Indirekt, wahrscheinlich. Doch, daran glaube ich.«

Sie schweigt. Tom redet weiter. »Lass es dabei beruhen. Versuche, damit zu leben. Was bleibt uns schon anderes übrig, als das Schicksal anzunehmen, wie es ist.«

Tom legt den Arm um sie und sie laufen nebeneinander zurück, zurück in ihr neues Leben.

Tom sieht zum Himmel und seine Hand erwidert den leichten Druck, den er spürt, als Aliena ihre schmalen Finger um die seinen legt, sich an ihn drückt, so wie in jener Nacht, als sie ihm ihre wahre Geschichte erzählte. In diesem Moment weiß Tom nicht, was die Zukunft für sie alle bringen wird.

Epilog

Die zwei Wanderer verharren unweit des Kreuzes, das im Starnberger See die Stelle markiert, an der König Ludwig II. von Bayern am 13. Juni 1886 sein Leben ließ. Die beiden Herrschaften im reifen Alter tragen Rucksäcke und sie machen den Eindruck, fit zu sein. Agil bückt sich der Mann und greift in die Welle, die über der Flasche schwappt, die von der Strömung ans Ufer des Schlossparks gespült wurde. Seine Frau nimmt ihm die Flasche ab und betrachtet das Stück Papier, das sie trocken aus dem milchigen Glas entfernen kann. Sie entrollt das pergamentähnliche Schriftstück zu einem ganzen Blatt und sieht ihren Begleiter vielsagend an. »Eine Flaschenpost, Bärchen.« Bärchen trocknet seine Hände an einem Stofftaschentuch und nimmt ihr das Papier ab. Dann liest er seiner Frau den Inhalt vor:

per Seefracht Einschreiben – An den lieben Gott
Himmelsthron
(Postleitzahl unbekannt) Himmel

Lieber Vater im Himmel,
ich weiß, dass ich nach all meiner Sünden nicht mehr in den Himmel kommen kann. Aber vielleicht erfüllst du mir die Bitte, die ich dir heute im Namen meiner toten Schwester Susan und im Namen aller Kinder dieser Welt an dich richte: Schütze das Leben aller Kinder vor jenen, dir wir Nebelmenschen nennen. Menschliche Monster, die auf dieser Welt seit jeher und auch fortan ihr Unwesen treiben. Schütze die,

die sich nicht selbst wehren können, die hilflos ausgeliefert sind, ausgeliefert dem Bösen, ausgeliefert den unfähigen Behörden, ausgeliefert einer unfassbar ignoranten Gerichtsbarkeit, ausgeliefert den menschlichen Abstraktionen und Perversionen und der unmenschlichen Gier.

Aber schütze auch die, die sich für die Kinder der Welt engagieren und sie schützen wollen. Die Mitarbeiter in den Behörden, die einen guten Job machen wollen und die immer wieder frustriert werden ob ihrer Arbeit, die doch allzu oft von übergeordneten Stellen zunichtegemacht wird. Schütze die Menschen, die für Kinder und Menschlichkeit, für Arme und Hilfsbedürftige, für Sünder und Opfer eintreten. Und beende die Ignoranz all jener, die wegsehen. Lass nicht nur alle Eltern, sondern auch alle Menschen hinsehen, was mit Kindern gemacht wird. Wenn nicht du, Heiliger Vater im Himmel, das Leid der Kinder beenden kannst, wer, bitte, soll es dann können? Alle Menschen sind Kinder Gottes, heißt es jedenfalls.

Ich bitte dich darüber hinaus, weil du dir den Platz im Himmel für mich einsparen kannst: Nimm meine Schwester Susan in deinem Paradies auf und gib ihr die Hoffnung zurück, dass sie nicht umsonst gelebt hat. Sie ist ewig lange gestorben, bis sie endlich ihre Erlösung und ihren Frieden durch ihren Dopi fand. Doch nach all dem kam der Tod über sie.

Warum, lieber Gott, gibt es einen Tod, ich meine – einen Tod, der nach dem Sterben kommt?

Verzeih mir.
Deine Aliena

Ich danke all den, die mich bei diesem Projekt unterstützt haben:

Anna Albrecht,
die mich stets konstruktiv beraten hat und ohne die,
das Manuskript heute noch in der Schublade liegen würde.

Ein besonderer Dank gebührt auch den fleißigen Lektorinnen und
ganz besonders meiner »Entdeckerin«, Frau Weiskopf
und meinem Verleger, Herrn Sampsounis.

Und ein großes Dankeschön dir, liebe Tina in Houston,
für die Unterstützung am Originalschauplatz des ersten Mordes.

Mein besonderer Dank soll all die Menschen erreichen,
die sich für Kinder und Frieden auf der Welt einsetzen.

Doch den meisten Dank schulde ich all jenen Kindern,
die uns Erwachsenen den Sinn des Lebens geben
und für den Stoff sorgen,
der die Träume dieser Welt bewahren sollte.

Nicolas Cenway

BIOGRAPHISCHES

Nicolas Cenway

Nicolas Cenway,
geboren 1952 in Frauenwald am Rennsteig im Thüringer Wald, übernahm nach dem Schulabschluss vom deutschen Gymnasium in Schwabach bei Nürnberg mit 24 Jahren den metallverarbeitenden Betrieb der Eltern, den er über acht Jahre führte und schließlich verkaufte. Als leitender Outsourcing Manager im Logistikbereich arbeitete er siebzehn Jahre lang für Firmen wie Siemens, RWE u.v.m. und engagierte sich wirtschatpolitisch in verschiedenen Verbänden.
Im Januar 1990 gehörte Nicolas Cenway zu den Mitbegründern des Pflege-und Adoptivelternvereins Neumarkt und Nürnberger Land. Später initiierte er die Gründung des örtlichen Kinderschutzbunds mit der Ehefrau eines Landtagsabgeordneten. Sein Engagement für Familien und vor allem Kinder resultiert aus dieser Zeit, aus der die Idee zu dem Thriller »Badetage« entstand.
Mit 53 Jahren stieg Nicolas Canway aus seinem Hauptberuf aus und widmete sich ganz dem Schreiben. Begleitet wird er dabei von seiner Musik, die er selbst auf dem Konzertflügel komponiert und auf dem Keyboard orchestriert.
www.cenway.de
www.helfendeworte.de
www.ichschreibdirwas.de

Peter Pachel
Süßes Wasser
Kommissarin Waldmann
ermittelt auf Paros

ISBN: 978-3-95771-138-0
eISBN:978-3-95771-139-7

Auf der griechischen Insel Paros neigt sich die Urlaubssaison ihrem Ende zu. Katharina Waldmann freut sich auf die wohlverdiente Entspannung nach einem langen Arbeitstag. Zu später Stunde soll noch eine Vermisstenanzeige für einen ausgebüchsten Ehemann aufgenommen werden – ein Routinefall, dem sie keine große Beachtung schenkt.
Als jedoch die Leiche des Vermissten kurz darauf in einer Zisterne gefunden wird, sehen sich Katharina und ihr Team plötzlich in ein Netz aus mysteriösen Mordfällen und Schmiergeldern verstrickt.
Korruption, Fahrlässigkeit und unendlicher Gier – von Paros über Amsterdam und bis nach Thailand. Die einzige scheinbare Gemeinsamkeit scheint die Firma AquaTop zu sein. Aber was kann Meerwasserentsalzung mit Mord zu tun haben?

Peter Pachel verführt den Leser zum dritten Mal nach Paros – diesmal mit Katharina Waldmanns internationalsten Fall. Zwischen zwei Kontinenten baut sich eine Verwicklung aus emotionalen Charakteren auf, mit der Idyllischen Insel Paros als Hauptschauplatz. Passend zur Spannung gibt es leckere Rezepte die den Griechenland-Krimi zu einem kulinarischen Erlebnis machen.

Thomas Bäumler
Frauengrund
Gerti Zimmermann recherchiert
in der Schwangerschaft

ISBN: 978-3-95771-136-6
eISBN:978-3-95771-137-3

Gerti ist am Ende ihrer Kräfte. Ihr Freund hat mit ihr Schluss gemacht, weil eine Abtreibung für sie nicht in Frage kommt. Auf Kommilitone Max ist jedoch Verlass und somit zieht sie in seine Studenten-WG ein. Journalistenstudium, Schwangerschaft, neue Bekannte und dann passiert noch das: Ein Mitbewohner der WG wird in Rom getötet. Gerdi recherchiert und ihre Forschungen bringen sie an die Ufer des Tiber. Währenddessen werden in Italien immer mehr ausländische Mordopfer gefunden, die alle eins gemeinsam haben: Vor ihrem Tod wurden sie grausam gefoltert. Commisario Fabrese, der die Ermittlungen leitet, tappt im Dunkeln. Da kommt für ihn die Hilfe der deutschen Journalistin genau richtig.
Ein Fall, der sich weit ins Darknet zieht und ein Netzwerk dunkler Machenschaften verbirgt. Eine gefährliche Situation für Gerdi und das Kind in ihrem Bauch.

Thomas Bäumler lässt die angehende Journalistin Gertti Zimmermann zum zweiten Mal in Aktion treten. Diese Mal muss sie gleich zwei Aufgaben bewältigen: Vergeben lernen und dazu die eigene Schwangerschaft. Eine spanende, moderne Geschichte wie ein flächiges Bild, gemalt mit dem Pinsel des Lebens. Starke Frauen in den Hauptrollen, die selbst Entscheidungen darüber treffen, wem sie das Leben schenken und wem sie es nehmen. Kein Krimi für Weicheier.

Hilda Papadimitriou
Für eine Handvoll Vinyl
Der erste Fall für Charis Nikolópoulos
aus dem Griechischen von Gesa Singer
ISBN: 978-3-95771-043-7
eISBN: 978-3-95771-044-4

Wie spielt sich das Leben im Stadtteil Exarchia in Athen ab, und was hat sich dort seit den 1970ern wirklich kaum verändert? Warum ist es für manche Leute wichtig, sich durch Musik auszudrücken, und warum sind Beziehungen so kompliziert? Was haben all diese Leute zu verbergen, die sich im Plattenladen von Fontas blicken lassen? Man hört Gang of Four, Neil Young, Clash, aber auch Percy Mayfield und Travis in diesem verregneten Februar. Und dann passiert ein Mord. Kommissar Charis Nikolópoulos muss sich beweisen: sein erster eigener Fall! Wie hängen Schallplattensammeln und Verbrechen zusammen? Welches Motiv hat der Mörder? Ist es denn möglich, für eine Handvoll Vinyl zu töten?

»Hilda Papadimitriou stellt sich bewusst in die Tradition der Markaris-Romane, erweitert sie jedoch in bemerkenswerter Weise. Sie erschließt dem aktuellen griechischen Kosmos wieder die Hard Boiled-Tradition der amerikanischen Noir-Pioniere, und zwar ohne die Eigenheiten der mittelmeerischen Kultur in ihrer spezifisch griechischen Variante zu vernachlässigen.« *Agis Sideras*

Antonia Pauly
Blut am Schuh
Ein Eifel-Hundekrimi

ISBN: 978-3-95771-047-5
eISBN: 978-3-95771-048-2

Ein wunderschöner Herbstmorgen in der Eifel. Emil durchstreift mit seinem Frauchen Lisa den Wald rund um den Elefantenkopf, als ihm plötzlich ein verdächtiger Duft in die Nase steigt. Er nimmt die Spur auf, folgt ihr in das Dickicht und entdeckt die Leiche von Melanie Pütz.
Wer hat die Frau ermordet? Das muss Kommissar Josef Kolvenbach mit seinen Kollegen herausfinden. War es ihr Exfreund? Oder einer ihrer Kunden, die sie beim Jobcenter zu betreuen hatte? Einer der Beteiligten hat den richtigen Riecher und weiß auch, wie er ihn einsetzen muss: Emil! Aber bevor er helfen darf, muss er den Menschen erst einmal begreiflich machen, wie überlegen seine Nase dem Riechorgan der Zweibeiner ist. Und dabei ist er noch nicht einmal ein Polizeihund!

Mit ihrem neuen Buch taucht Antonia Pauly tief ein in den Lebensalltag der Eifel, eine Gegend, die ihr mindestens so vertraut ist wie ihrem vierbeinigen Helden. Mit großer Sympathie für Land, Leute und Tiere erzählt sie von einer spannenden Tätersuche – ein kriminalistischer Leckerbissen nicht nur für Hundeliebhaber!

Leif Tewes
Alternativen
Roman noir

ISBN: 978-3-95771-162-5
eISBN: 978-3-95771-163-2

Thomas führt ein normales Leben. Bis er eines Abends auf dem Weg nach Hause von Asylbewerbern überfallen wird. Durch einen Arbeitskollegen angeregt, besucht er eine Bürgerversammlung und ist von den Argumenten der neuen Partei »Die besseren Deutschen« begeistert. Thomas lässt sich auf die Verführung der Rechten ein. Als er Zeuge eines vermeintlichen Mordanschlags auf ein Parteimitglied wird, befördert ihn der Kreisvorsitzende als Schweigegeld zu seinem Referenten für Berlin. Die Zukunft seines Landes mitzubestimmen macht ihn stolz, doch je mehr Einblick er in die Moral der Parteifunktionäre bekommt, desto größer werden seine Zweifel. Dann passiert ein blutiger Anschlag in Frankfurt und alles deutet auf islamistische Terroristen hin. Doch Thomas hat die wahren Hintergründe erkannt. Kann er das Wahlergebnis durch Aufklärung rechtzeitig beeinflussen?

Leif Tewes liefert zu aktuellen Themen ›Fake-News‹, ›rechte Propaganda‹ und ›islamistischer Terror‹ eine verschlungene Reise durch Macht, Verführung und Lüge, die vom Rhein-Main-Gebiet über das Ruhrgebiet bis nach Syrien führt.

Kommissar Berg und seine Ermittler haben es im zweiten Fall mit den Machenschaften von Politikern und Meinungsmanipulation zu tun.

Antonia Pauly
Lügenblau
Kommissarin Mylona
und die lieben Konkurrenten

ISBN: 978-3-95771-140-3
eISBN: 978-3-95771-141-0

Die Finanzkrise ist nach wie vor überall auf Zakynthos zu spüren. Das neue geplante Hotelprojekt verspricht viele, dringend benötigte Arbeitsplätze. Als einer der sechs Bewerber um die Stelle des Architekten tot aufgefunden wird, ist die ganze Insel in Aufruhr. Das Opfer, ein alteingesessener Zakynther, wurde hinterrücks erstochen. Ganz klar: Mord. Für Kommissarin Eleni Mylona präsentieren sich mehr als genug Verdächtige. War es einer seiner Konkurrenten? Oder vielleicht seine, von den ständigen Seitensprüngen ihres Mannes abgebrühte Ehefrau?

Zum dritten Mal lädt Antonia Pauly auf die griechische Insel Zakynthos ein. In einer Geschichte um die Gnadenlosigkeit der Finanzkrise und deren verheerenden Auswirkungen auf die Menschlichkeit ist Kommissarin Eleni Mylona erneut gefragt. Korruption, Rache und Konkurrenzkampf vermischen sich in das Blau des Ionischen Meeres, eine Farbe, die verführerisch zum Baden lockt. Bis zum Ertrinken.

Olaf Jahnke
Patientenrache
Krimi
Ein Fall für Roland Bernau

ISBN: 978-3-95771-104-5
eISBN: 978-3-95771-105-2

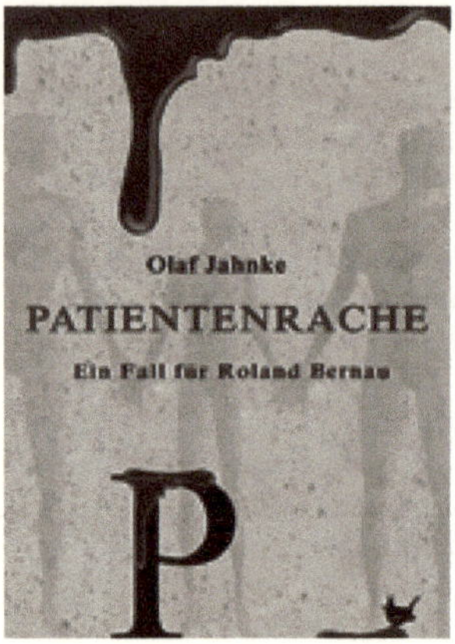

Im Frankfurter Bahnhofsviertel und in Bad Homburg werden Männer auf offener Straße zusammengeschlagen und auf die Intensivstation gebracht. Obwohl beide Opfer Sachbearbeiter bei der gleichen Wiesbadener Versicherung tätig waren, glaubt die Polizei nicht an einen Zusammenhang. Doch dem Zufall bleibt bei der Abteilungsleiterin selten etwas überlassen und somit beauftragt sie Privatermittler Roland Bernau mit dem Fall. Während seiner Recherchen in den Akten der Versicherung wird dem agilen Ex-Polizist schnell klar, dass es sich bei den Schadensfällen, an denen die beiden Männer zuletzt gearbeitet hatten, um Probleme in Kliniken handelte, und zwar hauptsächlich im Taunus.

Olaf Jahnke liefert eine spannende Geschichte über Vertrauen, Betrug und Gesundheit, basierend auf Ereignissen, die er im Rahmen seiner jahrelangen Arbeit für Fernseh- und Zeitungsreportagen erlebt hat. Seine Erfahrungen und Kontakte ermöglichten ihm, diesen packenden Krimi zu schreiben. Privatermittler Roland Bernau durchstreift bereits zum zweiten Mal das Rhein-Main-Gebiet und gerät ins Kreuzfeuer von Versicherungsinteressen, medizinischen Schadensfällen, Patientenbedürfnissen und den Mächten der Justiz. Die menschlichen Schicksale, die hier beschrieben werden, sind – leider – bittere Realität.

Thomas Pregel
Kaltsommer
Roman

ISBN: 978-3-95771-083-3
eISBN: 978-3-95771-084-0

An diesem nasskalten Sommermorgen kommen unerwartet viele Fremde ins Dorf Kaltsommer. Es sind Beamte der Mordkommission Neumünster, denn Annelie Faller, die Matriarchin des Faller-Clans, der die ortsansässige Schlachterei betreibt, ist brutal ermordet worden. Für Hauptkommissar Hans-Peter Arnstedt und seinen neuen Partner und Kollegen, Oberkommissar Daniel Freiwald, der aus Kaltsommer stammt, steht schnell die Familie der Toten im Fokus der Ermittlungen. Die ersten Verhöre schaffen es aber nicht, die Wahrheit ans Tageslicht zu bringen, bis unerwartet Tobias Faller, der älteste Enkelsohn des Opfers, auftaucht. Doch kann er, der vor Jahren in Schimpf und Schande wegen seiner Homosexualität vom Hof gejagt worden und in Amerika mit dem Dreh von Schwulenpornos reich geworden ist, Licht in die Finsternis der zerrütteten Familiengeschichte bringen?

Thomas Pregel, der in Holstein geboren und aufgewachsen ist, kennt sich bestens mit den Gegebenheiten, Gewohnheiten und Bräuchen seiner Heimat aus. Durch die Kriminalgeschichte dokumentiert er den Zerfall einer Familie, in der Loyalität und Liebe mit Gehorsam und Unterwerfung verwechselt und Geheimnisse, Intrigen und Verrat zur obersten Familienmaxime werden. Dieser Roman ist der Auftakt zu seiner Holsteiner-Trilogie, rund um die (fiktive) Ortschaft Kaltsommer, irgendwo zwischen Neumünster, Plön und Bad Segeberg gelegen.

GRÖSSEN
WAHN
VERLAG

www.groessenwahn-verlag.de